KB239710

부동산
아리랑

부동산 아리랑

구연상

채륜
CHAE RYUN

부동산이라는 말에 앞서 쓰였던 말은 하늘이 주는 복과 사람이 베푸는 덕을 함께 나누는 곳을 의미했던 복덕방福德房이었다. 복덕방 주인은 집 자체에 대한 정보는 말할 것도 없고, 풍수지리와 동네사정 그리고 집 안내력까지 속속들이 알고 있었다. 이러한 사람을 우리말로는 집주름, 한자로는 객주客主 또는 가쾌家儈라 불렀는데, 집주름은 집에 얽힌 지복地福과 천복天福 그리고 인덕人德의 내용을 주름잡던 사람이었다. 1890년 〈객주거간규칙客主居間規則〉이 제정되었는데, 이 집주름들이 모여 사무실을 차린 것이 바로 복덕방이었다.

그런데 한국사회가 근대화를 거치는 동안 경제적-건축적-위생적 관점에서 집을 보는 서양인들의 풍습이 이 땅에 들어오면서, 또 러일전쟁 이후 일본인들이 조선에 밀려 들어와 고급 주택을 사들이거나 지방의 부자들이 서울에 올라와 살 집을 찾거나 상경한 유학생들이 하숙집을 찾거나 하는 일이 잦아지면서 우리들의 집 보는 관점이 자본주의적으로 바뀌기 시작했다. 게다가 대한제국은 한성보신사를 설립하여(1901년) 조세 관료들의 집을 저당 잡고 그들에게 돈을 빌려주어 횡령한 세금을 갚게 했다. 이때부터 우리는 집이나 땅에서 복이나 덕을 구하려 하는 대신 지

배욕과 경제성을 찾기 시작했다.

1961년 9월에 제정된 〈소개영업법〉은 일제강점기에 있었던 〈소개영업취체紹介營業取締에 관한 법령法令〉을 대체한 것으로 집과 땅의 거래를 자유롭게 하는 데 그 목적이 있었다. 이 법이 만들어짐에 따라 서울뿐 아니라 전국 대도시와 근교의 논밭과 임야 그리고 단독주택과 공업단지 등이 상업적으로 활발히 거래되었다. 1970년대에 들어서면서 정부 주도의 각종 건설계획이 시행되고, 경제가 급속히 성장함으로써 부동산 가격도 급등하게 되었다. 복덕방은 이러한 시대적 흐름에 힘입어 일부는 주식회사로 발전해 갔고, 또 일부는 '복부인'과 함께 부동산 투기의 주범이 되었다. 복덕방이 점점 보다 심각한 경제·사회적 문제를 낳자 정부는 복덕방 영업을 정비하고 규제하기 위해 1984년 4월 〈부동산중개업법〉을 만들었다.

이로써 복덕방은 사라지고 부동산이 이 땅에 자리를 잡았다.

부동산 바벨탑
-돈 바닥 위에 지어진 집-

감겨진 두 눈 저편에 길거리를 비척비척 떠도는 우리 가족의 모습이 잔상처럼 하얗게 떠올랐다. 그 모습을 지우려 눈을 펀쩍 뜨자 플래시가 눈앞에서 터진 듯 시야 전체가 하얗게 사라졌다.

"세상이 미쳤어!"

하루 내내 점심까지 굶어가며 학교 근처 복덕방을 이 잡듯 뒤지고 다니던 내 입에서 세상 푸념이 터져 나왔다. 말도 안 되게 전셋집이 하나도 없었다. 눈앞이 아뜩히 멀어지더니 정신마저 아찔해졌다. 발걸음이 멈췄다. 마음은 흩날리는 눈처럼 갈 바를 모른 채 어지러이 온갖 걱정에 휩싸였고, 몸은 칼바람에 떠는 나뭇잎처럼 머물 곳이 없어 추운 겨울을 벌거숭이로 버티고 섰다.

p.71

부동산 동티 땅을 더럽혀 받게 되는 재앙

- 메마른 땅, 뒤틀리는 집 -

"야! 이 개새끼들아!"

아내가 후다닥 안방으로 뛰어들어가는 소리가 들렸다. 나도 엉겁결에 자리에서 벌떡 일어났다. 내가 문을 삐죽 열고 들어서자 아내는 손을 휘휘 내저으며 짜증 섞인 목소리로 외쳤다.

"얼른 나가서 좀 말리고 와!"

나는 살근거리는 뒷걸음질로 안방 문을 사르륵 닫았다. 아기 위에 넙죽 엎드려 가슴을 토닥거리던 아내의 뒷모습이 찰칵 닫혔다. 내가 거실에서 서성대자 아내의 흠흠하는 헛기침 소리가 귓전을 때렸다. 나는 제풀에 멋쩍어 히 웃으며 현관문을 열었다. 3층 층계참에 누런 봉투를 높이 틀어쥔 채 서 있는 주인집 아저씨의 찡그린 얼굴이 한눈에 쏙 들어왔다. 입가에는 막 쏟아질 먹구름 같은 욕설들이 줄줄이 터져 나올 듯 바그르르 끓어오르고 있었다.

종이호랑이

내가 현관문을 밀고 나가자마자 아저씨가 내뿜는 된욕의 충격파가 온

층계에 찌르렁 울려 퍼졌다.

"야 이 개좆불만도 못한 새끼들아! 이따위 종이 쪼가리로 나를 협박해! 다 죽여 버린다! 정말! 에이 씨발 새끼들! 개좆같은 새끼들!"

나는 현관문을 재빨리 닫친 뒤 계단을 성큼 내려갔다. 집주인은 몸을 가까스로 꼬나 선 채 핏발 선 두 눈으로 나를 째렸다. 내가 계단참에 사붓이 발을 딛자 집주인 얼굴에 반색이 돌았다. 쏘는 몸짓을 풀고 나를 덥석 반기려던 아저씨가 술기운에 기우뚱 한두 걸음 비틀거린 뒤 헤벌쭉 굽실 인사를 건넸다.

"아이고! 이거 우리 한 선생님 아니십니까?"

나는 아저씨의 뜬금없는 인사를 어리떨떨하게 물리고 나섰다.

"아저씨! 아들뻘 되는 사람한테 왜 이러세요?"

아저씨는 내 인사 물림에 너털웃음을 터트렸다. 나는 집주인의 고약한 성정머리가 내 앞에서 고분고분 잦아들었다는 사실에 마음이 흐무뭇했다. 갑자기 아저씨가 싸늘한 낯빛이 되더니 감때사나운 표정으로 서류봉투를 치켜들고는 2층을 향해 부들부들 흔들어 댔다. 하지만 아저씨는 바람 빠진 허수아비 풍선처럼 두 팔을 축 늘어뜨리더니 게거품을 왼손으로 쓱 닦았다. 입가는 잔주름들이 자글자글했고, 군데군데 고춧가루가 묻어 추하게 지저분했다. 순간 역겨움이 울컥 솟으면서 눈살이 절로 잔뜩 찌푸려졌다. 아저씨는 두 팔소매를 둘둘 걷어붙이면서 그 추저분한 입을 쩍 벌려 마치 백수광부처럼 내게 버럭 소리를 질러댔다.

"한 선생님! 나 돈 없어요! 돈 있으면 전세금 왜 못 빼줍니까? 하지만 없는 걸 어떻게 빼줘요?"

나는 고함보다 맨 팔뚝에 빤히 드러난 문신 때문에 흠칫 놀랐다. 아저씨 왼쪽 팔뚝에는 심장을 꿰뚫은 화살 그림이 시퍼렇게 새겨져 있었다. 저 지워지지 않은 살 속의 기록은 쭈그렁이 아저씨에게도 터질 듯 싱싱하게 피어났던 젊은 날의 추억이었다. 아마도 아저씨는 어느 허름한 선술집에서 술기운을 빌고 친구를 증인 삼아 촛불에 달군 바늘에 먹을 찍어 어느 여인에 대한 투박한 사랑의 맹세를 한 땀 한 땀 살점 깊숙이 찔러 넣었을 것이다. 내가 문신에 정신이 팔린 사이 아저씨는 헐렁거리던 팔뚝을 위로 불뚝 들어 올리더니 희멀겋게 풀린 눈동자로 욕설을 내뱉었다.

"내 배를 째라고 해! 이 개새끼들아!"

나는 '배 째라'는 어중된 말 때문에 웃음을 콕 터뜨릴 뻔했다. 내 머릿속에는 사무라이의 배 가르기에 대한 생각이 설핏 스쳤다. '배 째라'는 말은 명예로운 자결과는 사뭇 거리가 먼 말이었지만 그럼에도 그 말에는 결연함의 뜻이 짙게 배어 있었다. 하지만 아저씨의 경우 '배 째라'는 말은 허튼 배짱이나 중뿔난 오기를 부리는 허풍에 지나지 않았다. "내 배를 째라"는 거짓 호령은 이기지 못할 상대에게 자해로써 위협을 가해 상대를 겁주려는 살벌한 깡패 놀음조차 못 되었다.

그때 어디선가 앙앙대는 아기 울음소리가 따갑게 들리는 듯했다. 나는 입만 산 늙은 말 깡패를 마치 옆구리에 꿰차듯 불끈 움켜잡고는 4층을 발맘발맘 올랐다. 아저씨는 어어 소리를 지르거나 계단 모서리에 발길질을 두어 번 함으로써 버팅기긴 했지만 못 이기는 척 어기적어기적 끌려 올라왔다. 4층 현관문은 활짝 열려 있었다. 아저씨는 현관문 기둥에 서 있던 아주머니를 손가락으로 한 번 가리키더니 온순한 양처럼 집안으로 걸어 들어갔다. 아주머니가 시든 호박잎처럼 누렇게 뜨고 맥 빠진 낯으로 내게 시들먹한 인사를 건넸다.

"죄송해유. 애 아빠 볼 낯이 없구만유. 어여 그만 내려가 보세유."

충청도 사투리가 술주정뱅이 남편을 털털스레 거느리고 산 무던한 아낙의 사람됨을 훗훗하게 말해 주었다. 아저씨는 거실에 털퍼덕 주저앉아 흥건히 술 취한 사람의 모습으로 꼬꾸라졌다. 아주머니가 얼른 내려가 보라는 손짓을 휘이휘이 해 보였다. 나는 고개를 까딱 숙이며 인사말을 건넸다.

"그럼, 이만 내려가겠습니다."

내가 우리 집 현관문을 딸깍 닫고 들어서자 아내는 옴쏙하니 걱정부터 쏟아냈다.

"날이면 날마다 저 술타령이니 큰일이야 큰일!"

"술이 문제가 아니라 전세금 반환이 문제지."

아내는 따끈따끈 묽게 탄 꿀물 한 사발을 내게 내밀며 물었다.

"주인집이 그렇게 돈이 없어? 전세금 반환을 못 하면 어떻게 되는데?"

"이 근방에서 제 돈 갖고 집 진 사람이 얼마나 되겠어. 다 업자 끼고 은행에서 돈 빌려 지은 거지. 돈 없는 거야 뻔할 뻔자지. 그러니 문제라는 거 아냐. 전세금 못 내려주면 집이 경매에 넘어갈지도 모르니 말이야. 설마 그렇게 될 리야 없겠지만"

아내가 불퉁스레 한마디 쏘아붙였다.

"그럴수록 일을 해서 돈을 벌어야지! 아줌마는 밤낮으로 뼈 빠지게 고생만 하시는데, 저 아저씨는 밤이면 밤마다 세입자 타령만 하고 있으

니…."

　나는 아내의 까슬까슬 쏘는 말을 흘려들으며 부스스 일어나 안방으로 들어갔다. 뒤에서 '손 씻고 들어가'라는 아내의 일깨움이 들려왔지만 나는 내친걸음으로 예진이의 잠든 모습을 고요고요 들여다보고 있었다. 뽀얀 고양이같이 오종종하니 깜찍한 얼굴, 새근새근 가는 숨소리, 발롱대는 가슴, 쫑긋거리는 입모양, 몽실몽실한 살결, 찰찰 부들대는 살갗, 엄마의 꼼꼼한 손길로 매만져진 이부자리, 포근한 평화로움, 아기자기한 앙증맞음, 절로 피어나는 해맑은 행복감! 그곳은 성스러움의 불꽃이 모든 더러움을 깨끔히 불사르고, 거룩함의 물줄기가 모든 거짓됨을 말끔히 씻어버린, 지상에서 가장 아름다운 삶의 보금자리였다. 어느새 아내가 내 등을 부듯이 가슴 벅차게 껴안았다. 그렇게 우리 세 식구는 한 폭의 인물화가 되었다.

꼬리 내리기

　얼마 뒤 201호가 말도 없이 훌쩍 이사를 나갔다. 그 집 부부는 우리보다 두세 살 어렸지만 비슷한 시기에 첫딸을 낳은 인연으로 우리는 서로 슬겁게 지내왔었다. 201호는 애가 생기기 전까지는 사는 데 아무 어려움이 없었다. 여자는 꽤 괜찮은 직장을 다녔고, 남자도 탄탄한 회사에서 과장 자리를 꿰차고 있었다. 하지만 애를 가진 뒤 여자는 자의반 타의반으로 직장을 잃게 되었고, 남자도 IMF 구조조정의 여파로 애매하게 마수없이 명퇴를 당하고 말았다. 남자가 재취업이 안 되는 바람에 산후조리를 마치자마자 여자가 일자리를 구해야 했다. 여자가 얻은 일자리는 일은 몹시 고된 반면 돈은 턱없이 적었고, 그나마 언제 잘릴지도 몰랐다. 마침내 201호는 전세금에 손을 댔다.

201호가 이사 간 뒤 건물은 한동안 쓸쓸하리만치 조용했지만 202호가 전세 값을 낮춰달라고 으름장을 놓은 뒤부터 주인집과 세입자의 짜그락거리는 말싸움이 모닥불처럼 꼬다케 피어나기 시작했다.

"아저씨, 저희가 전세반환청구소송 하면 어떻게 되는지 아시죠? 뭘 좀 알고 말씀하세요! 무턱대고 '돈 없다' 소리만 하면 단 줄 아세요? 어디 한 번 끝까지 버텨 보시죠!"

202호는 20대 후반의 신세대 신혼부부였다. 아직 애기는 없었지만 대신 번쩍거리는 자동차가 있었다. 둘이 맞벌이를 해서인지 집은 늘 텅 빈 집 같았고 그 집 부부와는 주말에도 얼굴을 마주치기가 힘들었다. 아내도 202호와는 오고 가는 일이 거의 없었다. 주인집 아저씨의 욕설로 미루어 볼 때 그 집 부부는 돈이 필요해서라기보다는 큰 집으로 이사 가고 싶은 욕심에서 전세금을 내려달라고 하는 눈치였다. 아저씨의 술주정이 우쩍 늘었다.

"야 이 대갈통에 피딱지도 안 떨어진 놈의 새끼가 뭐라고 씨부렁대는 거여! 이 집 질 때 벽돌 한 장 안 나른 새끼들이 어디서 함부로 주둥아리를 놀려 놀리길. 쪽 팔리게 천만 원 가지고 천하의 박 성남을 가지고 놀아? 야! 고소를 한다고? 그렇게 고소가 좋으면 해라 씹새야. 날 씹어 잡숫든지, 가루 내서 국수로 말아 먹든지, 어디 니 맘대로들 해~! 에잇! 더러워서 못 살겠네. 어구, 잘 나셨습니다! 큰 벼슬들 하십니다! 전세 살러 들어

올 때는 좆같이 머리를 조아리던 개뼈다귀 같은 쪼다들이 출세들 하셨습니다. 큰 집으로 이사 가 떵떵거리고 살려니까 똥구멍이 하뭇하냐? 야, 이 멍멍이들아!"

하지만 아저씨의 욕설은 날이 갈수록 차츰차츰 어스러졌고, 목소리 살기도 한풀 수그러들었다. 술기운을 빌어 난동을 벌이는 아저씨였지만 예전의 살뚱스러움은 허리 부러진 호랑이처럼 그 기세가 우두둑 썸벅 꺾였고, 대신 빈정거림만이 독살스러웠다. 반면 세입자들은 아저씨 앞에서 당당하다 못해 떵떵 으르대며 거들먹거리거나 콧대를 빳빳이 세운 채 떽떽 큰소리치며 으스대기까지 했다. 침묵했던 양들의 반란이 일어난 것이었다. 전세보증금 반환 청구소송이라는 말 한마디만 나오면 주인아저씨는 오금이 저리듯 넌떡 꼬리를 내리고 말았고. 날개 돋친 범처럼 서슬 퍼렇게 양들을 몰아치던 양치기 개의 위엄찬 모습은 온데간데없이 소리 없는 유령처럼 계단만 터벅터벅 오르내릴 뿐이었다.

어느새 들락날락 이사 모습이 잦아졌다. 나가는 세입자들은 털북숭이 개처럼 우쭐댔고, 들어오는 세입자들은 새침데기 암고양이들처럼 쌀쌀히 앙칼졌다. 집과 집 사이는 얼음장으로 벽을 둘러친 듯 찬바람만 몰아쳤고, 이웃끼리 옹기종기 모여 살았던 이전의 생활 풍습은 하룻밤 새 전설이 되었다. 새로 이사 온 사람들은 뿔뿔이 홀로들이었다.

"자기야, 4층 주인집이 이사를 하나 봐."

이윽고 어느 밋밋한 토요일 이른 때, 아내가 늦잠 자던 내게 주인집이 이사한다는 사실을 구경난 듯 통겨주었다. 그 소식에 내 가슴은 잠시 아릿한 슬픔에 잠겼다. 나는 얼른 고양이 세수만 한 뒤 밤송이처럼 까스스

한 머리로 곧장 4층을 올랐다.

"이사하시네요?"

내 인사에 주인아저씨가 해쭉 웃으며 답례를 했다.

"이사랄 것까지 있나요…. 아, 그런디, 한 선생님, 뭐 하러 올라오신다요."

4층 옥탑은 옥탑방 규제 이전에 지어졌기 때문에 크기만 조금 작았을 뿐 그 구조가 3층 우리 집과 크게 다를 바 없었다. 방이 두 칸, 독립된 화장실과 부엌 그리고 길좁다란 거실이 아기자기한 짜임새를 갖췄고, 시원스런 전망과 옥상 담장 따라 오종종 가꿔놓은 코딱지만 한 꽃밭은 주인집의 한 자랑거리였다. 주인집 방바닥은 잘 닦인 거울처럼 깨끗한 빛을 냈고, 반듯반듯 가지런히 정돈된 살림살이는 아주머니의 바지런한 손길을 돋보이게 해 주었다.

나는 집안을 두릿두릿 살폈다. 알량꼴량한 이삿짐 몇 덩이가 서글펐다. 14인치 소형 TV 한 대, 구형 냉장고 한 대, 탈수기 한 대, 전기밥솥 하나, 자개장롱 한 짝, 옷걸이장 한 개, 짝짝이 그릇들, 전화기 한 대, 반신거울 하나, 바깥에 늘어놓은 화분 몇 개, 장바구니 두 개에 몽땅 담긴 화장실 용품들, 이불 큰 보따리 세 개와 옷 보따리 네 개 정도가 다였다. 나는 일머리 서툰 주인집 아들을 뒷일꾼 삼아 이삿짐을 반지하로 부렸다. 냉장고와 장롱을 옮기자 4층은 민둥하게 썰렁했지만 지층은 빽빽하게 갑갑했다. 아저씨는 우리 뒤를 쫄래쫄래 따르며 이것저것 말참견을 했지만, 아주머니는 부엌 살림살이만 다독거렸다. 나는 늦은 2시에 학회가 있었기 때문에 큰 짐만 자리를 잡아준 뒤 커피 한 잔을 얻어 마시는 것을 끝으로 집으로 돌아왔다.

집주인의 눈물

"아저씨, 뭐 하세요?"

주인집이 이사를 마친 다음 주 찌뿌듯한 월요일, 강의를 마치고 두루마리 화장지 한 꾸러미를 사 들고 집주인이 사는 반지하로 기웃기웃 내려가던 내 눈에 동굴 입구처럼 뻥 뚫린 현관문을 통해 화장실 변기 앞에 꾸부리고 앉은 아저씨가 보였다. 아저씨는 긴 철사를 변기 속으로 우걱우걱 밀어 넣고 있었다. 내 물음에 아저씨 대신 아주머니가 상황을 설명해 주었다.

"저 양반이 뭣도 모르고 음식물 쓰레기를 변기통에 버리는 바람에…."

그 사이 아저씨는 철사를 슬겅슬겅 빼내 동글게 사려 묶고, 수도꼭지를 틀어 손을 건정건정 씻어 수건에 쓰윽 한 번 닦은 뒤 화장실 밖으로 구붓이 나오면서 변명을 했다.

"요놈의 반지하 화장실은 펌프로 퍼내야 하는데…. 잘게 썰어서 버렸으면 괜찮았을 것을…. 어떻게 뚫어 보려고 하는데, 잘 안되네! 사람을 불러야 쓰겠어. 돈 깨지는 일만 자꾸 생기니…."

아줌마가 손을 탁탁 털고 나오는 아저씨에게 짐짓 소리를 질렀다.

"그냥 나오면 어떡해요! 뚫고 나와야지!"

아저씨는 아주머니의 말에는 콧방귀도 뀌지 않은 채 문밖에 서 있던 나를 벙실벙실 맞아들였다.

“어쩌자고 이런 걸…. 여봐 우리 한 선생님께서 이사 선물을 사오셨는데, 거 뭐 커피라도 대접해야지!”

나는 신발을 신은 채 엉덩받이 없이 그냥 그 자리에 쪼그려 앉았다. 아저씨는 책상다리를 틀어 나를 비껴 앉으며 담배 참을 먹을 듯 두 팔을 걷어붙이더니 담배 한 개비를 걸쌍스레 피워 물었다. 아주머니가 달그락거리며 커피 두 잔을 내왔다. 간질간질 코끝을 스치는 커피 냄새와 혀끝에 감도는 따끈하고 달착지근한 커피 맛이 강의에 대근하게 지친 몸과 맘을 남실남실 씻어 주었다. 아주머니까지 자리를 함께했다. 아저씨가 피우던 담배 입을 앙다물더니 콧김을 푹푹 내쉬었다. 괜스레 긴장이 됐다. 아저씨의 입이 쩍 소리와 함께 열렸다.

“한 선생님, 내가 이 집 지을 때는 여기 이 반지하에 살려고 집을 지었겠습니까? 내가 꼴은 이래도 성깔 하나는 엄청 깔끔한 편입니다. 내 마누라야 말할 것도 없고. 내가 정말 미치고 팔딱 뛸 것 같습니다. 이놈의 집 구석은 낮에도 바퀴벌레가 나와요! 그러니 밤에는 오죽하겠습니까? 내 소름이 쫙~ 쫙~ 끼친다니까요.”

아주머니가 아저씨 옆구리를 쿡쿡 찔러댔다. 아저씨가 아줌마에게 눈알을 희번덕대다 말고 무슨 눈치를 챈 듯 말머리를 돌렸다.

“이 집은 말입니다. 나한테는 목숨과도 같은 겁니다. 내 이 집 하나 뺏기지 않으려고, 곰팡이 슬고 좁아터진 이런 컴컴한 지하방으로 이사를 왔습니다.”

아저씨가 거기서 갑자기 말을 뚝 끊더니 입을 벙벙히 벌린 채 천장만 끔뻑끔뻑 올려다봤다. 이곳 반지하는 주인집이 갇혀 버린 가난살이 땅굴

22

처럼 보였다. 이 땅굴은 어쩌면 입 달린 무덤일지도 몰랐다. 이곳은 똑딱
똑딱 흔들리는 운명의 시계추가 언제 멈출지 누구도 장담할 수 없는 곳
이었다. 아주머니마저 소금기둥처럼 꽁꽁 얼어붙은 듯하자 왠지 시간의
흐름이 한없이 느려진 것만 같았다. 잠에서 깨어난 어둠 토끼가 느림보
시간 거북을 앞질러 달렸다. 어둠은 어떤 빛깔이든 가리지 않고 덮쳤고,
세상의 모든 색깔이 어둠의 늪 속으로 빨려들기 시작했다. 안방은 어둑
어둑 감장이 들었다. 아저씨가 재떨이에 담뱃재를 톡 떨어뜨리며 속내를
털어놨다.

"한 선생! 내 세입자들한테 원한이 많습니다."

아저씨는 말을 잇지 못했다. 나는 눈을 아래로 깐 채 고개를 끄덕이면
서 아저씨의 감정을 추스를 말을 찾았다.

"크게 고통받으신 거야 제가 왜 모르겠습니까. 하지만 그게 왜 세입자
탓이겠습니까? 나랏빚이 눈덩이처럼 커지는 것도 모르고 정치한 경제 까
막눈들 탓이지요."

아저씨는 두 눈을 희뜩 부라리며 손사래를 팩팩 치면서 내 말을 물리
쳤다.

"내 한 선생한테니까 말이지만 여기 세 들어 살던 놈들은 모두 짐승만
도 못한 개새끼들이라니까! 전세금 고 거 몇 푼 된다고 그리 내려달라고
야단들이야, 야단들이길! 배때기를 그냥 확 갈라버릴 놈의 새끼들 같으니
라구!"

아저씨의 말투가 사나워지자 아줌마가 슬근슬쩍 말허리를 자르며 나
섰다.

“왜 예진 아빠한테 그래유!”

그 말 한마디에 아저씨가 ‘하하하’ 웃으며 아줌마에게 ‘알았다’는 손짓을 해 보였다. 두 분의 사이가 마치 금실 좋은 부부 사이처럼 보였다. 아저씨가 뜬금없이 날 추켜세웠다.

“우리 한 선생님이야 진짜 학자시지, 학자! 우리 집에 이런 분이 함께 산다는 게 영광입니다.”

내가 아저씨의 갑작스런 잔주에 얼떨떨해하자 아주머니가 차분히 커피를 권했다.

“식기 전에 좀 드세유.”

나는 남았던 식은 커피를 쪽 들이켠 뒤 한마디 따뜻한 말을 건넸다.

“곧 좋은 시절이 오지 않겠습니까? 항상 오늘 같겠습니까? 조금만 더 견디시면 경제가 좋아진다고 합니다.”

아저씨 눈시울이 지그시 붉어졌다.

“그렇겠죠? 한 선생님!”

“그래야죠!”

끝내 아저씨 눈에서 눈물이 주르륵 흘렀다. 아줌마도 옆에서 눈물을 훔쳤다. 아줌마가 불쑥 자신들의 불안을 털어놓았다.

“우리는 예진네가 나간다고 할까 봐 그게 늘 걱정이예유. 도저히 더는 전세금을 빼 줄 수가 없어유. 오죽하면 이리로 내려왔겠어유? 우리 아들은 거실에서 잠을 자유. 방이 없으니께유…. 그냥 잠만 자고 나가지유. 요즘은 지 아부지한테 말 한마디 건넨 적이 없었슈. 지는 지대로 속이 상했다는 말이겠지유.”

아줌마의 말은 떨새처럼 말마다 부르르 떨렸다. 내 눈에도 눈물이 핑 돌았다. 나는 굳은 말투로 확답을 드렸다.

"그런 걱정을 왜 하세요. 저희가 어찌 아저씨 사정을 모르겠어요. 전세금 내려달라는 소리 같은 건 안 합니다. 그런 걱정은 하지 마세요."

"한 선생님, 고맙습니다. 고맙습니다."

아저씨는 내 손을 움켜쥐며 고맙다는 말만 되풀이했다.

"이 집은 제게는 행운의 집입니다. 결혼한 지 4년 만에 이 집으로 이사와 딸을 낳았고, 아내와 무탈하게 잘 살고 있는데, 저희가 이 집을 왜 나가겠습니까?"

내 말이 끝나자 주인아저씨가 갑작스레 무릎을 꿇고 머리를 조아렸다. 나는 화들짝 놀라 아저씨의 꿇은 무릎을 억지로 풀며 말렸다.

"아저씨가 무슨 죄인도 아닌데, 왜 이러세요?"

아저씨는 콧물 눈물을 훔치며 자세를 바로잡더니 부드러운 말투로 내게 다짐을 해 왔다.

"한 선생님, 계시고 싶을 때까지 우리 집에 계십시오. 절대 전세금 올려달라는 말 같은 것은 입 밖에도 내지 않겠습니다. 만일 내가 전세금 올려달라는 말을 한다면, 나는 사람이 아니라 갭니다, 개! 아무 걱정 마시고, 아들 낳을 때까지 쭉~ 사십시오. 이 집터로 말할 것 같으면, 내가 여기서 아들을 낳은 명당자리지요. 꼭 아들 낳으십시오. 남자는 뭐니 뭐니 해도 아들이 있어야 남자지, 아들 없는 것들은 남자가 아니지요! 물론 우리 한 선생님은 빼고요."

응어리 밭

"야! 문 열어! 내 집에 내가 왔는데, 왜 문을 안 여는 거야! 느그들 다 잡아 죽일 거야! 당장 문 열어!"

늦은 저녁, 술 취한 집주인 아저씨가 또다시 4층 현관문 앞에서 악악 울부짖으며 문까지 쾅쾅 두드려 댔다. 안에서는 아무런 대답이 없는 듯했다. 주인아저씨가 발을 쿵쿵 굴러댔다. 건물 전체가 쿨렁거렸다. 자고 있던 예진이가 깨어 자지러질 듯 울자 아기 가슴에 손을 대어 토닥거리던 아내가 퉁퉁 부은 얼굴로 야무지게 말했다.

"예진이 놀라겠어요. 얼른 나가서 주인아저씨 좀 어떻게 해 봐요!"

거실 바닥에 배를 척 깔고 책을 읽던 나는 아기가 놀라겠다는 아내의 말 한마디에 펄떡 몸을 일으켜 4층으로 올라갔다. 아저씨는 나를 보자마자 떠받드는 품으로 내게 꾸벅 절을 했다.

"아이~쿠! 이거 우리 대학교 선상님께서 나오셨구먼요! 죄송해서 어쩐다요."

아저씨 혀가 꼬부라졌다. 나는 인사 시치미를 뚝 뗀 뒤 치밀어 오르던 화를 지긋하게 누르면서 어린아이 나무라듯 틱 쏘아붙였다.

"아저씨, 왜 이렇게 술을 많이 잡수셨어요? 얼른 집으로 내려가셔요!"

내 말에 아저씨 두 눈이 똥그래졌다. 아저씨는 조련사처럼 손가락을 뻗어 4층 현관문을 찔러댔다. 곧바로 술주정뱅이의 헛된 푸념이 추적추적 늘어져 나왔다.

"내려가라고요? 여기가 우리 집인데, 왜 문을 안 열어 줍니까? 어디로 내려가랍니까? 한 선상님! 이 좆같은 세상, 내가 맨정신으로 살 수가 없지 않습니까? 한 선상님은 제 심정 잘 알잖습니까?"

아저씨는 몸을 곧추세우지도 못한 채 앞뒤로 흔들거렸다. 문득 나는 아저씨가 술에 취해 4층을 정말로 자기 집이라고 생각할지도 모른다는 생각이 들었다.

4층 여자

4층 부부도 알고 보면 이 몰상식한 주인 때문에 딱하기가 주인집 못지 않았다. 4층 여자는 40대 초반이었지만 아직 아이가 없었다. 남자 집안에서는 결혼 전부터 아들을 낳아야 한다는 압력이 거셌다고 했다. 여자는 사내결혼으로 결혼과 동시에 회사를 그만두고 아이가 들어서기만을 기다렸는데, 남편이 영업부 과장으로 승진 발령이 나는 바람에 모든 계획이 틀어졌다. 신혼의 딱지도 못 뗀 남편이 밤마다 하얀 와이셔츠 옷깃에 선명한 립스틱 자국을 묻혀 오는가 하면 외박까지 잦았다. 그로 인해 둘 사이에 불화가 끊이질 않았다. 남편은 심지어 두세 달씩 해외 출장까지 다니곤 했다. 술과 피곤에 절은 남편은 집에 들어오기 무섭게 잠에 곯아 떨어졌다. 둘은 사이까지 멀어졌다. 이런저런 이유로 여자에게는 아이 들어설 새가 없었다.

결혼한 지 5년이 지나자 온 시댁 식구가 며느리를 구박하기 시작하면서 이혼까지 강요했다고 한다. 결혼 생활이 파탄에 이를 즈음 다행히도 남편이 부장으로 승진을 했고, 그때부터 둘은 아이를 갖기 위해 갖은 노력을 다 기울였다고 한다. 안동 물 좋은 산골에서 채취한 청정 한약재를 대 놓고 먹는 것은 물론 아이 들어서는 데 좋다는 것은 뭐든지 구해 먹었다. 여자는 요가를 배우기 시작했고, 합궁 시간뿐 아니라 체온까지 세심히 따져 부부 관계를 했다. 집안 곳곳에 남자 아기 사진을 걸어놓았고, 심지어 낳지도 않은 아기 옷까지 마련해 두었다. 생리가 하루만 늦어져도 아이에 대한 기대로 온 식구가 들뜨기 시작했다. 하지만 온갖 정성에도 아기는 끝내 들어서질 않았다.

결국 4층 부부는 산부인과를 찾았다고 한다. 그들에게 그것은 여자로서의 자존심과 남자로서의 체면을 모두 버린 것과 같았다. 불임 전문병원 마리아 산부인과에서 첫 번째 인공수정을 시도했지만 실패였다. 의사는 정밀 진단을 권유했고 여자에게서 그리 크지 않은 자궁근종이 발견되었을 뿐 둘 다 아무 이상이 없었다. 남자는 마음이 급해져 시험관 아기 시술로 건너뛰었다. 시술 비용만 5백만 원이 넘게 들었다. 그것도 착상에서 실패했다. 모두가 체념했다.

여자는 남몰래 한의원을 방문하여 착상 환경을 좋게 만들어 주는 침을 맞고 약을 먹었다. 여자는 두 번째 시험관 시술을 받았고, 기적처럼 성공했다. 여자는 눈물을 흘렸다. 안도감과 복수심이 교차했다. 뱃속의 아기가 몸으로 느껴지면서 여자에게는 한없는 행복감이 밀려들었다. 여자의 위상은 하루가 다르게 높아졌다. 귀빈이 따로 없었다. 남편을 포함한 온 시댁 식구가 여자를 떠받들었다.

그런데 임신 5개월 만에 하혈과 함께 아기가 유산되고 말았다. 여자의 자만이 원인이었다. 입덧도 잘 끝나 출산에 대한 자신감이 붙었던 여자는 집안의 만류에도 불구하고 아기 가진 자랑을 하고 싶어 안동에서 벌어진 시댁의 중요한 잔치에 참석했었다. 내려갈 때까지는 좋았지만 불편한 잠자리와 여행의 피로 그리고 시댁이라는 스트레스 등이 복합되어 서울로 올라오는 차 안에서는 몸살 기운마저 감돌았다. 다음 날 아침 화장실에서 여자는 공포의 눈물을 흘려야만 했다.

아기가 유산되면서 남편의 마음도 함께 떠났다. 여자는 자기에게 등 돌린 남자를 벽처럼 바라보며 살아야 했다. 여자는 자기를 네 벽의 울타리 속에 가두었다. 유산의 후유증으로 여자는 몸까지 계속 나빠졌다. 부부 사이에 대화는 끊겼고, 엎친 데 덮친 격으로 남편이 구조조정에서 잘리기까지 했다. 수출로 큰 이익을 보고 있던 회사가 IMF 분위기를 핑계 삼아 교활한 구조조정을 단행했던 것이다. 영업 경험이 많았던 남자는 작은 회사에 재취업이 되긴 했지만 예전처럼 또 술 상무 역할을 도맡게 되었다.

게다가 몇 달 전, 앞뒤 가리지 않고 감정적으로 전세반환청구소송을 낸 세입자들 때문에 4층 부부가 살았던 전세 건물 전체가 경매로 넘어갔고, 변제 순위에서 밀린 4층 부부는 전세금의 절반 정도를 잃게 되었다. 하지만 거듭된 불운이 꼭 나쁘지만은 않았다. 그 둘은 고난을 통해 가까워졌다. 4층 부부는 의기투합하여 마지막으로 시험관 시술을 한 번 더 받아볼 요량으로 돈을 줄여 이곳 4층으로 이사를 왔던 것이다. 그들에게는 돈보다 아이가 더 절박했다. 4층의 늙은 신혼부부에게 이 집은 마지막 기회였다.

4층 여자는 아기엄마인 아내와 곧장 친해졌다. 여자는 마음이 여릴 뿐 아니라 겁도 많았다. 여자는 시험관 아기가 실패할 것만 같다는 불안 속에서 살았다. 4층 남자는 날마다 늦게 들어왔지만, 옛날과 달리 여자에게 갖은 정성을 쏟고 있었다. 여자도 남편의 변화에 대해 만족해했다. 다만 이 놀람뱅이 4층 여자는 불량 취객의 난동 때문에 잔뜩 겁을 먹게 되었다는 게 문제였다. 여자는 더 큰 싸움으로 번질까 두려워 남편에게 그 사실을 알리지도 못했다. 이런 상태에서 시험관 시술은 무의미했다. 그럴수록 여자는 4층 더욱 깊숙한 곳에 메마른 고치만 틀고 앉았다.

"4층엔 전세를 주셨잖아요? 그만 내려가세요! 내려가 주무세요!"

나도 모르게 말꼬리가 쓱 올라갔다. 거기에는 도덕적 우월감이 하얀 눈처럼 깔려 있었다. 악악대는 술주정으로 한 여자에게 돌이킬 수 없는 몹쓸 짓을 저지르고 있는 주인아저씨는 맨정신 때 가졌던 마음이나 생각과 상관없이 시꺼먼 악마 놀음을 벌이는 셈이었다. 이 악마는 술과 기억 상실 그리고 못된 습관에서 자라난 폭군으로서 4층 여자가 고이고이 간직해 온 꿈과 바람을 하루하루 짓밟아 망가뜨려 갔다. 술에 취한 악마는 걸어 다니는 살덩이에 불과한 것이 아니라 스스로를 낮출 줄도, 올바름을 가름할 줄도, 자기의 이익과 손해를 귀신같이 감지할 줄도 아는 멀쩡한 사람이었다. 이 악당은 남을 마음 깊이 아끼는 법은 체념하면서 권력 앞에 아부하고 조아릴 줄 아는 비굴함과 연약한 사람들의 삶을 무자비하게 난도질하는 일상의 잔인함만은 날마다 박박 갈고닦는 것이었다.

더러운 외설

"아무리 술에 취했어도 그렇지 남의 집에 와서 행패를 부려서야 되겠습니까?"

나는 우꾼우꾼 치미는 분노에 아저씨를 벌겋게 다그쳤다. 아저씨는 내 말에 아랑곳도 하지 않은 채 그저 내 눈만 흐리멍덩 뚫어져라 바라보았다. 나는 참다못해 아저씨를 내 두 팔로 감싸 안아 번쩍 들고 아래층으로 뒤뚝뒤뚝 내려가기 시작했다. 아저씨는 2층까지 맥없이 끌려 내려오다시피 하다가 2층 현관문 앞에서 내가 잠시 쉬는 참에 갑작스레 도살장 황소처럼 두 다리를 떡 벌린 채 시근벌떡하며 아락바락 소리를 내질렀다.

"한 선생! 이거 놔! 힘으로 해 보겠다 이거야? 내가 왕년에 베트남 참전 용사야! 나한테 잡히면 다 죽어!"

나는 그 흉물스럽고 흉악스러운 어깃장과 으름장에 헛웃음을 터뜨렸다. 아저씨의 어그러진 모습은 술 취하지 않았을 때와는 생전 딴판이었다. 아저씨의 알음알이 집에는 두 마리 짐승이 들락거렸다. 말짱할 때 그 집에 노니는 것은 고분고분 다소곳한 양이었지만, 술에 잠뿍 취했을 때는 독살 맞고 지저분한 미친개가 어슬렁댔다. 양은 빛깔 없는 그림자처럼 고개를 뻣뻣이 쳐드는 법 없이 누구에게나 굽실거렸을 뿐 아니라 보는 눈마저 어두워 밤에는 바깥을 나다닐 수조차 없었다. 하지만 똥밭에 뒹구는 것을 좋아하는 미친개는 자신이 욕지기나는 구린내 지린내 고린내를 니글니글 풍긴다는 것도 모른 채 아무에게나 반갑게 뛰어오르거나 사납게 짖어댔고, 그 통에 사람들은 더럽고 무서운 독살풀이 개를 비웃적거리며 멀리했다.

나는 흰 이빨을 드러낸 아저씨를 허리를 뒤에서 디룽디룽 매 들고 내려가 건물 현관 밖으로 통 통겨 놓았다. 아저씨는 두서너 걸음 비틀거리더니 몸을 똑바로 추어 제자리에 멈춰 섰다. 나는 현관문에 팔짱을 낀 채 떡 버티고 섰다. 아저씨는 지퍼를 닫듯 손등으로 입을 쓱 닦더니 발을 구르거나 소리를 지르는 대신 훌러덩훌러덩 옷을 벗어젖히기 시작했다. 아저씨가 윗도리 겉옷 하나와 속옷 하나를 벗자 불그죽죽한 위통이 울룩불룩 드러났다. 아저씨는 벗은 옷을 푸떡 패대기를 친 뒤 너부러진 옷을 뿔끈 노려봤다. 나는 아저씨 행동이 기도 안 차 코웃음을 터뜨렸다.

"허 참. 아니, 아저씨, 옷은 왜 벗으세요?"

아저씨는 나를 흘끔 쳐다본 뒤 땅바닥에 털썩 주저앉아 신발을 하나씩 훌떡훌떡 벗어서 골목 저 멀리 휙휙 집어던지더니 곧이어 양말도 훌훌 벗어 같은 곳으로 휙휙 던졌다. 나는 눈으로 신발과 양말을 뒤쫓아 더듬어 놓고 바지 주머니에 손을 꾹 찔러 넣었다. 아저씨가 혼잣말로 씨불씨불 무슨 말인가를 구시렁댔다. 왁작박작 지지거리며 다가오던 몇몇 여학생들이 신발이 던져진 골목 갈림길에서 길을 돌아가는 소리가 옹성옹성 들렸다. 아저씨는 수군거리는 소리가 들리는 쪽을 향해 알아들을 수 없는 말을 몇 마디 던지더니 허리띠를 풀어 손에 친친 거머쥔 뒤 허리띠로 땅바닥을 딱딱 내리쳤다. 허리띠 소리가 시들먹해지자 아저씨는 비치적거리며 일어나 바지 지퍼를 내렸다. 밀가루가 뿌려진 듯 뽀얀 두 다리가 허물을 벗듯 벗겨져 나왔다. 전봇대 가로등 불빛 아래에 잿빛 사각팬티를 걸친 알몸이 냉동 닭처럼 안쓰러웠다.

발정 난 암캐도 없이 혼자서 홀랑홀랑 옷을 벗어 던지는 수캐의 술주정은 외설과 같았지만 거기에 그것을 검열하거나 삭제할 사람은 아무도 없었다. 나는 마치 외설의 경호원이나 되는 양 주변을 두렷두렷 살폈다. 죄는 술이 짓고 고생은 어리석게도 사람이 하고 있었다. 외설을 부추긴 술이 수캐의 가죽부대 속을 짜르르 흐르고 있을지라도 고 괘씸한 술만 따로 떼어내 처벌할 수가 없으니, 만일 우리가 그에게 외설죄를 물어야 한다면 우리는 어쩔 수 없이 술과 놀아난 저 벌거숭이 수캐를 체포할 수밖에 없었다.

아직 남겨진 팬티 한 장이 털 없는 수캐의 외설을 막아주고 있었다. 아니 저것은 외설도 못 되었다. 똥오줌 못 가리는 더러운 외설은 예술이 아니라 구역질에 불과했다. 외설은 예술의 격조를 갖춘 자기 배설물이지 남의 창자를 뒤집어 놓는 구토제가 아니었다. 외설은 깨끗할 때만 아름다울 수 있었다. 더러운 외설은 타인의 추억을 메스껍게 망치는 쓰레기일 뿐이었다. 내가 쓰레기를 치우려 골목 바닥으로 한 걸음 털렁 내려선 그때 내 뒤에서 아주머니의 싸늘한 목소리가 들렸다.

"놔두세유. 저 인간은 건드리면 더 덧나유."

내가 뒤를 돌아보자 아주머니 눈빛이 목 잘린 메두사처럼 그리고 땅바닥에 떨어져 토막난 고드름처럼 아저씨 몸뚱이에 뾰족하고 차갑게 박혀 있었다. 내가 옆으로 한 걸음 비켜 주었지만 아주머니는 조각상처럼 꼼짝도 하지 않았다. 내 뒤에 가려 있던 아주머니 모습이 드러나자 전원이 나간 로봇처럼 축 널브러져 있던 아저씨가 철커덕 입을 열어 하늘을 향해, 아니 이웃집들을 향해 외쳤다.

"야, 이 거지 같은 것들아! 잠이 오냐, 잠이 와! 내 손에 칼만 있으면 너희 같은 것들은 파리 목숨인 줄 알아, 이 똥 대가리 같은 놈들아! 내가 이 동네 터줏대감인데 감히 어떤 년놈들이 나한테 씨부렁대는 거야! 다 나와! 다 나와, 이 개새끼들아! 한 판 붙자, 이 씹새끼들아! 주둥아리를 확~ 찢어발길 테니까, 어디 한번 아가리 디밀어 봐, 이 개좆같은 새끼들아!"

아저씨의 묻지마 욕설이 골목 빈 밤하늘을 쩌렁쩌렁 주름잡았다. 무언극은 눈을 돌리거나 감으면 그만이지만, 욕설극은 이미 들어버린 다음에는 닦아내거나 씻어버리거나 날려버릴 수 있는 게 아니었다. 모두가 숨죽인 가운데 울려 퍼진 욕지거리는 눈을 따갑게 비추는 햇살처럼 듣는 이의 양심을 저릿저릿 후벼 파는 법이었다. 어디선가 뜸 들인 경고가 터져 나왔다.

"아, 거기 좀 조용히 합시다. 계속 떠들면 경찰에 신고할 겁니다!"

목소리는 굵고 발랐고 따사로웠지만 말참견 번지수는 잘못 찾고 있었다. 욕설의 주인공이 사회적 동물로서의 인간이 아니라 외설을 흉내 내는 지저분한 미친개였기 때문이었다. 목소리의 주인공이 말꼬투리를 잡히지 않으려고 높임말을 썼고, 아저씨를 불한당이라기보다 불쌍당으로 여겨 직접 신고하는 대신 신고하겠다고 경고한 보람도 없이 경찰을 들먹거린 것이 화근이 되어 아저씨는 그 목소리를 향해 한 줄기 불벼락을 퍼부었다.

"어떤 피라미새끼가 뒷구멍에서 개수작이야! 이 동네 경찰은 다 내 손

안에 있다, 이 씹 자식아! 어떤 새낀지 이리 당장 내려와, 이 새끼야! 계집 애처럼 뒤에서 수군거리지 말고!"

밤의 깊음에 고즈넉이 가라앉았던 앞집 2층이 우당탕우당탕 어수선 해지면서 그 집 창문으로 외마디소리에 가까운 높고 앙칼진 젊은 여자 목소리가 피를 토하듯 쟁쟁 울렸다.

"미친놈을 뭣 때문에 상대하려고 그래! 혼자 떠들게 그냥 내버려 둬! 왜 자기가 나서! 요즘 저런 정신병자 놈들 어디 한둘이야! 다 상대하다가 는… 빨리 창문 닫아!"

창문 닫히는 소리가 이어졌고, 불까지 폭폭 꺼졌다. 골목 전체가 밤의 폭격에 뭉텅이로 고요해졌다. 그 누구라도 맨정신에 이러한 자연의 고요 를 깨트리려 하지는 않을 것이었다. 다만 혼자 놀던 무대에서 상대역을 맞 이한 아저씨만 물 만난 물고기처럼 길길이 날뛰며 살판난 듯 악을 써댔다.

"어쭈! 계집년을 시켜서 발뺌을 하겠다. 에라, 이 좆도 안 달린 새끼야. 너 같은 새끼들 때문에 나라가 이 모양 이 꼴인 거야 임마, 알아? 이 돌 마 빡에 피도 안 마른 새끼가 어디서 좆대가리를 세우고 난리야. 너 같은 쓰 레기들은 트럭으로 실어와도 하나도 겁 안나! 배짱 있으면 나와 이 자식 아. 못 나올 거면 쥐새끼처럼 뒈진 척이나 하고 있어라, 에이 이 멍멍아!"

하지만 아저씨가 말을 끝맺기도 전에 골목엔 이미 고요가 찾아들었 다. 그 어떤 무적함대라도 가랑비에 옷 젖는 듯 무거워지는 밤의 고요를 이길 수는 없었다. 그 뒤 아저씨는 몇 차례 흥행 시도를 했지만, 관객은 한 명도 모이질 않았다. 결국 극장은 문을 닫아야 했다. 나는 아저씨에게 한 발 다가서며 예비군 대하듯 공손한 명령법으로 요청했다.

“그만 들어가세요.”

아저씨는 두 눈을 잠시 씀뻑거리다 벗어 던진 옷을 씁쓰레 모아들고는 반지하로 자박자박 내려갔다. 나는 구두와 양말을 찾았다. 아주머니가 동굴입구 같은 현관문 옆에서 내가 건네주는 구두와 양말을 건네받으며 인사를 했다.

“예진 아빠, 고마워유….”

그 인사 소리가 채 사라지기도 전에 바지만 꿰찬 아저씨가 홱 달려들어 아주머니의 뺨을 후려갈겼다. ‘짝~’ 하는 소리가 났다. 그러나 휘청거리기는 때린 쪽이었다. 아저씨가 몸을 가누며 시퍼런 푸념을 내뱉었다.

“야, 이 년아! 뭐가 고맙다는 거야. 니 년만 아니었어도, 내가 이렇게는 안 산다, 안 살아!”

아주머니는 꼿꼿이 꿈쩍도 않은 채 아무런 대꾸가 없었다. 나는 어안이 벙벙해져 아주머니 얼굴을 어성버성 바라보았다. 단숨에 얼어버린 뜨거운 얼음 조각상 같은 겉얼굴에서는 허연 서릿김이 모락모락 피어오를 뿐 오직 입술만이 주문을 외우듯 얄기죽얄기죽 살아서 움직이고 있었다. 아저씨가 아주머니의 우물거리는 입모양을 이기죽대는 빈정거림으로 여겼는지 쌍스러운 욕을 씹어뱉었다.

“이 개 같은 년이 어디서 말대꾸야!”

아주머니는 입에 담을 수조차 없는 쌍욕에 입을 더욱 삐죽거렸다. 아저씨가 거리낌 없이 다시 아주머니의 뺨을 철썩 내갈겼다. 나는 속으로 움찔했지만 반사적으로 아저씨의 팔을 휘어잡으며 아주머니에게 물었다.

“아주머니 괜찮으세요?”

아주머니는 대답 대신 볼웃음을 살짝 떠어 주었다. 살 웃음이 가시자마자 희고 차가운 비웃음이 나타났고, 그 찬웃음마저 사그라진 파리한 석고상 얼굴에는 악다문 입술만이 파들파들 떨고 있었으며, 앞을 노려보기만 하는 두 눈은 마치 단추가 박힌 듯 퀭하니 꺼져 보였고, 불뚝 그러쥔 두 주먹의 등주먹 뼈가 형광등 아래 희끄무레 드러났다.

"아저씨, 방으로 좀 들어가시죠."

나는 아저씨를 아주머니로부터 떼어놓기 위해 우격다짐으로 밀어붙였고, 아저씨는 힘 한번 제대로 쓰지도 못한 채 맥없이 밀리다 꽁지 내린 싸움소처럼 내게 등을 돌린 채 방으로 들어가 방바닥에 거만한 책상다리 모양으로 틀어 앉았다. 내가 방문을 뒤로 한 채 아저씨를 마주보고 앉자 아저씨가 거친 소리로 머슴 부리듯 아주머니에게 심부름을 시켰다.

"야! 담배하고 재떨이 가져와! 라이터도! 빨리!"

"…"

끔벅끔벅 머뭇거리던 아저씨가 열 뻗친 목소리로 고래고래 호통을 쳤다.

"야! 너 간덩이가 부었냐? 죽을래?"

"그래, 죽으련다. 오늘 너 죽고, 나 죽자!"

아주머니는 마치 악에 받친 사람처럼 미친 듯 울부짖으며 방안으로 들어섰다. 아저씨가 질겁하여 말도 못하고 낙장거리를 하듯 뒤로 벌러덩 나자빠졌다. 아주머니 오른손에 스테인리스 부엌칼이 번쩍 들려 있었다. 나는 번뜩이는 칼 빛에 움칠 놀라 입을 딱 벌리며 벌떡 일어나 아주머니를 가로막아 서면서 말했다.

"아주머니, 진정하세요. 진정하세요. 왜 칼을 들고 그러세요."

"한 선생님 앞에서 너무 창피하고…, 저 인간이 평생 저놈의 술버릇을 못 고치니, 내가 더는 살 수가 없지… 차라리 저 인간 죽이고, 나도 죽는 게 나아!"

나는 그 칼을 들고 서 있는 것조차 힘들어 보이는 아주머니에게서 칼을 조심스레 넘겨받아 싱크대 어딘가로 뗑그렁 던져두면서 아주머니를 우리 집으로 모셔 들였다. 아내는 생급스러운 일에 허둥댔지만 이내 아주머니를 닝큼 맞아들였다. 내가 다시 반지하로 내려갔을 때 아저씨는 날개를 곧추세운 닭처럼 한 손을 무릎 위에 세우고 담배를 푹푹 피워대고 있었다.

집주인 아저씨의 꿈

"내가 이래 봬도 왕년에 사우디까지 갔다 온 몸이라우. 건설의 역군이 바로 나, 박 성남이란 말이외다! 내 아들놈 하나 놓고 먹고살 길이 없어 중동으로 갔거든. 당시 100억 불 수출이다 뭐다 해서 국가적으로는 난리를 쳤지! 우린 무슨 지랄들이었는지 몰라도 밥 먹고 일만했지. 그 챠이나 애들은 아침 9시에 나와서 5시에 들어가지만 우리는 아니지! 우리는 밤이고 낮이고 그냥 밀어붙이는 거야! 잠 잘 때 빼고는 쉬는 게 없어, 우리는!"

내가 방바닥에 엉덩이를 붙이자 아저씨는 말꼬리를 기와집 추녀 모양으로 끌어올리면서 자기 자랑에 신을 냈다. 내가 허투루 듣고만 있자 아

저씨가 목청을 껄렁껄렁 돋워 나갔다:

"중동 애들이 감탄하는 거지. 속도전! 북한 애들이 말하는 속도전은 비교도 안 되지. 갸들 속도전은 시간 정해 놓고 하는 것이지만, 우리 속도전은 공기 단축을 목표로 하는 거지. 남들 3년 할 거, 우린 1년 안에 끝낸다! 이게 바로 우리였어. 그만큼 돈도 빨리 벌었지. 우리 한 선생님이야 잘 알겠지만 이 대한민국의 압축 성장은 바로 공기 단축인 거 아니겠소? 나 박 성남은 그렇게 생각해! 어디, 내 말이 틀렸소?"

흔들리는 오뚝이처럼 그냥 고개만 끄덕이던 내 귀에 '공기 단축'이라는 아저씨 말이 번쩍 뜨였다. 내가 아저씨를 바라보자 아저씨는 말에 또박또박 힘을 실어 현재의 집 문제로 화제를 슬슬 돌렸다.

"한 선상님! 내 몸뚱아리가 그때 다 병신이 됐습니다! 내가 일하느라고 아들하고 찍은 사진 한 장이 없어요! 내가 집으로 돌아오니까 아들 새끼가 지 애비를 몰라봐! 나보고 아저씨 누구냐고 묻는 거야. 내가 죄인입니까? 아니지! 물론 내 아들놈에게는 애비 노릇 제대로 못 한 죄인이지만, 그래도 내가 그 죗값으로 이 집 하나 지은 거 아닙니까? 사람이 집은 있어야 살 거 아니요? 지었는데…, 아 좆도 씹팔 내가 이 꼬라지를 당하려고 이 집을 지은 건 아니지! 아니 그라요?"

아저씨는 벌그죽죽 핏발 선 두 눈을 지릅떠 나를 노려보면서 집에 얽힌 피맺힌 앞뒤 속사정을 피 끓는 목소리로 엉성궂게 풀어놓더니 말을 바꾸어 세상 탓을 한바탕 늘어놓았다.

"그런데! 이 개뼈다귀만도 못한 바보 영삼이 땀시 내가 요 모양 요 꼬락서니가 됐으니…. 왕년의 건설역군, 피땀 흘려가면서 달러 벌어들인 우리 같은 사람이 애국자 아닙니까? 헌데, 이놈의 세상은 애국자를 병신으로 만들어! 내가 그 양반 대통령 될려고 하는 게 하도 딱해서 내 소중한 한 표를 찍어줬는디, 결과가 뭐냐? 나만 꼴통이 됐다, 이 말입니다! 아시겠습니까? 대한민국 애국자들은 몽땅 꼴통이 된다니까! 저 바보 영삼이 땜시 나가 빈털터리가 됐습니다. 나 돈 한 푼 없어요. 몸은 다 망가져서 일도 못하고, 일 못하니까 울화가 치밀어서 허구한 날 술이나 처먹는 바람에 술주정뱅이가 돼 버렸어!"

아저씨는 눈물콧물범벅으로 엉망진창이 된 얼굴을 두 손으로 번갈아 훔친 뒤 그 손을 바지허벅다리에 닦아대느라 말을 잇지 못했다. 나는 텔레비전 위에 놓인 두루마리 화장지를 통째로 가져다주었다. 아저씨는 화장지가 축축해질 정도로 코를 푼 뒤 벌름벌름 코 뚫림을 살피면서 맹맹하고 애처로운 목소리로 서러움을 털어놓았다.

"아들놈도 이젠 날 닭 쳐다보듯 해. 그래도 마누라가 낫지. 우리 저 여편네쟁이가 남편 잘못 만나 쌩고생이지. 내가 해 준 건 아들 하나 나 준 것하고 집 지어 준 것밖에 없수다. 술이 병인 줄 알면서 내가 이걸 몬 고쳐! 술만 먹으면… 자꾸 마누라한테 손을 대. 지 마누라 때리는 놈은 인간도 아니지요! 나도 그건 잘 알지요. 내 죽으면 이 버릇을 고치려나. 술 깨면 내가 환장한다니까! 그래도 옛날에는 아무리 술이 취해도 내 절대 마누라 손찌검은 한 적이 없수다. 손찌검이 다 뭐야, 내 밤새도록 마누라를 예뻐했지, 하하. 하지만 이제 난 인간도 아니게 됐수다. 저 바보 때문에…"

방 안은 아저씨가 피워 댄 줄담배 연기로 자옥했다. 눈이 깔끄럽고 맵

고 따가웠다. 아저씨는 이따금 목에 끓어오르는 가래를 돋우거나 삭이느라 숨을 통았다. 그때마다 컉컉 목 긁는 소리가 속을 더욱 메스껍게 만들었다. 아저씨가 목에서 떨어져 나온 굵은 가래를 화장지에 톡 떨어뜨리어 싸며 다시 집 얘기를 꺼냈다.

"사실 이 집은 내가 손에 쥐고 있긴 하지만 내 거라고 할 수도 없지."

나는 속이 뜨끔했다. 내 눈초리가 뜨악해 보였는지 아저씨가 말을 이으려다 말고 목을 내 앞으로 쭉 뻗어 내 얼굴을 한참이나 들여다본 뒤 말을 뱉었다.

"한 선생님! 누가 내 손에 1억만 쥐어 주면 내 이 집을 팔아 치울 랍니다. 우리 한 선생님이 이 집을 좀 사시오!"

나는 아저씨의 뜬금없는 소리에 홰홰 손사래를 치며 똑바른 얼굴빛으로 말을 받았다.

"집을 사라니요. 저한테 무슨 돈이 있다고."

아저씨가 내 대답을 움 지르며 흰소리를 쳤다.

"한 선생님도 잘 알겠지만 이 집이 못 가도 3억은 넘습니다. 내 전세금 때문에 이 집을 팔려고 했는데 사려고 하는 놈이 없어요. 한 선생님이 내 손에 1억만 쥐여주면 내 이 집을 팔 테니까 제발 한 선생님이 이 집을 좀 사시오! 그럼 한 선생님은 앉은 자리에서 몇천만 원을 버는 겁니다."

내가 아저씨 말을 듣는 둥 마는 둥 귓등으로 들으며 딴청을 부리자 아저씨는 자신이 집을 팔려는 근심겨운 까닭을 늘어놓았다.

"내 이 집을 끝까지 붙들고 있다가는 홀라당 날릴지도 몰라 속이 까맣게 타들어 갑니다. 지금은 내가 이 집을 갖고 있을수록 손햅니다. 우리 아들놈이 취직까지 해서 여자 친구가 있는데, 이 집이 팔려야 전셋집이라도 하나 얻어서 장가를 보낼 수 있을 텐데…. 그래야 내가 애비 노릇 좀 쪼까 해 주는 것 아니겠습니까? 우리 두 늙은 것들이야 지하면 어떻고 단칸방이면 어떻겠습니까? 하지만 아들놈한테야 내 그럴 수 없지 않아요? 안 그러요, 한 선생님? 그러지요? 내 하나밖에 없는 아들놈 전세방도 못 얻어 주면 콱 죽어버리는 게 낫지 살아서 뭣 하겠습니까?”

아저씨는 그 말을 끝으로 사르르 말이 끊겼다. 나는 등신불처럼 잠이 든 아저씨를 급한 대로 바닥에 뉘었다. 두 눈썹 사이가 갈퀴 모양으로 골 깊게 패여 있었다. 아저씨는 마치 번뇌에 시달리기 위해 잠든 것만 같았다. 악다문 입과 감긴 두 눈 둘레는 자잘한 주름의 강들로 우그렁쭈그렁 쪼글쪼글했다. 잠의 강물은 헤엄칠수록 더 깊고 낯선 곳으로 구불구불 흘러가고, 상앗대마저 없는 꿈의 뗏목은 헐겁게 풀어지거나 물속으로 가라앉아버린다. 잠은 사람에게서 움직임을 빼앗아간다. 잠의 손아귀에 우그려 잡힌 사람은 손가락 하나 움직일 힘마저 쏙 빠져버려 아무런 저항도 할 수 없게 되지만, 잠의 무덤에 갇힌 사람은 그런 최고로 위험하고 무기력한 상태에 놓임으로써 비로소 세상의 고통으로부터 가뭇없이 해방될 수 있는 것이다. 하지만 아저씨의 껍데기 모습은 유황불 고통에도 결코 잠들 수 없는 찌그렁이 모습이었다.

벽들이 울렁대더니 머리에 메슥메슥 울렁증이 생겼다. 나는 뭉글대는 가슴을 콩콩 두드려 보았다. 담배 연기가 물그레하게 엷어졌다. 희뿌옇던 형광등 불빛이 차츰 밝아오자 어두침침했던 네 벽이 희치희치 닳아빠진 무덤 벽화처럼 눈앞에 어룽거렸다. 나는 고고학 발굴자처럼 아저씨 얼굴과 네 벽을 찬찬히 둘러보았다. 벽에는 하늘을 나는 신선이나 용 또는 학이나 기린 대신 낡고 추저분한 쪽박세간들이 벽을 따라 산봉우리처럼 들쑥날쑥 쌓여 있었다. 방안으로 송장 썩는 듯 쿠리터분하고 징그러운 냄새가 울컥울컥 엉겨들었다. 아저씨도 냄새를 맡았는지 팩 돌아누웠다. 아저씨가 누웠던 자리가 노랗게 도드라지면서 장판에 새겨진 담뱃불 똥 자국들이 빠끔빠끔 까맣게 드러났다. 그 자국들은 마치 장판 무늬처럼 온 바닥을 수놓고 있었고, 심지어 벽에까지 퍼져 있었다.

중학교 때 엄마 심부름으로 이웃집에 소금을 얻으러 갔던 지난 일이 생생히 떠올랐다. 날씨는 낮조차 어두컴컴할 만큼 잔뜩 흐려 있었다. 아 주머니는 소금을 자루에 담아주기 전에 나를 살포시 부엌으로 데려가 노란 개똥참외 하나를 바지에 훌훌 닦아 먹으라고 건네주었다. 바로 그 때 먹구름 깊이 가려 있던 한여름 햇살이 활딱 열린 부엌문으로 쨍하고 비춰들었다. 어둑했던 부엌 전체가 어둠 한 톨 없이 환하게 밝아졌다. 어 떻게 그럴 수가 있었을까? 황토로 지어진 부엌 벽 전체를 빙 둘러 한 군 데의 빈틈도 없이 파리똥이 빼곡히 슬어 있었다. 파리똥 전체가 밤하늘 별처럼 반짝거리더니 마치 징그러운 벌레 떼처럼 꿈틀대며 빙글빙글 소 용돌이를 일으켰다. 부엌 공간 전체가 연기처럼 그 벌레 구멍 속으로 쭉 쭉 빨려드는 듯 느껴져 나는 숨 막힘으로 헐떡거리며 겁먹은 황소처럼 두 눈을 희번덕댔다. 내 손에 쥐어졌던 그 샛노란 참외가 '팍~' 소리를 내 며 터졌다.

나는 물 풍선처럼 출렁거리는 의식의 역겨움을 쓸어내리며 담배 연기 가 빠지도록 창문을 드르륵 열었다. 창틀에는 기름때가 찐득찐득 눅눅하게 달라붙어 있었고, 붉은 먼지가 켜켜이 쌓여 있었다. 나는 서랍장 위에서 꼬질꼬질한 초록 베개와 홑이불 하나를 꺼내려 베우고 덮어 준 뒤 안방을 나섰다. 내 발걸음은 발바닥에 알 수 없는 끈끈이가 달라붙었는지 잘 떨어지질 않았다. 현관문에 아주머니가 그림자처럼 흐물흐물 서 있었다. 나는 고개만 까닥하고는 아주머니를 모른 척 그냥 스쳐 지나왔다. 밖으로 나오자 시원한 바깥바람에 댓진 내가 풀풀 났다. 밤하늘은 고요하고 평화로운 달빛에 노랗게 물들어 있었다.

"전세금 못 올려 줄 거면 나가!"

이 말은 주인집 아저씨가 저녁마다 전셋집을 돌아다니며 펼치는 순회 공연의 주제곡이었다. 공연은 불쑥 얼렁뚱땅 시작되었지만 관람료는 상상을 초월할 정도로 비쌌다. 집마다 적어도 2천만 원 정도는 올려주어야 내쫓기지 않을 판이었다. 다들 믿기지 않는 눈치였다.

"왜? 돈이 없다고? 아니꼽다고? 돈 없고 아니꼬우면 나가! 들어올 사람은 줄을 섰으니까."

박쥐의 먹이사냥

한국 경제는 2년 만에 IMF 터널에서 눈부시게 벗어났지만 집 없이 쪼들리는 사람들은 그때부터 새로운 어둠의 땅굴 속으로 떼굴떼굴 굴러떨어졌다. 집에 관한 한 모든 것이 깔딱 빨깍 뒤집혔다. TV와 신문 보도에 따르면 전세 값은 날마다 껑충껑충 뛰어오르고 있었고, 돈 없는 사람들은 살던 자리에서 내쫓길 판이었다. 우리 건물에서는 전세 값이 폭등을 넘어 폭발로 치달았다. 아저씨는 저녁마다 술주정을 핑계 삼아 전세금을 올려 달라고 으르렁댔다. 처음에는 주인아저씨의 단순한 으름장이거나 떵떵거림으로 여겼던 세입자들도 전세 난리가 터지기 일보직전의 상황임을 눈치 챈 뒤부터는 몸을 납작 엎드렸다. 아저씨는 와르릉 꽝꽝 소리 지르기, 퉤퉤 걸쩍지근한 욕 퍼붓기, 훌훌 옷 벗기, 짝짝 아주머니 뺨때리기에 별의별 짓을 다 했지만, 콧대 높던 세입자들조차 쥐죽은 듯 자칫 아저씨 비위라도 건드려 자신들에게 불똥이 튈까 벌벌 떨며 슬근슬쩍 꼬리를 감추었다. 차마 자존심을 구길 수 없었던 세입자들은 주제넘게도 자신들의 사정 애기를 주인 코앞에 들이댔다.

"올려주기 싫은 게 아니라, 사정이 안 되는 걸 어쩝니까?"

세입자들은 주인의 짓뭉기는 군홧발에 내쫓기지 않기 위해 죽을힘을 다해 꼭꼭 숨거나 츱츱하게 자신들의 무전유죄를 싹싹 빌어야만 했다. 들어올 때 다소곳이 머리를 조아리기커녕 되레 거들먹였던 세입자들은 오만의 붉은 원죄를 씻을 길이 없었다. 주인아저씨는 세입자에게 회개할 기회마저 주지 않은 채 다짜고짜 전세 값을 올려 달랐다. 그것은 말이 좋아 요구지 사실은 염장 지르기이자 들들 볶아대기였다. 세입자들은 없는 죄를 마냥 뒤집어쓴 천치들처럼 그저 조금만 더 살게 해 달라고 비는 수밖에 없었지만 그때마다 아저씨는 그들에게 마구발방으로 온갖 비웃음과 깔봄 그리고 업신여김을 들이부었다.

"사정이 안 되면 고자지 그게 남자여! 그런 건 하나도 쓸데가 없어! 개도 안 주워가!"

아저씨가 세 치 혀를 늘름늘름 놀릴 때마다 몸 뜨거운 씹 애기들이 쏟아져 나왔다. 세입자들은 아저씨의 초점 잃은 독사눈 앞에서 동태처럼

빳빳이 굳어버린 채 비리게 아니꼽살스럽고 욕된 말짓거리를 초라떼어
당하면서도 머리를 꺼벅꺼벅 조아리기만 할 뿐이었다. 아저씨는 세입자
들의 이야기를 아무 데서나 뚝 잡아끊은 채 지난날 겪었던 세상살이에
대한 묵은 복수를 뻐근히 해나갔다. 세입자들은 진실의 순간을 외면한
채 한결같이 볼멘소리로 애끓는 바람을 빌어댔지만, 끝내 바람구멍은 꽉
꽉 막히고 말았다. 막다른 골목에 몰린 세입자들은 마침내 태도를 바꾸
어 점잖게 항변하기 시작했다.

"아무리 그래도 그렇지 두 배를 올리는 사람이 어디 있습니까? 그건
해도 해도 너무한 거 아닙니까?"

세입자들의 입에서 자신의 몰상식에 대한 도덕적 비난을 삐주룩이 이
끌어내고, 그들을 자신과의 진흙 구덩이 싸움판으로 끌어들여 제 풀에
지치게 만든 뒤 제 발로 보따리 싸 가지고 나가게 만드는 거머리 수작질
이 곧 아저씨의 노림수였다. 아저씨는 세입자들의 비난을 빌미로 돌아올
수 없는 외나무다리를 성큼 건너갔다. 거기서 그는 차마 입에 담을 수 없
는 얕잡고 깔보고 비웃는 뒤댐 말들을 쏴대는 것이었다.

"한 배에 두 배를 올리면 변태가 되고, 해도 해도 너무하는 건 오입질
인데, 왜 이렇게 할 말들이 많은 겨? 막말로, 한 말 또 하고, 한 말 또 하면
지겨운 법이여! 그쪽들이야 아직 한창 나이인데 할 짓이 왜 없겠어? 뭐 할
라구 이렇게 지겹게 살아."

입심 좋게 콸콸 터져 나오는 아저씨의 저지레 풍자는 제3자 입장에서
들자면 괜스레 통쾌함마저 자아냈다. 아저씨는 어떤 말이든 배배 비꼬
아 말끝 맴돌이를 돌렸다. 이 말장난에 걸러드는 사람은 대꾸할 말이 바

닥나 벌겋게 말을 더듬거나 하얗게 말문이 막혔다. 세입자들은 죄어드는 '절망의 쐐기'에서 풀려나기 위해 안간힘을 쏟으며 하루 만치씩을 아슬아슬하게 살아갔다. 세입자들은 자신들의 셋집살이를 제멋대로 휘젓고 다니는 밤의 망나니를 저승사자처럼 두려워했다. 덥수룩한 장비 수염에 쉭쉭거리는 살모사 혓바닥을 날름거리는 아저씨는 불 꺼진 밤이면 동굴 박쥐처럼 건물 계단을 휙휙 날아다니며 닥치는 대로 세입자들에게 달라붙거나 끔찍스런 몰골의 사냥 박쥐처럼 닫힌 현관문을 벌컥벌컥 열어젖힌 뒤 먼저 거주자의 목소리를 빼앗고, 분노의 말타박과 지랄 같은 말을 휘둘러 사람들의 아린 마음을 짓이겨 놓았다. 벼랑 끝까지 밀린 세입자들은 미래 없는 사람들처럼 야윈 듯 가칫하고 갑갑한 모습으로 그동안 주인한테 당했던 설움을 착하게 토하고 만다.

"빈껍데기뿐인 집 좀 가졌다고 안하무인으로 이러면 천벌을 받습니다. 세입자가 무슨 봉입니까. 정말 잘났습니다. 내 참 더러워서."

세입자들의 입에서 픽 튕겨져 나온 악담들은 모래밭에 꽂힌 화살처럼 맥없이 나뒹굴고 말았다. 맥 빠진 저주는 곧 아저씨의 승리를 뜻했다. 아저씨는 패자의 저주에 맞춰 돌림노래를 부르듯 즉시 후렴을 붙였다.

"껍데기도 없는 것들이 주변머리라고 있을 턱이 있겠냐? 달린 머리는 써먹지도 못하는 주제들이 소갈머리까지 글러먹었으니 그냥 나자빠지는 대로 사는 수밖에. 밴댕이 소갈딱지 같은 족속들이 따지기는 잘하지. 벌을 받든 절을 받든 줘야 받을 게 아니여! 아, 이 사람들아 알맹이든 껍데기든 내 집 갖고 내 맘대로 하는데, 나갈 사람이 무슨 상관이여. 올려주기 싫으면 뿔난 좆이나 빨아! 나가면 서로 그만인 겨! 억울하면 집 사! 누

구는 뭐 땅 파서 집 지은 줄 아나? 나도 왕년에는 의리 하나로 먹고 산 놈인데, 아임 에프인지 에프 킬러인지를 지내고 보니까, 의리 같은 건 아무 짝에도 쓸모가 없어! 내가 이제까지 악으로 깡으로 버틴 놈이여! 세입자라면 이제 이가 갈려!”

흡혈박쥐처럼 밤마다 세입자들의 피를 말리던 아저씨 덕분에 우리 집을 제외한 나머지 세입자 모두가 이사를 나갔다. 나가는 사람들은 밤의 도망자들처럼 거멓게 풀이 죽어 시뜻한 얼굴에 돌아갈 길마저 잃어버린 패잔병들처럼 시들부들 맥을 놓고 있었다. 그들이 사라질 때마다 건물은 더욱 싸늘히 낯설어졌다. 4층 부부마저 아기의 꿈을 접고 늦가을 이혼으로 떠났다. 여자는 울지도 원망을 터뜨리지도 못한 채 둘째 낳을 달이 다 된 배불뚝이 아내에게 합죽 히죽 선웃음을 웃어 보였지만, 아내는 여자의 두 손을 부여잡고 펑펑 눈물을 쏟았다. 주인집은 그 눈물을 지르밟고 다시 4층으로 되돌아왔다. 그것으로 침묵 속에 펼쳐진 이사의 씨줄과 날줄이 마침내 마침표를 찍었다.

산후 몸조리와 곰팡이

겨울이 가난하게 왔다. 눈이 흩날리자 아내에게 웃음 반 찡그림 반으로 진통이 왔다. 첫딸 예진이를 외할머니께 맡긴 터라 부부의 정은 빨간 숯덩이처럼 새록새록 느꺼웠고, 서로를 어루만지는 애틋함도 느긋느긋 가슴에 꽉 차도록 뭉클댔으며, 마주한 모든 것이 야트막한 기억의 담장 너머에 자리한 듯 아슴푸레 상글방글 정겨웠다. 아내가 풍선 불 듯 어깻

숨을 후후 내쉬었다. 나는 벽시계 초바늘을 째깍째깍 세어나갔고, 진통은 5분 사이로 왔다 갔다 했다. 나는 아내를 껴안다시피 하여 큰길로 나섰다. 아내는 내 잠바를 헐렁히 걸쳤다가 찬바람에 꼭꼭 앞여밈을 했다. 밤 12시가 넘고 있었다. 택시로 대학병원에 도착하자마자 아내는 분만실로 들어갔고, 나는 야간 접수대에서 입원신청서를 쓰고 수속비와 입원비를 선불로 낸 뒤 분만실 앞 긴 의자에 앉아 마주 걸린 둥근 시계만 떡하니 바라보고 있었다.

이런저런 생각 끝에 머릿속에서 아들일까 딸일까 하는 궁금증이 툭 걸렸다. 부모님은 아들 바람만 불어댈 뿐 손녀는 서운히 대했다. 나는 얄은 생각들을 절레절레 떨어냈다. 새벽 한 시가 가까웠지만 분만실은 불길한 예감이 스칠 정도로 너무 고요했다. 대학병원 산부인과 병동이 이토록 조용할 수는 없었다. 나는 모른 척 살그머니 분만실로 들어갔다. 허우룩하니 간호사조차 보이질 않았다. 나는 갸웃갸웃 아내를 찾았다. 흰색 커튼으로 칸칸이 가려진 분만 대기실에서 나직이 낑낑거리는 목소리가 새어나왔다. 나는 멋쩍게 두리번거린 뒤 소리 나는 칸막이로 다가갔다. 아내의 신음소리가 맞았다. 나는 커튼을 빠끔 젖히고 들여다보았다.

이동식 침상 위에는 아내가 홀로 덩그러니 누워 있었다. 아내는 훅훅 거친 숨을 몰아쉬었고, 이마에는 송골송골 땀방울이 맺혀 있었다. 아내는 다가오는 진통을 잔뜩 벼르고 있는 듯 보였다. 아내는 가쁜 숨 가운데 내게 방긋 웃음을 지어 보였다. 나는 아내의 손을 뜨겁게 부여잡았지만 아내의 두 눈은 이미 질끈 감겼고, 아래윗니는 빠짝 사리물려 있었으며, 얼굴은 와락 일그러졌다. 나는 고통의 방관자로 동떨어진 채 먹먹하게 아내만 지켰다.

"자기야, 자궁이 열리는 것 같아!"

아내가 숨을 할딱거리며 내게 벌어진 상황을 알렸다. 나는 허둥지둥 메뚜기 뜀으로 간호사를 찾았다. 아무도 보이질 않았다. 나는 하는 수 없이 아무 전화기나 들고 혹 스위치를 마구 눌러댔다. 누군가 내게 호통치는 소리가 들렸다. 돌아보니 간호사가 도끼눈을 뜨고 성깔을 부리고 있었다. 나는 분노할 새도 없이 소리부터 꽥 질렀다.

"아니, 산모 자궁이 열리고 있는데 다들 뭣들하고 있는 겁니까!"

내 말에 더럭 겁까지 집어먹은 간호사는 이리 뛰고 저리 뛰며 호들갑을 떨다가 담당 레지던트를 불러오겠다며 분만실을 나갔고, 나는 대낀 걱정에 휩싸여 아내에게로 동동 되돌아갔다. 아내가 나를 보자마자 다락같은 목소리로 외쳤다.

"자기야, 의사 선생님 좀 빨리 불러와!"

나는 어쩔 줄 몰라 아내의 손만 더욱 꼭 쥐며 한마디 건넸다.

"간호사가 의사를 부르러 갔어. 힘 내!"

아내 입에서 끙끙 앓는 소리가 새어나왔다. 그 소리에 뒤섞여 뱃속 아기의 힘찬 몸놀림 소리가 헛들림처럼 내 귓가에 들려오는 듯했다. 아기와 엄마는 하늘이 열어주고 땅이 길러준 태어남의 때를 위해 피땀을 다 쏟고 있었다. 아내는 살이 찢어지고 뼈가 으스러지는 아픔 속에서도 끝까지 웃음을 잃지 않았다. 아내 얼굴에 뭔가 일이 터진 듯한 긴장감이 돌더니 아내가 내게 명령했다.

"자기야, 아기 머리가 나온 것 같애! 아기 좀 받아!"

나는 아내의 말에 팔다리가 얼어붙고 말았다. 눈결에 아내의 다리가 랑이 사이로 아기의 머리인 듯싶은 까뭇한 뭔가가 언뜻 보였다. 나는 뜨 악하니 의자를 박차고 일어나 분만실 출입문으로 달려갔다. 문을 열고 나가려는 것과 동시에 잠이 덜 깬 레지던트가 졸음을 쫓으며 들어왔다. 나도 모르게 외침이 터져 나왔다.

“아기 머리가 나왔어요!”

의사는 홀린 듯 주춤 멈춰 서더니 산모 위치를 묻는 듯 고개를 두리번 거렸다. 내가 얼른 아내의 위치를 가리켜 주자 의사는 뛰다시피 아내에게 로 갔고 간호사는 기본적인 의료 장비를 챙기러 갔다. 그 사이 아기는 이 미 허연 형광등 아래 번들번들 세상 빛을 박차며 나오고 있었다. 의사가 맨손으로 아기를 받았다. 나는 몸 단 보릿자루처럼 조마조마 지켜볼 수 밖에 없었다. 간호사가 가위를 건넸고, 드디어 갓난아기의 우렁찬 울음소 리가 터졌다.

“건강한 공주님입니다!”

텅 빈 공간에 싱겁게 울려 퍼진 의사의 말이 둘째 딸이 즈믄둥이로 태 어났음을 세상에 알렸다. 아내는 힘든 웃음을 웃어 보이며 잡고 있던 내 손에 힘을 주었다. 나는 한 손으로 아내 얼굴을 보드랍게 쓰다듬었다. 의 사가 아기를 엄마 품에 안겨주자 아기는 두 손을 꼭 쥔 채 울음을 뚝 그 쳤다. 나는 아기의 뱃속 이름을 불러 주었다. 아기는 아빠 목소리를 기억 하는지 고개를 내 쪽으로 돌렸다. 아내가 내게 귓속말을 했다.

“자기야, 우리 아기를 신생아실로 보내지 말고 입원실로 데려가자.”

나는 고개를 끄덕인 뒤 의사에게 직접 아내의 뜻을 밝혔다. 의사는 처

음에는 규정을 들어 강하게 거부했지만 오늘밤 실수에 떠밀려 하룻밤만 허락했다. 간호사는 아내를 비어 있는 2인 병실로 데려간 뒤 주의사항을 일러주었다. 아내와 아기는 나란히 깊은 잠에 빠져들었다. 나는 밤새 눈도 떼지 않은 채 그 둘을 지켰다. 어두웠던 창문으로 아침 햇살이 환히 비춰들었다. 나는 블라인드를 닫으러 갔다 하얀 세상을 보았다. 아내가 잠에서 깨는 소리가 들렸다.

"눈이 왔어?"

창밖 구경을 하고 서 있던 내게 아내가 물었다. 나는 블라인드 날개를 움직여 햇빛이 천장으로 쏟아지게 만든 뒤 형광등을 끄고 아내의 몸 상태를 살폈다. 아내가 가까스로 몸을 추슬러 앉으며 목청이 갈려 반쯤 쉰 걸걸한 목소리로 말했다.

"자기야, 나 오늘 퇴원할래."

"그 몸으로?"

아내는 몸 구석구석이 쩌릿쩌릿 저리고 결리고 쑤시고 뻐근한 듯 몸을 살살 뒤척거렸다. 아내의 꿈틀거림은 퇴원에의 의지였다. 의사도 퇴원을 요구하는 아내의 당당함을 이겨내지 못했다. 늦은 3시, 우리는 병원을 나섰다. 아기는 강보에 겹겹이 싸인 채 새근새근 잠들어 있었고, 아내는 내 팔짱을 끼고 어기적어기적 걸으며 마냥 행복한 표정을 지어 보였다. 도로는 질퍽질퍽 미끄러웠지만 찬바람이 불 때마다 하늘을 찌를 듯 앙당 그려진 나뭇가지마다에서 맑은 눈가루가 포슬포슬 흩날렸다. 매서운 겨울바람이 얼굴 살갗을 에듯 윙윙 훑으며 옷깃 속을 파고들었다. 산모의 뼛속이 숭숭 녹아내릴 것만 같았다. 반대편 차선을 달리던 택시 한 대가 불법 유턴으로 우리를 태워 주었다.

"이 추위에 산모를 길거리에 그렇게 세워 두시면 나중에 큰일 납니다!"

나는 택시 기사의 훈훈한 덕담이 고마워 5천 원을 덤으로 주었다. 집은 쩔쩔 끓고 있었다. 나는 새참 무렵 집에 들러 서둘러 대청소를 하고, 산모와 갓난아기의 이부자리를 말쑥이 펴놓고, 산모에게 먹일 미역국을 한소끔 푸르르 끓여 놓은 뒤 병원으로 돌아가면서 보일러 온도를 30도에 맞춰 놓았었다. 아내는 되똑되똑 계단을 올라 집에 들어오자마자 앞뒤 제쳐놓고 엉금엉금 자리에 드러눕기부터 했다. 나는 소록소록 잠든 아기를 아내 옆에 뉘고 미역국에 가스 불을 켰다. 아내는 미역국 한 사발을 훌훌 먹은 뒤 땀이 나자 몸이 끈적거린다며 샤워를 하고 싶어 했다. 나는 뜨거운 물을 화장실 벽과 바닥에 쭐쭐 뿌려 찬 기운을 줄이고 뜨거운 김을 가뜩 뿜어 화장실을 증기탕처럼 만들어 주었다.

아기가 똥오줌을 싸기 시작했다. 아내는 병원에서부터 써오던 종이 기저귀 대신 천 기저귀를 쓰자고 졸랐다. 종이 기저귀는 쓰기는 쉬웠지만 돈도 많이 들었고 환경오염뿐 아니라 아기 엉덩이 짓무름과 좁쌀 돋음을 불러일으켰다. 아내는 기저귀가 세균에 옮는 걸 막기 위해 똥오줌 기저귀를 물에 담가 두는 것을 금했다. 나는 기저귀가 나오는 대로 빨래를 빨아 한 군데 모아 놓았고, 빤 기저귀를 아침마다 삶아 햇볕에 뽀송뽀송 말려 저녁에 차곡차곡 갰다. 엄마 첫젖부터 잘 먹어오던 아기가 이 주부터 젖빨기가 시원찮아지더니 젖만 투그린 채 진땀나도록 울어댔다. 나는 모자란 엄마젖만큼을 분유로 대신했고, 우유병 숫자는 날이 갈수록 늘어났다. 우유병도 날마다 삶아야 했다.

삼칠일이 지나자 시골 어른들과 대학원 선후배들이 한바탕 우르르 다녀갔고, 방학 중 아무런 수입이 없던 우리 집에 축하금이 듬뿍 쌓였다. 나는 경동시장까지 가 살아있는 잉어 큰 놈 두 마리를 사와 들은 속설대로 비늘째 푹 고은 뒤 삼베에 쭉 거르고 비비 틀어 꼭 짜 내린 뜨끈한 잉어 국물을 아내에게 마시도록 했고, 속을 살근살근 파낸 늙은 호박에 꿀을 담뿍 넣어 폭 삶긴 따끈한 호박 즙을 아내에게 먹였으며, 늙은 호박을 씨를 홀홀 발라내고 딱딱한 껍질을 박박 벗겨 잘게 썬 뒤 구둑구둑한 죽을 쑤어 참참이 주기도 했다. 무언가를 삼거나 찌거나 끓일 때마다 집안에는 김이 가득했다.

"자기야! 큰일 났어! 저게 뭐야? 곰팡이 아냐? 어쩌면 좋아?"

아내 몸조리가 30일째 되던 날 아침 아내의 외침인지 걱정인지가 내 잠든 귓가에서 맴돌이를 쳤다. 두 눈은 햇살에 눈부셔 번쩍 뜨였지만 몸은 간밤의 선잠에 잠이 모자란 듯 부석부석 한참을 깜박거렸다. 나는 기지개를 늘어지게 쭉 켜고 몸을 뒤틀어 우두둑 소리를 낸 뒤 아내가 가리킨 곳으로 눈을 돌렸다. 군데군데 하얀 곰팡이가 슬어 있었다. 나도 아리송해 홀로 물음을 물었다.

"저기에 언제 곰팡이가 슬었지?"

나는 갓난아기와 아내의 잠자리부터 뿌르르 공부방으로 옮겼다. 나는 곰팡이를 화투장으로 닥닥 긁어도 봤고, 무뎌진 칼로 쓱쓱 벗겨도 봤고, 가스버너로 섹하고 태운 뒤 물걸레로 빠닥빠닥 닦아내 보기도 했지만 영하 10도를 밑도는 마른 한추위에 돌덩이처럼 단단하게 얼어붙은 곰팡이 꽃은 없앨 길이 없었다. 나는 요리조리 머리를 굴리다 벽지를 다시 바르기로 했다. 벽지를 뜯어내자 까만 곰팡이가 얼룩덜룩 흉물스럽게 드러났다. 곰팡이의 습격이 생각보다 심각한 수준이었다. 나는 먼저 곰팡이 벽지를 몽땅 뜯어낸 뒤 맨 벽에 방습포를 펴 바르고 그 위에 다시 벽지를 붙였다. 한겨울 대공사는 꼬박 하루가 걸렸다.

다음 날 아침 눈을 뜨니 안방 TV 윗벽 도배지 한쪽이 축 늘어진 개귀 모양 세모꼴로 내리 접혀 있었다. 아내가 내 보는 모양을 보면서 큭 웃음을 터뜨렸다.

"떨어질 리가 없는데…."

나는 중얼거리듯 읊조린 혼잣말을 변명처럼 되뇌며 벽지를 가까이 살폈다. 바깥벽 전체에 물이 흥건히 내뱄다. 손에 집히는 곳마다 물기가 축축이 묻어났다. 나는 흥분하여 집안 구석구석을 눈여겨 살폈다. 장판 모서리를 들치자 방바닥에도 물이 흘린 듯 꼴짝꼴짝 괴어 있었고, 싱크대 뒷벽에서도, 다른 바깥벽들에서도, 공부방 책상 위 창문 틈에서도 물이 손바닥에 묻어날 만큼 질펀히 스며들어 있었다. 나는 주인집 어디선가 물이 새고 있다는 생각에 덤벙 4층으로 올라갔다.

화근禍根 **거리**

"집안 여기저기서 물이 새는데, 이거 어쩌면 좋죠."

"한 선생도 참, 물이 샐 리가 있나요. 지난겨울에도 아무 일 없었잖습니까?"

아저씨가 내 말에 대뜸 짜증부터 내자 곰팡이 때문에 어제부터 뿌루퉁

해 있던 나도 풀쑥 얼굴이 찌그러들면서 말꼬리가 벌침처럼 뾰족해졌다.

"물론 그동안에는 괜찮았지만, 물이 새는 건 사실이니까, 일단 물이 새는지 여부부터 확인해 보시죠."

아저씨는 엉덩이를 방바닥에 비비적거리며 신문 쪼가리에 딴청을 피우다 내 성화에 못 이겨 자리에서 느릿느릿 일어났다. 앞장서 내려가는 나를 꾸무럭꾸무럭 뒤따라오던 아저씨가 혼잣말로 또 내 부아를 돋았다.

"그럼, 어디 한번 보기나 합시다. 물이 새긴 어디 샌다고 그러시나, 참~."

나는 아저씨 말을 못 들은 척 침을 꿀꺽 삼켰다. 침묵의 입이 쩍 벌어지면서 우리 사이의 거리감도 훌쩍 커졌다. 마음 한쪽에는 서운함과 적대감마저 똬리를 틀고 앉았다. 내가 손가락으로 물이 새는 곳을 꾹꾹 짚어 보였지만 아저씨는 내 손가락을 피해 따로 집안을 둘러보기 시작했다. 나는 뒷짐으로 멀뚱멀뚱 아저씨 뒤만 쫓았다. 아저씨는 현관으로 돌아와 재까닥 신발을 신으면서 혼자 결론을 내렸다.

"아~, 이건 결롭니다. 바깥이 춥고, 안은 덥고…. 깔뚱아기가 있으니까 보일러를 세게 틀 수밖에 없잖아요. 그래서 결로가 생긴 거죠. 아무 문제 없습니다."

아저씨는 딱 잘라 말하고는 내게 목을 까닥해 보였다. 그만 올라가도 괜찮겠냐는 뜻이었다. 나는 볼썽없이 눈뜬장님 행세를 하는 아저씨 태도가 못마땅해 마음이 불뚝불뚝 솟구쳤다. 내 목소리가 칼칼해지고 말았다.

"아저씨 눈에는 이게 물이 새는 게 아니라 결로로 보인다 그 말씀이십니까?"

　　내 말투가 찌를 듯 뾰족해지자 덤덤히 지켜보던 아내가 얼른 나를 말리며 말참견을 했다.

　　"결로라고 해도 이건 정도가 너무 심하잖아요? 곰팡이도 엄청 슬고요. 창이란 창에서는 몽땅 물이 줄줄 흐르니…. 그렇다고 보일러를 안 틀 수도 없고, 이걸 어떡하면 좋죠?"

　　아내 얼굴에는 친절한 웃음이 가득 꽃피워 있었다. 아저씨는 꽃밭을 짓밟는 야수처럼 그리고 이를 드러내고 으르렁대는 개처럼 얼굴을 한껏 사납게 일그러뜨리더니 손을 탁탁 깝죽깝죽 털며 아내를 가르치려 들었다.

　　"결로는 사시는 분이 알아서 하는 겁니다! 그런 거까지 주인이 해 줄 수는 없잖아요. 결로야 살면서 생기는 거지, 집 자체에 무슨 하자가 있어서 생기는 게 아니지…."

　　아내 얼굴이 차갑게 어두워지더니 아내 입에서 가시 돋친 말이 튀어나왔다.

　　"겨울에 난방 안 하고 살 수는 없고…. 난방해서 결로가 생겼다면, 그건 집 자체에 어딘가 문제가 있다는 증거죠! 그리고 집에 문제가 생겨서 세입자가 고생을 하면 당연히 고쳐 주셔야 하는 거 아닙니까?"

　　아저씨는 길게 뺀 자라목으로 눈초리를 매섭게 추켜올리고 두 손을 허리에 짚은 채 아내의 말 숨을 한숨에 짓눌러 버렸다.

　　"그 아줌마 참 드세네. 결로가 무슨 문제라고 그러시나. 뭘 좀 똑바로 알고 얘기를 하셔야지. 결로는 어떤 집이나 다 있는 겁니다. 결로 없는 집이 있으면 거기 가서 사시던지."

　　아내는 아저씨의 말 돌아가는 낌새가 이상했는지 말문을 닫았다. 나

는 상대를 무시하면서 막가는 소리까지 해대는 아저씨 태도에 열이 뻗쳐 입바른 말을 했다.

"아니 똑바로 아셔야 할 분은 저희가 아니라 아저씹니다. 이건 결로가 아니라 누수고, 비록 결로라 할지라도 책임은 세입자가 아니라 집주인에게 있는 겁니다. 그리고 결로 없는 집에 가서 살라는 말씀은 너무 심한 것 아닙니까?"

아저씨는 내 말이 끝났는데도 때꾼한 눈으로 내 얼굴만 뚫어져라 쳐다봤다. 내가 좀 민둥하여 감정 풀이의 말을 던지려는 순간 아저씨가 먼저 사박스럽게 대화의 쐐기를 박아 버렸다.

"내가 말야, 다른 데는 다 전세금 올리고 난린데도 우리 한 선생 사정 봐 줘서 그대로 살게 해 줬더니 그 은혜도 모르고 이깟 결로 갖고 눈에 쌍심지를 켜고 그래~! 그렇다면 나도 이판사판이야. 전세금을 올려 주든지, 아니면 나가든지 어디 마음대로 하시오!"

나는 나가라는 아저씨 말에 가슴은 철렁 아찔했지만 정신은 말짱했다. 성이 발끈 치밀어 오르는 바람에 나는 자신도 모르게 아저씨에게 아락바락 대들었다.

"아니, 나가라니요? 이 한겨울에 나가라는 게 어디 말이 됩니까? 아저씨 눈에는 갓난아기도, 산모도 안 보이세요? 집 때문에 고생하는 걸 보고 위로는 못할망정 우리 보고 집에서 나가라니요? 아저씨 너무 서운합니다. 나가고 싶을 때까지 있으라고 할 때는 언제고, 이제 와서 전세금을 올려 달라니요. 저희 사정 뻔히 잘 아시잖아요. 아기 분유 사는 것도 힘들어하는데, 전세금을 올려 달라는 건 너무 한 거 아닙니까?"

아저씨가 내 말에 뜨끔했는지 주춤 물러서는 듯했다. 전기가 끊기듯 말이 딱 그치자 침묵이 터질듯 부풀어 올랐다. 아저씨가 속마음 푸념 끝에 모진 말을 토로 달았다.

"내 한 선생 사정 모르는 바 아니지만, 사람이 염치가 있어야지. 벌써 4년 아니오. 그동안 한 번도 안 올렸으면…. 남들은 알아서 올려줍디다. 나도 이놈의 집 때문에 엄청 마음 고생했수다. 아무튼 전세금을 올려 주든지 나가든지 하시오!"

아저씨 말은 그 자체로 말이 되긴 했지만 예전에 자기 입으로 직접 했던 말을 능청맞게 발뺌한다는 점에서는 얄밉도록 말이 되질 않았다. 그렇지만 나는 한마디 말이라도 아차 잘못했다가는 긁어 부스럼을 만들 참이었기 때문에 찬찬히 조리를 갖춰 말했다.

"저도 전세금 오른다는 소리는 들었습니다. 제가 아저씨 힘드셨던 것을 왜 모르겠습니까? 아저씨께서 제게 집 사서 나갈 때까지 여기서 살라고 말씀해 주셨잖아요? 그래 마음 놓고 있었는데, 갑자기 전세금을 올려 달라니요. 그 말은 저희보고 이 집에서 나가라는 말과 다름없는 말입니다. 결로 때문에 화가 나서 하시는 말씀이라면, 결로는 저희가 어떻게 잡아보겠습니다. 전세금 올려달라는 말씀만은 하지 말아 주세요. 부탁입니다."

아저씨 눈길은 어깃장을 지르듯 엉뚱한 곳을 찌르고 있었고, 딱딱거리는 아저씨 입에서 쏘아진 것은 말이 아니라 칼침이었다.

"내 그런 말 듣고 있을 필요 없으니께, 전세금 못 올려 줄 거 거든 다음 달까지 집을 비워주시오. 집 보러 오겠다는 사람들이 줄을 섰으니까. 세

상 물정은 알고 살아야지!"

아저씨가 비아냥스러운 나무람 말투로 내 비위를 긁는 통에 나는 화가 핑하고 머리 꼭대기까지 치밀었다. 배운 거라고는 쥐뿔도 없는 주제에 쥐꼬리만한 전세 권력 좀 쥐었다고 사람을 얕잡아 가르치려 하는 꼴이 참을 수 없도록 아니꼽고 배알이 뒤틀렸다. 나는 치미는 울화통 뚜껑이 쨍그랑 열리고 말았다.

"아니, 세상 물정을 알고 살라니요? 세상 물정 모르고 산 제 덕을 본 양반이 누군데 이제 와서 그런 말씀이세요?"

아내는 어른들 싸움 소리에 아기가 놀랄까 봐 얼른 방으로 들어갔다. 주인집 아주머니가 사리살짝 내려오는 모습이 보이더니 아저씨 뒤쪽에서 언죽번죽 전세금 올릴 금액을 밝혔다.

"예진 아빠! 긴말 할 것 없이 2천만 올려 주세요!"

난 액수뿐 아니라 얼음장같이 차가운 아주머니 목소리 때문에 입이 떡 벌어졌다. 나는 아저씨 뒤에 가려진 아주머니 얼굴을 마주보려 기웃기웃하면서 읊조리듯 말했다.

"아주머니~! 저희가 돈이 있으면 왜 이러고 있겠어요? 벌써 올려 드렸지요. 그리고 입장이 바뀌었다고 사람을 이리 대하는 법이 어디 있습니까? 아주머니마저 저희한테 이러실 수는 없잖아요?"

"없으면, 나가는 게 순리지요! 그 정도는 알만한 양반들이 왜 그러고 있는지 내 참 알다가도 모를 일이네."

아주머니는 공을 탕탕 튕겨 내는 벽처럼 세입자의 소리에는 깜깜 귀를 막아 버린 것 같았고, 등을 돌린 망부석처럼 자신이 기다리는 바를 얼기 전까지는 절대 자신의 뜻을 꺾지 않을 것만 같았다. 내가 아주머니의 오싹 돌변한 모습에 놀라 아무 대꾸를 못하는 사이 아내가 펄럭 나오며 따지듯 물었다.

“얼마를 올려 달라고요? 2천만 원이요?”

아내의 바들바들 떨리는 목소리와 똥그란 눈빛 앞에서 아주머니는 슬쩍 고개를 돌리고 대신 아저씨가 얼굴 두껍게 말을 둘러댔다.

“이 정도 집이면 8천은 받을 수 있지만, 한 선생이니까 특별히 2천만 올려달라는 거요.”

아저씨의 느글느글한 말투는 발딱 배알이 꼴리고 약이 바짝바짝 올라 있던 아내를 더욱 서럽고 아니꼽게 만들었고, 아내는 이내 찬웃음에 비꼬는 말투로 아저씨의 에두름 말을 맞받아쳤다.

“2천이요? 못 올려 줍니다. 아니 결로 트집도 유분수지, 어떻게 어제까지는 멀쩡히 있다가 하루아침에 2천이나 올려 달라고 할 수가 있는 겁니까? 그리고 사람들이 양심이 있어야지, 우리가 주인집에 얼마나 잘해 왔는데, 이제 와서 안면몰수라니 그게 말이 되는 겁니까?”

아내의 맞불이 확 지펴 오르자 아주머니 두 눈에 쌍심지가 번쩍 켜지면서 쉰 듯 칼칼하고 대꼬챙이처럼 카랑카랑한 쇳소리에 째진 드잡이 말이 폭발했다.

“아니, 예진 엄마! 혹시 머리가 어떻게 된 거 아니야? 남의 집에 살면서 못 올려 주겠다니? 그게 무슨 도둑년 심보야? 어디 개같이 한번 끌려나가야 정신을 차리겠어?”

아내는 겁에 질린 듯 불그데데한 얼굴빛으로 어리벙벙 어이가 질리고

어안이 막혀 헛웃음을 치고 말았지만, 나는 아내에게 으르딱딱대는 아주머니의 을러방망이질에 꼭지가 홱 돌아 정신 나간 사람처럼 소리를 빽 질렀다.

"아니 지금 누가 누구보고 도둑년이라는 겁니까? 말을 정말 이렇게 막 하깁니까? 개처럼 끌고 나가겠다고요? 어디 한번 절 끌고 가보시지요?"

내가 구깃구깃 신발을 구겨 신으며 아저씨를 밀치고 밖으로 나가려 하자 아저씨가 내 앞을 찰싸닥 가로막으며 아주머니를 부루퉁히 나무랐다.

"이 사람아! 말을 그렇게 함부로 하면 어떡해! 말을 좀 가려서 해!"

내가 아저씨의 말리는 손길에 다소곳이 뒤로 물러선 반면 아주머니는 한 술 더 뜨고 나섰다.

"아니 제깟 것이 지랄을 떨면 어쩔 건데? 어디 사람 한번 쳐 보라고 그래!"

내 속에서 뿌글뿌글 들끓고 있던 뻘건 울화통이 터져 불덩어리 같은 말이 왈카닥 뿜어져 나왔다.

"아니 이 할망구가 찢어진 입이라고 말을 함부로 하시네? 뭐 지랄을 떤다고요? 어디 진짜 지랄을 한번 떨어 볼까요?"

내가 다시 아저씨를 벌떡 밀치며 밖으로 나가려는데 아내가 비명을 질렀다.

"자기야! 도대체 뭐하는 거야!"

뒤돌아본 내 성난 눈동자에 새파랗게 떨고 섰던 아내가 휘청거리다 그 자리에 주르륵 주저앉더니 맥 풀린 듯 까무러쳐 철퍼덕 쓰러졌다. 나는 한걸음에 아내에게로 꿇어 엎드려 아내를 비슥이 일으켜 안았다. 나는 입술만 굳게 다물었다. 아내 얼굴이 해쓱하니 핏기가 하나도 없었다. 투덕투덕 계단 오르는 소리가 들렸다. 아내의 쓰러진 넋이 돌아오자 아내가 넉살스레 살짝궁 넌덕을 부렸다.

"쓰러지는 타이밍이 절묘했지? 주인집은 갔어?"

나는 아내 머리를 몇 차례 쓰다듬은 뒤 현관문을 비거덕 닫았다. 아내가 일어나 앉는 것을 보면서 나는 씩씩거리며 분을 삭이지 못한 채 주먹을 불끈불끈 쥐었다 폈다 하면서 혼잣말을 내뱉었다.

"내 진작 사람을 알아봤어야 하는 건데…. 그때 전세금 반환소송만 했어도…. 내가 바보였지. 이제 와서 뭐가 어쩌고 어째? 사정이 좀 바뀌었다고 우리를 쫓아내시겠다? 아내 등이나 처먹는 주제에 집 좀 가지고 있다고 유세를 떠는 꼴이라니. 내 고놈의 여편네까지 그렇게 나올 줄은 꿈에도 몰랐네! 야! 사람 속은 모른다더니!"

아내가 내 손을 쥐었다. 내 눈에서는 차가운 눈물이 주룩 쏟아져 내렸다. 주렁주렁 맺힌 눈물방울은 우리가 가엾어했던 바로 그 사람들에게 배신을 당했다는 악에 받친 분노의 응어리였다.

"은혜를 원수로 갚는다더니… 우리가 딱 그 짝을 당했네. 저 늙은 두마리 이리가 세입자들을 하나둘 내몰 때 진작 그 본색을 알아봤어야 했는데…."

아내는 내 말 속에 서린 독기를 다독다독 풀어내려 했다.

"자기야! 마음 좀 가라앉혀…. 자기는 우리 집 가장이잖아? 가장이 그렇게 흥분하면 어떡해? 주인집도 천성이 나쁘진 않잖아…, 애기도 있고 한데…, 지금 당장 나가라고야 하겠어? 우리 앞으로 어떻게 할 건지 잘 생각해 보자."

내 눈에서는 차가운 설움 방울이 방울방울 떨어졌다. 쫓겨난다는 생각이 가슴 속을 뻥 뚫고 지나갔다. 나는 이를 악물었다.

"모르는 소리! 작정하고 한 얘기야! 가만있으면 쫓겨날 게 뻔해!"

"가만 안 있으면 어쩔 건데?"

"…"

"사람이라도 칠 거야? 이게 주먹으로 해결될 일이야? 주인집이 우리한테 무슨 원한이 있다고 우리를 내쫓으려 하겠어? 전세금 올리는 데는 다 이유가 있을 거야. 그렇다고 우리가 전세금을 올려 줄 수도 없고…, 그래도 주먹질할 생각은 절대 꿈도 꾸지 마! 그러면 나 또 까무러친다."

"…"

나는 입술을 꽉 다물었다. 아저씨가 전세금 올리기 위한 칼을 빼든 만큼 진실의 날은 멀지 않은 셈이었다. 나는 돈을 마련할 뾰족한 수가 하나도 생각나질 않았다. 우리는 때가 닥칠 때까지 조마조마 마냥 기다릴 수밖에 없었다. 새해 첫 달은 다행스레 아무 일 없이 넘어갔지만 2월 초 어느 날 저녁 내가 도서관에서 집으로 돌아와 보니 아내의 기가 꺾여 있었다. 나는 짐작으로 물었다.

"왜 집주인이 왔다 갔어?"

아내는 고개를 끄덕였다.

"뭐라고 그래?"

"집 보러 오는 사람과 함께 왔었어."

"…"

"8천에 내놨대."

"8천에?"

나는 어슬핏해진 창밖을 깊다랗게 내다봤다. 맞은편 언덕에 따닥따닥 붙은 다세대 주택들이 가로등 사이로 올망졸망 들어서 있었다. 흰 눈으로 덮인 지붕들, 그 지붕들로 뒤덮인 도시의 언덕 위로 한겨울 차가운 달빛이 봉긋 솟아 있었다. 저녁은 참으로 고요하고 정겹게 집집이 내려앉고 있었다. 불 켜진 창문 안에는 가족의 둥글둥글한 삶이 환히 밝혀져 있을 것만 같았다. 나는 깊은숨을 크게 들이쉰 뒤 현관문을 나섰다. 아내가 뒤에서 어딜 가냐고 물었지만 나는 묵묵히 4층으로 올라갔다.

"아저씨! 일 년만이라도 저희 사정을 좀 봐 주십시오."

아저씨는 내가 무릎을 꿇자 주섬주섬 담배부터 피워 물었고, 아주머니는 내게서 멀찌감치 물러나 발칙스레 앉은 채 차를 내오기커녕 원수를 대하듯 했다. 아저씨가 나를 어긋이 비껴 앉으며 어둡게 속말을 숨김없이 털어놓았다.

"한 선생, 정말 미안합니다. 내 어찌 한 선생의 은혜를 모르겠소. 내가 술주정을 그렇게 심하게 부렸어도 투정하기는커녕…. 너무 잘 해 주신 거, 나도 잘 압니다. 아임 에프 때 내 그 고마움을 어찌 모르겠습니까. 다 압니다. 하지만 우리 형편에 은행이자를 내면서 살 수가 없어요. 이 집 안 넘기려고 은행에서 돈을 빌렸는데, 그게 눈덩이처럼 불어나서…. 내 이런 말씀은 드릴 필요 없고, 어쨌든 내 한 선생한테는 큰 죄를 졌습니다. 용서하십시오."

아저씨 검은 눈가에 가늘고 흰 눈물방울이 소록소록 맺혔다. 아저씨

가 두 눈을 깜박거리자 이슬 같은 눈물이 눈 속으로 가뭇하게 스며들었다. 나는 말 수위를 낮춰 간곡히 부탁했다.

"그런 일이 있으셨어요? 그럼 진작 그렇게 말씀을 하시죠. 아저씨께서도 사정이 어려우시니 저희도 어떻게든 최선을 다해 돈을 구해 보겠습니다. 하지만 한 번에 3천만 원은 불가능합니다. 제발 저희 사정 좀 한 번…"

"왜 주먹질이나 해 보지! 지 엄마 맞잡이나 다름없는 사람한테 뭐 할망구라구? 니 어미 아비를 누가 할망구라고 하면 쳐 죽일라고 할 놈이 왜 남의 어미는 몰라보냐! 그동안 살 게 해 줬으면 고마워나 할 일이지, 들어오겠다는 사람을 데려가도 나갈 생각을 안 하니…. 나 참 기가 막혀서. 당장 나가라는데 왜 자꾸 미루적미루적 기일만 미루고 있어!"

아주머니는 아저씨의 여린 말투가 성에 안 찼는지, 아니면 내 말투에 짜증이 났는지 내 말허리를 싹둑 잘라먹으며 분풀이하듯 맺혔던 말들을 독살 맞게 쏴붙였다. 나는 그 말들에 화가 나기커녕 외려 죄송스러운 마음이 켜켜이 일어 나도 모르게 사과를 했다.

"지난번에는 죄송했습니다."

아저씨가 허공을 쳐다보며 무심한 듯 말을 받아 주었다.

"그런 거야 감정이 격해서 그런 거니까, 다 이해하지. 돈이 웬수지…."

"…"

아저씨도 나도 대책 없는 막막함에 말을 잇지 못했다. 내 머릿속에는 '돈'이라는 말 한마디가 소용돌이쳤다. 돈이 하늘에서 뚝 떨어지든지 땅에서 불쑥 솟든지 하지 않는 한 마음은 삐그러질 수밖에 없었다. 돈은 지우개처럼 마음속에 그려진 사람의 관계를 쓱쓱 지워버리게 만들지만, 그렇게 지워 나가다 보면 애초의 그림은 모두 사라지고 종이 위에는 너저분한 지우개 밥과 닳아진 지우개만 덩그러니 남게 마련이었다. 돈 지우개를 든 사람은 조금이라도 자기 마음에 들지 않는 것들 또는 데거칠거나 모난 것들을 매몰차게 지워 버리고 만다. 꼿꼿이 앉아 있던 아주머니가 느닷없이 벌떡 일어서며 얼음장처럼 쌀쌀맞은 목소리로 나에게 끝내기 말을 날렸다.

"기한도 지났고 하니 당장 안 나가면 예진이네한테 은행 이자를 물으라고 하세요!"

나는 굳은 입술로 고개만 주억거렸다. 이자를 내라는 것은 우리 보고 현재의 전세금을 보증금으로 하면서 거기에 비싼 월세를 덤터기 씌우려는 억지였다. 주인집은 어떡해서든 우리를 내보낼 옥생각을 한 듯 했다. 내 고개가 아래로 툭 떨어졌다. 그것은 체념보다는 해방의 몸짓이었다. 나는 그동안 나를 붙잡고 있던 모든 불안과 미련과 두려움의 끈을 툭 놓는 대신 방을 빼겠다는 마음 고삐를 팽팽히 켕겨 잡았다. 머릿속은 하얗게 질려 갔지만 마음 한구석에서는 '까짓것 나가면 되지'라는 후련한 오기와 이 넓은 서울 하늘 아래 우리 네 식구 살 집 하나 못 구할 리 없다는 자신감이 솟았다. 나는 바지를 툴툴 털며 자리에서 일어났다. 아무도 나를 쳐다보지 않았다. 나는 차분히 결론을 선포했다.

"정말 그렇게까지 나오신다면 저희도 어쩔 수 없이 이사를 해야겠네요? 하지만 3월 말까지는 기한을 주셔야겠습니다. 그럼 이만 내려가겠습니다. 안녕히 주무세요."

내가 신발을 신자 아주머니는 귀가 따가울 정도로 목에 칼날을 세워

소리를 내질렀다.

"귀가 먹은 거야! 당장 나가라는 말도 못 들었어! 만일 당장 안 나가면 어떤 수를 써서라도 내 예진이네한테서 은행 이자를 꼭 받아내고야 말테니까 알아서 하라구!"

내 귀에는 아주머니의 자지러지는 말소리도 해금 소리처럼 아득하게만 들렸다. 나는 체념조로 마지막 말을 흘렸다.

"이자를 받아가든 노잣돈을 받아가든 마음대로 하십시오!"

발자국 소리가 한 계단 한 계단 어지럽게 울렸다.

"그 돈으로 방 세 칸짜리는 어림도 없습니다!"

부동산 아저씨의 말에 나는 고개가 절로 절레절레 저어졌다. 전세 대란이라는 보이지 않는 손은 전세 사는 사람들의 덜미를 꼭두각시처럼 드잡이로 요리조리 흔들어댔다. 나도 거인의 어깨 위에 무동을 선 아이처럼 전세난에 너불너불 함께 춤추지 않을 수 없었다. 허튼 웃음이 손 막음을 뚫고 삐질 새어나오며 어깨가 아래로 축 처졌다. 다릿심도 헐렁 빠졌다. 나는 온몸이 땡볕에 단 엿가락처럼 찍찍 녹아버리면서 물에 갠 시멘트 반죽처럼 'TV 속 현실' 속으로 쪽 빨려들고 말았다. 말랑했던 의식이 쏟아 부어진 현실의 틀 속에서 딱딱하게 굳는 데는 그리 오래 걸리지 않았다. 뒤늦게 깨달은 현실의 벽은 이미 넘을 수 없는 철옹성이었다.

앞뒤 꽉 막힌 현실

"전세가 없습니다."

어딜 가나 똑같은 이야기만 들려왔다. 환청 같은 그 소리는 똥 막대기처럼 내 속을 더럽게 휘저으며 구역질을 일으켰다. 듣고 보는 사실들 모두 돋보기에 부풀린 듯 불룩불룩 숨 가쁘게 돌아갔다. 나는 어지러이 멀미가 났다. 현재의 부동산 상황은 어쩌면 멀미 때문에 빚어진 신기루일지도 모른다는 덧없는 바람이 일었다.

"5천만 원에 방 두 칸짜리 전셋집 있나요?"

내 물음에 복덕방 주인들이 모두 고개를 설레설레 흔들어댔다. 그 머리가 강아지 꼬리였다면 얼마나 앙증맞았을까? 그 자동화된 도리도리를 볼 때마다 집을 얻을 수 있다는 내 희망의 벽돌도 하나씩 허물어져 내렸다. 나는 그 벽돌이 와르르 무너져 내리지 않도록 얼른 다른 복덕방으로 향했지만 두 눈은 질끈 감겨 있었다. 감겨진 두 눈 저편에 길거리를 비척비척 떠도는 우리 가족의 모습이 잔상처럼 하얗게 떠올랐다. 그 모습을 지우려 눈을 펀쩍 뜨자 플래시가 눈앞에서 터진 듯 시야 전체가 하얗게 사라졌다.

"세상이 미쳤어!"

하루 내내 점심까지 굶어가며 학교 근처 복덕방을 이 잡듯 뒤지고 다니던 내 입에서 세상 푸념이 터져 나왔다. 말도 안 되게 전셋집이 하나도 없었다. 눈앞이 아뜩히 멀어지더니 정신마저 아찔해졌다. 발걸음이 멈췄다. 마음은 흩날리는 눈처럼 갈 바를 모른 채 어지러이 온갖 걱정에 휩싸였고, 몸은 칼바람에 떠는 나뭇잎처럼 머물 곳이 없어 추운 겨울을 벌거숭이로 버티고 섰다. 이 둘레에 가 보지 않은 복덕방은 없었지만 집으로 돌아가기에는 때가 일렀다. 저녁 어스름이 비탈진 언덕길을 꾸물꾸물 올라오면서 동네 여기저기를 얼럭덜럭 더럽히고 있었다. 거리 등이 밤하늘의 별처럼 아롱아롱 커지자 미친 세상이 마치 인드라의 구슬 그물처럼 가지런해 보였다.

　나는 새천년 2월 중순 서울이라는 대도시 길바닥 위에서 좌표를 잃었다. 매서운 밤바람이 내 뺨을 사정없이 후려갈기고 있었다. 나는 청량리역 광장 한가운데에서 내 몸에 부딪쳐 발밑으로 후드득 떨어지는 눈 싸라기들을 헤아리고 서 있었다. 내 곁을 스치듯 지나던 사람들이 눈을 뜰 수 없을 만큼 퍼붓기 시작한 눈발에서도 혼자 우뚝하니 서 있는 말뚝 같은 나를 눈여겨보았다. 손이 꽁꽁 얼어붙고 귓불마저 몸에서 떼어내고 싶을 만큼 시려왔을 때에야 비로소 나는 내가 가야 할 곳이 생각났다.

　집으로 발걸음을 잡자 아내와 두 딸의 얼굴이 깔깔깔 웃어댔고, 다정한 아빠의 굳센 팔이 온 가족을 번쩍 안아주는 모습이 따사롭게 다가왔다. 입가에 감출 수 없는 잔잔한 웃음꽃이 벙실 번졌다. 하루 동안의 절망은 마음 달리 먹기 한번으로 싱겁게 끝이 났다. 내일은 새로운 가능성이 우리 아이들의 방글거림처럼 우리를 환대할 것만 같았다. 현관문을 열고 집안으로 들어서자 김치찌개 냄새가 코를 찔렀다. 배고픔이 몰려들었다. 얼음 눈에 젖었다 언 신발을 비척비척 벗고 있던 내게 아내가 나지막이 물었다.

　“있어?”

　“내일은 면목동 쪽으로 가 볼게.”

　아내 얼굴이 시무룩이 언짢아졌다. 내가 거실로 들어서자 아내가 초조한 듯 되물었다.

　“그쪽은 있겠어?”

　“우선 반지하만이라도 피할 길을 찾아봐야지.”

아내는 깜짝 놀라 눈이 휘둥그레져 다시 물었다.

"반지하? 전세가 그렇게 올랐어?"

"응!"

아내 얼굴은 곧 울음이 터질 듯 비참하게 일그러졌다. 나는 짐짓 아내의 표정을 묵살하며 화장실로 향했다.

"씻고 나올 테니 밥이나 좀 차려 주라, 배고프다."

샤워기 물을 소나기처럼 맞으며 언 손발을 풀고 씻고 나오자 아내는 정신이 딴 데 가 있는 사람처럼 주절주절 걱정의 말을 늘어놓았다.

"반지하면 하루 종일 햇빛도 들지 않고, 낮이나 밤이나 전등을 켜야만 하는 곳인데…. 어른들이야 상관없지만 우리 이 어린 것들을 그런 데서 어떻게 키워? 반지하는 곰팡이도 많을 테고, 습해서 건강에도 안 좋을 게 뻔하고…."

내 귀에는 아내의 중얼거림이 마치 나를 못난 사내라고 나무라는 것만 같았고, 내 마음속에서는 내 스스로가 정말 못났다는 생각이 울컥울컥 맴을 돌았다. 한쪽에서는 아내 볼 낯이 무겁게 느껴지기도 했지만 다른 쪽에서는 꼬깃꼬깃 접혀 있던 서운함의 주름살이 빳빳이 펴지며 아내가 얄밉게 보이기도 했다. 나는 아내의 오지랖 걱정을 자신을 탓하는 새된 지청구로 듣는 속 좁음을 통 크게 넓히며 덤덤스럽게 한마디 했다.

"지레 걱정할 것까지는 없어. 집값이야 지역마다 다르니까, 내일 또 열심히 찾아봐야지."

아내가 내 말에 귀를 쫑긋 곤두세우다 '찾는다'는 말에서 눈이 번쩍 뜨이는 듯 달싹 입술을 움직였다.

"찾으면 나오겠어?"

"두드려야 열리지. 가 보지도 않고 어떻게 알겠어?"

"거기도 없으면 어떡해?"

"그럼, 다른 곳을 찾아봐야지."

"그런 말이 어딨어? 거기도 없으면 그땐 어떡할라고?"

"어떡하긴, 집을 구할 때까지 열심히 찾아야지. 그렇게 볶아치지 좀 마! 걱정한다고 해결되는 게 아니잖아? 오늘 없다고 내일도 없으리라는 법은 없어! 밥부터 좀 먹자."

"…"

아내는 새치름히 근심에 휩싸여 달그락달그락 저녁을 차려 놓은 뒤 우렁각시처럼 안방으로 숨어버렸다. 나는 밥상머리에 혼자 구부정히 반가부좌를 틀었다. 차가운 숟가락을 손에 쥐는 순간 눈시울이 화끈거렸다. 밥상을 빙 두른 빈자리에 마음 한 자리가 뚝 떨어져 나간 듯 쓸쓸함이 북받쳐 올랐고, 목구멍은 눈두덩까지 밀고 올라온 이별 없는 뜨거운 눈물을 참느라 확확 달아올랐다. 아내의 위로를 받지 못한 서러움까지 치밀어 올라 울음소리가 앙다문 어금니 사이로 새어나올 것만 같았다. 나는 숟가락을 놓고 눈물침을 목으로 꿀꺽 삼키며 쥐 숨듯 공부방으로 들어가 불을 끄고 자리에 누웠다.

온갖 생각들이 머릿속으로 쏟아져 내렸다. 나는 흥부처럼 마침내 큰 부자가 되어 우리 아이들을 행복하게 해 주거나, 도깨비감투를 얻어 해 보고 싶었던 것들을 마음껏 해보거나, 기게스 반지를 발견하여 정치계와 경제계를 주름잡기도 하는 생각 꿈속에 빠져들었다. 어느새 나는 호랑이가 되어 실낱같은 희망의 동아줄을 잡으려 달음질쳤고, 하늘을 오르다 갑자기 몰려온 새까만 먹구름에 부딪쳐 땅으로 곤두박질치기 시작했는데, 그때 옆구리에서 날개가 돋아나는 간지러움이 느껴졌고, 나는 한 마리 노랑새가 되어 아침노을이 끝없이 넘실대는 하늘을 막힘없이 날아올랐다.

나는 행복하게 눈을 떴다. 아침 동살이 방안을 말간 홍시빛깔로 솔솔 물들였고, 아내의 까만 두 눈이 해죽해죽 웃고 있었다. 아내의 손가락들이 내 옆구리에서 꼼지락꼼지락 장난을 놀고 있었다. 우리 사이에 마주 피어난 보름달 웃음이 벙싯벙싯 이불 속을 따사하게 비춰들었다.

수렁 같은 현실

"추운데 너무 무리하지 말고!"

"알았어! 너무 걱정하지 마!"

나는 배를 빵빵하게 채우고 씩씩하게 면목동으로 나섰다. 그러나 처음 문을 열고 들어선 부동산은 새 아침에 들떴던 내 마음을 햇솜에 물을 적시듯 풀썩 주저앉혀 버렸다. 중개인은 대꾸조차 귀찮아했고, 5천짜리 전셋집을 빼 달라고 사정하는데도 엉덩이를 한참 뭉그적댔다. 보러 간 집은 들목이 너무 낮아 꾸부렁거려야 했고, 창문 쪽이 땅에 반쯤 묻혀 방과 거실 전체가 어두컴컴했다. 화장실에 깐 타일은 얼어 터졌고 떨어져 나간 누르튀튀한 자국들로 다닥다닥했다. 구집지레하게 더러운 변기는 욕지기가 올라올 만큼 메스꺼웠다. 부엌은 달랑 수도꼭지 하나 달린 개수대와 그 위에 썰렁하게 얹힌 선반 한 칸이 전부였다. 모든 것이 살림을 살기에는 더할 나위 없이 시서늘하게 서글펐다.

부동산 아저씨는 무뚝뚝한 표정에 무슨 물음이든 심드렁한 코대답만 할 따름이었다. 그의 눈길은 건성으로라도 내게 맞춰진 적조차 없었고, 그의 입에서는 들음직한 말 한마디가 나오질 않았다. 그의 몸짓 하나하나가 자신을 더 이상 헛고생시키지 말라는 가시 돋친 짜증과 같았다. 그는 사무실로 돌아오자마자 자기 자리에 털퍼덕 주저앉으며 자신의 임무는 그것으로 끝났다는 듯 말했다.

"계약을 하려면 하시고 말라면 마시고…."

나는 엉덩이만 달막달막 붙였다 일어섰다.

"죄송했습니다."

나는 고개를 굽실한 뒤 복덕방 문을 닫고 나왔다. 길 잃은 개 한 마리가 골목 담벼락 쪽에 바싹 붙어 가면서 흘끔흘끔 내 눈치를 살폈다. 몸은 깨깨 마르고, 배는 홀쭉 들어갔고, 갈비뼈는 앙상궂게 튀어나왔다. 눈길바닥을 쫙쫙 할퀴듯, 쓰적쓰적 긁듯 회오리쳐 오르는 찬바람이 대나무 열채를 채치듯 목덜미를 쌩 후려쳤다. 나는 더운 숨을 후우 내뱉고 끝까지 씩씩하자는 속다짐을 굳세게 굳히는 몸짓으로 두 주먹을 불끈 쥐었다. 발걸음이 번쩍 가벼워지면서 묻는 목소리에도 탄력이 붙었다.

"전세 오천이요?"

"없어요."

나는 다람쥐 도토리 찾듯 부동산 중개소를 드바삐 옮겨 다니며 문만 빠끔 연 채 더펄더펄 물었고, 상대는 입이라도 맞춘 듯 날래게 맞장구쳤

다. 내 몸은 면목동을 거쳐 건대입구에 이르기까지 지하철역마다 온 동네 복덕방을 빠짐없이 치훑고 내리훑고 하느라 땀으로 후줄근히 젖어들었다. 불그스름했던 해가 뉘엿뉘엿 넘어가자 땅거미가 어슬어슬 내려앉았다. 모든 게 만판 허탕이었다. 몸 구석구석이 덜덜 시려왔다. 눈앞에 어른거리는 모습들은 흐릿하게 잠들어 갔고, 의식조차 가물가물 어렴풋해졌다.

지나가던 사람이 성냥불을 피워 두 손에 오그려 잡고 새부리처럼 입에 문 담배에 불을 붙여 한 모금 옴쏙 빤 뒤 연기를 후하고 길가늘게 내뿜었다. 담배 연기가 코끝에 몰큰몰큰 구수했다. 욱신거리는 머릿속에 4살 때 엄마 얼굴이 눈앞에 비치듯 설핏 떠올랐다. 엄마는 검은 머리를 땋아 틀어 올려 옥비녀로 쪽을 졌고, 무명 검정 치마에 흰색 저고리를 입었는데 얼굴은 통통한 달걀꼴에 보송보송한 살결로 귀염성스러웠고, 이마는 희고 길둥그레 말쑥했으며, 숱지고 뚜렷한 눈썹에 초승달 모양으로 가늘게 찢어진 눈은 수더분했고, 벌름 넓적한 살짝 들창코에 두툼한 입술은 살가웠고, 생글거리는 웃음소리는 실로폰소리처럼 해사했다.

엄마가 언젠가 웃음꽃이 활짝 핀 아리따운 모습으로 신혼살림 때 사과궤짝 밥상에 밥을 차려 먹었다는 애기를 도란도란 들려준 적이 있었다. 나는 우두커니 그 옛날이야기 생각 속으로 초연히 빨려들었다. 생각 수렁에 빠진다는 것은 삶이 나아갈 길이 막혔다는 것을 뜻한다. 생각 속에 갇힌다는 것은 가장 위험한 것이다. 생각한다는 것은 결단으로부터 달아나는 것과 같다. 엄마 얼굴 앞에서는 누구도 모질 수 없기 때문에 고향과 같은 엄마 얼굴도 위험하다. 낯선 곳에서 살아남으려면 우리는 사람의 얼굴을 지우고 삶의 길에 대한 생각을 떨쳐야 한다.

나는 엄마 생각을 어렵사리 가슴에 묻은 채 어정쩡히 집으로 길을 잡았다. 나는 삶을 위해 팔다리를 홰홰 흔들었지만 몸에서는 물비늘 같은 하얀 눈물이 후드득 떨어져 나갔다. 또랑또랑했던 가로등이 어룽어룽 희뿌예졌다. 하루가 벌써 검푸르죽죽하게 저물고 있었다. 나는 현관문이 열리는 그 순간까지 오늘도 집을 구하지 못했다는 오직 한 가지 생각에만 오똑하니 사로잡혀 있었다. 나는 아내의 조심스런 얼굴을 마주하기 무섭게 밤톨 같은 변명의 말 한마디를 톡 떨어뜨렸다.

"내일 또 구하러 가 봐야지…."

나는 패전 장군처럼 부끄러웠고, 낙방거자처럼 죄스러웠다. 그러나 부끄러움이나 죄보다 더 무서운 것은 쏟아지는 잠이었다. 나는 씻을 새도 없이 공부방으로 기어들어가 잠에 곯아떨어졌다. 새 아침이 뻐근히 밝아 왔다. 밤새 수많은 악몽에 시달렸는지 온몸이 욱신욱신했다. 정신은 시리도록 맑았지만 마치 몸에서 분리된 듯 붕 뜬 느낌이었다. 눈을 뜨자 나는 혼자였다. 아내의 흔적은 깃털 하나조차 발견할 수 없었다. 쓸쓸함이 아릿아릿 일었다. 갑자기 온몸이 사시나무 떨듯 떨려왔다. 몸에서 열이 펄펄 났다. 몸이 절로 이불 밑 방바닥을 파고들었다. 그곳이 조금 따뜻하게 느껴지는가 싶더니 이내 냉골처럼 차가워졌다. 아침 9시가 넘었다. 나는 집을 구하러 나가야만 했다. 나는 아내를 불렀다.

"여보야!"

현관문 여닫히는 소리가 찰칵 나더니 아내가 방문을 열고 들어왔다. 손에는 약봉지와 따끈한 강장제 한 병이 들려 있었다. 고마움이 달콤하

도록 가슴 저리게 사무쳤다. 아픈 게 몸이 아니었던 것만 같았다. 내가 약을 입에 탈탈 털어 넣자 아내가 이불 속으로 기어들어왔다. 나는 탱글탱글 잘 익은 포도송이 같은 아내의 몸에 감겨 단잠에 폭 젖어들었다. 아내가 아침을 차려주러 나가는 바람에 나는 잠이 깼다. 나는 얼큰한 콩나물국으로 땀을 뺀 뒤 집을 구하러 나섰다. 아내는 내내 말없이 나를 지켜보기만 했다.

"수고해!"

우리는 동시에 서로 똑같은 인사말을 건넸다. 아내와 내 얼굴에서는 노란 함박웃음이 빵 터져 나왔다. 나는 발걸음도 가볍게 한달음에 봉천동으로 달려갔다. 이곳은 달동네로 유명했지만 하룻낮만큼은 쨍쨍한 해맞이 동네가 되었다. 집들이 다닥다닥 붙어 있었다. 얼마 전까지만 해도 우리가 찾는 전세 물량이 조금 남아 있었지만 현재는 전셋집이 다 바닥난 상태였다. 우리가 한발 늦은 것이었다. 나는 맥이 탁 풀렸다. 그나마 복덕방 중개사들이 집을 적극적으로 찾아주려는 태도가 좀 위안이 되었다. 가는 복덕방마다 따끈한 보리차 한 잔 정도는 거뜬히 얻어 마실 수 있었다. 나는 쉬지 않고 복덕방을 돌아다녔다. 봉천동이 참으로 넓었다. 끝이 없었다.

중개사들을 재촉하며 비탈길을 오르락내리락하는 사이 점심때가 한참을 지나버렸다. 길을 걷는 데 아뜩아뜩 어지럼증이 생겼다. 신열이 자꾸 바짝바짝 올랐다. 갑자기 졸음이 쏟아졌다. 나는 햇볕 좋은 곳에 무릎 깍지를 끼고 쭈그려 앉아 한참씩 잠을 잤다. 쿨렁쿨렁 기침이 찾아들었다. 게다가 콧물까지 쟬쟬 새기 시작했다. 나는 찾아들어간 부동산마다

에서 염치 불고하고 화장지를 한 움큼씩 얻어가지고 나왔다. 내 걸음걸이
는 자꾸 시들부들해졌다. 나는 비척걸음으로 신림동 어느 부동산까지 걸
어 들어간 끝에 앉은 소파에 그대로 풀썩 쓰러져 잠에 곯아떨어졌다. 어
둑해질 무렵 몸속을 파고드는 추위 때문에 부르르 잠이 깼다.

“젊은이! 그러다 몸 상하겠어? 그만 집으로 들어가!”

할아버지 목소리가 들렸다. 온몸은 지끈지끈 쑤시고, 머리는 깨질 듯
띵띵 거렸다. 여기까지 걸어왔던 기억이 떠올랐다. 몸이 바들바들 떨려오
기 시작했다. 내가 느릿느릿 소파에 일어나 앉자 할아버지가 따뜻한 보리
차 물을 한 잔 따라주었다. 머리는 하얗게 세고, 키는 작으며, 마음씨는 아
주 좋게 생겼다. 나는 보리차 한 모금으로 입술을 적시며 사과를 올렸다.

“이거 죄송합니다! 몸살에 걸리는 바람에.”

“괜찮아! 잘 잤으면 다행이고. 그래, 집 보러 다니는 거야?”

“네!”

“어떤 집을 보러 다니기에?”

“네, 전세 5천이요!”

“몇 식구?”

“네 식구요.”

“아이들하고?”

“네!”

“5천에는 아이들하고 살 집이 안 나와! 돈을 조금만 더 올려봐!”

“돈이 더는 없어요.”

할아버지는 내 성격을 꿰뚫어 보셨는지 껄껄 웃으며 한 말씀 더 하셨다.

"내 보아하니 남의 돈 빌릴 줄 모르는 책상물림 같은데, 남의 도움을
받을 때는 받는 것도 괜찮아! 가족보다 소중한 게 어딨어? 체면 따질 때
가 아니지! 가장한테는 체면이고 뭐고 없는 법이야!"

"할아버지, 말씀 잘 들었습니다. 고맙습니다."

나는 굽실 절하고 밖으로 나왔다. 바람이 살갗을 칼로 도려내는 듯 따
가웠다. 날은 어두웠는데 가로등이 드물어 길 전체가 을씨년스럽게 보였
다. 할아버지의 가족 얘기 때문에 꼴깍꼴깍 참아 두었던 애달픔이 북받
쳤다. 길 위로 뜨거운 눈물방울들이 훨훨 흩날렸다.

눈물의 전령을 타고 문득 종로에 사는 고모가 생각났다. 고모는 내가
서울에 올라와 결혼하고 아내와 함께 딱 한 번 찾아뵌 적이 있었다. 고모
부는 직업 군인이었는데 결혼한 뒤 한 달 만에 북녘 땅 어디선가 전사했
다. 고모는 평생 수절했다. 아이들도 없었다. 가난이 세끼 밥이었다. 고모
는 그 또래에 걸맞지 않게 라면을 좋아했던 것 같았다. 나는 슈퍼에 들러
라면 한 상자를 사면서 전화를 빌려 고모에게 전화를 걸었다. 고모는 나
를 까무러칠 듯이 반갑게 맞아주었다. 안방은 쩔쩔 끓고 있었다. 언 손발
을 아랫목에 깔린 이불 속으로 넣으니 밥그릇 하나가 달그락 만져졌다.
고모가 넉살 좋게 말했다.

"니 고모부 저녁이야. 아직 안 들어왔거든. 오늘은 우리 조카가 먹어."

나는 말문이 콱 막혔다. 눈물이 왈칵 솟구쳐 올랐다. 슬픔은 아니었다.
그것은 놀라운 감동이었다. 가슴을 뜨겁게 달구는 애틋함이자 사랑이었
다. 나도 모르게 와락 고모를 끌어안았다. 고모도 눈물을 훔쳤다. 고모
가 차려 놓았던 밥상을 들고 왔다. 매콤한 된장찌개 냄새가 입맛을 한층

돋우었다. 나는 고모부가 되어 고모의 시중을 받았다. 고모는 너무도 즐거워했다. 고모가 살아온 얘기를 주섬주섬 들려주기 시작했다. 나는 언 몸이 풀리자 연신 하품이 나왔다. 고모가 소주를 땄다. 그 술도 고모부를 위한 것이었다. 마시지 않을 수 없었다.

지하철 막차 시간이 다가왔다. 나는 일어섰다. 고모는 붙잡지 않았다. 고모의 얼굴에는 기쁨이 넘쳐나고 있었다. 신발을 신는 내게 고모가 말을 했다.

"우리 조카가 고모부를 꼭 닮았어. 그때는 결혼사진 같은 것도 찍을 줄을 몰라서, 그게 한이야. 고모부 얼굴을 다 까먹었지 뭐야. 전혀 기억이 안 나. 하긴 그 양반은 늙지 않았으니까…. 조카! 오늘 이렇게 와 줘서 정말 고마웠어. 내 평생 한을 풀었어."

나는 신발을 신고 일어났다. 내 눈에는 눈물이 그렁그렁 맺혀 있었지만 얼굴에는 한가득 웃음이 피어나 있었다.

"고모, 미안해! 시간 되면 또 올게. 저녁 정말 잘 먹었어. 건강하시고…."

나는 고모를 꼭 끌어안았다. 고모는 웃음으로 나를 눈 바라기 해 주었다. 골목은 가로등의 붉은빛으로 넘실대듯 그윽했고, 내 몸은 감동의 행복감에 젖어 가뜬했다. 발걸음이 빨라졌다. 큰길로 나왔지만 사람들은 드물었다. 길 위에는 두 갈래 사람들이 보였다. 한 갈래는 불빛 아래 형체가 뚜렷한 사람들이고, 다른 쪽 갈래는 군데군데 으슥해 보이는 밤 그늘에 가린 노숙자들이었다. 그들은 밤의 그림자들이 아니라 난파에서 가까스로 살아남은 생명체들이었고, 살아있는 도시의 죽은 폐기물들이 아니라 살아가기 위해 도시의 어둔 잠자리가 필요한 사람들이었다. 인도의 성자들은 모두 집을 떠난 사람들이지만, 한국의 노숙자들은 세상으로부터 버림받은 자들이다. 그들에게 가족이 함께한다면 그들은 더 이상 노숙자일 수가 없었다.

아는 형

다음 날 아침 나는 새날을 홰치는 붉은 수탉처럼 네 활개를 푸드덕 펼치며 새로운 결단을 실행에 옮겼다. 공부와 가족은 그동안 내게 선택할 수 있는 게 아니었지만 공부는 이제 선택 사항으로 둥실 밀려났다. 배움과 가르침도 삶과 사랑을 위한 것이어야 했다. 이러한 결단이 공부를 올바르게 이끌어 줄 것이라는 마음이 단단히 굳어졌다. 결단은 바닷바람처럼 시원했다. 두려움이나 머뭇거림 그리고 미루고 싶은 마음은 가벼이 날아가 버렸다. 가족의 보금자리를 마련해야 한다는 마음 불꽃이 잔잔히 불타올랐다. 나는 집을 나서자마자 우체국 앞 공중전화에서 인천에 사는 아는 형에게 전화를 걸었다.

"형! 나 5천만 원으로 집을 구하는데, 그쪽에 괜찮은 집 있을까?"

"전셋집 말이야?"

"응"

"그 돈이면 집을 사는 게 좋을 것 같은데, 뭐 어쨌든 한번 내려와라. 내가 이쪽 부동산에 알아놓을게."

형이 지하철역으로 우두커니 마중을 나왔다. 내가 형을 부르자 형의 얼굴에는 그제야 심장이 뛰기 시작하는 듯 보였다. 형은 긴 까만 가죽 코트에 까만 가죽 장갑을 갖춰 입어 조폭처럼 보일 정도였다. 공부할 때의 수수 털털했던 모습은 간 곳이 없었다. 형이 내 두 손을 꽉 움켜쥐며 사정부터 물어왔다.

"추운데 고생 많다. 집주인이 전세 값을 올려 달라냐?"

"응."

"창국아 힘 내! 공부하는 게 그래서 힘든 거 아니냐. 몇 군데 연락해 놨으니까 같이 돌아다녀 보자."

"이 동네는 전셋집이 좀 있어?"

"전셋집 대신 집을 사는 게 어때?"

"집을 사라구? 내가 무슨 돈이 있어 집을 사"

"누가 자기 돈으로 집을 사냐. 대출받아 사지. 5천을 갖고 있으니까, 조금만 무리하면 살 수 있을 거야."

나는 형이 모는 그랜저 승용차에 어정뜨게 앉았다. 할부로 산 차라는 설명이 형의 변신을 제대로 드러내 주었다. 선술집 외상술조차 집안 말아먹을 징조라며 경을 치던 형이었다. 형이 미리 전화를 해 놓은 부동산에서는 조각그림 맞추듯 집을 쏙쏙 소개했다. 정말 놀랍게도 8천에서 1억이면 집을 살 수가 있었다. 사는 집을 담보로 은행 대출도 가능했다. 마음만 먹으면 언제든 집을 살 수 있었다. 문제는 이자와 관리비였다. 아무리 머리를 굴려 봐도 8백에도 미치지 못하는 내 연봉으로는 계산서가 나오질 않았다. 또 교통도 문제였다. 이곳에서 학교까지는 2시간 정도 걸렸다. 희망과 절망의 물감이 뒤섞여 그 색깔을 알 수 없었다.

신기한 것은 거기에도 5천 전셋집은 없다는 것이었다. 나는 어정쩡해지고 말았다. 집을 보는 것마저 꺼려졌다. 형이 나를 식당으로 데리고 들어갔다. 우리는 뜨끈한 우거지 된장국을 시켰다. 양도 많았지만 맛도 좋았다. 집을 구하러 다니면서 처음으로 먹어 본 점심이었다. 형은 밥을 먹는 내내 내게 집을 사도록 설득했다.

"창국아! 내가 니 성격은 잘 알지. 하지만 뭐든지 마음먹기에 달린 거다. 못 할 것 같은 것도 하고 나면 별거 아니야. 집을 살 때는 누구나 다 무리해서 사는 거야. 지금 좀 고생하면 나중에 좋아지는데 왜 안하겠냐. 집값 오르는 게 이자 내는 거 하고는 비교도 안 돼. 눈 딱 감고 저층 아파트 하나 사 둬."

"그건 나도 알겠어! 하지만 당장 먹고살 게 없는데, 어떻게 집을 사?"

"여기는 앞으로 집값이 폭등할 지역이야. 곧 지하철 연장 계획이 발표될 거거든. 그러면 눈 뜰 때마다 집값이 올라. 이자는 걱정하지 않아도 돼. 한 2년 고생한 뒤 팔고 다른 곳에다 더 큰 걸 사면 돼. 거기가 오르면, 다시 또 오를 곳으로 이사를 가는 거지. 다들 그렇게 해서 돈 버는 거야. 언제 성실하게 일해서 돈을 버냐. 그렇게 돈 버는 사람은 바보야."

내 귀는 형의 이야기에서 아슴푸레 멀어져 있었다. 형의 이야기는 아파트 영웅담으로 이어져 부동산 전망으로 확확 치달았다. 결론은 무슨 수를 써서라도 집을 사야 한다는 것이었다. 공감이 일었다. 그럴수록 내 모습은 후줄근 말라갔다. 내 말수도 무쩍 줄었다. 숟가락질에도 흥이 사라졌다. 나는 떠들썩한 식당 안에서 소리의 블랙홀처럼 오그랑망태기 꼴로 짜부라지고 있었다. 형이 먼저 일어나 밥값을 계산했다.

바깥 겨울바람도 부른 배 앞에서는 맥을 추지 못했다. 우리는 다시 부동산을 돌기 시작했다. 전세 물량이 다 빠진 동네에서 전셋집을 찾는다는 것은 마치 걷기대회에 참여한 것과 같았다. 우리는 높다란 아파트 단지들 사이에 난쟁이 마을처럼 낀 빌라 촌들만을 뒤지고 다녔다. 성과는 없었다. 둘 다 이내 지치고 말았다. 형은 고지식하게 살려는 내 태도를 안타까워하면서도 나보다 더 열심히 전셋집을 찾았다. 땅거미가 도시의 하늘땅을 넘실넘실 집어삼킬듯 밀려들었다. 갑자기 할 일도 갈 곳도 없어지고 말았다. 내가 자꾸 시계를 들여다보자 끝내 형도 포기하고 말았다. 형이 지하철 표를 끊어주며 마지막 조언을 해 주었다.

"창국아! 나도 은행돈 빌려서 사업하느라 널 도와 줄 여력이 없어. 정말 미안하다. 이럴 때 도와줘야 하는 건데. 나도 버는 족족 은행에 갖다 바쳐야 해. 남는 건 하나도 없어! 돈은 내가 버는 게 아니라 집이 버는 거야. 버틴 만큼 집값이 뛰니까, 그 보람으로 사는 거야. 너도 은행 이자 무서워하지 말고, 과감하게 투자를 해. 그래야 집도 사고 돈도 벌 수 있어. 5천 갖고 전셋집은 못 얻어도, 집은 살 수 있는 게 대한민국 아니냐!"

내 손에서 형이 사준 케이크 상자가 번쩍거렸다. 형이 내 오른손을 으스러질 정도로 꽉 쥐었다. 한 걸음 한 걸음 뒷걸음질치면서 손을 높이 흔들어 인사하는 내게 형은 오른손 엄지를 우뚝 세운 주먹을 자기 가슴 한가운데다 붙였다. 나는 답례로 입술을 굳게 다물어 보였다. 눈물이 눈에 고여 들었지만 나는 서둘지 않고 천천히 돌아섰다. 몇 번을 돌아봐도 형은 계속 그 자리에 서 있었다. 눈물 때문에 눈앞이 아른거렸다.

지하철 유리창에 비친 서 있는 내 모습이 후줄근히 궁색했다. 입술은

굳어버린 풀처럼 까닥까닥 솔았고, 두 눈은 아픈 사람처럼 우묵 시들먹했다. 형의 거울에 비친 내 모습은 스스로를 비웃는 자화상이었다. 오늘 하루는 내가 세상 물정에 얼마나 눈멀어 있었는지에 대해 눈 뜨는 시간이었다. 나는 이제까지 헛살아온 것만 같았다. '반성'이라는 이름의 생각 벌레가 꿈틀거리자 나에 대한 긍정적인 생각들은 모조리 흐려지고 말았다. 생각 벌레가 남겨놓은 유일한 생각은 사는 것 자체가 서럽다는 것이었다.

하지만 서러움 속에서도 실낱같은 희망을 생각한다는 것은 싸움을 거는 것과 같았다. 희망은 본디 소망이 희박한 상태를 말한다. 막 사라져버릴 것만 같은 한 점 불빛을 쫓아 어둠의 공포를 이겨내려는 생각, 그것이 곧 희망이었다. 나는 꺼져가는 생각의 빛을 살려내기 위해 안간힘을 쏟았다. 생각하라! 그것은 희망의 생명을 지키는 것이다. 생명, 그것이 곧 희망이자 빛이었다. 내가 지켜야 할 생명, 즉 내가 살려내야 할 빛은 곧 가족이었다. 아니, 가족이 곧 나의 희망이자 생명이었다. 우리는 희망과 생명을 사랑이라 부른다. 가족은 우리 모두의 불꽃이었다. 생각하라, 그리하면 사랑할 수 있을 것이다.

집이 가까워지고 있었다. 가족에 대한 사명감이 솟아났고, 어떻게든 집을 사야겠다는 의지가 드높아졌다. 마지막 수단으로 은행돈을 빌리는 한이 있더라도 이번 기회에 반드시 우리 집을 장만하고야 말겠다는 외침과 다짐이 되풀이되었다. 나는 속으로 '길은 있다! 마음먹기에 달린 문제이다!'라고 되뇌었다.

집 문을 열자 외가에서 돌아온 큰딸 예진이가 꽃처럼 달려와 안겼다.

장모님은 나를 기다려 저녁을 함께했고, 아내와 큰딸은 케이크를 먹었다. 집 얘기는 서로 꺼내지 않았다. 여자들끼리는 할 말이 끊이질 않았다. 하루가 정리되는 시간이 왔다. 장모님이 먼저 두 아이를 끌어안고 잠이 들었다. 나는 아내에게 형에게 들은 얘기들을 전했다. 아내는 은행 대출에 관한 얘기는 귀에 담지도 않는 듯 보였다. 인천에서까지 전셋집을 구할 수 없다는 암담한 현실 앞에서 아내는 눈물을 글썽이며 삭히지 못한 말들을 뱉었다.

"인천에도 없다면 우리는 어디서 살아야 하지? 우리가 무슨 호화 저택에 살고 싶다는 것도 아니고, 비싼 아파트로 이사 가려는 것도 아닌데…. 지금까지 살아온 것처럼만 살고 싶다는데, 그것마저 어렵다니…. 도대체 세상이 어떻게 돌아가는 거야? 미친 거 아니야? 눈에 보이는 게 다 집인데, 우리 살 집 하나 없다는 게 말이 돼? 우리 이제 어떡해? 우리 애들을 어떻게 키워?"

나는 대답 대신 아내를 무릎에 뉘었다. 아내도 입을 닫았다. 밤이 깊었다. 아내는 두 눈에 고였을 눈물이 마르기도 전에 잠에 떨어졌다. 나는 홀로 책상에 앉아 이자 궁리, 돈 빌릴 궁리를 하기 시작했다. 새벽 3시, 아기 울음소리가 들려왔다. 아내가 마치 안 자고 있던 사람처럼 발딱 일어나 보리차물을 데우고, 또닥또닥 우유를 탄 뒤 안방으로 들어갔다. 나도 아내를 따라 안방으로 들어갔다. 장모님까지 셋이 모두 깨어 아이의 분유 먹는 모습을 지켜보았다. 우유병 젖꼭지를 물고 잠이 덜 깬 채 쌕쌕 빨아 먹는 아기의 모습이 눈물겹도록 귀여웠다. 그러나 우유를 먹이는 아내의 얼굴은 어둡게 굳어 있었다. 나는 아기 머리 대신 아내 머리를 슬쩍 쓰다

듬어 주고는 안방을 나왔다.

과거로부터의 보답

장모님은 새벽같이 내려갔다. 나는 아침을 든든히 먹고 다시 집을 구하러 나섰다. 등 뒤에서 아내의 응원이 펼쳐졌다.

"너무 무리하지는 마. 돈이 안 되는 걸 어떡해. 그냥 돈 되는 데로 가면 돼. 돈에 맞춰 집을 구해! 알았지? 힘 내!"

아내 마음이 내 마음을 우쭐 흐뭇하게 해 주었다. 나는 뒤돌아보지도 않은 채 손을 흔들었다. 빨간 우체통이 눈에 산뜻하게 들어왔다. 휘파람이 절로 나왔다. 바람은 시원했고, 하늘은 구름 한 점 없이 맑았다. 누구에게나 운명을 믿게 되는 날이 오는 법이다. 바로 그때 그 자리에 들어서기만 하면 모든 게 술술 풀리는 마술 말이다. 운명의 물레는 '때와 곳 그리고 사람과 사물'로써 역사의 무늬를 짠다. '와'와 '과' 그리고 '그리고'라는 이 접속사들을 보라! 그것들이 역사의 옷감이자 신비이다.

나는 공중전화부스 문을 열고 들어가 가방에서 검은 수첩을 꺼냈다. 수첩에는 간밤에 따로 적어 둔 전화 목록 쪽지가 있었다. 맨 위에 밑줄까지 그어 적어놓은 사람이 대학 친구 평수였다. 평수 직장 전화번호는 우연히 다른 동창으로부터 얻어 갖고 있었지만, 평수가 어떻게 사는지는 전혀 모르고 있었다. 번호를 누르는 순간 가슴이 떨렸다. 내가 평수를 찾자 전화기 저쪽에서 누군가 평수를 불렀다. 수화기 드는 소리가 들리면서 한 남자가 전화를 받았다.

“여보세요?”

평수의 굵고 힘찬 목소리였다.

“평수구나. 나 창국이!”

“창국이? 야, 오랜만이다!”

평수는 내 목소리를 듣자마자 귀청이 떨어질 정도로 큰소리로 나를 반겼다. 마음이 놓였다. 내가 안부를 묻자 평수가 대뜸 나를 자기 쪽으로 불렀다.

“지금 어디야? 학교 근처? 그럼 이쪽으로 와라! 점심때까지 기다릴 게 뭐 있냐, 여기 시청 근처니까 당장 와! 택시비 줄 테니까 택시 타고 와라! 알았지? 빨리 와!”

나는 조용히 사무실로 들어섰다. 사무실이 깨끗하다는 게 인상적이었다. 슬쩍 둘러보니 평수는 창가에 자리하고 있었다. 누군가 내게 용무를 묻는 것도 같았지만 나는 곧장 평수에게로 갔다. 평수 책상 앞머리 위에 과장이라는 이름패가 놓여 있었다. 평수의 차림새는 대학 다닐 때와는 딴판이었다. 평수가 사무실이 떠나갈 듯 내 이름을 외쳤다.

“야, 한 창국! 이게 얼마 만이냐?”

평수는 나를 직원들에게 간단히 소개한 뒤 휴게실로 자리를 옮겼다. 먼저 평수가 너스레를 떨었다.

“근무 시간에 회사 밖으로 나가는 건 좀 그렇거든. 그래 요즘 사는 게 어떠냐?”

나는 그저 웃기만 했다. 돈 빌리러 온 게 부끄러워 말 한마디조차 밖으로 나오질 않았다. 평수가 내게 담배를 권했다.

"끊었어."

"끊었다고? 세월 참 많이 흘렀나 보다, 너 같은 골초가 담배를 다 끊은 걸 보니. 담배 끊는 것들은 다 독종이야, 독종. 하하! 나도 많이는 안 피는데, 사람 만날 때는 어쩔 수 없더라고…."

평수의 담배 연기가 우리 둘 사이를 하나로 연결해 주었다. 내가 커피 자판기를 가리키자 우리 입에서는 동시에 웃음이 터져 나왔다. 우리는 대학 시절 만나기만 하면 누가 먼저랄 것도 없이 서로에게 커피를 뽑아 주곤 했다. 우리는 나란히 커피를 뽑았다. 평수의 얼굴에는 좀 느끼한 표정도 섞여 있었지만 내게는 전혀 드러내지 않았다. 평수가 먼저 거침없이 내 말문을 열어주었다.

"나를 찾은 걸 보니까 나한테 부탁할 게 있는가 보구나?"

"응~."

"망설이지 말고 말해 봐."

"돈이 좀 필요해서."

"얼마나?"

"3천."

"3천?"

"응."

"그 정도면 빌려줄 수 있어."

믿기지 않는 대답이 나왔다. 나는 천만 원이나 빌릴 수 있다면 다행일 거라고 생각하고 왔었다. 머릿속에서 '띵~' 하는 소리가 들렸다. 세상 전체가 갑자기 먹통이 되었다. 세상은 하얗게 조용해졌다. 평수가 뭔가를 말하고 있는 광경은 눈에 들어왔지만 소리는 들리지 않았다. 어지럼증까지 일었다. 몸이 앞뒤로 가볍게 흔들리는 듯했다. 머릿속 파장이 가라앉자 몸도 균형을 되찾았다. 물속에서 들리는 것과 같은 웅웅 소리가 귓전을 맴돌았다.

"야! 한 창국! 너 내 말 듣고 있는 거야?"

평수의 불평이 내 세상 귀를 뻥 뚫어 주었다. 바다 물결소리처럼 세상의 소음이 '쏴~'하고 한꺼번에 덮쳐들었다. 내가 상기된 목소리로 대답했다.

"미안. 뭐라고 고맙단 말을 해야 할지 몰라서…."

평수는 담배를 비벼 끈 뒤 손사래를 쳤다.

"고맙긴, 내가 고맙지! 기억 안 나냐? 2학년 2학기가 시작되자마자 우리 아버지가 수술을 받아야 했잖냐? 돈이 없어 내가 쩔쩔매고 있을 때, 니가 우리 아버지 수술비를 대 줬잖냐? 그 돈이 니 다음 학기 등록금이었다며?"

"…"

"나는 그 사실을 니 군대 간 뒤에야 알았다."

"아버님 돌아가셨을 때 못 가서 미안해."

"미안하긴! 내가 알리질 못 했는 걸. 수술비 문제로 좀 복잡했거든. 아버지야 돌아가셨지만, 그래도 니 덕분에 수술은 받아 보고 돌아가셨잖냐? 내 여한은 없다! 내 니 빚을 언제 갚나 했는데, 이렇게나마 니한테 도움을 줄 수 있게 돼 내도 기분 최고라!"

동창이란 게 이렇게 거리가 없는 사이였다. 8년 만에 만나도 금세 대학생 시절로 돌아갈 수 있는 사이. 시간을 뛰어넘어 하나가 될 수 있는 사이

가 곧 벗이었다. 벗은 서로의 불씨가 되는 사람, 즉 하나의 모닥불로 타오르는 사람이었다. 그래도 돈은 돈이었다. 나는 조심스레 염려의 말을 던졌다.

"그런데 내가 갚는 데 좀 오래 걸릴 것 같다."

평수가 시원스레 대답했다.

"무슨 소리야! 니 돈이나 마찬가지라고 생각해! 급하면 당장 송금해 줄게. 계좌번호나 알려 줘."

"계좌번호? 집사람한테 전화를 해 봐야 알겠는데…."

"그럼, 집 전화번호 좀 불러 봐!"

전화번호를 받아 적던 평수가 혼자 싱글거리며 놀려먹으려는 듯 질문을 던졌다.

"그런데 니 그 첫사랑하고 결혼했냐?"

내가 고개를 끄덕이자 평수가 놀랐다는 듯 재미있어했다.

"이거 순애보 둘이 신랑각시가 되었구나. 아가도 있고?"

"둘."

"벌써 둘이야? 난 아직 없는데."

평수의 말에 한 여자가 어렴풋이 스치고 지나갔다. 이름이 빨리 기억이 안 났다. 나는 그녀와 평수의 관계를 예상하며 초다짐으로 물었다.

"결혼했구나?"

"야, 그럼 내가 총각귀신으로 죽었으면 좋겠냐?"

평수가 대답하는 사이 그녀 이름이 생각났다. 민주는 평수가 아버님을 여읜 뒤 내가 평수에게 맺어주었던 동아리 여자 후배였다. 그 둘은 만나던 그날로 사귀기 시작했다. 민주네 부모님까지 그 둘의 연애를 거들고 나왔다. 민주네 집이 잘 산다는 소문이 나돌았다. 평수가 민주를 돈을 목적으로 사귄다는 소문도 퍼졌다. 평수는 민주와 헤어지려 했다. 나는 평수를 말렸다. 가난에 찌들어 살던 평수에게 민주는 달콤한 안식처였다. 그 둘의 연애가 모두의 눈앞에 별처럼 반짝거리는 동안 평수는 기존의 친구들로부터 멀어져갔고, 나 또한 군대를 갈 때 평수와 헤어진 뒤 그를 오늘 처음 만났다. 내가 호기심에 들떠 물었다.

"민주랑 했어?"

평수의 눈빛이 깜빡 빛났다. 평수는 뭔가를 돌이키는 듯하더니 이내 억지웃음을 지어 보인 뒤 옷에 묻은 먼지를 툴툴 털었다. 평수가 다리를 바꿔 꼬며 대답을 시작했다.

"아니…. 지금도 민주 생각만 하면 가슴이 아려. 우리 와이프한테는 미안하지만…. 나도 어쩔 수가 없어. 술만 마시면 나도 모르게 막 눈물이 나! 내가 철이 들려면 아직도 멀었나 봐? 아직 아가가 없어서 그런가? 푸하!"

평수의 감정이 들썽댔다. 나는 둘의 가슴 아픈 사연을 암시하는 평수의 말 때문에 무거운 마음으로 물었다.

"민주하고 헤어졌나 보구나? 둘이 그렇게 미쳐 있더니만…."

평수 입에서 허탈한 웃음이 터져 나왔다. 평수의 눈가가 촉촉해졌다. 평수가 커피를 술잔 들이키듯 한입에 툭 털어 넣고는 헤어진 속내를 꺼내기 시작했다.

"헤어졌다기보다 민주가 멀리 떠났다고 하는 게 맞지."

나는 평수의 말을 종잡을 수 없었다. 내가 기계적으로 반문했다.

"어디로 떠났는데?"

평수의 입술이 알밋알밋 씰룩였다. 평수는 창문 쪽으로 눈꽂이를 한 채 푸념에 가까운 말투로 한마디 툭 던졌다.

"멀리 떠났지!"

나는 어정쩡하여 대꾸할 말을 찾지 못했다. 평수는 묶인 머리카락이 툭 풀리듯 무너져 내린 슬픔의 강에 폭 잠겨 버렸다. 슬픔에 사로잡힌 사람은 가까이 다가갈 수 없다. 그는 역사의 캡슐을 타고 저 멀리 혼자 동떨어진다. 그곳은 모든 사라진 것들의 무덤 속이다. 슬픔에 젖은 이를 위로하는 사람들이 흔히 그러하듯 나는 평수를 고즈넉이 지켜보는 수밖에 없었다. 평수가 슬픔의 너울을 벗으며 말을 이었다.

"민주가 좀 약골이었잖아? 병이 있었나 봐. 죽었어."

"죽어? 난 그것도 몰랐네."

"난 아무것도 해 줄 수가 없었어. 민주는 죽음을 맞이할 때도 나에게 웃어 줬어. 민주가 나한테 미안하다고 그러더라. 자기도 정말로 떠나기 싫은데, 어쩔 수 없이 나만 여기 남겨 놓고 떠나서 정말정말 미안하다고 그러더라. 난 목이 메어서 말을 할 수가 없었어. 민주에게 괜찮다고, 잘 가라고, 내 걱정은 하지 말라고 말해 주고 싶었는데 목이 메어서 한마디 말도 할 수가 없는 거야. 나는 펑펑 울었지. 민주 보내고 너무 울어서 눈이 안 보일 정도였는데, 민주 부모님께서 날 병원에 데리고 다니시며 간호해 주시는 덕분에 나았지."

평수의 눈에서 연신 소리 없는 굵은 눈물방울이 주룩주룩 흘러내렸다. 닦을 수도 없는 눈물이었다. 나도 눈물이 났다. 나는 민주가 무슨 병으로 죽었는지 물었다.

"만성 골수성 백혈병."

평수는 그 말을 마지막으로 민주 얘기를 접었다. 평수가 앉은 자세를 바꾸며 방금의 얘기들로부터 벗어나려는 듯 입술 웃음을 지으며 말했다.

"죽음은 사랑을 너무 오래 기억하게 만드는 질병이야."

평수는 휴게실 출입문 쪽을 희뜩 바라본 뒤 서둘러 감정 정리를 했다. 평수는 중요한 점심 선약이 있어 나와 점심을 같이할 수 없다며 미안해했다. 평수가 나를 건물 현관까지 바랬다. 나는 평수와 헤어진 뒤 가까운 공중전화 부스로 달려 들어갔다. 아내가 전화를 받자마자 내가 소리쳤다.

"우리 집 살 수 있게 됐어!"

아내가 깜짝 놀라 되물었다.

"무슨 소리야? 집을 살 수 있다니?"

평수 얘기에 아내는 자지러질 듯 기뻐했다.

"자기야! 정말 수고했어! 고생 많았어! 빨리 들어와."

아내가 전화를 끊었다. 그 끊긴 소리가 귀에 쟁쟁 울렸다. 하지만 나는 수화기를 내려놓을 수가 없었다. 만에 하나 내가 너무 빨리 수화기를 내려놓는 바람에 이 현실이 자칫 잘못될 수도 있을 것만 같았다. 나는 수화기를 내려놓아도 좋다는 확신이 생길 때까지 수화기를 계속 들고 있기로 했다. 경찰차가 한 대 지나갔다. 마침내 나는 단호하게 수화기를 내려놓았다. 아무 일도 일어나지 않았다. 이제 돌발변수는 생길 수 없을 것이다. 집으로 돌아가기만 하면 된다! 전화 부스에서 첫발을 내딛는 발걸음은 너무도 가벼웠다. 마치 날아가는 듯했다. 내 전화를 받고 기뻐했을 아내의 모습이 눈에 선했다. 그동안의 모든 시름은 한여름 빨래 마르듯 펄럭펄럭 날아가 버렸다. 흥흥 콧노래가 나왔다. 나는 자신도 모르게 하늘 높이 펄쩍 뛰었다.

“8천짜리 빌라 좀 보여 주세요?”

“전세요?”

“아니요!”

“매매요?”

“네!”

행복한 집 보기

평수 덕에 8천만 원짜리 빌라가 물망에 올랐다. 그 사실만으로도 우리는 행복했다. 그런데 집 보기에는 남의 삶 훔쳐보기 재미가 덤 붙었다. 집 안 불빛 아래 드러나는 모든 것은 집 보는 이의 눈 도둑질 먹잇감이 됐다. 잡혀갈 위험이 없는 도둑질이니 장난 놀이와 같고, 털기 위해 부수지 않아도 되니 양반 놀음과 같았다. 집 보는 이 앞에서 열리지 않는 문은 없었고, 문이 열리면 짜릿한 흥분이 두근두근 북받쳤다. 여인의 방문 앞에서 엿보기 심리가 꼬리를 치기라도 하면 눈알이 희번덕거리며 돌아갔고, 눈 돌리기에 뭔가 걸려들기라도 하면 발기된 눈길이 사냥감을 낚아챘다. 문명화

된 코는 코드화된 냄새의 취향을 독 오른 뱀처럼 벌름벌름 들이켰다.

집 보는 이는 일상의 금기를 깨뜨리고 엄연히 남의 집 침실인 곳을 마치 자기 집인 양 버젓이 걸어 들어가 수사관처럼 여기저기를 둘러보고, 이것저것을 들춰보며, 이 일 저 일을 물어볼 수 있었다. 그는 타인의 삶을 잠깐 동안 통제할 수 있는 하루살이 권력을 가졌다. 거꾸로 집을 내놓은 이는 수세적 입장에서 집 보는 이를 요리조리 다루어 가며 답변을 둘러댔다. 집을 본다는 것은 누군가의 삶의 기억들을 사고팔기 위한 흥정과 같았다. 집 보기에 사고팔기 흥정이 빠질 때 집 보기는 금세 지겨워졌고, 사고팔기만 남을 때 집 보기는 역겨워졌으며, 과장된 친절은 집 보기를 권태롭게 만들었다. 게다가 쉬지근한 냄새를 풍기는 부엌살림을 시찰해야 할 때면 집 보는 비위가 이미 뒤틀려 버리고 말았다. 집 보는 맛이 잡치면 집안에 머무는 것 자체가 무의미했다.

집 보는 일이 늘어나자 그것도 일이 됐다. 기분 전환도 할 겸 자랑도 할 겸 인천의 형에게 소식을 전했다. 형은 충고부터 했다.

"창국아! 빌라는 절대 사면 안 돼!"

나는 형 말에 툭하니 짜증이 치미는 바람에 마음속 말 퉁김이 일었다.

"왜 안 되는데?"

"빌라는 사는 즉시 손해야! 나중에 팔 때 밑져! 살닿는다고! 절대 안 돼! 내 말 알았지?"

집 볼 흥이 와장창 깨졌다. 절대라는 말이 귀에 땡그랑 거슬렸다. 절대의 세계에서는 진리의 한계를 넘어가는 것이 금지될 뿐 아니라 무엇보다 욕망 자체가 금기시된다. 진리는 충동의 무질서한 불꽃 앞에서 한낱 먼지로 사라질 뿐이고, 욕망의 금기는 감정의 생동감 넘치는 활력 앞에서 기껏해야 종이호랑이의 호령일 뿐이다. 형이 말하는 절대는 사실 정신의 냉철함과 이성의 투명한 원리들과는 아무 관계도 없었다. 그것은 차라리 욕망의 단말마에 가까웠다. 그러니 형이 외친 절대는 자기 모순적이었다.

사람들은 대개 절대의 바깥 영역, 즉 깜깜한 심연의 세계 속에서 헤매 듯 살아가면서 동시에 저마다 자신만의 절대 세계를 구축한다. 사람들 이 말하는 절대 세계는 사실은 자기가 절대라고 믿는 세계이다. 사람들 이 '절대'라는 말을 내뱉는 까닭은 그들이 그 말로써 다른 사람들을 통제 하고자 하기 때문이다. 그들은 수많은 욕구들로 꿈틀대는 우리들의 삶의 시간을 자신들의 가치관이라는 영원의 만년설 속에 꽁꽁 얼려두려 한다. 절대라는 이 공허한 말은 사람들에게서 자기 멋대로 살아가고자 하는 삶 의 평범한 욕망을 제거한다. '빌라는 절대 사지 말라'는 형의 말은 절대에 대한 모욕이자 자유에 대한 속박이었다.

그럼에도 형의 말 속에는 애정이라는 무엇보다 소중한 가치가 담겨 있 었다. 나는 형의 말 올무에서 서로 상처 없이 벗어나기 위해 국면 전환 질 문을 던졌다.

"그럼 아파트를 사라고?"

"그렇지!"

"서울에서 아파트를 사려면 대출을 받아야 하는데?"

"…"

침묵이 대화를 뚝 잘라 먹었다. 형이 한참 삼키고 있던 말을 딱 부러지 게 내뱉었다.

"대출은 당연히 받아야 하는 거야! 부동산에 부탁하면 대출 한도며 이율을 다 알아봐 주니까 대출 걱정하지 말고 꼭 아파트를 사! 알았어?"

형 걱정에는 내가 말 붙일 곳조차 없었다. 형이 내 입장을 너무 가볍게 여기는 듯해서 나는 좀 불쾌했다. 내게 이자 갚을 능력만 있어도 왜 아파트를 안 사겠는가? 우리 현실에서 본질적인 문제는 어떤 집을 사느냐와 관련된 선택 문제가 아니라, 집을 사야만 한다는 당위 문제였다. 현재 우리의 목표는 돈을 벌기 위한 집 사기가 아니라 행복한 삶의 보금자리를 마련하는 것이었다. 돈을 벌려면 모험을 해야 하지만, 행복을 얻으려면 안식처를 찾아야 한다. 모험은 휘뚝거리는 은행 대출을 뜻했지만, 안식은 자신의 삶에 대한 대 긍정을 말했다. 나는 또바기 빌라를 고집했다. 형은 나를 '못 말리는 놈'으로 웃어넘길 뿐 '나중에 후회할 거'라는 악담은 내뱉지 않았다. 나는 분수에 어울리는 아름다운 길을 가겠다고 고백했다.

저녁에 집주인 아저씨가 핏대를 세우며 빨리 나가라고 성화를 부렸다. 아내는 물러서기커녕 외려 아저씨에게 큰소리를 치고 있었다.

"나가면 될 거 아녜요! 나가란 소리 한 지가 얼마 됐다고 이 야단들이세요? 이제는 이 집에 살아달라고 애원해도 살 생각이 없으니 더는 나가 달라는 소리 같은 거 하지 말아 주세요! 그럼 조심해서 올라가세요."

아내는 현관문을 닫으며 호랑이 잡은 사냥꾼처럼 우쭐대는 웃음을 지었다. 아저씨는 아내의 자신감 앞에 기가 눌려 싸움다운 싸움도 해 보지 못했다. 사람 마음은 살아있는 혼돈과 같았다. 돈이 없었을 때 바짓가랑이라도 질질 붙잡고 늘어지고 싶던 마음이 돈이 생기자 봄눈 녹듯 싹 가시고 낯까지 떳떳한 마음으로 바뀌었다. 나는 아내의 움직임에 당당함과 싱싱함이 넘실대는 게 흐뭇했다. 아내는 집 꾸밀 궁리를 벌써부터 하고 있었다. 아내는 여성 잡지를 구석구석 읽었다. 아내의 발걸음마다에는 미래에 대한 희망의 물보라가 뽀얗게 피어올랐다.

그리움을 담은 집

"여보야, 도대체 집이란 게 뭐야?"

자정이 넘은 시각, 나는 아내의 변신에 한번은 묻고 싶었던 물음을 던졌다. 올빼미 띠가 돼 버린 아내는 두 눈을 짐짓 깜빡이는 귀염을 떨며 혼잣말처럼 대답했다.

"집은 사람이 살기 위한 곳이라고 할 수 있지 않을까?"

나는 자못 엄숙하게 고개를 끄덕였다. 집의 목적이 '살기 위함'에 있다면, 집은 삶의 한 도구가 된다. 좋은 집을 가진 사람이 더 잘 살 수 있는 까닭이 여기에 있다. 더 잘 살게 되는 만큼 행복의 크기도 늘어난다. 좋다. 인정해 주자. 비록 집에 사는 모든 사람이 다 행복하지는 않을 테지만, 의식주야말로 가장 기초적인 삶의 수단인 이상, 집은 분명 행복의 초석이라 할 수 있을 테니까 말이다. 나는 상대의 허를 찌를 때처럼 무심히 물었다.

"집에 꼭 사람만 사는 건 아니잖아?"

내 질문에 아내의 눈이 똥그래졌다. 아내가 머리를 굴리며 대답을 찾았다.

"하긴 요즘은 반려 동물들도 같이 살긴 하지…"

아내의 말에 어릴 적 생각이 떠올랐다. 추억을 떠올리는 일은 책 찾기와 같다. 떠오른 조각은 책 속의 한두 낱말에 불과하지만, 그 조각 때문에 책을 찾아 열면 그 안에는 잊혔던 수많은 얘기들이 줄줄이 엮여 나온다. 추억은 스스로 재생 능력을 갖추고 있다. 사람은 잃어버린 기억의 작은 부스러기 흔적만으로도 얼마든지 전체 기억을 되살려낼 수가 있다. 추억이 말 속에 새겨질 때 추억은 장면이 된다. 어릴 적 부엌 모습이 머릿속에 생생하게 펼쳐졌다.

"내가 태어난 집은 초가집이었는데 당시 가격이 3만 원이었대."

내가 추억의 보따리를 푸는 듯하자 아내는 아예 내 허벅지를 베고 누우며 물었다.

"3만 원? 방이 몇 칸이었는데?"

나는 아내 머리칼을 책장 넘기듯 쓸어 넘기며 옛날이야기를 시작했다.

"두 칸! 뒷방은 작은 농 하나와 고구마 통가리가 차지하고, 안방에는 우리 다섯 식구와 콩나물시루가 함께 살았지. 아, 겨울에는 요강이 하나 더 추가되지."

아내도 장면들이 그려지는지 미소를 머금고 있었다. 내 얘기가 계속되었다.

"부엌문은 가마니 옆구리를 뜯어 길게 매단 거적문이었는데, 바람 부는 밤 거적문이 펄럭이기라도 하면 귀신이 쳐다보는 것 같아서 좀 무서웠지. 부뚜막에는 겨울철에 날마다 쇠죽을 쑤던 큰 무쇠 가마솥과 밥을 해 먹던 중솥 그리고 국을 끓이던 옹솥 세 개가 걸려 있었는데, 개자리가 깊어서 바람이 불거나 흐린 날에도 연기가 내치지 않고 아궁이에 불이 잘 들여 불 때기가 참 편했어."

아내는 옛날이야기 속으로 빨려든 어린아이처럼 즐거워했다. 나는 말을 좀 구수하게 하려고 헛기침을 몇 번 해댔다.

"활활 타오르는 아궁이 장작불은 그 타는 냄새며 '타닥타닥' 장작 터지는 소리며 아궁이 속으로 빨려 들어가는 깨끗한 불꽃 흐름이며 한데 포개져 군말 없이 자신을 불살라 들어가는 장엄한 행렬 등으로 사람의 마음을 맑고 고요하게 만들곤 했지. 그 불꽃을 넋 놓고 쳐다보노라면 자신도 모르게 '불꽃의 술'에 흠뻑 취하고 말아. 얼굴까지 벌겋게 달아오른다니까. 밤이 빨리 찾아오고 사위가 고요할수록 황홀의 경지도 더욱 높아지지. 하지만 그런 순간이면 꼭 팔뚝만한 쥐들이 긴 꼬리를 내뻗은 채 모두뜀으로 쏜살같이 지나가는 거야."

아내는 쥐 얘기가 나오자 소름이 끼치는 듯 징그럽다는 듯 미간을 찌푸리며 물었다.

"부엌에 쥐가 있었다고? 너무 불결하지 않을까? 병이라도 옮기면 어떡해? 잡았어?"

"잡기는…. 갑자기 튀어나오는 바람에 소스라치게 놀라고 말지. 그러면 분풀이로 부지깽이를 냅다 집어던지곤 했어. 제대로 맞춘 적은 한 번도 없었지만. 부엌은 바닥을 낮게 파 천장이 높아 보였는데, 거기에는 나무장작을 쌓아둘 자리까지 따로 있었어. 아버지가 집에 와 쇠죽을 끓이고 엄마가 모처럼 저녁밥을 지을 때면 온 식구가 안방이 아니라 부엌에 옹기종기 모여 앉아 이야기도 나누고 밥도 먹었지. 또 겨울에 외할머니께서 오셔서 고구마 조청을 만들어 주실 때면 큰 누나는 부뚜막 위에 올라가 조청을 젓고, 나랑 작은 누나는 부엌 바닥에 장작토막을 깔고 앉은 채 먹을 때만 기다리곤 했었지….”

“고구마도 구워 먹었겠네?”

나는 아내에게 대답 대신 얄궂은 농담을 던졌다.

“발갛게 달아오른 고구마 껍질을 두 손으로 정성껏 벗겨 입으로 후후 불어 돌려가며 먹으면 최고의 오르가즘이지.”

아내의 반응이 조금 지체되었지만, 내 농담으로 한동안 소동이 벌어졌다. 나는 아내의 씩씩거리는 눈총을 귀엽게 받아넘기며 말을 이었다.

“거적문을 열고 나오면 펌프 샘이 있었지. 짙은 밤색의 길쭉 주전자 모양을 한 몸통에 휘어진 도끼자루 모양의 손잡이가 달렸고 밑에 양은 빛 파이프가 땅속으로 박힌 수동 펌프였는데 물이 한 번도 마른 적이 없는 샘이었어. 샘 바닥에는 둥글넓적한 돌들이 깔려 있었고, 그 곁에 포도나무 두 그루가 심겨 있었어. 아버지가 덩굴손이 타고 올라갈 수 있도록 철사 그물을 쳐 놓았기 때문에 한여름 뙤약볕도 거뜬히 막아주었어. 한여름 등목으로는 그 펌프 물이 최고였지. 펌프 날름쇠 위에 마중물을 분 뒤 몇 차례 물을 자아내기만 해도 물의 차갑기가 온몸에 닭살이 돋을 정도였으니까.”

“그렇게 차가운 물로 어떻게 등목을 해?”

아내는 한여름에도 찬물 샤워를 못할 정도로 찬물을 싫어했다. 큰 누나도 그랬다. 나는 그런 누나를 위해 큰 고무다라에 물을 한가득 길어놓아 주곤 했다. 한여름 한나절이면 물이 알맞게 데워져 큰 누나도 목욕을 즐길 수 있었다. 아내도 햇볕에 데워진 물로 목욕 좀 해 봤으면 좋겠다고 했다. 아내는 시골집 생활에 대한 동경에 젖어드는 눈치였다. 나는 그 대신 감수해야 할 불편을 한 자락 들려주었다.

"겨울이 문제지. 겨울에는 물 때문에 고생을 많이 했어. 샘물이 얼까 봐 파이프를 짚으로 둘러싸고 물 종지를 빼놓곤 했는데, 그래도 펌프가 얼곤 했어. 그러면 뜨거운 물을 부어 파이프를 녹이거나, 그것으로도 안 되면 파이프에 짚불을 놓아야 했지. 겨울에 따뜻한 물을 쓰려면 물을 데워야 했는데 솥단지도 부족하고 또 장작을 허비해야 했기 때문에 그냥 찬물로 세수를 하는 수가 많았지. 그래서 손이 다 트고 갈라지곤 했어. 머리에서는 이가 나오고 손에는 기름때가 잔뜩 낄 수밖에. 그 추운 겨울에도 엄마는 가끔 우리를 발가벗겨 큰 고무 다라 속에 집어넣어 목욕을 시키곤 했어. 비록 따뜻한 물로 하는 목욕이었지만, 한겨울 밖에서 하는 목욕이니 이가 부딪칠 정도였지."

집에 살던 짐승들

아내는 그 소란이 머릿속에 그려지는지 빙긋빙긋 웃었다. 듣는 이의 태도가 좋으면 말하는 사람이 신이 나는 법. 나는 내 어린 시절에 대한 기억 가운데 아내를 깜짝 놀라게 할 이야기 한 토막을 꺼냈다.

"어느 여름, 우리 집에 외삼촌께서 오셨거든. 그래서 아버지가 닭을 잡으려 했지. 모가지를 비틀어 닭을 죽인 다음, 뜨거운 물에 튀겨 샘에서 닭털을 모조리 벗긴 상태에서 배를 갈라 내장을 조금 꺼내 놓은 상태였는데, 마침 옆집 아저씨께서 빌린 돈을 갚으러 오셨지 뭐야. 아버지가 잠시 돈을 받아 챙기는 사이 그만 다른 산 닭들이 달려들어 죽은 닭 내장을 모조리 파먹은 거야."

아내는 역겹다는 듯 눈살을 크게 찌푸렸다.

"에고 징그러워! 닭이 닭을 쪼아 먹었다고? 어떻게 그런 일이 다…."

옛날 우리 집 초가 마당에는 아버지가 아끼던 장닭 한 마리가 있었다. 그놈은 닭벼슬까지의 키가 어른 허리에 찰 정도로 우람한 몸집을 자랑했을 뿐 아니라, 무엇보다 집을 지킬 줄 알았다. 낯선 자가 집에 침입하면 목 덜미 깃털을 공작처럼 곤두세우고 쏜살같이 날아들어 발톱으로 할퀴고 부리로 쪼아댔다. 하지만 주인이 '그만둬' 소리를 외치면 그 장군 닭은 공격을 즉시 멈추었다. 우리 집을 방문하는 이는 누구든 그 장닭을 예찬했다. 장닭이 거느리던 대여섯 마리의 암탉들은 날마다 알을 낳았다. 나는 달걀들을 아침마다 그릇에 모아두었다. 엄마는 5일마다 그것을 시장에 내다 파셨다. 생일과 같은 특별한 날에는 우리도 달걀을 맛볼 수가 있었다. 가끔 엄마는 아들인 내게 특별대우로 갓 낳은 따뜻한 달걀을 젓가락으로 위아래에 구멍을 뚫어 누나들 몰래 내게 날것으로 먹여 주곤 했다. 그때마다 나는 엄마와 뭔가 비밀작전을 벌이는 것만 같아 기분이 짜릿했다.

집 마당에는 외양간도 있었다. 아버지는 새끼를 빼기 위해 늘 암소만 키웠다. 소를 사오거나 파는 것은 아버지가 했지만, 그 소를 키우는 일은 초등학생이었던 내 몫이었다. 아버지는 소를 그냥 '누렁이'라고 불렀다. 아버지는 집을 나가고 들어올 때마다 언제나 누렁이와 인사를 나눴다. 사실 아버지는 몇 채 건너 남의 집 머슴을 살았기 때문에 엎어지면 코 닿을 데 계시면서도 집에 자주 오지는 못했다. 아버지는 나에게 소를 다루는 법을 자세히 설명해 주곤 했다. 코를 뚫기 위해서는 꼬챙이를 먼저 불에 달구어 소독을 해야 하고, 코뚜레 나무로는 반드시 껍질 벗긴 물푸레나무를 써야 독이 안 오르게 되며, 소가 놀랄 때는 큰 뒷발질을 하기 때문에 놀란 소를 절대 뒤에서 붙잡으려 해서는 안 되고, 소가 너무 힘이 들어 입에서 게거품을 흘릴 때는 오징어를 먹이면 된다는 등. 소에 관한 지식 전달은 끝이 없었다. 쇠파리 잡는 법, 거적 해 입히는 법, 짚을 깔아 주고 똥오줌을 치우는 법, 소 목욕시키는 법, 소 긁어주는 법. 나는 소에 관해 모르는 게 없었다.

외양간 옆에 횃대가 달린 닭장이 있었다. 외양간과 마찬가지로 닭장도 흙벽에 초가지붕으로 되어 있었지만, 앞이 툭 터진 외양간과 달리 닭장의 앞쪽은 삵이나 족제비 침입을 막기 위해 빈틈없이 가는 쇠사슬그물로 잘 막아 놓았다. 거기에는 물그릇이며 모이그릇이 있었고, 공중에 길게 가로로 매달아 놓은 두 층의 횃대와 짚으로 크게 만든 둥지 모양의 알 낳는 곳도 있었다. 약 10마리 정도의 닭이 낮에는 온 집안을 헤집고 다녔지만, 저녁이 되면 모두 닭장에 갇히곤 했다. 닭들은 잠을 잘 때는 달아놓은 막대기 위로 날아 올라가 잠을 잤다. 닭은 잠을 잘 때는 족제비가 자기 내장을 파먹는 것도 몰랐다.

닭장에 잇대어 헛간이 있었다. 거기에는 쟁기며 삽, 삼태기, 괭이며 호미, 가래, 써레, 도리깨, 갈고리, 가마니 틀, 떡메, 지게, 구루마 등 갖은 농기구가 보기 좋게 진열되어 있었다. 헛간 옆에 토끼장이 있었고, 거기에서 늘 두 마리 정도의 토끼를 키웠다. 토끼장 바로 옆에는 감나무 두 그루가 심겨 있었고, 감나무 바로 앞쪽이 두엄 밭이었다. 그곳은 주로 소에게 깔아 주었던 자리 짚과 오물을 치워 놓는 곳이었다. 집안에 먹이는 짐승들이 늘어날수록 내 일도 많아졌다. 닭이나 토끼는 먹이 주는 게 간단했지만, 소를 키우는 일은 정말 큰일이었다.

나는 소먹이를 위해 여름에는 들로 산으로 소꼴을 베러 다녀야 했다. 때론 아예 누렁이를 풀 뜯기 좋은 곳으로 데려가 풀밭에 그냥 풀어놓곤 했다. 사실 소와 친해지고 나면 소는 묶어놓을 필요가 없었다. 동네 뒤편에 큰 저수지가 하나 있었는데 그 옆에는 뽕나무 밭과 과수원 그리고 황무지가 뒤섞여 자리해 있었다. 동네 남자아이들은 여름에는 으레 그곳에서 하루 종일 헤엄을 치고 놀았다. 내가 집에서부터 누렁이 등에 올라타면 누렁이는 알아서 어슬렁어슬렁 저수지 길을 찾아갔고, 내가 아이들과 어울려 헤엄치고 노는 동안 누렁이는 혼자 풀을 뜯거나 잠을 자거나 했다.

내가 수영을 마치고 나무그늘에 잠이 들어 있으면 누렁이가 와서 그 꺼칠한 혓바닥으로 내 얼굴이며 머리를 핥아 깨우곤 했는데 자기에게도 수영할 기회를 달라는 신호였다. 그러면 나는 누렁이를 저수지로 데려가 수영을 시켰다. 누렁이는 겁 많아 보이는 그렁한 두 눈을 더 크게 뜨고는 수영을 즐겼다. 내가 누렁이 등에 올라타도 누렁이는 아무렇지 않은 듯 저수지를 헤엄쳐 다녔다. 하지만 겨울이 오면 그런 즐거움은 다 사라지고 만다. 나는 날마다 하루 세끼씩 누렁이에게 소죽을 끓여 주어야 했고, 저녁마다 이불을 깔아주듯 바닥에 새 짚을 펴 주어야 했으며, 춥지 않도록 두꺼운 덕석을 입혀 주어야 했다.

아내는 이불과 베개로 소파를 만든 뒤 거기에 기대면서 자꾸 시누이들에 관한 얘기를 해 달라고 졸랐다. 그러자 얘기가 하나 생각났다. 나는 반쯤 창작하는 셈으로 이야기를 시작했다.

"작은 누나에 관한 건데, 절대 비밀을 지켜야 돼! 알았지?"

"알았어."

아내는 얼른 새끼손가락을 걸고, 도장을 찍고, 복사를 한 뒤 사인까지 했다. 나는 거듭 다짐을 받은 뒤 비밀스럽게 얘기를 시작했다.

"집에 뒷간이 있었는데, 재래식 화장실 말이야, 우리 집 뒷간은 샘하고 대문 사이에 있었어. 땅에 묻은 커다란 옹기 위에 나무 널 두 쪽을 걸쳐 놓은 게 전부였지. 똥바가지로 오줌을 안 떠내면 똥 눌 때마다 오줌이 튕기기도 했어. 뒷간 한켠에는 부엌 재를 부려 놓는 곳이 따로 있었는데, 엄마가 둘째 누나를 뒷간 보러 가셨다가 거기서 낳으셨대."

"아빠야! 아이고, 더러워! 정말이야? 어떻게 애를 화장실에서 낳을 수가 있지?"

아내는 믿기지 않는다는 표정을 지어 보이다가 의미심장한 웃음을 머금은 채 물음을 던져왔다.

"혹시 자기도 뒷간에서 주워 온 거 아냐?"

"나? 나는 포대자루에서 건졌대."

"포대자루는 또 뭐야?"

"밀가루 담던 포대 말이야. 엄마가 아침에 배가 살살 아파와 혼자 물을 끓이고, 포대종이 가운데 깨끗한 속종이만 골라 방바닥에 잘 깐 뒤

끓인 가위와 명주실을 준비한 상태에서 '끙' 하고 날 낳으셨대."

"혼자서?"

"응! 애를 낳고, 배가 너무 고파서 미역국을 끓여 애기 옆에서 밥을 먹고 있는데, 옆집 아줌마들이 애 울음소리를 듣고 달려와 문을 열어 보고는 다들 고추 달린 놈이 나왔다고, 한 씨네 집에 경사가 났다고 축하들을 해 줬대."

"어머님이 너무 대단하시다!"

아내는 어린아이 같은 호기심 어린 표정으로 내 이야기 속으로 푹 빠져들었다. 내 이야기는 곁들이 방식으로 이어져 나갔다.

"뒷간 옆에 있던 대문에는 삽작문을 해 달았는데 자물쇠 같은 것 없이 그냥 밀고 닫으면 됐지. 그래도 아침이면 열어놓고, 저녁이면 닫아놓았어. 집에는 어른 허리께를 차는 얕은 흙담이 빙 둘러싸여 있었지. 담이 허물어진 곳은 흙담치기로 새로 쌓았고, 가을걷이가 끝나면 어른들이 이 집 저 집 품앗이로 돌아다니며 초가지붕이나 담의 썩은새를 거두어 내고 새 이엉과 용구새로 갈아 덮는 일을 했지. 그날에는 고깃국을 먹을 수 있었어. 담장 아래에는 어김없이 돌나물 같은 채송화, 손톱을 물들이는 봉선화, 닭벼슬 모양의 맨드라미, 봄마다 알뿌리 눈을 심어야 하는 다알리아, 그리고 먹을 수 있는 토란이며 죽순 등을 심었지. 또 가을을 위해 국화도 빠지지 않았고. 장독대는 좀 한산한 편이었지. 옹기 몇 개만 덩그러니 놓여 있었으니까."

아내는 내 얘기가 일종의 묘사가 되자 듣는 데 어려움을 느끼는 듯했다. 서로 자란 세계가 너무 달라 보였다. 아내는 돌아가 볼 옛날 집이 없는 모양이었다. 결국 아내는 현실의 집을 이야기 속으로 끌어들였다.

"얘기는 재미있는데 잘 모르는 말들이 많네? 자기하고 나하고 나이 차이도 별로 안 나는데, 산 방식은 너무 다르다. 그때에 비하면 이 집도 천국이나 다름없다 그지?"

나는 고개를 가로저었다. 아내가 아기 보채는 느낌이 스쳤는지 벌떡 일어나 안방으로 갔다. 그것으로 나의 옛살라비 집에 대한 이야기도 끝이었다. 아내의 문 여는 소리와 동시에 아기울음이 터졌다. 살아있는 모든 것은 제 소리를 낸다. 지난 옛날도 그것이 마음속에 살아있는 한 그것 나름의 울림결을 퍼뜨린다. 사람은 나이가 들수록 추억이 많아지고, 그만큼 그 울림도 길어진다. 늙는다는 것은 보다 먼 옛날을 그리워하게 되는 것인 셈이었다.

그 옛집은 마치 자연 속의 한 거주지였다는 생각이 들었다. 감나무에서는 감을, 죽순나무에서 죽순을 따 먹었다. 사람뿐 아니라 토끼랑 닭이랑 소도 함께 살았다. 봄에는 꽃이 피고, 여름에는 포도나무가 그늘을 드리우고, 가을에는 가을걷이와 집에 대한 돌봄이 일어났다. 담장은 낮아 어린아이들도 언제든 넘나들 수 있었고, 집을 나서면 어디든 산이고 들이고 저수지고 곧바로 자연이었다. 온 마을 사람들이 마치 한 가족처럼 다정하게 지내던 사람살이…. 집은 자연의 커다란 순환과정의 일부였다. 사람은 그 맴돌이에 발맞춰 춤추듯 즐겁게 살아갔다.

그렇지만 나는 옛날 그 집으로 돌아가고 싶지는 않았다. 먹는 것, 입는 것, 씻는 것 할 것 없이 생활 자체가 고달팠다. 나는 내 아이들에게 그런 살이 고생을 시키고 싶지는 않았다. 사람과 자연이 한데 조화를 이루면서도 사람의 삶이 편리한 집이 찾아졌으면 좋겠다. 비록 자연으로부터 멀어지는 것은 불가피할지라도 적어도 야트막한 담과 삽작문에 깃든 정서가 살아있는 집으로 이사를 가고 싶었다. 그런 집이 바로 살맛 나는 집이지 않을까? 과연 그런 집이 아직도 있을까?

"자기야! 자기야! 전화 받아! 정 교수님이셔!"

나는 쌓인 피로 때문에 깊은 낮잠에 빠져들어 있다가 교수님이라는 말에 정신이 번쩍 들었다. 오늘 정 교수께서 우리 집에 아기 보러 오겠다고 하셨던 사실을 까맣게 잊고 있었던 것이다.

"네, 선생님 지하철역에 도착하셨다고요. 네 알겠습니다. 제가 지금 나가겠습니다."

아내는 내가 전화를 끊고 정 교수를 마중 나가려 하자 기절초풍하겠다는 듯 비명을 질렀다.

"교수님 오신다는 얘기도 안 해 주고 무턱대고 모셔 오기만 하면 어떡해? 대접할 게 아무것도 없는데…"

"미안! 나도 깜빡했어. 잠깐 아기만 보여 드리고 요 앞 식당으로 모실 테니 걱정하지 마. 자기는 커피나 한 잔 준비해 주면 돼."

별을 헨다

정 교수가 큰 함박웃음과 함께 집안에 들어서자 집 전체가 갑자기 환하게 밝아지는 느낌이었다.

"조 은미 여사님, 안녕하십니까? 이 못난 남편이 제가 오는 것도 알리지 않는 바람에 졸지에 불청객으로 방문하게 됐습니다. 아무 부담 갖지 마십시오. 오늘은 아기를 보러 온 거니까."

아내는 정 교수가 전해 주는 봉투 한 장을 받아들고는 어쩔 줄을 몰라 하고 있었다. 정 교수는 아기를 참으로 즐겁게 감상하면서 아기를 듬뿍 듬뿍 축하해 주었다. 아기가 그 고마운 말씀을 다 알아들을 수만 있다면 얼마나 좋을까? 정 교수는 아기 구경을 마친 뒤 좁은 거실로 나와 자리를 잡고 앉으며 출출하니 밥을 달라고 했다. 아내가 밥을 안치겠다고 하자 정 교수는 술을 달랬다. 아내가 간단히 술상을 보는 사이 나는 구멍가게로 달려가 소주 세 병을 사왔다. 정 교수가 내게 먼저 술을 따라 주시며 덕담을 했다.

"아들놈은 아니지만, 아들보다 귀한 복덩어리 딸을 얻었으니, 잘 키우시게!"

정 교수는 어떤 때는 나를 자식처럼 또 어떤 때는 친구처럼 대해 주었다. 나도 그때마다 아버지처럼 또는 나이 많은 형님처럼 모셨다. 이런 저런 얘기 끝에 이사 얘기가 나왔다. 마침 아내가 밥을 가져왔다. 반찬으로 돼지고기 두루치기와 된장찌개가 나왔다. 아내가 나 대신 정 교수에게 우리가 집을 사려는 씨줄날줄을 자세히 설명했다. 아내가 말끝에 한마디 푸념을 달았다.

"세상이 참 인정이 없는 것 같아요."

정 교수가 그 말에 무릎을 딱 치며 내게 물었다.

"사람 마음이야 세상 따라 바뀌는 거 아니겠습니까? 하지만 요놈의 세상을 바꾸는 게 또 사람 마음이지요. 은미 씨! 혹시 '별을 헨다'는 소설을 읽어보셨나요?"

"아니요! 저는 제목도 모르는데…, 누가 쓴 거죠?"

"계 용묵!"

정 교수가 작가 이름만 빠끔 말했다. 아내는 모르겠다는 듯 나를 쳐다 봤다. 나는 딱히 설명할 말이 떠오르질 않았다. 나는 머리를 긁적이며 간신히 한마디 했다.

"백치 아다다의 작가."

아내도 그 작품은 안다는 듯 고개를 끄덕였다. 나는 학부 때 그 소설을 읽은 기억은 있지만 갑자기 생각하려니 내용이 잘 떠오르질 않았다. 정 교수가 제자들에게 말하듯 이야기를 풀기 시작했다.

"은미 씨, 나도 이젠 나이를 먹었는지 막상 말하려고 하니 기억이 가물거리는구먼. 하하. 정확히 기억은 안 되지만, 책 내용은 대충 이래. 주인공은 이름을 밝히지 않은 그냥 '아들'이었는데, '나'라고 나와. 배경은 광복 직후! 즉 만주로 떠났던 조선 사람들이 해방과 더불어 고국으로 물밀듯 돌아오던 시절을 그린 소설이야. 조선인들이 만주로 떠났던 것은 일본이 중국과 자신들 사이에 조선인들로 완충지대를 만들 목적으로 시행했던 강제 이주정책 때문이었는데, 그곳에 가면 농사지을 땅이 있다고 사람들을 속였던 거지. 그들은 조국에게 버림받고 일본에게 기만을 당해 만주에 가면 자식들이라도 굶기지 않을 거라는 희망을 품고 이주해 갔었지. 하지만 만주에서 그들이 살아야 했던 삶은 생존 그 자체를 위한 비참

한 삶이었어. 살기 위해 그들은 무엇이든 다 해야만 했던 거야. 고향이 다른 낯선 사람들이 모인 약육강식의 사회에서 자기가 살아남는다는 것은 곧 남을 죽여야 한다는 것을 의미했지. 한마디로 사람으로서는 할 수 없는 일들을 겪거나 저지르며 살 수밖에! 그러니 해방을 맞자 다들 조국으로 돌아온 거지. 아니 지옥에서 탈출했던 거지."

아내는 진지한 태도로 듣고 있었다. 정 교수의 목소리에 힘이 실리기 시작했다.

"주인공은 고향이 북녘이었지만 서울로 돌아와."

"북한이 고향인데 왜 서울로 왔죠?"

아내의 질문이 일종의 장단 맞춤이 되었다. 정 교수는 아내의 질문을 고수의 추임으로 여기며 질문이 끝나자마자 목청을 돋우었다.

"왜 서울로 왔느냐? 그거야 남북이 분단된 현실을 정확히 몰라서였지. 이미 모스크바 3상회의로 말미암아 남북이 삼팔선으로 분단된 상황이었지만, 주인공을 비롯한 수많은 조선인들이 그 사실을 잘 몰랐어. 만주에서 북녘으로 가려면 기차나 찻길을 이용해야 했는데 그건 배편을 이용하는 것보다 비용이 더 들어갔을 뿐 아니라 매우 위험하다는 풍문이 돌았던 모양이야. 주인공도 우선 배편으로 인천까지 온 다음, 거기서 다시 기차로 고향엘 가려 했던 거지. 하지만 서울에 도착해 보니 북쪽으로 가는 길들이 이미 다 막혀 있는 거야. 그런 상황에서 주인공은 홀어머니를 모시고 북한으로 넘어가기 위해 국경을 넘어가려 했는데, 같이 가던 사람이 총에 맞아 죽는 바람에 다시 서울에 머물게 됐어."

아내는 입을 벌려 '아~' 하는 감탄사와 더불어 고개를 끄덕인 뒤 물었다.

 "분단의 아픔이 거기도 등장하는군요. 그런데 제목이 왜 '별을 헨다'
죠?"

 나는 정 교수께 술을 따랐다. 서로 건배를 했다. 문학을 위해, 작가를
위해, 아픔을 위해, 치유를 위해. 우리는 연거푸 잔을 부딪쳤다. 나는 홀
짝 잔을 비우고 자리에서 일어나 창문을 연 뒤 창밖을 구경했다. 정 교수
도 내 뒤에 서서 창밖을 봤다. 내가 아내에게 거실 불을 꺼 달라고 부탁했
다. 불이 꺼지자 이미 어두워진 건너편 언덕 위로 헬 수 없이 많은 가로등
이 도시의 밤하늘을 충혈 시키는 장면이 보다 실감 나게 펼쳐졌다. 정 교
수가 내 어깨를 감싸며 하늘을 올려다보았다. 비록 백내장에 걸린 눈처
럼 흐리게 보이긴 했지만 하늘엔 분명 별들이 빛나고 있었다. 정 교수가
탄복했다는 듯이 나에 대한 칭찬의 말로 대답을 시작했다.

 "우리 한 박사가 역시 대단해! 별을 헨다는 것은 창문을 연다는 것을
말하지. 밤에 뜨는 별을 헬 수 있으려면, 별 헤는 사람은 집 밖에 있어야
하든지, 만일 집안에 있다면 창문과 같은 것을 열어야만 하겠지. 그런데
말이야, 주인공이 살던 초막은 지붕 사이로 별이 보일 정도의 열악한 집
이었어. 창문조차 달리지 않은 움막이었지. 그것도 그 안에 사람이 사는
한 집인 거지. 집은 사람이 사는 곳이야. 주인공은 서울이라는 타향에서
방 한 칸을 구하지 못해 도시 주거지 외곽에 짚 가마니로 겨우 바람만 막
은 초막집 하나를 마련했는데, 그 집 천장에 구멍이 뚫려 그리로 별빛이
새어 들어왔던 거야. 초막집 안에는 아들하고, 어머니하고, 만주에서 나
올 때부터 등에 짊어지고 온 아버지 유골이 있었지."

첫 딸 예진이가 어른들이 얘기만 하고 있는 데 골이 났는지 술상에 손을 대기 시작했다. 내가 예진이를 보는 동안 아내가 정 교수의 말벗이 되어 주었다. 아내가 끊겼던 이야기 흐름을 질문을 통해 이어나갔다.

"별 헤는 집에 살자니 얼마나 고생스러웠을까? 그런데 아버지 유골은 만주에 묻지 않고 왜 가지고 왔죠? 몸 하나 빠져나오는 것도 힘들었을 텐데…."

가족살이

나는 예진이에게 아기 과자를 쥐여 준 뒤 돼지고기 두루치기를 찌개로 끓여 내왔다. 소주에는 국물 있는 찌개 안주가 제격이었다. 정 교수가 찌개에 한눈을 판 사이 대화에 엇박자가 났다. 그 바람에 내가 아내의 물음에 대답을 하게 되었다.

"그거야, 고향 땅에 묻어 드리려는 거지. 타향에서 돌아가시는 분들이 소원하는 게 주로 '나 죽거든 고향 땅에 묻어 주'이잖아? 아버지가 그 거친 만주 땅에서 어린 자식을 먹여 살리려면 정말 모질게 살았어야만 했을 것 아냐? 모질다는 게 뭐야? 결국 짐승같이 사는 걸 말하는 거 아니겠어? 그러니 한이 얼마나 많았겠어? 그 한가운데 최고의 한이 어쩌면 객사와 같은 것이었겠지. 아들은 고향을 그리며 돌아가신 아버지의 한을 풀어 드리기 위해 유골을 메고 왔을 거야."

정 교수도 고개를 끄덕였다. 나는 '한을 풀어준다'는 말에서 갑자기 고대 그리스 비극 작품 가운데 하나인 '안티고네'가 생각났다. 안티고네의 오빠는 아버지 원수를 갚기 위해 테베를 공격하다 전사한다. 테베 왕 크레온은 그 오빠를 조국에 대한 반역의 죄를 물어 누구도 장사지내지 못하도록 명령을 내렸다. 그 명령을 어기는 자는 처형을 당하게 되어 있었다. 안티고네는 그 사실을 잘 알고 있었지만, 동생으로서 오빠를 장사지내지 않을 수 없었다. 안티고네는 죽음을 각오하고, 아니 어쩌면 자신의 집안에 내려진 불행의 운명으로부터 자유롭기 위해서 오빠를 장사지낸다. 안티고네의 행동은 자신이 떠맡아야 할 운명의 짐을 죽음에 이르기까지 떠맡는 행위였다. '별을 헨다'의 주인공 아들 또한 안티고네처럼 죽음의 위험이 닥치는 순간에도 아들로서의 도리를 다하기 위해 아버지의 유골을 버리지 않았던 것이다. 그것이 바로 아들이 믿고 있던 사람다운 올바른 삶의 모습이었다. 정 교수가 내 얘기를 보완하고 나섰다.

"그렇지! 아들은 아버지의 고향을 자기 고향으로 여겼던 거야. 내 아버지가 살던 고향! 아버지를 진정으로 이해하려면 아버지의 고향을 가 봐야 해! 고향이 곧 집이고, 집이 곧 고향이지. 고향은 단순히 땅을 의미하는 게 아니야. 고향이란 건 말이야, '사람이 사람을 모른 척할 수 없는 가까움'을 말하는 거 아니겠어? 나는 가까운 사람끼리 지켜야 할 도리, 그것이 바로 이 청년이 찾았던 고향이자 집이었다고 읽었어."

'읽었다'는 말이 발목지뢰처럼 내 생각의 발걸음을 동강냈다. 읽는다는 게 뭘까? 고향이란 말에서 정 교수는 '사람 사이의 가까움'을 듣고 있었다. 가까운 사람끼리는 비밀이 없는 법이다. 서로 마음을 툭 터놓고 지내는 사이가 곧 가까운 사이다. 부부가 그런 사이가 아닐까? 하지만 아무리 가까운 사이라도 살기가 힘들어지면 정이 메말라지게 마련이다. 통하던 것들은 막히고, 넘치던 것들은 모자라게 된다. '고향'이란 옛 마을이 아닌가? 한 마을에서 서로 이웃하며 오랫동안 아름답게 살아온 사람들이 보여주는 삶의 모습이 곧 가까움이다. 그러므로 고향은 가까움과 통하는 것이다. 나는 정 교수가 말하는 읽는다는 것을 '서로 통하게 해 주는 것'이라고 생각했다. 통함은 뚫림이고, 나아감이고, 이어줌이고, 만남이고, 더불어 살도록 해 주는 것이다. 생각이 여기에 미치자 정 교수의 말이 큰 감동으로 다가왔다. 내 목소리가 조금 떨렸다.

"별이 보이는 초막에 살면서 사람의 도리를 지킨다는 게 결코 쉬운 일이 아니죠. 특히 다른 사람들이 모두 도리를 깨뜨릴 때, 즉 세상 전체가 무법천지가 되어 버릴 때 누가 도리를 찾고 그것을 지킬 수 있겠습니까? 죽음의 위협 앞에 직면한 간난 앞에서도, 즉 별을 헬 정도의 가난살이 가운데에서도 주인공이 유골을 간직하고 있었다는 것은 주인공이 끝까지 아버지와의 가까움을 저버리지 않았다는 것을 뜻하지 않겠습니까?"

정 교수는 고개를 끄덕이는 것으로 내 말에 동의한 뒤 곧바로 '이야기 높이뛰기'를 했다.

"거기서 한 걸음 더 나아가야지! 남을 가족으로 여기는 도덕성, 그것을 잃지 않은 게 바로 아들의 위대함이야. 그 아들이 말이야, 만주에서 나오는 배 안에서 우연히 친구를 하나 사귀었고, 둘이 의형제까지 맺었어. 서울에 온 뒤 그 친구가 미군정으로부터 얻은 적산 가옥 한 채를 아들에게 넘겨주려 했는데, 아들은 그 제안을 거부해. 그 장면이 이 소설의 압권이야."

이야기 분위기가 완전히 무르익고 있었다. 나는 정 교수께 내 술잔을 건네며 이야기 틈을 들이기 위해 곁다리 이야기를 꺼냈다.

"선생님, 제 잔 한 잔 받으시죠. 모처럼 저희 집에 오셨는데 대접이 소홀해 죄송합니다."

정 교수는 눈을 휘둥그레 뜨시며 야단치듯 말씀했다.

"한 박사, 이거 무슨 소리야. 그 소리는 나 보고 다음부터 이 집에 올 때는 반드시 허락받고 오라는 소리야 뭐야? 내가 예진이 혜진이 그리고 은미 씨 보고 싶어도 한 박사 허락이 떨어져야만 이 집에 올 수 있다는 말이야? 그러면 섭하지. 사람 사이에 죄송한 게 어딨어! 다시는 그런 소리 말게!"

우리는 모두 크게 웃었다. 아내가 방금의 내용을 놓치지 않으려는 듯 얼른 질문을 했다.

"교수님, 그런데 적산 가옥이 뭐죠?"

"적산 가옥? 적국의 재산을 말하는 거야. 일본인들이 살다가 버리고 간 집을 미군정이 접수해 적절한 사람들에게 나누어 주던 집들을 말해."

정 교수 대신 내가 재빨리 대답했다. 아내는 한편으로는 놀랐다는 듯한 표정으로, 다른 한편으로는 답답하다는 듯한 목소리로 내게 반문했다.

"별이 보이는 집에 살면서 그런 집을 왜 뿌리쳐? 어떻게 해서라도 차지를 해야지!"

나도 맞장구를 쳤다.

"그러게 말야. 추위는 닥쳐오고 노모는 제대로 먹지도 못해 날로 기운이 쇠약해지는데…. 친구는 아들을 바보, 등신으로 간주하며 떠나지. 동시에 적산 가옥도 함께 날아간 셈이야."

아내는 좀 흥분된 목소리로 물었다.

"도대체 아들은 왜 거절을 한 거야?"

이번에는 정 교수가 내게 받았던 술잔을 돌려주며 대답했다.

"아들도 처음에는 그 집에 대한 욕심이 났지. 왜 안 나겠어? 그래서 친구를 따라 그 집에 가 본 거지. 거기서 아들이 뭘 봤냐? 가족을 본 거야! 그 집에 이미 누군가 살고 있었던 거지! 아들은 그것을 목격하고는 그 사람들을 도저히 쫓아낼 수가 없었던 거야. 물론 자신은 곧 북쪽으로 넘어갈 거라는 계산이 깔려 있기는 했겠지만, 자기 앞에 굴러 떨어진 호박넝쿨을 다른 사람에게 넘겨준다는 것은 보통 일이 아니지."

타향살이

나는 속으로 의구심이 일었다. 만주에서 산전수전 다 겪은 아들이었을 텐데, 어떻게 그런 성인군자와도 같은 결단을 내릴 수 있었을까? 아들이 북쪽 사정을 좀 더 정확히 알았다든지, 또는 당시의 삼팔선 상황을 제대로 파악만 했더라도, 아들의 결정은 크게 달라졌을 것이다. 아들은 남대문을 걸어 다니면서도 적극적으로 북쪽이나 삼팔선에 관한 정보를 수집하려 하지 않았던 것 같았다. 당시에 아들의 고향은 이미 넘어갈 수 없는 땅이 되어 있었다. 그렇다면 아들은 서울이나 남쪽을 자신의 제2의 고향으로 삼았어야 옳았다. 지금 살고 있는 집이 사는 데 아무 문제가 없다면, 사람은 그 집에 머물러 살겠지만, 그 집을 떠나야만 한다면, 사람은 새로운 곳에 새집을 짓고 살아야 한다. 집 없이 살 수는 없지 않은가? 새

하늘 새 땅에 집을 짓지 못하는 사람만이 끊임없이 옛 하늘 옛 땅으로 되돌아가려 한다. 나는 어렴풋이 떠오른 그 소설의 결론이 비로소 이해가 되었다. 내가 그 결론을 간략히 정리했다.

"아들은 한편으로는 아버지와 타인에 대한 도리 때문에, 그리고 다른 한편으로는 당시 정세에 대한 오판 때문에 남쪽을 고향으로 간주할 수 없었던 건 아닐까요? '한번 고향은 영원한 고향'이라는 공식에서 벗어나지 못했던 건 아닐까요? 미군정에 붙었던 그 친구는 이미 서울을 자신의 고향으로 만들어 가고 있었는데 말입니다. 인자가 머리 둘 곳이 없다는 예수님 말씀도 이와 비슷하게 들리네요. 하늘나라만이 고향이라면 여기 이 세속에 집을 짓고 살 이유가 없겠죠? 하지만 우리가 사람인 한 우리는 이 세상에서 살아가야만 하고, 그런 한에서 우리는 집을 지어야 합니다. 우리는 어디에든 고향을 만들어야 합니다! 별이 빛나는 하늘 아래 우리가 고향으로 만들지 못할 곳은 아무 데도 없지 않겠습니까?"

나는 정신은 또렷했지만 혀는 조금씩 꼬였다. 아내가 재미있다는 듯 내 모습을 바라보며 웃었다. 정 교수가 서둘러 그 작품의 결론을 아내에게 소개했다.

"이 작품이 어떻게 끝나냐 하면 말이야. 아들이 재산의 전부였던 담요 한 장을 팔아 북으로 가는 차표 한 장을 끊고, 나머지 담요 한 장으로 유골을 싸매어 등에 지고 서울역에서 기차를 기다리는 거야. 평양행 마지막 기차를 타려고 말이지. 그런데 마침 그때 북에서 월남한 동향 사람들을 만나게 돼. 동네 사람들이 해 주는 얘기는 더 끔찍해! 누가 총에 맞아 죽고…, 자식이 부모를 고발하고…. 뭐 대충 그런 얘기야. 북쪽의 참상을 전해 들은 아들은 결국 마지막 기차를 못 타지! 반대로 월남한 사람들은 남쪽에 대한 희망을 갖고 내려왔지만 이쪽의 비참한 현실을 듣고는 마찬가지로 절망하게 돼! 결국 그 두 가족은 오도 가도 못한 상태로 서울역을 서성거리게 돼. 그것으로 작품은 끝이 나.”

아내는 혀를 쯧쯧 차더니 한탄에 젖어들며 말했다.

“정말 안 됐다! 너무 슬픈 얘기네…. 광복 직후면 얼마 되지도 않았는데. 그래서 그 가족들은 어떻게 됐을까?”

정 교수가 시계를 들여다보며 자리에서 일어났다. 밤 10시가 넘고 있었다. 정 교수는 신사다운 태도로 오늘의 즐거움에 대해 고마움을 표했다. 아내는 거듭 죄송하다는 말로 대꾸했다. 만남은 그렇게 정리가 되었다. 나는 정 교수를 큰길까지 배웅해 드렸다. 정 교수는 택시를 타면서 내게 농담처럼 한마디 했다.

“한 박사가 아들 가족이 어떻게 됐는지 속편을 좀 써 보지? 고마웠어! 안녕!”

“네, 교수님, 안녕히 가십시오!”

나는 집으로 돌아오며 내 고향을 떠올렸다. 나도 고향을 떠나온 지 어언 20년 세월이 다 되어 가고 있었다. 내가 내 가족을 데리고 그 고향으로 다시 돌아갈 일은 없을 것이다. 그럼 여기가 내 고향인가? 내가 살아야 할 집은 어디에 있는가? 우리 가족이 함께 살 집, 우리의 고향은 어디일까? 나는 어디에 뼈를 묻어야 할까? 누군가 내게 적산가옥을 준다면 나는 거기에 사는 사람들을 무시한 채 그 집을 내 것인 양 받아들일 수 있을까? 마을은 머물러 사는 사람들에게만 가능하지 않을까? 우리 같은 떠돌이들에게 마을은 없다. 그러니 내쫓김을 당하며 사는 것이지.

고향은 집이기보다 도덕道德이다. 도덕은 '우리가 남이가' 하는 그 짧은 말에 들어 있는 내용에 다름 아니다. 우리가 서로를 남이라고 생각하지 않는 것, 남의 어려움을 모른 척하지 않고 자기 가족처럼 도와주려 하는 것, 가난한 사람들을 깔보거나 무시하지 않고 자기 부모 형제처럼 아끼고 사랑하는 것, 그것이 곧 도덕이다. 도덕, 그것은 사람이 사람답게 살아갈 수 있는 길을 몸소 걸어가는 일을 말한다. 나는 하늘을 올려다보았다. 별들이 보였다. 오늘밤에도 수많은 사람들이 추위에 떨며 밤하늘의 별들을 헤며 저마다의 고향을 그리워하겠지? 바람이 별에 스치니 마음이 절로 무거워진다. 길거리의 사람들은 도덕적인 사람들이고, 따뜻한 집안에서 문 걸어 잠그고 사는 사람들은 도덕에서 점점 멀어지는 사람들처럼 느껴졌다. 별이 바람에 스치는지 자꾸 눈을 깜빡거린다. 나는 오르막 계단에서 그만 발을 헛디디고 말았다.

인연 있는 집

나는 겨울방학이 끝나기 전에 집을 구하기 위해 동분서주했다. 우리는 아이들이 마음껏 뛰놀 수 있는 집을 사기로 결정했다. 나는 서울에서 집값이 싼 곳을 두루 찾아다니던 가운데 우연히 '독바위'라는 낯선 이름의 동네에 이르렀다. 그 곳은 북한산 끝자락에 위치한 곳이었는데 다른 어느 곳보다 겨울바람이 매서웠다. 공기는 시원하고 깨끗했고 동네는 말쑥하고 조용했다. 나는 비탈진 큰길가 음식점에서 늦은 점심으로 허기진 칼국수를 먹고 있었다. 내 귀에 옆 테이블에서 아파트 얘기들을 주고받고 있던 한 아주머니의 얘기가 들어왔다.

우연한 만남

"우리 아저씨가 미성 아파트로 들어가자고 난리야."

그러자 옆에 있던 아줌마가 아는 체를 했다.

"그럼 자기네 빌라는 어떡하고? 팔게?"

"그래야지! 그런데 살 사람이 없네…."

다른 사람이 물었다.

“거기 자기네 빌라는 시세가 얼마야?”

“시세? 현 시세는 1억이 넘지!”

옆 사람들이 맞장구를 쳤다.

“그게 1억만 되겠어? 더 되지!”

하지만 누군가 또 말했다.

“1억이면 뭘 해, 빌라는 작자가 나타났을 때 팔아야 해! 8천만 원이라도 팔아 치우는 게 좋아!”

나는 ‘8천만 원’이라는 말에 귀가 번쩍 뜨였다. 나는 얼른 집주인 아주머니의 얼굴을 익혀 두었다. 그 얼굴은 멀리서 보기에도 조촐했다. 아주머니들이 식사를 마치고 나갈 때 그 아주머니께 말을 붙였다.

“저, 실례지만 아까 식사하시면서 하시는 말씀을 엿듣게 됐는데, 죄송합니다. 빌라를 파신다고요?”

아주머니는 조금 당황하신 듯도 했지만 반색을 했다. 아주머니는 얼른 카운터의 메모지에 전화번호를 적어가지고 나와 내게 건네며 부탁했다.

“이쪽 동네 다 둘러보시고 시간 되시면 전화 주시고 집 보러 오세요. 정말 좋은 집이니까 후회 안 하실 거예요. 꼭 전화 주세요!”

“네!”

나는 집을 보러 다니면서 다시 실망하고 있던 차였다. 빌라 8천만 원이라고 해 봐야 현재 우리가 살고 있는 집 정도 수준밖에 안 되었기 때문이었다. 조금 마음에 든다 싶은 건 모두 1억이 넘었다. 사람을 보면 그 집을 어느 정도 알 수가 있고, 집을 보면 그 집의 주인을 알 수 있다고 하지 않았던가. 왠지 그 아주머니의 옷차림에서 풍기는 분위기로 보아 그 집 빌

라를 8천에 살 수만 있다면 정말 마음에 드는 집을 살 수 있을 것만 같았
다. 나는 칼국수를 천천히 먹은 뒤 괜찮아 보이는 부동산에 들러 앞뒤 사
정을 다 밝힌 뒤 그 집에 함께 가 봐 달라고 부탁을 했다. 전화를 걸었지
만 아무도 받지 않았다. 부동산 아저씨가 제안을 했다.

"전화를 안 받으니까 그 집을 보러 가기 전에 다른 빌라들을 먼저 보
시는 게 어떠세요? 비교도 할 겸."

마음에 꼭 드는 집

나는 아저씨의 말이 끝나기도 전에 자리에서 일어났다. 무엇이든 경험
이 중요하다는 사실을 뼈저리게 깨달았기 때문에 집을 보여 준다면 무조
건 보기로 했다. 아저씨는 내가 집에 대해 무엇을 묻든 친절히 대답해 주
었다. 아저씨로부터 많은 걸 배웠다.

"집을 살 때는 가장 먼저 위치를 잘 살펴야 합니다. 교통이 편리한지,
시장은 가까운지, 학교는 어디에 있고, 학군은 좋은지, 편의시설은 잘 갖
춰져 있는지. 또 집 자체도 잘 살펴야죠. 도로의 폭이 8미터는 넘는 게 좋
고, 꼭대기 층은 사지 않는 게 좋고, 2층이나 3층을 사는 게 가장 좋고,
물이 새는 데가 없어야 합니다. 또 남향집이면 더 좋구요."

아저씨는 이집 저집을 보여주면서 집마다의 장점과 단점을 자세히 설
명해 주었다. 그런데 그렇게 시험 삼아 집을 보는 가운데 마침 내 맘에 꼭
드는 집이 나왔다.

"이런 집은 놓치면 아깝습니다. 무리하셔서라도 구입을 하셔야 합니

다.”

나도 부동산 아저씨의 말에 너무도 공감이 갔다.

“하지만 돈이 좀 모자라는데….”

“모자라는 건 은행에서 대출을 받으시면 됩니다.”

나는 고개를 끄덕였지만 대출을 받을 생각은 없었다.

“깎을 수도 있지 않을까요?”

내 입에서 처음으로 ‘깎는다’는 말이 나왔다. 그때 전화약속이 기억났
다. 아저씨께 전화를 부탁했다. 역시 통화가 안 됐다. 날이 시나브로 어슬
핏해지는가 싶더니 무쩍 어두워져 더 이상 집을 보러 다닐 수가 없었다.
나는 내일 아내와 같이 오겠다는 약속을 한 뒤 집으로 돌아왔다. 늦은
저녁을 먹으며 아내에게 오늘의 성과를 자랑했다.

“썩 괜찮은 집을 봤어. 내일 같이 가서 보자.”

“갓난아기를 업고?”

“자기도 집을 봐야지! 우리 집인데.”

다음 날 오후 큰애를 아장아장 걸리고, 갓난아기를 춥지 않게 싸매어
업은 채 집을 보러 갔다. 미리 전화를 하고 왔는데도 집주인이 전화를 받
질 않았다. 1시간 이상을 기다렸는데도 연락이 되질 않았다. 아기가 자꾸
보채기 시작했다. 나는 칼국수 집에서 만난 아주머니가 생각났다.

“그 아주머니께 전화를….”

내가 말을 끝내기도 전에 부동산 아저씨가 전화를 걸었다. 다행히 통
화가 되었다.

“정말 전화를 하셨네요?”

우리는 생글거리는 아주머니의 환대를 받으며 집안으로 싱긋벙긋 들어섰다. 거실이 판판히 밝고 넓었다. 현재 우리가 살고 있는 전셋집은 내가 팔을 쭉 뻗고 누우면 팔 끝과 다리 끝이 닿을 정도로 좁았지만, 여기 거실은 소파를 놓고, 러닝머신을 놓고도 남은 공간이 꽤 넉넉했다. 그곳에서 한 열 명은 족히 잠을 잘 수 있을 것만 같았다. 아이들이 뛰어놀기에는 '딱'이었다. '거실'이란 원래 가족들이 함께 모여 생활하는 공동의 방을 의미하므로, 거실이 방보다 커야 했지만, 안방이 거실보다 큰 집들이 생각보다 많았다.

아주머니가 거실 한쪽에 드리운 버티칼 쪽으로 걸어갔다. 버티칼은 '빛 막이'로서 마치 종이 한 장을 세로로 잘라놓은 듯한 모양을 하고 있었다. 끝에 두 개의 줄이 달렸는데, 하나는 쌀알 크기의 구슬들을 꿰어 만든 줄로 된 빛조리개였고, 다른 하나는 버티칼 전체를 여닫는 미닫이줄이었다. 아주머니는 먼저 조리개줄을 당겨 날개를 벌려 놓은 뒤 미닫이줄을 잡아당겼다. 날개 전체가 벽 쪽으로 가지런히 모아 붙자 뻔뜩거리는 햇살이 따갑도록 거실로 쏟아져 들어왔다. 우리 부부의 얼굴에 웃음살이 활짝 번졌다. 아주머니가 당당하게 자랑을 늘어놓았다.

"우리 집은 하루 종일 밝아요. 옆집은 서향이라 저녁에만 잠깐 볕이 드는데, 우리 집은 낮에는 너무 밝아서 커튼을 쳐야 할 정도지요."

"실 평수는 어떻게 되죠?"

나는 집 보러 다니며 주워들은 대로 물었다. 실제 평수란 전용면적, 즉 현관문을 열고 들어갔을 때 눈으로 볼 수 있는 공간의 크기를 말한다. 보통 방과 화장실 그리고 거실만을 합친 너비가 된다. 반면 공급면적 또는 분양면적은 건축물대장에 나와 있는 집 넓이이다. 보통 여기에는 주차장이나 계단 또는 발코니나 공용부분까지 모두 포함된다. 우리 형편에 맞는 빌라의 경우 주차장이 집집이 마련되어 있는 경우는 매우 드문 편이었고, 한 지역에서 땅값은 대개 일정했기 때문에 전용면적만 알면 빌라 값은 대충 계산이 나왔다. 아주머니는 집 평수보다는 다른 쪽으로 우리의 관심을 돌리려 했다.

"이 집이 실 평수는 20평이지만, 베란다가 앞뒤로 아주 넓어서 쓸모가 많고요, 여기 이 세탁실은 여름에 아이들 물놀이하기에는 그만이에요."

햇살이 쏟아져 들어왔던 곳은 베란다라기보다 세탁실이었다. 두 평 남짓은 되어 보였다. 세탁기가 한 대 놓여 있었지만, 아이들 물놀이에는 정말 안성맞춤인 공간이었다. 게다가 거실에서 미닫이문 하나만 열면 곧바로 나갈 수 있어 마음대로 드나들 수 있기도 했다. 아주머니가 큰놈의 머리를 쓰다듬어 준 뒤 엄마의 등에 업혀 새근새근 잠자는 둘째 놈의 옷 덮개를 살짝 들춰보고 말을 이었다.

"요놈들이 조금만 더 크면 물놀이하고 놀기에 그만이죠. 큰 다라에 물 담아서 하루 종일 들락날락할 수 있어서 아이들에게는 최고지요."

아내의 입은 아까부터 떡 벌어져 있었다. 곰팡이 때문에 골치를 썩어본 아내에게 햇빛 잘 드는 집은 천국과도 같은 것이었다. 게다가 물놀이까지 할 수 있는 집을 살 수 있다니. 아내의 얼굴에는 흥분의 빛이 가시질 않았다. 집주인 또한 집 자랑이 쉴 새가 없었다.

"이 동네에서 우리 집만큼 거실 넓은 데는 없어요. 여기 부동산 아저씨도 잘 아시겠지만, 이 동네에 이 평수보다 더 넓은 빌라들도 거실은 다 이

것보다 작아요. 아이들 뛰어노는 데는 최곱니다.”

아내는 만족, 또 만족이었다. 아내가 화장실을 살피는 동안 아주머니는 나를 안방으로 데리고 들어갔다. 내려져 있던 초록 블라인드를 올리자 마찬가지로 햇살이 쏟아져 들어왔다. 아주머니의 전략이었던 것이었다. 아주머니가 설명을 덧붙였다.

“저기 그림엽서처럼 보이는 산이 바로 북한산입니다. 이 정도면 전망도 수준급이지요?”

그곳은 현재 침대가 놓여 있었지만, 우리가 이사 온다면 책상을 놓기에 딱 알맞은 자리였다. 이 창문은 바로 나를 위한 공간이었다. 북한산이 마주보이는 서재를 생각하니 나도 가슴이 설렜다. 나도 집이 마음에 쏙 들었다. 무엇보다 집 자체가 깨끗했다. 다시 도배할 필요가 없어 좋았다. 부엌이 거실과 분리되어 있지 않다는 점이 흠이었지만, 그것은 전혀 문제될 게 없었다. 싱크대는 크고 색깔도 마음에 들었다. 그때 아내가 엉뚱한 것을 물었다.

“여기 이 빌라에 사시는 분들은 다들 좋으신가요?”

아주머니는 자신 있게 대답했다.

“다들 음전하고 좋아요. 이 빌라는 수준이 달라요.”

아내가 내게 살짝 ‘음전하다’가 무슨 뜻인지를 물었다. 나도 귓속질로 ‘얌전하다’는 뜻이라고 말했다. 나는 아주머니가 ‘수준이 다르다.’라고 말한 것이 우스웠다. 보통 수준이 높다는 것은 돈이 많다는 뜻이었는데, 우리 집은 그런 의미에서 수준 미달이었기 때문이었다. 부동산 아저씨는 그저 가만히 구경만 할 뿐이었다.

나는 슬쩍 아저씨께 이 집이 어떤지를 물었다. 아저씨도 살짝 답했다.

"이 집은 벽돌집이 아니라 철근콘크리트로 지었기 때문에 튼튼하고, 거실이 넓고, 햇빛이 잘 드니까, 좋은 집이네요. 사셔도 괜찮을 것 같습니다."

나는 아내에게 고개를 끄덕여 주었다. 아내가 그 즉시 주인에게 물었다.

"얼마에 내놓으셨어요?"

아주머니는 예상과 달리 가격을 선뜻 말하지 못하고 망설였다. 방금 전까지 보여준 뭔가 전문가다운 모습은 사라지고 완전 아마추어처럼 행동했다.

"사실 팔려고 내놓은 건 아니고, 여기 애기 아빠가 빌라 애기를 하셔서, 지금도 고민 중이에요. 우리는 아파트로 가려고 하는데, 이 집을 팔고 가기가 너무 아까워서. 그냥 전세를 주고 갈까 생각 중이거든요. 여기 3층이면 전세 8천은 충분히 받는데…. 하지만 오셨으니까 한번 흥정은 해 봐야겠죠? 그래 얼마면 사시겠어요?"

내 귀에 '전세 8천'이라는 말이 뜨끔하게 들어왔다. 그렇다면 이 집을 8천에 산다는 건 불가능했다. 아내도 분명 '전세 8천'이라는 말을 들었을 텐데 못 들은 척 짐짓 아기에게 신경을 쏟으며 공을 떠넘겼다.

"파시는 분께서 먼저 가격을 말씀하셔야…"

주인 역시 집 파는 거래는 처음인 것처럼 보였다. 둘 다 서로에게 먼저 가격을 말하라고 실랑이만 벌이고 있었다. 나는 웃음이 나오려는 걸 간신히 참고 아내 옆구리를 '쿡' 찔렀다. 아내는 현관문을 나서는 순간 자기

결심을 드러내고 말았다.

"집은 마음에 드는데…, 저희 남편이 공부하는 사람이라 돈이 없어요. 가격만 맞으면 사겠습니다."

그 집을 나오자 아내는 더 이상 빌라를 보지 않으려 했다. 아니 볼 필요가 없다는 식이었다. 나는 그런 아내를 설득해 오늘 보기로 했던 빌라를 보러 갔다. 아내는 집을 보는 둥 마는 둥했다. 아내가 물은 것은 겨우 가격이었다. 아내의 평가는 '집이 어둡고 너무 비싸다.'였다. 아내의 눈에는 다른 집이 성에 찰 것 같지가 않았다. 우리는 집으로 향했다. 나는 집으로 돌아오는 길에 아내에게 그 자리에서 흥정을 한 것을 나무랐지만, 아내는 야단을 맞으면서도 그 집을 너무도 마음에 들어 했다. 나는 아내에게 아직 시간이 있고, 집을 더 돌아보고 난 뒤에 결정해도 늦지 않으니 너무 섣불리 결정하지 말라고 신신당부를 했지만 아내는 이미 마음을 굳힌 듯 보였다. 집에 도착하자마자 아내는 그동안 내가 모은 부동산 명함을 보고 전화를 걸기 시작했다. 저녁을 먹고 나자 아내가 내게 말했다.

"자기야 그 정도 집이면 시가가 1억 2천도 넘는걸. 우리가 사기에는 너무 무리인 것 같지? 좋다 말았네. 자기 말대로 다른 집들 좀 더 보고 올걸…."

아내는 낙담한 듯 보였다. 아무리 전화를 해도 8천만 원을 제시하는 부동산은 한 군데도 없었기 때문이었다. 아내는 집값을 깎을 수 있다는 생각까지는 못하고 있는 듯 보였다. 그래서 아까 집값 흥정을 못했던 것이었다. 집이 너무 마음에 드는데 혹시 아주머니가 8천만 원 이상을 부르면 그 집을 못 사게 될까 봐 두려웠던 것이었다. 나는 그런 아내가 순진하고 귀여워 자신도 모르게 웃음이 터졌다. 아내는 자기를 가지고 놀리지 말라고 주먹을 불끈 쥐어보였다. 내가 아내에게 한마디 했다.

"사정없이 깎아 봐! 그럼 살 수도 있어."

아내는 처음에 내가 무슨 말을 하는지 이해가 안 됐는지 고개를 갸웃거리다가 입가에 웃음을 띠었다. 내가 얼른 희망을 불어넣어 주었다.

"빌라는 사람들이 잘 사려하지 않기 때문에 작자가 나타날 때 파는 게 정석이야. 즉 빌라는 팔리는 게 가격이란 뜻이지. 그렇게 마음에 들어 하니 한번 깎아봐! 밑져야 본전이니까."

아내의 얼굴빛이 밝아졌다. 아내가 갑자기 두 팔을 걷어 올리더니 내게 호언장담을 했다.

"그래? 그럼 내가 한번 깎아볼게. 난 그 집이 마음에 들었어. 어떻게든 그 집을 사고 말 거야."

다음 날부터 아내는 빌라 주인과 별 이야기를 다 주고받으며 가격 흥정에 들어갔다. 흥정을 하는 건지, 애 키우는 얘기를 하는 건지, 살림 얘기를 하는 건지, 나중에서는 마치 오랜 친구처럼 전화를 하기도 하고, 또 받기도 했다. 그렇게 며칠을 보냈다. 먼저 백기를 든 쪽은 주인이었다.

"애기 엄마가 사람이 너무 좋고, 또 그동안 마음고생도 많았고, 내 딸 같기도 하고…. 해서 그쪽 사정에 맞춰 팔려고. 이 집이 작자만 만나면 1억 2천은 족히 받을 수 있는데…. 이런 얘기는 이제 아무 필요가 없고…."

아내는 입이 찢어질 듯 벌어져 있었다. 아내는 흥정을 마무리하기 위해 감정을 최대한 자제하고 있었다. 아내는 처음으로 자신이 원하는 가격을 제시했다.

"저희가 그걸 왜 모르겠어요. 하지만 저희 사정이 너무도 어려우니 이렇게 사정을 드리는 겁니다. 8천에 해 주세요."

아주머니는 망설이고 망설인 끝에 승낙을 했다.

"그래요! 하지만 대신 복비하고 이사 비용은 예진이네가 해 줬으면 좋겠어."

아내는 흔쾌히 승낙했다. 전화를 끊는 아내의 얼굴은 곧 웃음이 터질 듯했다. 그것은 우리에게 기적 같은 일이 일어났다는 것을 의미했다. 나도 잘 믿기질 않았다. 내가 부동산에 전화를 걸어 소식을 알려주자 아저씨도 놀람을 감추지 못했다. 우리는 그 집을 계약함과 동시에 4천만 원을 벌게 되는 셈이었다. 나는 이러한 사태를 어떻게 설명해야 좋을지 몰랐다. 나는 아내가 한마디 하는 말을 듣고 이 현상을 이해했다.

"내 처음부터 그 집은 우리 집이 될 인연인 줄 알았어! 계약하러 가자고!"

이사와 텃세

후배 네 명이 이사를 도우러 아침 일찍 들이닥쳤다. 이삿짐은 후배들과 함께 전날 미리 싸두었었다. 천 권가량의 책은 안전을 위해 라면 상자에 차곡차곡 담겼다. 이곳으로 이사 온 뒤 살림살이가 생각했던 것보다 부쩍 늘어나 있었다. 나는 후배들과 이삿짐을 날랐고, 아내는 집주인에게 전세금을 넘겨받아 잔금을 치르기 위해 아이 둘을 데리고 우리가 이사 갈 집으로 먼저 떠났다.

이사

"한 선생님, 미안합니다. 그래도 집을 사서 가신다니 다행입니다."

집주인 아저씨는 우리가 이삿짐을 나르는 내내 옆에서 지켜보다가 내가 작별 인사를 드리자 다시 한 번 사과를 했다. 나는 밝은 얼굴로 마지막 인사를 드렸다.

"아저씨가 저희를 쫓아내지만 않았어도 우리 같은 숙맥들이 어떻게 내 집 마련을 할 수 있었겠습니까? 오히려 저희가 아저씨께 감사를 드려야죠. 두 분께는 아무 감정이 없습니다. 아무튼 건강하세요! 아줌마께는 인사도 못 드리고 가네요, 나중에 기회 되면 따로 인사드리러 올게요.”

나는 이삿짐 차에 훌쩍 올랐다. 등줄기가 땀에 함빡 젖어 있었다. 세상은 자동차 유리창 너머에 놓인 정물처럼 감감 소리를 잃어갔다. 정들었던 집과 집주인 아저씨 모습이 뒷거울에서 작아져 멀어졌다. 아저씨는 손을 흔들고 있었다. 아쉬움 덩어리가 물컹물컹 치밀었다. 5톤 트럭은 개미새끼 한 마리도 비껴가지 못할 정도의 틈바구니를 마치 자로 재어나가 듯 아슬아슬 한 바퀴씩 굴러나갔다. 짐칸에 달라붙은 후배 둘이 거푸거푸 외쳐대는 ‘앞으로 앞으로’ 소리가 골목에 가득 울려 퍼졌다. 모퉁이에서 한차례 장롱 때문에 빠져나가는 길이 고비를 맞기도 했다. 손에서 땀이 날 정도였다.

큰길은 뻥 뚫려 있었다. 의식도 덩달아 환히 열렸다. 문득 설렘 벅찼던 신혼 때가 떠올랐다. 내 두 눈가에 잔잔한 눈웃음이 흐드러지게 잡혔다. 신혼살림은 자취방보다 조금 나은 단칸방에 보잘 것 없이 차려졌었다. 아내의 월급만으로 이곳 5천만 원 전셋집으로 올라오기까지 악착같았던 3년의 세월이 걸렸다. 그것으로 오름은 끝났다. 아내는 첫째 아이를 낳았고, 돈벌이는 오로지 내 몫이 되었다. 우리는 4년 가까이 겨우 현상 유지만 해 온 셈이었다. 만일 내가 교수가 되지 못한다면 우리 생활은 자라는 아이들 뒤치다꺼리도 못할 정도로 궁핍해지고 말 것이다. 미래로 난 내 길은 꽉 막혀 있는 듯 답답했다.

새집에 도착하자 무거웠던 마음은 새털처럼 가벼워졌다. 우리는 텅 빈 거실을 건정건정 치운 뒤 빙 둘러앉아 짜장면으로 주린 배를 채웠다. 살림살이가 다 빠져나간 집안이 밝은 햇살 속에서도 휑뎅그렁하니 썰렁해

보였지만, 배가 부르자 세상 전체가 포근해지면서 마음까지 홀가분해졌
다. 우리는 손발을 맞춰 한쪽이 올리면 다른 쪽이 자리를 잡는 방식으로
이삿짐을 서둘러 풀기 시작했다. 식었던 몸이 뻘뻘 덥혀졌다. 짐 풀기가
무르익을 때쯤 앞집에 사시는 흰 머리 할아버지 한 분이 우리 이사를 구
경하기 시작했다. 할아버지가 짐을 나르던 후배들에게 이런저런 이야기
를 건네자, 짐 나르는 속도가 부쩍 빨라졌다.

"젊으니까 좋다. 그래도 천천히 혀, 다쳐."

할아버지 걱정에 모두의 손놀림이 더욱 빨라졌다. 할아버지는 오르내
리는 젊은이들에게 말품앗이를 아끼지 않았다. 그때마다 후배들의 일손
에는 덩달아 신이 붙었다. 해도 안 떨어진 시각에 차에 실렸던 이삿짐이
시끌벅적 모두 집안으로 들여졌다. 차가 떠나자 골목이 다시 넓어졌다. 전
화와 가스 그리고 인터넷이 즉시 연결되었다. 아내가 컵라면과 커피를 끓
였다. 본격적으로 집안 정리가 시작됐다. 모든 물건이 빠르게 제자리를
찾아갔다. 물건배치를 둘러싼 토론이 벌어지기도 했다. 나는 후배 한 명
과 라면 상자에 든 책들을 그 위에 써놓은 번호 순서대로 풀어 책꽂이에
빼곡히 꽂아나갔다.

"청소는 놔두세요. 나중에 제가 하면 돼요!"

아내의 상냥한 말씨가 들려왔다. 이사가 막바지로 치닫고 있었다. 거실
로 나가자 아내는 아기를 업은 채 마냥 즐거운 표정이었고, 예진이는 오
빠들 틈에 끼어 졸졸 귀염둥이 짓을 하고 다녔다. 후배들 손에는 이런저
런 걸레들이 들려 있었다. 대청소의 시간이었다. 나는 후배 한 명에게 계
단과 대문 바깥에 대한 청소를 부탁했다.

"골목은 앞집 할아버지께서 다 쓰셨다고 해서 그냥 왔습니다."

후배의 말에 나는 베란다 창문을 내다봤다. 할아버지는 안 보였다. 라면 박스가 집 밖으로 나가고, 방바닥 걸레질까지 끝나면서 이사가 모두 마무리되었다. 그제야 후배들의 집 칭찬과 탄성이 자축과도 같이 터져 나왔다. 우리는 모두 한 가족처럼 즐거웠다.

옛날 이사 풍경

"앞집 할아버지 말이에요. 좀 특이하신 분 같아요. 요즘 그런 분 찾아 보기 힘든데…. 이웃집에 누가 이사를 와도 아무도 아는 체를 안 하는 세상인데…. 말로 거들어 주시는 데 절로 힘이 나더라고요."

"맞아요!"

설렁탕집에 자리를 잡고 앉자마자 최고참 후배가 이사 후기를 털어놓았다. 후배들에게 오늘 이사에서 가장 인상 깊었던 부분이 바로 이웃에 대한 새로운 경험인 듯했다. 요즘 이웃은 담이나 벽 너머의 다른 집 또는 가깝게 이어져 있는 옆집을 뜻할 뿐이었다. 문은 오가는 길이기보다 벽의 한 부분으로 바뀐 지 오래였다. 문은 그것을 드나들 수 있는 자격을 가름하는 커다란 판독기 노릇을 한다. 문은 이웃에로 향한 열린 통로가 아니라 세상과의 고립을 피하기 위한 불가피한 장치일 뿐이다. 문에 깃들였던 개방성이 떨어져 나가면서 마음의 문이 닫혔고, 마침내 현실의 문도 잠기고 말았다. 나는 어릴 적 이사 풍경이 떠올라 씩둑 말 한마디를 뱉었다.

"내가 어렸을 때만 해도 이사 풍경이 사뭇 달랐는데…."

"어땠는데요?"

누군가 물었다. 마침 설렁탕이 줄줄이 나왔다. 어른들은 뜨거운 설렁탕을 훅훅 식혀 가며 삼키다시피 먹었고, 아내와 예진이만 자기들 춤으로 천천히 먹었다. 마주 앉은 후배가 내 빈 술잔에 소주를 넘치게 따른 뒤 이사 얘기를 다시 물었다. 나도 두루 술을 따른 뒤 분위기를 살피며 옛날 얘기를 꺼냈다.

"내가 초등학교 3학년 때 우리 집이 옆 동네로 이사를 했는데, 마을 사람들 모두가 이사를 도왔지. 사람만 이사를 가는 게 아니라 소며 닭이며 짐승들도 모두 함께 이사를 했지. 심지어 마당의 두엄까지 퍼가지고 갔어."

후배들이 모두 '와~' 하고 소리를 질렀다. 아마도 너무 심하다고 생각한 듯했다.

"두엄을 퍼가는 이유는 두 가지인데, 하나는 거름이기 때문이고, 다른 하나는 똥이기 때문이지. 거름은 요즘 식으로 말하자면 비료니까 농사꾼에게 두엄은 빼놓고 갈 수 없는 거지. 하지만 두엄밭은 일종의 똥밭인데 그 정도는 치워 주고 이사를 가야겠지?"

모두들 고개를 끄덕였다. 이해의 하나됨을 기리기 위해 거국적으로 건배가 이어진 끝에 폭탄주가 등장했다. 나는 소주만 고집했다. 내 얘기가 본격적으로 시작됐다.

"엄마가 부뚜막에서 솥을 떼어내면서 나한테 요강을 가져오라는 거야. 가져다주었더니 그걸 솥단지 안에 넣는 거야. 내가 더럽다고 난리를 치자 엄마는 이래야 밥 잘 먹고 똥 잘 싸게 된다고 하는 거야."

후배들의 몸이 내 쪽으로 쏠렸다. 담배 냄새를 피해 끝자리에 앉았던 예진이와 아내도 귀를 쫑긋 세웠다. 나는 목소리를 카랑카랑 높였다.

"마을 분들은 각자 알아서 이삿짐을 싸거나 이거나 들거나 소달구지에 실어 날랐어. 당시에도 짐자동차가 있긴 했지만 우리 마을에서는 보기조차 힘든 물건이었지. 달구지를 끌고 갈 암소 수소 사이에서 성희롱 소동이 벌어지기도 했지. 엄마가 방을 깨끗이 쓸려고 하자 어른 한 분이 그러면 복이 나간다고 넌짓 말리시는 거야. 엄마는 흠칫 놀라며 큰일 날 뻔했다는 표정으로 쓸어 담았던 쓰레기까지 도로 방안에 탈탈 털어놓더라고. 사람들과 달구지가 아랫마을로 움직이기 시작하자 동네 아줌마 몇 분이 창호지에 구멍을 뻥뻥 뚫는 거야."

"구멍은 왜 뚫는 거죠?"

폭탄주에 살짝 취기가 오른 후배가 커피를 술안주라고 내놓으며 추어물었다. 나도 술 대신 커피를 마시며 대답했다.

"나도 궁금해서 물어봤는데, 구멍을 뚫는 것은 더 좋은 집으로 이사를 갈 때만 하는 거래. 문에 구멍을 내 주면 살던 집의 복과 재수가 이사가는 집으로 따라올 수 있다는 거지. 반대로 더 나쁜 집으로 이사를 갈 때는 구멍을 뚫어선 안 된다는 거야. 그 말을 듣던 내가 얼른 문을 활짝 열어젖히자 아줌마들이 기특하다며 내 머리를 쓰다듬어 주셨지."

후배 하나가 궁금하다며 이사 선물을 물었다.

"요즘은 집들이 갈 때 화장지나 비누 또는 하이타이 같은 세제를 선물하잖아요, 그때는 뭘 선물했나요?"

"양초나 성냥!"

"전기가 안 들어왔나요?"

"아니! 집안의 기운이 불같이 일어나라는 기원을 담고 있었지."

'기원'이라는 말을 핑계로 건배 제의가 잇달았다. 후배 둘이 지방방송을 시작했다. 나는 나머지 후배 둘에게 좀 묘사적으로 이야기를 펼쳐 나갔다.

"이사를 다 마쳤는데도 사람들이 안 가는 거야. 저녁이 되자 윗마을 사람들과 아랫마을 사람들이 한데 모여 북적거리기 시작했지. 방마다 불이 환하게 켜지고, 마당에는 장작더미가 수북이 쌓이고, 아줌마들 한패는 마당에 큰 가마솥을 걸어 팥죽을 쑤어 놓고 수다에 열을 올리고, 다른 패는 부엌이며 방과 같은 살림자리들을 꼼꼼히 쓸고 닦는 일을 멈추지 않았지. 아까 너희들이 해 준 것처럼 말이야."

그 대목에서 다시 거국적으로 건배가 이루어졌다. 나는 이야기가 좀 더 실감이 나도록 상상력을 조금 덧붙였다.

"이사가 완전히 끝나고 사람들이 옹기종기 쉬는 분위기로 접어들 때 사물놀이 농악 장단이 멀리 들려오기 시작하는 거야. 아저씨 몇이 마당을 깨끗이 쓴 뒤 멍석을 쫙 깔면 마당이 곧바로 공연장으로 바뀌는 거지. 가깝게 귀청을 때리는 요란한 풍악 패가 대문 앞까지 도착해서는 한참 동안 들이기 장난을 놀아. 이사를 도운 사람들과 풍악 패 사이에서 들어와라 안 들어간다 하는 실랑이가 벌어지고, 대문 앞이 말 그대로 왁자지껄 품바 공연장이 되어 버리는 거야."

한산했던 설렁탕집에 손님이 늘어 식당 안이 제법 시끄러워졌다. 나는 목소리를 높였다.

"동네 풍물패가 집안으로 쑥 들어올 때는 반드시 그 앞에 엎어놓은 박바가지를 '빡' 소리가 나도록 으스러뜨리며 들어와야 해! 그래야 악귀가 물러난다고 믿었거든. 풍물패가 들어오는 순간 모든 사람들이 '와' 소리를 지르며 다 함께 춤을 덩실덩실 춰. 누가 시켜서가 아니라 다들 절로 추는 거지. 마을 사람들로 구성된 풍물패가 마당 한가운데에 둥그렇게 둘러서서 사람들의 흥을 빠르게 돋워 나가면 다섯 말 들이 막걸리 통에서 연신 막걸리가 콸콸 쏟아져 나오고, 가마솥에서는 손 빠른 아줌마 둘이 큰 국자로 쉴 새 없이 팥죽을 퍼내는 거야. 누군가는 술과 팥죽을 나르고, 다른 누군가는 밥상에 달려들어 저녁을 먹는 거지. 시키는 사람도 없고, 무슨 순서도 없이 모든 일이 알아서 이루어지는 거야. 게다가 그 자리에 빠지지 않는 게 바로 아이들이야. 왜냐하면 거기에는 반드시 고깃국이 나오기 때문이지. 팥죽과 술을 먹은 사람들은 다른 사람들과 교대하고, 그렇게 풍악과 술과 음식은 밤새 끊이질 않는 거야."

후배 가운데 한 명이 놀란 투로 물었다.

"그게 이사예요, 아니면 잔치예요?"

"이사 잔치! 밤이 이슥해지면 장작더미에 불을 붙이는 의식을 치러. 불씨는 팥죽 아궁에서 가져와. 그 불씨는 옛날 집에서 지펴온 것이지. 불이 활활 타오를 때까지 북이며 꽹과리 소리는 점점 빨라져 가고, 사람들의 춤사위도 거기에 맞춰 빨라지는 거야. 불이 완전히 붙으면 윗마을 사람들이 아쉬움을 뒤로 한 채 이사 집을 떠나 윗마을로 돌아가고, 이제 본격적으로 아랫마을 사람들끼리 이사 잔치를 벌이기 시작하지. 그때가 아마 자정을 막 넘긴 때였던 것 같아. 바로 새날이 시작되는 때지. 이제 이사 온 집은 그때부터 아랫마을 사람이 되는 거였어. 그때부터는 춤보다 노래가 나오는 거야. 사람들은 저마다 자신의 십팔번을 들고 나와 부르고, 다른 사람들은 부르는 사람의 노래 실력에 상관없이 다들 흥에 겨워 계속 춤을 추지. 말하자면 노래로 자기를 소개하는 시간이라고 할까….”

아내 손가락이 TV를 가리켰다. 후배들을 그만 돌려보내라는 신호였다. 후배 가운데 두 명은 술에 취하고 피곤에 지쳐 꾸벅거리고 있었다. 식당 밖 날씨가 제법 쌀쌀했다. 나는 후배들을 한 명씩 끌어안아 주었다. 후배들은 저마다 한마디씩 덕담을 던지며 떠나갔다.

“꼭 집들이하셔야 합니다!”

“부자 되세요!”

“행복하세요!”

“아들 낳으세요!”

이사 첫날밤

우리 부부는 아이 하나씩을 등에 업고 싱글벙글 집으로 돌아왔다. 은빛빌라! 나는 그 네 글자를 읽고 또 읽었다. 아내가 두꺼운 열쇠로 현관문 자물쇠를 딸그락 열었다. 거실이 환하게 열리자 가슴이 후련했다. 싱크대의 고급스러움과 화장실의 깨끗함이 아내를 실없이 자꾸 웃게 만들었다. 등에서 내려놓는 바람에 잠이 깬 예진이는 밝은 거실 등 아래 딴 모습으로 드러난 집안 이곳저곳을 돌아다니며 환호성을 질러댔다. 예진이는 전 주인이 남겨주고 간 물소가죽 소파에서 탄성을 멈추지 않았다. 소파라는 공간은 예진이가 이제까지 한번도 누려보지 못했던 경험이었다. 또 집 안에 미닫이문이 두 개나 된다는 사실도 예진이를 흥분시켰다. 예진이가 전력질주를 할 수 있을 만큼 넓은 거실 자체도 감탄의 대상이었다. 안방 에서 잔짐 정리를 하고 있던 내게 아내가 거실에서 뭔가 이상하다는 듯 물었다.

"거실이 좀 삐뚤어진 것 같지 않아?"

나는 말도 안 된다는 표정으로 거실로 나갔다. 아내가 가리키는 손가 락을 따라 천장과 벽이 만나는 부분을 자세히 보니 정말 거실 자체가 한 쪽으로 기운 듯 보였다.

"정말이네. 설마 집을 삐뚤게 지었을 리는 없을 텐데….."

나는 거실을 이쪽저쪽 돌아다니며 실제로 벽이 삐뚠지 여부를 확인해 보았다.

"내 생각에 거실이 삐뚤어 보이는 것은 거실이 너무 넓어서 그런 것 같 아!"

내 진단에 아내는 수긍이 간다는 듯이 고개를 끄덕이며 감탄사를 연 발했다.

"아~! 오~!"

밤 10시. 우리는 아이들까지 다 씻긴 뒤 조용히 무릎을 꿇고 감사의 기 도를 올렸다. 고마움은 행복감이다. 행복은 모든 것이 긍정의 돋보기를 통해 드러나는 현상이다. 현재는 더할 나위 없이 만족한 세상이 된다. 고 마움은 자신에게 베풀어진 것을 흐뭇하게 기리는 마음이다. 고마움은 만 족감이자 자족감이다. 고마움에 휩싸일 때 우리는 자기를 잊는다. 자기 자신에게로만 맞춰졌던 삶의 초점이 고마움을 통해 타인과 세상에게로 옮겨간다. 고마움은 우리로 하여금 매달렸던 것들에게서 손을 떼게 하고, 움켜쥐었던 것들을 놓아 버리게 만든다. 고마움은 우리를 자유롭게 하고, 세상 모든 것을 사랑하게 해 준다. 아내와 아이들 그리고 우리 가족을 지켜 준 모든 분들이 와락 고마웠다. 나는 고난을 사랑이라고 가르쳤던 예수님의 마음을 조금은 이해할 수 있을 것만 같았다. 아내와 내가 번갈아가며 소리 내어 기도했다. 기도를 마치고 눈을 떠 보니 예진이와 혜진이는 편안히 잠들어 있었다. 우리는 마주보고 웃었다. 우리 부부의 잠자리에 웃음도 함께 잠들었고, 대신 달님이 환한 웃음으로 우리의 창문을 밤새 지켜 주었다.

텃세와 이웃

다음 날 아침 일찍, 나는 시장 떡집에 팥시루떡 한 말을 맞췄다. 우리 부부는 빌라 집집이 따끈따끈 이사 떡을 돌렸다. 모두들 쭈뼛쭈뼛 마지못해 떡을 받는 눈치였다. 4층 아주머니가 그날 오후에 우리 부부를 자기네 집으로 초대했다. 4층 아줌마는 3월의 쌀쌀한 날씨에도 찰랑찰랑하는 얇은 주름치마를 입고 있었고, 얼굴 화장이 빨그대대했다. 4층 아줌마는 커피를 내놓으면서 우리에게 다짜고짜 엄포부터 놓았다.

"이곳에 사는 사람들은 요 앞이나 뒤의 단독에 사는 사람들하고는 차원이 달라요! 예진이네도 그걸 명심해야 돼요!"

내가 대답 대신 어정쩡하니 베란다로 나가자, 아내도 덩달아 내 뒤를 따랐고, 아줌마는 엉거주춤 엉덩이를 털며 자리에서 일어났다. 북한산이 눈앞에 병풍처럼 펼쳐져 있었다. 장관이었다. 내가 감탄을 하자 아줌마가 집 자랑을 시작했다. 베란다에는 수십 개의 화분이 즐비하게 놓여 있었다. 눈동자가 뎅그렇게 불거져 나온 치와와 한 마리가 아줌마를 그림자처럼 까불거리며 졸졸 쫓아다녔다. 아줌마는 그 개를 '내 새끼'라고 불렀고, 개에 대해 자신은 '엄마'라고 불렀다. 아줌마는 우리에게 뭔가 할 말이 있는 것처럼 굴었다. 아내가 눈치를 채고 처음 자리에 앉자 아줌마는 여기저기 전화를 걸어 빌라 사람들을 불러 모았다.

"여기 302호에 사시는 우리 홍 여사는 에어로빅 강사시고, 그 아래 202호에 사는 오 여사는 천막회사 사장님의 사모님이시고, 예진이네 아랫집 201호에는 중학교 교감 선생님께서 사셔요!"

짤막한 소개가 끝나자 4층 아줌마의 거들먹거리는 연설이 시작되었다. 내용은 우리 빌라 자랑과 다른 빌라 험담이었는데, 현관문 색깔에서부터 주차장 크기 그리고 빌라의 위치며 창문의 방향에 이르기까지 말 그대로 초등학생 수준의 정말 사소한 것들이었다. 곧이어 아줌마 입에서는 이웃 사람들에 대한 비난이 한바탕 쏟아졌다. 모인 사람들 모두가 한통속이 되어 어절씨구 맞장구들을 쳤다. 할 얘기가 무쩍 떨어지자 홍 여사라는 분이 내 직업을 물었다. 내 대신 아내가 도도하게 대답했다.

"대학 교숩니다!"

나는 아내를 흘금 쳐다봤다. 아내는 내 눈길에는 아랑곳하지 않은 채 당당한 태도를 유지하고 있었다. 나는 코와 안경을 손으로 들썩거리며 만지작거렸다. 나는 아내가 입술만 적셔 놓은 식은 커피를 홀짝거렸다. 한

동안 침묵이 흘렀다. 교수라는 신분 앞에서 사람들 기세가 한풀 꺾인 듯했다. 4층 아줌마가 시나브로 히물히물하더니 호들갑을 떨었다.

"드디어 우리 빌라에도 교수가 들어오셨습니다! 이 정도면 우리 빌라를 아무도 업신여기지 못할 테니, 정말 잘 됐어!"

4층 아줌마의 신바람 춤이 자꾸 이어질 듯하자 홍 여사가 말머리를 낚아챘다.

"전에 살던 3층 여편네 때문에 우리 빌라가 똥값이 됐잖아? 예진이네한테도 책임이 크다고! 싸게 들어오면 본인들이야 좋겠지만, 기존에 살던 사람들은 뭐가 되는 거야?"

2층 오 여사는 장단 맞춤으로 구체적 액수까지 들먹이며 눈에 쌍심지를 켰다.

"맞아! 도대체 1억 2천도 넘는 빌라를 8천에 판다는 게 말이 되냐구? 우리를 아주 엿 먹이는 짓이지! 혼자 빌라 간섭은 다 하고 다니더니 우리 빌라 망신도 혼자 다 시키고 나가네 그려! 예진이네도 책임을 통감해야 해!"

사람들 눈총이 점점 매섭게 우리를 찔렀다. 나는 자리에서 벌떡 일어났다. 여자들이 한꺼번에 움찔했다. 나는 곱작 허리를 구부려 인사한 뒤 자리를 떴다. 아내는 아무렇지 않은 듯 자리를 지켰다. 계단을 내려올수록 불쾌감이 두껍게 피어올랐다. 이사 올 때는 코빼기도 안 내밀던 작자들이 첫 만남에서는 무리무리 으름장을 놓는 것은 무슨 경우란 말인가? 나는 소파에 털썩 앉는 것으로 화풀이를 풀고 말았다.

"자기야! 자기도 좀 나가서 청소 좀 하지 그래!"

다음 날 아침 일찍 베란다 쪽에서 아내의 상큼한 목소리가 들려왔다. 나는 베란다 바깥을 내다봤다. 앞집 할아버지가 골목길을 썩썩 내리쓸고 있었다. 나는 목청을 돋아 할아버지께 인사를 드렸다.

"안녕하세요? 아침부터 수고가 많으시네요?"

할아버지는 내 인사에 빙그르 돌아선 뒤 빗자루를 바짝 곧추세워 받치고는 고개를 잦바듬히 쳐들어 내 쪽을 올려다보며 대답했다.

"거 새로 이사 온 양반들이 인사성이 밝아서 좋네. 하하. 수고는 무슨…. 운동 삼아서 하는 거여! 내가 젊은 양반 아침잠을 깨운 건 아니여? 그랬다면 미안하고."

"할아버지 때문에 제가 집사람한테 핀잔을 맞긴 했지요. 아참, 저희 이사 오는 날 고마웠습니다. 미처 인사도 못 드렸네요."

"길 하나 쓴 걸 갖고 뭘, 마음 쓰지 말어. 하하!"

그렇게 우리는 할아버지와 이웃 문을 활짝 트게 되었다. 할머니가 관절염 다리를 절뚝이며 3층까지 김치며 과일이며 온갖 것을 들락날락 퍼나르면, 아내는 가끔 부침개로 되갚음을 했다. 할머니는 틈날 때마다 예진이를 자기 집으로 데려갔다. 앞집은 단독이었지만 높은 지대 덕분에 잔디 깔린 마당이 3층 우리 집 높이와 맞먹었다. 할아버지와 나는 아침마다 골목을 쓸고 나서 길 위에 쭈그리고 앉아 이런저런 얘기를 주고받곤 했다. 머지않아 다른 남자들도 하나둘 모여들더니 할아버지네 대문 앞은 아침마다 왁자지껄했다.

골목은 이제 집집을 이어주는 통로가 되었다. 아내는 골목을 지나가는 자기 또래의 애기엄마들에게 베란다 창문을 통해 틈나는 대로 인사를 건넸다.

“애가 몇 개월 됐어요?”

서로 한참 얘기한 끝에 자리를 집안으로 옮겨 커피 참이 새록새록 이어졌다. 우리 집은 이사 온 집이라 모이기에는 딱 좋았다. 아줌마들 수다 제1호는 가족 얘기였다. 젊은 아낙들의 얘기 꽃 냄새가 온 골목에 고소하게 풍겨 나가자 이웃 사람들 사이에서는 꽃 웃음이 함박 피어났다. 아낙들 가는 곳에 아이들도 빠질 수 없어 골목 전체가 아줌마들과 아이들 차지로 왁작박작 떠들썩했다. 골목이 사람들로 욱적북적 살아나기 시작했다.

층간 소음 문제

사람은 걱정거리를 푸는 행복 열쇠였다. 이웃집 아낙 한 명이 뜬금없이 우리 집 예진이 유치원 보낼 걱정을 하더니 저소득층 자녀를 지원하는 정부 프로그램을 수소문해 알려 주었다. 그 덕에 우리는 예진이를 무상으로 어린이집에 보낼 수 있게 되었다. 아이의 나이가 늘어가는 만큼씩 살림 걱정의 무게도 덩달아 늘어나던 참이었는데 우리는 큰 짐 하나를 거저 덜게 되었다. 걱정의 백지장을 너나들이로 맞들어 주는 이웃은 새로운 가족 울타리가 되었다.

우리집 아침풍경이 부산스러워졌다. 예진이를 어린이집 자동차에 태워 보내려면 우리는 아이의 아침잠을 30분 일찍 깨워야 했다. 아이는 모자란 잠 때문에 숫제 어린이집 가기를 거부했다. 걸어서 보낼 수 있는 어린이집도 있었지만 그곳은 엄마들 입소문이 안 좋았다. 아내는 잠도 덜 깬 아이의 입에 아침을 반 강제로 쑤셔 넣고는 이를 닦이고 옷을 깔밋하게 차려 입힌 뒤 차가 오기 5분 전에 빌라 앞에 아이 손을 잡은 채 우쭐 선다. 아이는 그 5분 동안 엄마에게 기대어 잔다. 그렇게 자고 있던 예진이가 엄마보다 먼저 어린이집 차 소리를 듣는다. 맑게 갠 봄날 개나리색 유치원 봉고차가 나타나면 예진이는 깡충거리며 손을 흔든다.

소음 항의

아이는 뛰노는 망아지처럼 거칠어졌다. 넘치는 장난기와 배워온 놀이 덕분에 거실은 온통 예진의 놀이터가 됐다. 딸그락딸그락, 떨그렁떨그렁, 털버덕털버덕, 덜커덩덜커덩, 예진이의 발걸음마다 놀이 소음이 묻어났다. 예진이는 단독에 사는 친구들까지 집안으로 불러들였다. 넓은 거실은 아이들 놀이에 안성맞춤이었다. 아내는 술래잡기며 줄넘기, 기차놀이 등을 하며 뛰노는 아이들에게 줄곧 조심하라고 소리쳐 댔지만 그렇다고 노는 것 자체를 막지는 않았다. 새집의 행복감이 아내의 마음을 부드럽게 해 준 것이었다. 예진이의 놀이 시간이 밤으로 점점 길어졌다. 밤 10시, 누군가 우리 집 현관문을 주먹으로 쾅쾅 두드렸다. 아내는 무슨 예감이 스쳤는지 그 무례한 두드림도 탓하지 않은 채 조심스레 문을 열어 주었다.

"예진 엄마!"

201호 여자 교감 선생님이 다짜고짜 아내를 노기 띤 목소리로 불러 젖혔다. 아내는 찍소리도 못한 채 뒤로 한발 물러났다. 교감 선생은 정중하면서도 힐난에 가까운 부탁의 말씀을 쏟아냈다.

"애들이 뛰는 거야 어쩔 수 없다지만, 밤에는 조심을 시켜야 되는 거 아녜요? 잠을 잘 수가 없잖아. 하루 이틀도 아니고…, 날마다…, 이래가지고서야 사람이 어떻게 살겠어요. 아주 노이로제 걸리겠어, 정말! 조심 좀 시켜 주세요. 꼭 부탁드립니다."

아내는 꼬빡였다. 아내 입에서는 '죄송합니다'라는 말만 잇따랐다. 아이는 엄마가 야단을 맞는 듯하자 소파 위로 날름 올라가 고개를 숙인 채 바른 자세로 앉았다. 나도 마음이 조마조마해졌다. 교감 아줌마가 내려

가자 아내는 예진이를 우뚝 내려다보며 목에 힘이 잔뜩 들어간 목소리로
야단을 쳤다.

"엄마가 뛰지 말라고 했어 안 했어?"

"했어요…."

"그런데 왜 뛰어!"

"…"

"다음부터는 절대 뛰지 마! 알았어?"

"네…."

"또 뛰면 혼날 줄 알아! 얼른 가서 자!"

아내의 말과 몸짓은 마치 성난 지배자의 그것처럼 으르딱딱거렸다. 아이는 엄마의 무서워진 눈총 앞에서 눈물조차 흘리지 못한 채 빳빳하게 잠자리에 들었다. 아내 대신 내가 책을 읽어 주었다. 예진이는 마침내 밝은 표정으로 잠이 들었다. 아내는 속으로 잔뜩 화가 나 있었다. 사실 아이가 뛰는 것을 내가 말리려 치면 그런 나를 막은 쪽은 아내였다. 그때마다 나는 아랫집의 소음 스트레스를 들먹였지만, 아내는 내 얘기를 대수롭지 않게 여겼었다. 아내는 자신이 묵인했던 일로 죄 없는 아이를 윽박지른 것을 꺼림칙칙해 했다.

그날 밤 일은 시작에 불과했다. 아래층 교감 아줌마는 작은 소음에도 총알같이 올라와 현관문을 두들겨 댔다. 소음이 발생하면 아내가 먼저 질겁했다. 급기야 아내는 밤 9시가 넘으면 아이에게 까치발로 걷도록 잡도리까지 해댔다. 그래도 아이는 까치발로 달리기를 했다. 달리기를 못하게 하면, 낮은 포복, 높은 포복, 또는 좌우로 구르기 등을 했다. 아이의 놀

이 착상을 부모가 따라갈 수는 없었다. 그때마다 교감 아줌마의 훈계는 계속되었고, 우리 식구들은 어느새 현관문 스트레스를 받으며 제집에 살면서 남의 눈치를 봐야 하는 속박 가운데 살게 되었다.

한번은 아이가 이미 잠든 때 교감 아줌마가 현관문을 요란하게 두드렸다. 아내가 깜짝 놀라며 인터폰으로 물었다.

"누구세요?"

아래층 교감 아줌마가 짜증 난 목소리로 대꾸했다.

"몰라서 물어요! 빨리 문 열어요!"

아내는 영문을 몰라 반문했다.

"무슨 일인데 그러세요?"

교감 아줌마는 마치 아랫사람에게 명령하듯 무시조로 뇌까렸다.

"문을 열라는데 왜 이렇게 말이 많아, 내 참~, 몰라서 묻는 거야!"

TV를 보고 있던 내가 아내를 제치고 대신 현관문을 열어주며 다시 물었다.

"교감 선생님, 무슨 일이시죠?"

순간 교감 아줌마는 흠칫 놀라며 꾀죄죄한 용모를 가다듬더니 이내 곧 무슨 채권자 모양으로 눈을 부라리며 목청을 높였다.

"아니, 교수네 집이나 되는 사람들이 상식이 그렇게도 없으세요?"

나는 현관문 문턱으로 한 발 다가서 교감 아줌마를 내려다보는 자세로 딱딱하게 물었다.

"상식이 없다니요? 무슨 말씀이시죠?"

교감 아줌마는 고개를 외로 삐딱 쳐든 채 눈살을 찌푸리고 턱을 삐죽

추키며 비아냥조로 되받아쳤다.

"밤에 조용히 해야 한다는 상식도 모르세요? 그런 것도 모르면서 어떻게 교수가 되셨나?"

나는 한번 시물시물 웃은 뒤 착 가라앉은 목소리로 교감 아줌마 말꼬리를 잡고 나서 되로 받은 말을 말로 갚았다.

"상식을 들먹이시니 말씀인데요, 밤이고 낮이고 아무 때나 남의 집 현관문을 망치로 때려 부수듯 두드리는 게 상식인의 행동인가요?"

교감 아줌마는 내 말이 어이없다는 듯 잠시 내 얼굴만 멀겋게 노려봤다. 나는 석고상처럼 침묵했다. 아줌마는 두 손을 허리에 얹으며 숨을 거만하게 들이쉬면서 꾸지람 반 빈정거림 반이 섞인 말을 내 턱밑으로 쏴댔다.

"아니 적반하장도 유분수지, 밤 10시에 아이가 뛰었으면 정중히 사과를 해야 할 것이지 어따 대고 사람을 가르치려 드는 거야 들기를~! 교수니까 사람이 다 자기 제자쯤으로 보이나 보지?"

교감 아줌마 말투는 얼추 반말이었다. 나는 아줌마의 자극적인 말 공세에는 아랑곳 않은 채 문제의 핵심을 차근차근하고 정중한 목소리로 건드렸다.

"교감 선생님께서도 아이를 키워보지 않으셨습니까? 아이가 뛰는 거야 어쩔 수 없는 거 아닙니까? 그런 걸 갖고 아무 때나 현관문을 두드리면 어떡합니까? 층간 소음으로 고통을 드려 죄송하긴 하지만, 엄밀히 따지자면 그건 집을 잘못 지은 업자의 잘못이 더 큰 게 아니겠습니까?"

아내는 말싸움에 끼지 않겠다는 듯 소파에서 둘째를 껴안고 있었다. 교감 아줌마는 내 깍듯한 말투에 몸가짐을 짐짓 바로 하기는 했지만 그 말 깔은 미처 곱게 가다듬지 못한 채 논쟁에 뛰어들었다.

"아니, 위층에 산다고 자기들 유리한 대로 해석을 다 하시네. 충간 소음이야 일으키는 장본인들 잘못이지, 그럼 누구 잘못입니까?"

교감 아줌마가 책잡히지 않으려 애써 말을 조심했다. 나는 아줌마의 양심을 콕 찌를 말을 내질렀다.

"소음을 일으킨 거야 저희 잘못이지만, 아이의 발소리마저 막지 못하는 건축 설계가 더 큰 문제지요. 그럼 아이 가진 사람들은 3층에 살지도 말란 법인가요?"

교감 아줌마가 말을 조금 더듬었다.

"누가 그런 말을 했다고 그래요? 내가 언제 살지 말라고 그랬어요? 이상한 말씀 다 하시네. 없는 말 지어내는 게 예진 아빠 장긴가? 난 그런 말 한 적 없어요. 괜히 생사람 잡지 말아요."

맹호위서猛虎爲鼠! 사나운 호랑이가 쥐로 전락하는 형국이었다. 나는 슬슬 약자의 기대기 전법을 구사했다.

"아이들이 무슨 개나 소도 아니고…, 뛰지 못하게 붙잡아 매 놓을 수도 없고, 허구한 날 매타작을 할 수도 없는 노릇이고, 어른들이 이해를 해 줘야지, 아이들 뛰는 걸 가지고 만날 스트레스를 주면 어떡합니까? 정말 저희도 교감 선생님께서 언제 올라올지 몰라 불안해 못 살겠네요!"

교감 아줌마도 자신이 좀 심했다 싶었는지 기세를 조금 누그러뜨렸다.

"내가 뭐 그리 자주 올라왔다고 그러세요."

나는 다시 논의의 관점을 바꾸었다.

"어떤 소리에 예민해지면 그 소리가 자꾸 크게 들리고 나중에는 그 소

리가 안 났는데도 마치 실제로 들은 것 같은 착각이 들기도 합니다. 지금 저희 큰애는 자고 있어요. 아무도 뛰는 사람은 없어요. 한번 들어와 확인해 보세요. 우리 큰애가 자나 안 자나.”

순간 교감 아줌마 입이 벙긋 벌어졌다.

“안 뛰었다고요? … 그럼 아까 그 쿵쾅거리는 소리는 어디서 난 거지? … 분명 뛰는 소리였는데….”

아줌마의 말투가 어름더듬했다. 그때 저 뒤 소파에서 아내가 선생님께 혼나던 학생이 빠져나갈 구멍을 찾았을 때의 말투로 말참견을 했다.

“글쎄 저희 집에서 난 소리는 아닌데요. 우리 애는 밤 9시가 넘으면 까치발로 다녀요. 뛰었다가는 제게 혼쭐이 납니다. 낮에는 좀 뛸지 몰라도 밤에는 안 띕니다.”

아내의 설명에 교감 아줌마는 할 말을 잃고 좀 쭈뼛거리다 머쓱하니 말꼬리를 내렸다.

“오늘은 내가 좀 실수를 한 것 같네요. 미안합니다.”

나도 얼른 예의 바른 목소리로 화답했다.

“좀 더 주의를 시키겠습니다. 어쨌든 죄송합니다. 안녕히 내려가세요.”

나는 소리 나지 않게 문을 닫았다. 아내는 거실로 들어서는 내게 소리 안 나는 박수를 치며 환한 웃음을 지었다.

“잘했어, 자기야! 속이 다 후련하네. 밑에 층 할망구가 우리 남편 무서운 줄 이젠 좀 알았겠지. 혼자 독판 설치더니 임자 잘 만났다. 고거 쌤통, 통쾌하다. 이제 함부로 현관문 두드리지는 못하겠지? 앞으로 한 번만 더 저따위로 우리 현관문을 두드리면 수리비 내라고 생떼라도 쓸까? 헤헤.”

나는 생각에 잠겼다. 예진이의 뛰는 소리가 우리에게는 '노는 소리'겠지만 아래층 남에게는 '참을 수 없는 소음'이었다. 만일 우리가 아래층과 한 가족이 된다면, 소음 문제도 사라질 테지만, 만일 우리가 아래층과 계속 남으로 멀어진다면, 아래층과 우리는 소음 문제 때문에 서로 원수가 될 것이다. 나는 우리 때문에 누군가 피해를 입는다는 생각에 마음이 괴로웠다. 나는 아내에게 방음 공사를 알아보는 게 어떤지를 물었다. 아내는 아이를 이불에 눕히며 아직도 고소하다는 듯 대꾸했다.

"방음 공사를 할 수만 있다면 좋지. 어쨌든 우리가 피해를 끼치는 거니까. 하지만 우리가 그럴 돈이 어디 있어? 그리고 예진이가 그렇게 많이 뛰는 것도 아니야! 밤에는 예진이도 안 뛰잖아? 또 9시면 자는데 무슨 문제야. 밑에 층 할망구가 예민한 거지. 이제 쉽게 올라오지는 못할 테니까 너무 걱정하지 마. 나도 이젠 두 다리 쭉 뻗고 잘 수 있겠다. 저 할망구 오늘밤 잠이 안 올 거다. 분하고, 창피하고, 기가 눌려서 꼬리를 싹 내리겠지…."

다음 날 저녁, 나는 예진이를 앞세워 2층 교감 아줌마네를 찾았다. 내 손에는 알 굵고 불그숙숙한 부사 사과 한 상자가 들려 있었다. 아줌마는 문을 열어준 채 두 눈만 똥그랗게 뜨고 있었다. 예진이가 굽실 절을 하자 아줌마는 반색하며 머리를 쓰다듬었다. 나는 얼른 사과 상자를 집안으로 들여놓았다. 아줌마는 뻔한 질문을 했다.

"아니, 예진 아빠 이게 뭐예요?"

"사실 아래층에 늘 죄송한 마음이었는데, 사과도 한번 제대로 못 했습니다. 저희 아이 때문에 뭐라 드릴 말씀이 없습니다. 이것은 저희 고향에서 나는 사과인데 일교차가 커서 당도가 아주 높습니다. 저희도 소음을 줄이기 위해 최대한 노력하고 있지만, 혹시 불편하시면 언제든 전화 주십시오. 상자 안에 저희 집 전화번호하고 제가 쓴 간단한 카드 한 장이 들어 있습니다."

교감 아줌마 눈가에 잔잔한 주름이 잡히고, 입가에는 여린 웃음꽃이 피었다. 예진이가 시키지도 않은 사과를 했다.

"할머니, 죄송해요. 앞으로는 조심할게요."

교감 할머니가 예진이를 꼭 끌어안아 주었다. 집으로 돌아가는 예진이의 발걸음이 당당해졌다.

쓰레기 태우기 좋은 곳

개나리가 노란 꽃망울을 말끔하게 터뜨린 4월 중순의 어느 날이었다. 창문으로 봄 햇살이 쏟아져 들어왔다. 첫째는 어린이집엘 갔고, 백일 지난 둘째는 공부방 창문을 열어 햇볕 잘 드는 곳에 엎어 낮잠을 재웠다. 아내와 나는 환한 거실에서 각자의 일로 여유를 즐기고 있었다. 난데없이 코끝에 쓰레기 태우는 냄새가 났다. 베란다 창문을 여니 집안으로 매운 연기가 울컥 몰려들었다. 나는 가슴이 뜨끔하여 공부방을 확인하러 들어갔다. 방안 전체가 매캐했다.

나는 아기를 아내에게 안겨 준 뒤 연기가 어디서 나는지를 알아내려고 창밖을 살폈다. 연기는 우리 집 바로 위 4층 베란다에서 났다. 이맛살이 절로 찌푸려졌다. 내가 창문을 닫는 것과 동시에 아내가 물었다.

“4층이지?”

내가 입술을 악 다문 채 고개만 끄덕이자 아내가 독기어린 눈을 해 가지고 4층으로 올라가려 했다. 나는 아내 대신 내가 얘기하러 가겠다며 아내를 말렸다. 나는 아내를 소파에 앉혀 놓은 뒤 조용히 4층으로 올라갔다. 초인종 소리가 울리자 문이 열렸다.

“예진 아빠가 웬일이세요?”

“연기가 저희 집으로 들어와서요. 혹시 뭘 태우시나 해서요?”

아주머니는 내 물음은 아랑곳 않은 채 마치 뭔가를 자랑이라도 하려는 듯 현관문을 활짝 열어젖혔다.

“연기요? 아~! 이왕 올라오셨으니 커피라도 한 잔 하고 가세요.”

내가 집안으로 들어서자 아주머니는 재빨리 커피 물을 끓이기 시작했다. 4층은 연기 한 점 없이 상쾌하기까지 했다. 나는 두리번거리며 베란다로 걸어 나가 쓰레기가 타고 있는 페인트통을 노려보았다. 까맣게 그을린 네모 난 통의 옆면에는 대못 크기의 바람구멍이 숭숭 뚫려 있었다. 어느 틈에 아주머니가 내 뒤에 바짝 붙어 밝은 목소리로 말했다.

“이래서 4층이 좋은 거 아니에요. 쓰레기도 마음 놓고 태울 수 있고…, 또 전망도 좋고…. 예진이네도 3층을 사는 게 아니었는데….”

아주머니의 말이 타오르는 불꽃처럼 가볍게 춤을 추는 듯했다. 나는 통 옆에 놓인 물 항아리에서 바가지로 물을 퍼 불을 껐다. 아주머니는 소녀처럼 호들갑을 떨었다.

“어머머머~, 이게 무슨 짓이에요, 예진 아빠! 이 무슨 행패야, 행패가. 자기가 무슨 공무원이나 되는 줄 아나 본데, 남의 집에 무단으로 막 들어와서는 기물을 파손하네."

나는 아주머니의 말에 기가 찼다. 나는 불이 꺼지는 장면을 지켜보면서 힘이 들어간 목소리로 천천히 설명했다.

"행패를 부리다니요? 저는 연기가 저희 집안으로 들어오는 걸 막은 것뿐입니다. 잠자던 애기가 여기 이 쓰레기 태운 연기를 마셨는데, 아주머니 같으면, 그걸 가만두시겠습니까? 그리고 저는 무단으로 들어온 게 아니라 아주머니께서 문을 열어 주신 겁니다. 또 쓰레기를 태우는 건 위법입니다."

나는 꼬챙이로 재를 쑤시면서 불이 다 꺼졌는지를 살핀 뒤 눈길을 아주머니에게로 돌렸다. 아주머니는 나를 짧게 째려본 다음 끓는 물을 끄러 갔다. 내게 돌아온 것은 커피가 아니라 억지소리였다.

"쓰레기 태우는 사람이 남의 집 애기가 어디서 자고 있는지까지 알아야 하나? 애기를 왜 거기다 재워 재우길. 나야 뭐 화장실 휴지 정도를 태우는 건데 그게 무슨 위법이야. 그건 누구나 태우는 건데. 예진네야 태울 베란다가 없으니까 못 태우는 거고. 예진네도 화장실 휴지는 생길 거 아냐!"

나는 아주머니가 언죽번죽 늘어놓는 뻔뻔한 강변과 핑계에 헛웃음을 터뜨린 채 말문마저 막히고 말았다. 그때 집에 있을 줄 알았던 아내의 악청구가 터져 나왔다.

"아니, 그걸 지금 말이라고 하시는 겁니까? 아기를 안방에다 재우지 그럼 베란다에 재웁니까? 쓰레기를 태워 미안하다는 소리는 못할망정, 누구한테 큰소리를 치시는 겁니까?"

아주머니가 아내의 앙칼진 목소리에 소스라치게 놀라는 듯 보였다. 아내는 다짜고짜 페인트통을 홀딱 뒤집어엎어 그 안의 내용물을 확인하기 시작했다.

"아줌마! 이건 뭐예요? 이건 비닐이잖아요? 여기 이 타다 남은 종이는 뭐예요? 은박지도 있고, 화장실 휴지는 어딨…."

아내는 말을 채 끝맺지도 않은 채 잰 걸음으로 화장실 안으로 들어가 화장실 휴지통을 확인했다. 그 꼴에 아줌마 얼굴이 파랗게 질리기 시작했다.

"아니, 예진 엄마! 남의 집 화장실 문까지 함부로 막 열구, 이게 어디서 배워먹은 짓이야! 당장 우리 집에서 나가! 사람이 오냐 오냐 잘 봐주니까 눈에 뵈는 게 없나 보지? 아래층 교감 선생님한테도 바락바락 대들었다더니, 이젠 대드는 정도가 아니라 자기가 무슨 경찰이라도 되는 것처럼 남의 집을 조사하고 그래?"

아내는 내가 말릴 새도 없이 아주머니의 역성은 들은 척도 하지 않은 채 되레 아줌마를 나무라기 시작했다.

"아줌마! 화장실 화장지가 됐든, 신문쪼가리가 됐든, 비닐봉지가 됐든, 뭐가 됐든 베란다에서 쓰레기를 태우는 것은 불법입니다! 아줌마 아기가 그 연기를 마셨다면 가만있으시겠어요? 자기 편하자고 왜 남에게 피해를 줍니까? 아줌마 의식부터 좀 바꾸세요!"

아내는 자기 분을 못 삭여 몸을 부르르 떨었다. 나는 아내의 흥분을 가라앉히며 아내를 집으로 데리고 내려가려 했다. 그런데 갑자기 아내의 무슨 말이 성깔 도화선이 됐는지 아주머니가 폭발하기 시작했다.

"뭐! 이 년놈들이 지금 누구한테 뭐라고 하는 거야? 의식을 바꾸라고? 네까짓 것들이 뭔데 남의 집에 들어와 함부로 의식을 바꾸라 마라 명령을 해?"

아주머니는 갑자기 악을 쓰듯 소리를 지르면서 싱크대로 달려가 쌓아놓았던 그릇들을 우당탕 무너뜨리더니, 다시 옷장으로 달려가 가지런히 걸어두었던 옷들을 더뻑더뻑 꺼내어 방바닥에 패대기를 쳐댔다. 아주머니는 마치 우리가 그 자리에 없기라도 하듯 알아듣기 힘든 혼잣말을 지껄여댔다. 나는 처음에는 어찌할 바 몰라 엉거벌린 채 아주머니만 물끄러미 구경하다 나중에는 걱정이 되어 아주머니를 안정시키려 아주머니 쪽으로 한 걸음 다가섰다. 그 순간 아주머니가 번개처럼 내게 달려들어 내 뺨을 후려갈겼다. 그 바람에 내 안경이 바닥에 떨어졌고, 안경테가 부러졌다.

나는 어안이 벙벙한 채 영문을 몰라 우두커니 서 있기만 했다. 아내가 부러진 안경테를 주워들면서 흥분된 목소리로 말했다.

"자기야! 당장 나와! 이런 아줌마는 경찰에 신고해야 돼! 쓰레기 태우는 것도 모자라 이제는 남의 뺨이나 때리고, 안경테를 부러뜨려? 안경 쓴 사람을 때리면 살인미수야! 빨리 나와!"

아내가 내 팔을 쭉 잡아끌었다. 나는 못 이기는 척 아내에게 끌려갔다. 아주머니가 갑자기 벌벌 떨며 우리 앞길을 가로막았다.

"예진 아빠! 내가 잘못했어. 내가 진심으로 사과할게. 그리고 안경테는 내가 물어줄게. 그거 얼마야?"

나 대신 아내가 먼저 총알처럼 대답했다.

"이 테는 외제예요, 외제. 2십만 원도 넘는다고요. 그리고 이건 돈이 문제가 아니에요. 쓰레기를 태운 것도 모자라 뺨까지 때린 것은 절대 용납이 안 돼요!"

아내는 큰소리를 뻥뻥 친 뒤 아주머니를 옆으로 밀치고 밖으로 나왔다. 나도 멋쩍은 태도로 4층 문을 닫고 집으로 내려왔다. 내가 거실로 들어서기 무섭게 아내가 전화로 경찰에 신고를 하려 했다. 나는 얼른 아내를 말렸다.

"여보야, 신고까지 하는 건 좀 심해. 아주머니가 좀 제정신이 아닌 것도 같고, 우리가 너무 흥분했던 것도 같고, 어쨌든 서로에게 문제가 있었던 거니까 그냥 덮어 둬!"

아내는 수화기를 내려놓은 뒤 소파에 앉아 짧게 생각에 빠져들었다. 내가 손을 씻으러 화장실로 들어가자 아내는 내 등에 대고 결의에 찬 말투로 선전포고를 했다.

"4층 여편네가 경찰에 신고할까 봐 겁을 잔뜩 먹은 것 같으니까 이참에 다시는 쓰레기를 태우지 못하도록 혼쭐을 내야 해! 저 여편네는 이 동네에 악독하기로 소문이 파다해! 근처에서 저 여편네하고 안 싸운 사람이 없을 정도야. 사사건건 시비를 붙고 다닌대…. 자기 뺨까지 얻어맞은 마당에 그냥 물러나서는 절대 안 되지!"

아내는 말리는 내 말을 다부지게 뿌리치면서 다시 4층으로 올라갔다. 나는 큰 싸움이 나지나 않을까 걱정이 되어 현관문 앞을 서성대기도 했고, 얼얼한 뺨을 만지작거리면서 잠자는 아기의 얼굴을 가만히 들여다보기도 했다. 아내의 계단 내려오는 발소리가 들렸다. 아내는 으스대는 모습으로 한마디 내뱉었다.

"제깟 여편네가 드세면 얼마나 드세겠어. 나도 성깔 있다고!"

"그래, 가서 뭘 하고 오셨습니까?"

"뭐하긴? 안경 값 받아왔지! 시간 지나면 딱 잡아뗄 위인이니, 당장 받아와야지."

"아니, 4층 아줌마가 안경 값을 순순히 내주다니 별일이네."

"안 물어주면? 누구는 바보래? 쓰레기 태운 거며 뺨 때린 거며 당장 신고하지! 그런데 4층 아줌마가 좀 이상하긴 해."

"글쎄, 내가 보기에는 아줌마가 불안증이 있는 것 같은데."

"신고한다는 말 한마디에 잘못했다고 싹싹 빌던데…. 무슨 죄지은 게 있나?"

내가 아내의 신소리에 눈을 흘기자 아내는 얼른 분위기를 바꾸면서 내게 농담을 던졌다.

"뺨 한 대 얻어맞고 수입이 제법 짭짤합니다. 한 대 더 맞고 오면 안 될까? 그러면 40만 원은 버는 건데…."

"뭐? 오만 원밖에 안 하는 걸 2십만 원이나 받아 왔어?"

아내는 손가락 입술 십자가를 만들어 보이며 조용히 하라는 신호를 보냈다.

"저 여편네가 그럼 뺨 맞은 값을 줄 거 같아? 내 하늘 같은 남편이 딴 여자에게서 뺨을 맞았는데, 그까짓 2십만 원으로 해결될 줄 알아?"

나는 아내의 당찬 목소리가 왠지 불안했다. 내가 걱정스런 표정을 짓자 아내도 문득 무슨 걱정거리가 생겼는지 진지한 말투로 한마디 내뱉었다.

“하긴, 4층 아줌마가 결코 호락호락 당하고만 있을 사람은 아니지?”

소음 복수

그 뒤 우리와 4층은 정말 원수가 되었다. 4층은 층간 소음으로 우리를 무참히 공격하기 시작했다. 새벽 6시부터 콩콩콩 마늘 찧는 소리, 뚝딱뚝딱 투드럭 못질하는 소리, 똑 또그르르 나사 무더기 굴리는 소리, 떡떡 뗑 무슨 단단한 물건 부딪는 소리, 철퍽철퍽 걸레로 바닥 치는 소리, 탕탕 텅텅 파이프로 바닥을 때리는 소리, 쿵쿵 발뒤꿈치에 힘주어 걷는 소리, 질질 짤짤 슬리퍼 끄는 소리.

소음은 새벽부터 늦은 밤까지 불쑥불쑥 되풀이되었다. 그때마다 우리는 깜짝깜짝 놀랐다. 특히 아내는 심장이 벌렁거리면서 맥박이 빨라졌고, 얼굴까지 노래졌다. 더 심각한 것은 소음이 언제 다시 시작될지 몰라 하루 내내 신경이 곤두서게 되는 일이었다. 나도 집중력이 크게 떨어졌다. 무엇보다 소음에 대한 불쾌감 때문에 짜증이 늘었다. 소음 하나하나가 모두 우리를 괴롭히기 위해 의도적으로 만들어낸 것이라는 사실 때문에 우리의 소음 고통은 분노의 감정까지 겹쳐져 점점 극심해졌다. 소음은 생각만으로도 절로 진저리가 났다. 잠귀 밝은 아내는 소음 노이로제에 잠까지 이룰 수 없게 되었다. 아내의 영혼은 소음 파장에 미세한 균열을 겪는 듯 보였다.

아내는 삼 일째 되는 날 경찰에 신고했다. 출동한 경찰은 4층의 오리발 앞에선 아무 도움도 되지 않았다. 게다가 4층은 경찰이 자신들을 쳐

벌할 수 없다는 사실을 알게 되었다. 4층은 이제 마음 놓고 소음 놀이를 즐길 수 있게 되었다. 아내는 견디다 못해 눈 딱 감고 20만 원짜리 오디오를 샀다. 음악을 틀면 좀 나을까 싶어서였다. 하지만 문제는 새벽이나 밤중이었다. 베란다 위의 화분을 드르륵 질질 끌고 다니거나, 쇠톱으로 금속성 물체를 쓱싹쓱싹 삐걱빼각 자르거나, 둥근 구리 파이프 여러 개를 우당탕 퉁퉁 바닥에 굴리거나, 뭔가 큰 묵직한 물건이 바닥에 퍽 쓰러지는 소리 등은 밤이 될수록 더욱 가깝게 들려왔다. 4층은 소음 발생을 위해 사는 듯했다.

아내는 우리와 똑같은 소음 공해에 시달리고 있을 옆집 302호 홍 여사에게 소음 문제를 상의했지만, 옆집은 괜히 긁어 부스럼 만들지 말라는 충고로 일축해 버렸다. 아내는 빌라 아래층 사람들에게도 소음 문제를 호소해 보았지만, 별 뾰족한 해결 방안을 찾지 못했다. 그렇게 1주일이 흘렀다. 아내 얼굴은 며칠 새 수척해졌다. 우리 부부는 더는 견디지 못하고 하는 수 없이 4층에 올라가 사과를 했다. 아내가 머리를 숙였다.

"아주머니 죄송합니다. 화 푸세요. 사람 좀 살게 해 주십시오."

하지만 4층 아주머니는 소음을 멈출 뜻이 없음을 강력히 내비쳤다.

"두 분이 내가 진짜 화난 모습을 아직 못 보신 모양인데, 이번 기회에 똑똑히 봐 두시라고!"

아내는 사과와 설득을 되풀이하고 있었다. 나는 상식적으로는 이 문제를 해결할 길이 없음을 깨달았다. 나는 한참을 화난 듯 굳은 표정으로 앉아만 있었다. 아주머니가 내 모습을 흘깃거렸다. 내가 벌떡 일어나자 아주머니가 질겁하는 눈치였다. 나는 성난 얼굴로 아주머니를 쏘아붙였다.

"이렇게 사람을 못살게 굴면 저희도 가만있지 않을 테니 알아서 하십시오!"

나는 말을 마침과 동시에 아내를 잡아채 밖으로 나왔다. 아주머니는 아무 소리도 못 하고 있었다. 다음 날 새벽 6시 다시 마늘 찧는 소리가 들렸다. 마늘 찧는 소리라기보다 박자를 맞춰 가면서 우리의 약을 올리는 방아 소리였다. 나는 쏜살같이 4층으로 올라가 4층 현관문에 발길질을 하기 시작했다. 그 쿵쾅 소리가 온 빌라에 우렁우렁 울려 퍼졌다. 아저씨와 아주머니가 분노에 가득 찬 얼굴로 현관문을 열었다. 하지만 보조 잠금장치는 여전히 잠겨 있었다. 아저씨가 모든 빌라 사람들이 들을 정도의 큰 소리로 욕을 뱉었다.

"이 새끼가 누구네 현관문에 발길질이야!"

나는 아무 대꾸 없이 얼음장 같은 얼굴로 현관문을 열어젖히려 했다. 보조 잠금장치 때문에 문이 열리지는 않았지만 내가 문을 잡아당길 때마다 현관문 여기저기가 삐걱거렸다. 아주머니가 공포에 질린 듯 소리쳤다.

"여보! 빨리 문 닫아!"

아저씨가 문을 닫으려 했지만 환갑이 넘은 아저씨가 내 힘을 당해낼 재간은 없었다. 나는 손잡이를 꽉 잡고 짐짓 문을 부술 것처럼 흔들어댔다. 아주머니가 소리쳤다.

"예진 아빠! 알았어! 알았다고! 다시는 안 그럴게! 약속할게! 진정해! 내가 잘못 했어!"

홍 여사를 비롯해 교감 아줌마와 1층 아줌마들까지 네댓 사람이 4층으로 올라와 있었다. 아내가 사람들에게 그동안의 시달림을 설명했다.

그동안 침묵했던 홍 여사도 옆에서 조용히 거들었다. 누군가 우리 편을 들어주었다.

"나이 든 사람들이 그러면 되나?"

"아무튼 4층 할망구는 알아줘야 한다니까!"

"오죽했으면 저렇게까지 할까? 그래도 예진 아빠가 좀 참아!"

나는 손잡이를 놓으며 한마디 했다.

"다른 분들이 말리시니 이번만은 참겠습니다."

페인트 천막 철거 운동

한 무더기 붉은 보랏빛 구름패랭이꽃이 북한산 햇볕자락에 함초롬히 피었다. 초여름 잿빛 하늘에 몽실몽실 떠있던 비구름 떼가 거무죽죽해지더니 빗방울이 세차게 쏟아졌다. 비가 하늘을 가득 채웠다. 아내가 잡았던 일손을 놓고 비 구경을 했다. 아내가 미닫이창문을 열었다. 우두둑 후드득 빗소리가 꽤 떠들썩했다.

"저게 뭐지? 왜 저런 게 저기 있는 거지?"

아내가 혼잣말을 뇌었다.

"뭔데?"

내가 묻자 아내가 창문 아래쪽을 가리켰다. 거기에는 짙은 대나무 빛깔의 천막 창고 하나가 떡 세워져 있었다. 나는 이상하다는 듯 자문했다.

"천막인데?"

"왜 천막이 저런데 있냐고?"

"글쎄, 이 빌라에 사는 누군가 저 안에 뭔가를 담아놓은 거겠지?"

"그게 뭘까?"

나는 창문을 닫으며 말했다.

"그게 뭔지는 모르겠지만, 비 오면 되게 시끄럽겠는데?"

착한 고통

다음 날 아침 날씨가 건듯 개어 있었다. 창문을 열자 흙내 풀 냄새가 곱게 서린 아침 바람이 싱그러웠다. 모처럼 산에 가고 싶은 마음이 출렁거렸다. 나는 예진이를 어린이집 차에 태워 보낸 뒤 북한산으로 나서다 말고 어제 보았던 천막 생각이 나 그 안을 들춰봤다. 페인트 냄새가 뭉클 메스껍게 코를 찔렀다. 여러 색깔 페인트통이 천막 한가득 들어 있었다. 나는 언짢았다. 산에서 집으로 돌아오자마자 나는 아내에게 천막 얘기를 들려주었다.

"그럼, 그 천막을 없애야지!"

아내는 말을 마치기 무섭게 집 밖으로 나갔다. 얼마 안 있어 내게 101호로 내려오라는 전화가 왔다. 나는 둘째 딸 혜진이를 품에 안고 101호로 내려갔다. 열린 현관문을 들어서자 아내와 아줌마가 탁자에 앉아 있었다. 탁자는 검붉은 바탕에 흰 나뭇결이 물결치는 참죽나무 뿌리 위에 8mm 검은색 유리를 올려놓은 것이었다. 탁자를 빙 에워 등나무 회전의자 네 개가 놓여 있었다. 내가 아이를 아내에게 넘겨주며 자리에 앉자마자 아줌마는 다짜고짜 천막 얘기를 꺼냈다.

"우리 예진 엄마가 페인트가 나쁘다고 그라던데…. 예진 아빠가 그 방면 전문가라면서예?"

나는 대답 대신 안방으로 조심조심 걸어 들어갔다. 내가 닫힌 창문을 열자 아줌마는 이내 걱정스런 얼굴이 됐다. 나는 천막을 가리키며 조심스레 말을 꺼냈다.

"전문가까지는 못 되고요…. 페인트 냄새도 문제지만, 천막 자체가 1층

조망을 완전히 가려 버린 것도 문제네요? 답답하지 않으세요?”

아줌마는 내 말에 귀를 도사리고 있다가 긴 한숨부터 쉬었다.

“왜 안 답답하겠어예!”

아내가 들썩 말참견했다.

“그런데 왜 저기에 천막을 치는 걸 가만 놔두셨어요?”

그때 주전자에서 삐 소리가 났다. 내가 커피를 찔끔 한 모금 마시는 사이 아줌마가 하려던 말을 꺼냈다.

“내가 좀 순한 게 바보 문둥이인기라예. 우리 아저씨도 나랑 다를 바 없는 쑥이고….”

나는 페인트 냄새가 신경에 쓰여 창문을 닫고 자리에 다시 앉으며 토를 달았다.

“냄새가 계속 들어오네요? 하루 종일 저 창문을 열어 놓으셨어요?”

아줌마는 옴쑥하니 근심스레 대답했다.

“그러문예! 저거라도 열어 놔야 내 답답-한 가슴을 좀 달래지예! 그런데 와요? 저 냄새가 그렇게 안 좋은 기라요?”

내가 대답하려 하자 아내는 나를 막아서며 천막의 유래부터 들려달라고 청했다. 아줌마가 설명을 늘어놓았다.

“한 사 년 됐나? 4층이 찾아와서는 여기 반지하 먹고살게 페인트 천막을 하나 치게 해 주자고 그럽디다. 나는 뭣도 모르고 있었는데, 예진이네 살던 3층 아줌씨도 그러자고 해서…, 그 아줌마도 보통내기가 아니었지예.”

아내는 다짐을 받듯 확인 질문을 했다.

“그러니까 4층 아줌마가 천막을 설치해 주자고 요구했고, 3층 아줌마가 동의했고, 그러면 2층은요? 2층은 교감씩이나 되면서 그걸 허용했을 리가 없을 텐데?”

“어데예! 2층도 좋다고 했지!”

“그래서 아줌마도 동의하셨어요?”

아줌마는 쑥스러운 웃음을 배시시 웃은 뒤 대답했다.

“이 빌라는 왕따 당하면 살기가 어려버! 저 4층 여편네가 누구를 왕따 시키겠다 하면 그다음부터는 살기가 아주 고로워! 다들 원하니까 나도 그냥 동의한 거지! 뭐 알고 한 건 아니야!”

아내는 따지듯 물었다.

“그럼, 이 빌라 다른 사람들 의견은 듣지도 않은 거네요?”

“들을 필요도 없지! 4층하고 3층이 나서면 안 될 수가 없으니까! 그 둘은 서로 앙숙이었지만, 가끔은 그 둘이 마음이 맞을 때도 있었어. 그건 막을 수가 없어! 그건 그렇고 예진이 아빠! 페인트가 어떻게 나쁜데예?”

나는 커피를 홀짝 마저 다 마신 뒤 아줌마에게 페인트의 유해성을 설명해 주었다.

“저기 천막 속에 있는 페인트는 석유 화학계 페인트더라고요. 인체에 매우 유해한 유독성 물질이 들어 있는 거죠. 이러한 물질은 신체적 접촉뿐만 아니라 호흡을 통해서도 인체로 들어오게 됩니다.”

아줌마 입이 절로 쩍 벌어졌다.

“어머머! 호흡을 통해서도 페인트가 인체로 들어온다구예? 난 그것도 모르고 저기 창문 앞에서 심호흡인가를 얼마나 해 왔는데….”

나는 터질 뻔한 실례될 웃음을 참으며 설명을 이어갔다.

"페인트가 몸에 축적되면 암을 유발하기도 하고, 호흡기 장애, 그러니까 왜 가슴이 이유 없이 답답해지는 거 있잖아요?"

아줌마는 다시 입을 쩍 벌렸다.

"내가 그래예! 내가 이리 이사 오기 전까지만 해도 굉장히 건강했었는데, 저거 설치한 뒤부터 이유 없이 가슴이 답답하고, 머리가 아프고 그럽디다."

"그게 다 페인트 증상과 일치하는 거네요. 두통에 알러지…"

아줌마가 말을 살짝 끊고 물었다.

"알러지가 뭐꼬?"

아내가 '알레르기'라고 대답하자 고개를 끄덕였다. 내가 좀 자잘한 설명을 찬찬한 말씨로 덧붙였다.

"피부나 눈 같은 데가 가렵거나, 신경계 이상이 생기거나…, 이거는 중심을 잘 못 잡게 된다거나 근육이 떨리거나 하는 증상 등을 말하는 거구요, 어지럼증이나 시력 저하 등과 같은 다양한 질병이 발병할 수 있다고 알려져 있습니다."

내 얘기를 듣는 아줌마 눈에서는 선뜩 공포감마저 엿보였다.

"아니! 페인트가 그렇게 무서운 거였어예? 그럼 그 반지하 아저씨는 날마다 페인트칠을 하는데 위험하지 않나?"

나는 고개를 끄덕인 뒤 설명조로 답변했다.

"페인트는 집 밖에서보다 집안에서가 더 무섭습니다. 대부분 집안에서 생활하잖아요? 페인트 냄새가 집안으로 들어오면 희석되지 않은 채

밀폐되기 때문에 매우 치명적일 수 있고, 특히 성장기 어린이의 건강에 나쁜 영향을 미치는 것은 두말할 나위도 없습니다.”

내 말이 끝나자 아줌마가 자신의 증상들을 하나하나 고발했다.

“어쩐지! 내가 만날 머리가 아프고, 눈이 침침하고, 가끔 토하고 그랬더랬어예. 가끔은 요기 1층 계단을 올라오는데도 어지럽고 했다니까, 숨도 차고. 나는 내가 늙어서 그러나 했지. 페인트 의심은 꿈에서도 못했지!”

아내가 걱정스러운 표정으로 아줌마의 불안을 두툼 돋우는 말장구를 쳤다.

“그러셨구나! 그게 다 페인트 때문일지도 모르는데….”

아줌마 이야기는 어느새 타령조가 되었다.

“비가 오면 저 천막이 억수로 시끄러운기라! 우리 아저씨가 하루 들어오고 하루 나가고 그러는데, 아저씨 없는 날 천막의 빗소리를 들으면, 내 무섭기까지 안 하나!”

아줌마는 이야기 끝에 애가 탔는지 홧홧 불 숨을 내뿜으며 물었다.

“그래 이를 어이하면 좋겠습니까? 우리 이 까막눈들은 아무것도 모른데예!”

아내가 이야기 끝매듭을 옹골차고 다부지게 잡아맸다.

“저희가 힘을 합쳐 천막을 치우라고 해야죠!”

아줌마가 덥석 아내의 손을 부여잡았다.

“그래! 우리 천막을 치우라고 하자!”

페인트 반란

은빛빌라에 천막 철거를 둘러싼 색깔 논쟁이 벌어졌다. 101호부터 그 윗줄에 놓인 집들은 사유재산권을 들어 천막 철거에 모두 찬성했지만, 102호부터 그 윗집 줄, 즉 페인트 냄새와 직접 관련이 없는 쪽 사람들은 이웃의 어려움을 모른 척할 수 없다는 점을 들어 반대하거나 수수방관했다. 4층은 반대를 넘어 아내의 사람됨을 흠잡는 인신공격을 퍼부었다.

"예진이네가 문제덩어리야! 예진이네가 들어온 뒤로 사이좋던 우리 빌라가 온통 아수라장이 됐어!"

우리는 4층과의 악연에 휘말리지 않기 위해 요리조리 싸움을 피했다. 대신 1층과 2층 아줌마들이 4층을 이리저리 몰아붙였다.

"아니 페인트에 발암물질이 들어 있다는데, 그럼 우리더러 그걸 들이마시고 다 죽으란 말이여! 들이마시고 싶으면 4층, 너나 다 마셔라!"

4층은 밉광스레 거들먹대며 인정의 논리로 맞받아쳤다.

"아니 없는 사람이 먹고살기 위해 거기에 천막 좀 치고 페인트 좀 갖다 놓는다는데, 그래 한 빌라에 살면서 그 정도 편의도 못 봐준대서야 인정이 아니지! 사람들이 그러면 못 쓰는 겨!"

팽팽히 맞서던 논쟁이 한쪽으로 팩 쏠리기 시작한 것은 그동안 4층을 편들어 왔던 302호 에어로빅 강사 홍 여사가 새로운 사실을 폭로하면서부터였다.

"반지하가 없기는 왜 없어! 그 집이 아파트가 몇 챈데? 거 모르는 소리는 하지를 마!"

4층은 그 말에 어안이 벙벙하여 제 도끼에 발등 찍힌 꼴로 할 말을 잃

은 채 머쓱하니 되물을 뿐이었다.

"자기가 그걸 어떻게 알아?"

"그 집 여편네가 자랑을 하니까 알지! 4층도 다 알면서 뭘 그래?"

그것으로 모든 논쟁이 깨끗이 정리되고 말았다. 201호 교감 아줌마가 점잖게 딱 부러진 결론을 내렸다.

"그러면 두말할 필요도 없어요. 반지하가 페인트 가게를 따로 얻을 능력이 안 돼서 천막을 치고 있는 게 아니라면, 당장 철거를 하는 게 마땅합니다."

"옳소!"

천막 철거를 반대했던 사람들과 찬성하는 사람들이 한데 뒤엉켜 우르르 반지하로 내려갔다. 101호 아줌마가 당그랗게 총대를 멨다.

"저희가 요구했던 내용에 대해 확실한 답변을 들으러 왔으니, 아저씨가 이 자리에서 확답을 하세요!"

반지하 아저씨 얼굴은 살결이 가칫가칫하고 살빛이 거무튀튀하며 잔주름이 가득했다. 아저씨 머리는 듬성듬성 보기 흉하게 빠졌고, 뾰족한 턱 때문에 야윈 얼굴이 한층 더 가엾게 보였다. 아저씨는 착잡한 듯 앞머리를 벅벅 긁으며 말문을 열었다.

"왜 철거하라고 하는지, 그 이유부터 들어봅시다!"

대답은 아내가 날름 가로챘다.

"비록 천막이 거기에 있은 지 사 년이 넘었다 하더라도, 페인트가 인체에 유해한 것은 확실하고, 또 1층의 창문 경관을 막고 소음 피해를 끼치는 사실이 있으며, 더 나아가 빌라 전체의 공유지인 주차장을 다른 세대들의 동의 없이 한 세대가 무단으로 점유하는 것은 명백히 불법이므로 철거를 해야 마땅합니다.”

아저씨는 턱만 손바닥으로 비벼댈 뿐이었다. 그동안 침묵했던 반지하 아줌마가 감정적으로 나왔다.

“아니! 그동안 아무 말도 없다가, 갑자기 예진이네가 말을 하니까 이제 와서 철거를 하라는 꼴이 좀 우습잖아요? 그동안 페인트 때문에 누가 아프기라도 했나요? 우리 아저씨가 20년도 넘게 페인트칠을 해 왔는데 이렇게 멀쩡히 살아있다는 게 이상한 건가요?”

그러자 101호 아줌마가 눈을 부라리며 딱 잘라 말했다.

“아무튼 우리는 더는 페인트 냄새를 맡기 싫으니까, 두말하지 마시고 천막을 철거해 주세요! 다들 싫어한다는데 왜 그러세요?”

이 말 한마디가 페인트 논쟁의 마침표가 되었다. 이 일로 우리는 페인트 사건의 주범으로 낙인이 찍혔고, 결국 지층 101호와도 척을 지게 되었다. 반면 1층 101호 아주머니와는 각별한 사이로 발전했고, 201호 교감 선생님과도 사이가 좋아졌다.

남만도 못한 이웃

　4층 아줌마는 부쩍 외톨이가 되어 눈에 거친 일을 하고 다니는 바람에 사람들에게서 멀어져 갔다. 반면 아내는 주변 사람들 이야기를 넙죽넙죽 잘 들어주기도 했거니와 어떤 이야기를 듣든 뒷말이 없었다. 사람들은 벙어리 냉가슴 앓듯 가슴에 묻어둔 이야기까지 아내에게 털어놓곤 했다. 이야기는 서로의 문제를 함께 나누는 최고의 방법이었다. 문제가 사람을 낳기도 하고 잃게도 만들었다.

장맛비 물새기

　아침 6시. 시계가 한참을 따르릉거리고 있었다. 아내가 발로 내 엉덩이를 꼬물꼬물 꼼지락거렸다. 나는 아내의 발장난에 놀아나듯 요리조리 삐뚤빼뚤 몸을 비틀어댔다. 아침잠은 살 속을 파고든 거머리처럼 검질기게 달라붙었다. 나는 잠자리가 무겁도록 일어나 TV를 켰다. 채널마다 장맛비 소식이 그칠 줄 몰랐다.

　불투명 유리로 된 안쪽 창문을 열자 투명한 바깥 창문 위로 굵직한 빗방울 다발이 한 줌 모래가 물 위에 뿌려질 때처럼 좍~ 좍~ 흩뿌려졌다.

그것은 마치 바가지로 물을 뿌려대는 것만 같았다. 거친 빗줄기 속에 쭈룩쭈룩 흩뜨려진 오란비 세계가 네모 창문 틈새로 잘팍잘팍 어룽댔다. 먹구름 꼬리가 산등성이에 뭉글뭉글 드리웠고, 빗줄기가 세워 놓은 싸리비처럼 우우 쏴쏴 몰려다녔으며, 먹구름몰이 바람은 눈앞에 보이는 모든 나뭇가지를 부러뜨릴 듯 사방으로 윙윙 드셌다.

창문에 마치 싸락눈처럼 부딪는 빗방울들이 방울마다 나부랑납작한 왕관 모양을 그려냈다. 빗줄기가 먼지 구름을 일으키며 달리는 들소 떼처럼 걸쌈스레 들이쳤고, 빗소리로 들썽대던 창문은 주룩주룩 질펀거렸다. 높은 나뭇가지들 사이에서 왱왱 우니는 바람 소리가 하늘의 거친 숨소리인 양, 송아지를 잃은 어미 소의 마음인 양, 검퍼런 뿔피리 소리인 양 신경질적으로 들려왔다. 나는 아침 책상머리에서 난데없이 뻣뻣하게 죄어드는 마음을 고실렀다. 나는 홀로 대끼는 속마음을 달래기 위해 고향 부모님께 안부 전화를 드렸다. 마음 속 불안이 가셔지는 찰라 아내의 혀 차는 소리가 들렸다.

"와도 와도 너무 온다 싶더니만…, 비가 샜네!"

공부방 천장에 물꽃봉오리 자국 서너 개가 한 줄로 늘어서 있었다. 얼룩들은 작고 물그레해 빤히 들여다봐야 겨우 눈에 띌 만큼 작았지만, 점점 커지고 있는 듯 보였다. 아내는 내 의자를 빼앗아 올라서더니 물방울 자위를 꾹꾹 눌러보았다. 그것으로 끝일 줄 알았는데 아침을 먹고 나서 아내는 내게 아무 말도 하지 않은 채 4층으로 올라갔다. 한 30분쯤 지나 장마철 동안 놀고 있던 위층 아저씨가 아내를 뒤따라 내려와 물이 새는 곳을 어설피 살폈다. 아내가 당돌한 눈빛과 까슬까슬한 목소리로 말했다.

 "방금 여러 차례 말씀 드린 것 처럼 어제까지는 없던 자국인데…, 오늘 아침에 생긴 겁니다. 전등 주변으로 번지고 있으니 전기 사고가 날지도 모르고…, 4층 베란다에서 새 들어오는 것이니 빨리 방수 좀 해 주세요."

 아저씨는 꾸어다 놓은 짤라뱅이 빗자루처럼 닿지도 않는 천장만 멀뚱멀뚱 올려다볼 뿐이었다. 나는 뻔한 뒤끝에 먼저 거실로 자리를 피했다. 아내는 거푸 아저씨를 다그쳤다.

 "방수를 빨리 해 주셔야 도배를 새로 하는 일을 막을 수 있잖아요? 도배까지 하게 되면 4층 부담이 더 커지는 거니까, 가능한 한 빨리 방수처리를 해 주세요. 아셨죠?"

 아저씨는 아내의 말 채찍질에 몰리면서도 능구렁이처럼 느물거렸다.

 "도배를 하든지 안 하든지는 애기 엄마 마음대로 하시고, 여기서 새는 건 베란다 방수가 잘 안 돼서 그런 거니까, 여기 빌라에 사는 모든 사람의 공동 책임이지, 우리 4층 책임만은 아니지요."

 아내는 앞뒤 꽉 막혀 속 터지는 듯한 말투로 짐짓 목청을 높여 따지기 시작했다.

 "물론 아저씨 말씀이 맞아요! 베란다는 공유면적에 들어가는 것이고, 법적으로 따지자면 우리 모두의 소유지요. 좋아요! 그럼 우리가 베란다 방수를 하겠어요. 대신 우리도 외부 사다리를 놓아서 4층 베란다를 사용하겠습니다."

 아저씨는 눈이 휘둥그레져 아내의 말에 어리벙벙해 했다. 4층 베란다는 공유면적에 속했지만 지을 때부터 4층 현관문을 거쳐서만 그리로 들어갈 수 있었기 때문에 여태껏 어느 누구도 4층 베란다에 대한 권리를 주장한 적이 없었다. 하지만 4층 베란다는 법적으로는 분명 은빛빌라에 사는 사람들 모두의 것이었고, 만일 누군가 그곳을 쓰겠다고 한다면 4층도 막을 권리가 없었다. 4층 아저씨는 불쾌한 듯 딱 잘라 쏘아붙였다.

"그걸 왜 3층이 씁니까? 그 베란다는 저희 4층 겁니다!"

"그게 왜 4층 겁니까! 그곳은 법적으로는 4층 게 아니라 모두의 것입니다. 그 사실을 모르셨나요?"

아저씨는 쫓기는 오리처럼 허둥대기 시작했다.

"무슨 사실이요? 공유 면적이요? 알지요! 그러니까 내가 방수처리는 같이 해야 한다고 말하는 것 아닙니까."

아내는 헛김났는지 피식 웃었다. 나는 아내를 말리려 공부방으로 다시 들어갔다. 아내는 내게 알았다는 손짓을 해 보인 뒤 체념 섞인 투로 복잡한 결론을 내렸다.

"그러니까 아저씨 말씀은 방수를 하려면 공동으로 해야 하고, 그 경우에도 베란다 사용은 허용할 수 없다는 것이죠? 좋습니다! 그럼 방수는 공동으로 하거나 저희가 하죠! 대신 방수 칠을 깨트릴 수 있는 화분들이랑 돌멩이는 다른 데로 치우셔야 합니다. 깨지면 방수를 또 해야 하니까요. 그렇게 하시겠습니까?"

그때 4층 아줌마가 우당탕 우리 집 현관문을 들어서며 소리를 질렀다.

"당신! 여기 3층 여자하고는 말이 안 되니까, 자기들 마음대로 하라고 하고 빨리 나와!"

아저씨는 아줌마 말 한마디에 겉묻어 들이빼듯 성큼성큼 걸어 나갔

다. 뒤따라 나가려는 아내의 팔을 내가 불끈 움켜잡았다. 아내도 포기한 듯 소파에 풀썩 주저앉았다. 아내가 내게 방수에 관한 지난 이야기를 들려주었다.

"이전 집주인 말에 따르면, 3년 전에도 지금처럼 물방울이 조금 맺힌 적이 있었대. 그 이유를 알아보니까 화분들이 원인이었다는 거야. 4층 아줌마가 화분에 물을 줄 때는 화분들을 왜 이리저리 옮기는 버릇이 있잖아. 큰 화분들을 옮기는 과정에서 방수 처리된 부분이 깨지고 금이 간다는 거야. 그래서 여기 3층 아줌마가 4층을 닦달하다시피 해서 방수를 하게 만들었대. 4층은 문제를 뻔히 알면서도 모른 척하는 거야. 그러니까 장마가 문제가 아니라 화분이 일차적 문제인 거지. 방수를 하더라도 화분을 치우지 않는 한 결국 다시 물이 샐 수밖에 없어."

그 뒤 4층은 '나 몰라라 식'이었다. 아내는 전화로 방수를 부탁하는 게 다였다. 4층은 그때마다 부탁을 들어주기커녕 물이 어떻게 위에서 아래로 새느냐는 둥, 자기들 집에 새는 물을 왜 남 탓으로 돌리려 하느냐는 둥, 사람이 착하게 살아야 물도 안 새는 법이라는 둥 말도 안 되는 엉터리 말만 늘어놓았다. 어깃장만 놓는 4층의 심술보 때문에 아내의 속만 뒤집어질 뿐이었다. 여름 내내 비가 올 때마다 물 동그라미 자국이 하나 둘 늘어갔다. 아내는 아예 공부방 천장으로 눈길조차 돌리지 않았다.

아줌마들 싸움

달궈진 구릿빛 여름 허물이 벗겨지고 햇살 엷어져 높푸르러진 가을 하늘이 펼쳐졌다. 빌라 뒤쪽 작은 텃밭 정원에 새하얀 살살이꽃 무더기가 하늘하늘 바람에 살랑거렸다. 잘 익은 빨간 고추 노란 귤 때깔의 고추잠자리 떼가 창밖을 어지러이 날아다니고, 초저녁이면 귀뚜라미가 애끓는 외로움을 톱으로 켜듯 귀뚤귀뚤 울어댔다.

조촐한 가을 텃밭은 희고 노란 국화꽃들로 빛나고 벌들은 걱정 없이 그리로 날아들며, 빨간 대추는 올망졸망 잘 여물어 가는데 마수없이 귀를 째는 듯한 여자 목소리가 귀청을 때렸다.

"어디 얼굴도 허연 것이 덤비고 그래!"

"야! 그래 나 당뇨병 환자다! 니가 뭔가 착각하나 본데, 나 여기 전세 사는 거 아니야! 여기는 우리 집이야! 내가 반지하 산다고 깔보는 모양인데, 니가 그렇게 잘났냐?"

나는 창문 아래를 쓱 내려다보았다. 아내는 싸움 소리가 들리자마자 쪼르르 쫓아나갔다. 4층 아줌마와 지층 102호 아줌마 사이에 싸움이 벌어진 듯했다. 지층 102호 아줌마는 당뇨 합병증 때문에 고생을 꽤나 하고 있었지만 아픈 몸을 이끌고 늘 빌라 앞뒤를 청소하고, 환한 웃음으로 사람들을 즐겁게 해 주었다.

그 집 아저씨는 자동차로 도부 치는 생선 장사꾼이었다. 새벽 4시면 어김없이 한밤중 트럭에 시동 거는 소리가 났고, 저녁 9시 무렵이면 덜덜거리며 트럭이 돌아왔다. 처음에는 아내가, 얼마 지나지 않아 4층을 뺀 은빛빌라 아낙들 대부분이 그 시간에 생선을 샀다. 출입문 옆 가로등 밑이 생선 벼락 장터가 열리는 곳이었다. 아저씨는 후한 인심으로 생선 떨이를 했다. 아저씨 손 인심으로 보아 벌이는 시원찮을 듯 보였다. 비린내를 꾸

짖는 사람은 아무도 없었다. 지층 아줌마가 4층 아줌마를 앙칼지게 쏘아
붙였다.

"야! 너! 내가 모를 줄 아냐! 이 검정 비닐, 당장 가지고 올라가!"

잘못 버려진 쓰레기는 흉물이었다. 그것은 보기만 해도 징그럽고 불
길했다. 속에 든 것이 겉으로 삐져나온 검정 봉지는 딱 흉물스러웠다. 그
것은 감추어야 할 것이 드러났다는 점에서도 그렇지만, 무엇보다 그 봉지
자체가 찢어졌다는 사실이 그것을 버린 이의 뻔뻔함을 더욱 뻔뻔하게 만
들기 때문이었다. 찢어진 검정 비닐을 버린 사람은 특히 두꺼운 뻔뻔함을
갖추고 있음에 틀림없었다. 버려진 검은 봉지는 버리는 이의 양심까지 검
게 물들이는 마력을 갖고 있었다. 그 버려진 양심에 아무렇지 않은 사람
만이 검은 봉지에 쏠리는 의심의 눈초리를 무시할 수 있었다.

"어떤 미친년이 그 봉투가 우리 거라는 거야? 내 이 년의 모가지를 홱
비틀어 놓을 테니까 내 앞으로 데리고 와!"

4층 아줌마는 볼썽사나운 발뺌을 넘어 제 목 조르기 모략을 구사하기
시작했다. 은빛빌라 아줌마들이 하나둘 웅성웅성 모여들었다. 이웃 빌라
에서도 빠끔빠끔 창문이 열렸다. 떠지껄한 구경꾼들은 말싸움을 뜨겁게
달구어 물러설 수 없는 쌸싸움으로 바꾸어 버렸다. 지층 아줌마가 검정
봉투를 찢었다.

"이 개털! 이 개똥이 누구네 거겠냐? 이 빌라에 네년 빼고 개 키우는 집
이 어딨냐? 그리고 내가 네년이 4층에서 여기 이 바닥으로 쓰레기 던져
버리는 걸 한두 번 본 줄 아냐? 내 그동안 참고 치워 줬더니, 뭐 얼굴이 허
옇다고? 이 쓰레기 당장 치워! 이 빌라 사람들한테 경치기 전에!"

　4층 아줌마 머리 한쪽 뿔이 뎅강 떨어져 나가는 순간이었다. 동물 세계에서는 이쯤 되면 새로운 평화가 찾아드는 법이다. 하지만 사람은 동물이 아니다. 4층 아줌마는 눈 하나도 까딱하지 않은 채 어처구니없게 외려 얼렁뚱땅 큰소리를 쳤다.

　"니가 우리 대추나무를 죽였으니까 내가 쓰레기를 던진 거야! 남의 나무를 죽였으면 보상을 해야지!"

　지층 아줌마는 기도 안 찬다는 듯 몸을 팽 돌려 텃밭 담벼락 한켠에 죽어 있는 나무 한 그루를 움씰움씰 뽑아내며 코웃음을 쳤다.

　"아~, 이거!"

　지층 아줌마가 나무를 썰렁썰렁 흔들자 뿌리에서 흙이 투두둑투두둑 떨어져 흩어졌다. 4층 아줌마가 호들갑을 떨었다.

　"어머머! 남의 대추나무를 허락도 없이 뽑았어? 당장 물어내!"

　지층 아줌마가 4층 아줌마에게 나무 삿대질을 해대며 빈정댔다.

　"이 여편네가 지금 남의 대추나무라고 했나! 착각도 병일세! 이건 대추나무가 아니라 사과나무고, 여기 예진이 엄마하고 내가 심은 거야! 알았어!"

　마지막에야 4층 아줌마 얼굴이 하얗게 질려갔다. 어디선가 가소롭다는 웃음이 흘러나왔다. 군데군데 수군거림도 일었다. 아내가 끼어들었다.

　"지난 식목일 때 저희가 이사 온 기념으로 사과나무 한 그루를 심었는데, 누가 가지를 똑똑 잘라서 그만 죽고 말았어요."

　지층 아줌마가 콧방귀를 팡팡 뀌어대며 열을 올렸다.

　"누가 잘랐겠어? 이 4층 할망구지!"

4층 아줌마는 이 말에 뜨는 소처럼 더뻑 마구발방을 했다.

"왜 이래! 둘이서 생사람 잡기로 작당을 했나 봐! 이런 나쁜 년들! 어디 굴러 온 돌들이 박힌 돌을 빼내려고 그래! 니년들 눈깔로 봤냐?"

보다 못한 이웃집 젊은 아줌마가 입바른 말을 해댔다.

"우리 애가 누가 나뭇가지를 꺾는다고 해서 내가 봤더니 아줌마가 그랬잖아요? 사방에 보는 눈들이 깔렸는데 숨길 걸 숨겨야지요."

4층 아줌마는 얼굴도 돌리지 못한 채 얼굴만 벌겋게 달구고 있었다. 여기저기 창문 닫히는 소리가 들렸다. 싸움은 이미 끝났다. 더 이상의 구경은 싱거울 따름이었다. 101호 아줌마가 모든 이들의 평가를 대신했다.

"아이고, 무서버라! 내 4층을 그렇게까지는 안 봤는데, 사람이 이렇게 못 됐는지는 내 몰랐네. 어떻게 자기가 한 일을 남에게 덮어씌우려 할 수가 있는교? 아이고 무서버라! 그라고, 와 쓰레기를 함부로 버리는교? 내도 저 검정 봉투를 버리는 년놈을 꽉 붙잡으려 안 했는교. 쓰레기 투기하는 것들은 추방을 시켜 버려야 안 되겠는교? 사과나무 얘기가 나와서 내 하는 말이지만, 내 4층한테 물어볼 게 하나 있는 기라. 여기가 4층 것도 아니면서 와 내가 심은 감자를 모조리 뽑아내고 그 쓰잘머리 없는 가지를 대신 심었는교? 4층! 어디 한번 말해 보거라!"

그동안 4층이 부려 온 개짓거리가 툭툭 불거져 나왔다. 더는 버틸 수 없었던지 4층 아줌마가 그 자리를 피하려 하자 지층 아줌마가 버럭 성을 내며 명령조로 말했다.

"이 여편네가 가긴 어딜 가! 이 쓰레기 당장 치우고 가! 내가 네년 하녀냐! 네년이 버린 쓰레기나 치우고 있게! 내가 왜 네년 개똥 냄새를 맡고 살아야 하냐! 만일 한 번만 더 우리 집 창문 옆으로 개똥을 버렸다가는 그 놈의 강아지 새끼를 죽여 버릴 테니까! 당장 치워!"

방수와 옥상

4층 아줌마는 냉큼 검정 봉지를 주워들었다. 아내는 그 틈을 타 재빨리 방수 문제를 꺼냈다.

"4층 베란다 방수 문제는 어떻게 해야 하나요?"

아내는 지난 장마철 4층에게 겪었던 자신의 억울함과 이전 집주인 아주머니로부터 들은 방수 얘기를 자세히 했다. 4층 아줌마는 빌라 사람들에 빽 둘러싸인 채 반 벙어리처럼 듣기만 할 뿐이었다. 아내가 방수 문제를 공식적으로 거론했다.

"저희 집에 물이 새는 건 분명 4층 베란다 때문인데, 4층은 방수를 해 줄 마음이 없다고 하니…. 이럴 경우 이 문제를 어떻게 처리하면 좋죠?"

말이 끝나는 길로 101호 아줌마가 아내 편을 들고 나섰다.

"그거야 당연히 4층이 해 줘야지예! 물이 새면 위층에서 방수를 해야 하는 건 당연한건데 그걸 왜 안 해 주려 하는지 모르겠네, 사람이 달라서 그런가?"

사람들의 키드득거리는 웃음이 한번 빙 돌았다. 4층 아줌마는 웃음 핀잔에는 아랑곳없이 사박스럽게 한마디 되받아쳤다.

"거기는 공유지야! 왜 공유지를 우리가 방수를 해야 해? 하려면 함께 해야지!"

101호 아줌마는 그 말을 예상했다는 듯 단박에 쏘아붙였다.

"공유지면 공유를 해야지 왜 4층만 써? 지난번 위성 안테나도 못 달게 할 때는 언제고?"

4층 아줌마는 살가운 웃음을 웃으며 101호 아줌마한테 알씬거렸다.

"그때는 내가 바빠서 그랬던 거지. 미안해! 아무 때나 와서 달아!"

그 말 한마디에 101호 아줌마는 쑥 물러났다. 말꼬리가 똑 끊겼다. 지층 아줌마가 아내에게로 얼굴을 돌리며 불쑥 한마디 던졌다.

"공유지라면 방수도 당연히 함께 해야 하는 거겠지?"

아내는 짐짓 놀라는 척했다. 그러자 4층 아줌마가 먼저 반색을 했다.

"그렇지! 심은 가지도 내가 집집이 다 나눠 줬잖아? 그런 게 공유 아니겠어?"

지층 아줌마가 때를 놓치지 않고 치명타를 날렸다.

"나야 가지 얻어먹은 적은 없지만…, 공유지는 방수도 같이 해야 하지만 쓰는 것도 함께 써야 하는 거 아니겠어요? 4층 베란다 올라가는 거야 여기 바깥쪽으로 철제 사다리를 놓으면 될 테고…, 그러면 우리 같이 지층에 사는 사람들은 빨래 널 데가 많아져 좋겠다."

빨랫줄에 빨래를 넌다는 것은 살림하는 여자들에게는 집이 집다워진다는 것을 의미했다. 빌라 여자들치고 4층 베란다를 함께 사용하자는 데 싫어할 사람은 아무도 없었다. 4층 아줌마는 진퇴양난이었다. 아내가 제안을 했다.

"사실 4층 베란다는 법적으로는 공유지이기는 하지만, 사실상으로는 4층밖에 못 쓰도록 되어 있는 거니까, 4층 거라고 해야겠지요. 그러니 방수도 4층이 하는 게 당연하다고 봅니다. 안 그래요?”

4층 아줌마의 볼멘 목소리가 터져 나왔다.

“알았어! 방수하면 될 거 아냐!”

4층 아줌마는 그 말 한마디를 남긴 채 바람과 함께 사라져 버렸다. 남은 아줌마들은 수다를 떨기 시작했다. 서로 이것도 하자 저것도 하자는 말들이 오고 갔고, 웃음소리도 잦아들지 않았다. 갑자기 아줌마들이 호미를 들고 텃밭으로 올라가 풀들을 뽑기 시작했다. 노래로 막이 내렸다.

"2호차 운전기사 있잖아?"

폭로

10월 어느 평일 오전, 아내가 어린이집 학부모 한 사람으로부터 전화를 받고 밖으로 나간 뒤 한참을 있다가 들어오자마자 운전기사 얘기를 꺼냈다. 내가 아내 얼굴을 눈질하자 아내가 말소리를 낮췄다.

"2호차 기사가 성추행을 했대."

나는 아내 얼굴을 똑바로 바라보며 도드리를 하듯 물었다.

"성추행? 윤 할아버지가? 그럴 분이 아니신데…. 확실한 게 아니면 괜히 생사람 잡지 말고, 말조심해!"

"내가 방금 승민이 엄마를 만나고 왔는데!"

"승민이? 남자애 같은데?"

아내는 고개를 끄덕이면서 숨을 쌕 몰아 내쉰 뒤 천천히 말을 이었다.

"승민이네 집이 우리 집 올라오는 세탁소 옆에 있는데, 어린이집 갈 때 예진이 다음에 승민이가 타."

우리 애 이름이 나오자 이야기 구미가 확 당겼다. 나는 생각나는 대로 첫 번째로 궁금한 걸 물었다.

"도대체 어디서 성추행을 했다는 거야?"

아내의 이야기 속도가 빨라졌다.

"2호차 기사가 말이야, 아이들을 다 내려놓고 중간에 식당 옆의 작은 방에서 쉰대…. 거기서 쉬기도 하고, 때로는 맨 아래층 유아반에서 쉬기도 한대. 거기서 그랬대!"

나는 고개를 갸우뚱했다.

"유아반이면, 거긴 원장실 맞은편인데…. 설마 아침 시간에 원장이 빤히 보는 곳에서 그럴 리가? 왠지 좀 신빙성이 떨어지는데…."

아내도 내 말을 예상했다는 듯 자세한 설명을 했다.

"승민이 엄마도 승민이 말이 믿기질 않아 아침에 어린이집엘 가 봤대요. 그랬더니 아침 내내 원장실은 텅 비어 있더래. 주방도 텅 비어 있고…. 그러니까 1층에는 사람이 아무도 없는 거야!"

뭔가 사건의 사개가 맞춰지는 듯 이야기의 앞뒤 아귀가 들어맞았다. 나는 두 번째로 궁금한 걸 물었다.

"성추행이 일어난 걸 어떻게 알게 됐대?"

아내는 물을 한 컵 떠와 목을 축인 뒤 승민이 어머니의 말을 간동간동 옮겼다.

"지난주에 승민이가 이상한 짓을 하더래. 지 팬티를 벗어 가지고 엄마한테 냄새를 맡아보라고 하질 않나, 지 고추를 만지작거리면서 더럽다고 하질 않나, 어린이집 차를 절대 안 타려고 하질 않나…. 그냥 애가 잠시

하는 짓이거니 싶어서 무심히 봐 넘겼는데, 이번 주에 들어서면서는 그 강도며 빈도가 갑자기 많아졌다는 거야."

"그래서?"

"그래서 승민이 엄마가 애한테 살살 얘기를 시켰더니 2호차 할아버지 얘기를 하더래. 결국 승민이 엄마는 얘기를 다 듣고는 질겁하고 말았대. 어제 어린이집에 가서 관찰을 하고, 오늘은 애를 안 보냈는데, 이 문제를 어떻게 해야 할지 몰라 나한테 전화를 한 거래? 자기야, 승민이 말이 모두 사실이면 우리 어떻게 해야 돼? 정말 소름 끼쳐! 우리 예진이가 2호차를 타고 다니잖아? 어쩌면 좋아?"

대응

아내가 얘기해 준 바를 미루어볼 때 승민이의 진술은 매우 구체적이었다. 아내가 내게 승민이 엄마께 도움될 만한 말을 달랬다. 나는 도움말을 짤막하게 늘어놓았다.

"승민이 엄마께 전화를 걸어서 오늘이나 내일 중으로 당장 승민이를 대학병원에 데리고 가서 정신감정을 받아 보라고 해! 먼저 담당 의사에게 성추행 사실을 알리고, 나중에 경찰조사 때 증거 자료로 쓸 수 있도록 잘 준비해 달라고 부탁하라고 해."

"꼭 대학병원이어야 해?"

나는 그렇다는 고갯짓을 해 보인 뒤 거들 말을 곁들여 아내의 이해를 도왔다.

　"대학병원에서는 상담과정을 녹화하고, 그걸 경찰에서 활용할 수 있게 하기 때문에 아이가 두 번 세 번 진술을 반복함으로써 입게 되는 상처도 안 받을 수 있고, 또 애들은 특성상 자꾸 물으면 대답을 바꾸는 경향이 있어서 진술 자체에 대한 신빙성이 떨어지는데, 그런 문제도 좀 예방할 수 있어. 그러니까 아이에게 더 이상 아무 추궁도 하지 말고, 빨리 우리 동네에서 가까운 대학병원에 데려가 정밀 진단을 받아보라고 얘기해."

　아내는 곧바로 승민이 엄마한테 전화를 걸어 줄잡아 1시간 남짓 통화를 했다. 통화를 마치고 와 한소끔 걱정에 사로잡혀 아내가 말했다.

　"정말 걱정이야 걱정. 애가 그새 또 더 이상해졌대. 지 여동생을 눕혀놓고 팬티를 벗기려고 하고, 지 동생한테 '에이 더러워, 에이 더러워' 하며 침을 뱉는다는데…. 그리고 이젠 고추에서 아예 손을 떼질 않는대."

　일이 어렵게 꼬이는 듯 보였다. 나는 아내가 이야기에 너무 빠져 있는 것만 같아서 설마 몰라 아내에게 물었다.

　"그래, 대학병원 가 보라는 얘기는 했어?"

　"아 참! 그 얘길 하려고 전화했었지? 내 정신 좀 봐!"

　그날 저녁 아내는 승민이 엄마를 길게 만나고 왔다. 들어오자마자 아내는 병원 진단결과부터 얘기하기 시작했다.

　"성추행당한 게 확실하다고 그런대, 병원 의사 말로는. 고발을 하면 즉시 구속될 정도래. 그림으로 그리게 하고, 또 인형으로 행위를 재연하게 했는데, 거의 의심할 여지가 없을 정도로 사실적이라고 그런대."

　나는 긴 얘기가 나올 듯하여 책상에서 일어나 소파로 자리를 옮겼다.

나는 아내가 타 준 여린 커피 한 잔을 받아 들고 물음 하나를 물었다.

"아이는 치료될 수 있대?"

"의사 말로는 치료를 해 봐야 안다는데…. 아 맞아! 절대 그 어린이집에 아이를 보내서는 안 된대."

나는 더 물어갈 게 없어 물음을 바꿨다.

"승민 엄마는 어떻게 하시겠대?"

"글쎄…. 고발할 생각은 없는 것 같던데…."

나는 우리 문제로 말거리를 돌렸다.

"그럼, 우리는 당분간 이 문제가 해결될 때까지 예진이를 어린이집에 보내지 말자! 승민이네가 고발을 안 한다면, 2호차 기사는 계속 일을 할 테고, 성범죄자의 경우 재범률이 높은 편이라서 우리 애도 안심할 수 없어."

다음 날 오전 나는 어린이 성추행 문제가 어떻게 처리되는지 알고자 경찰청에 상담을 했다. 여자 상담원은 상냥한 말씨와 또박또박한 말투로 부모가 아니어도 신고가 접수되면 수사를 할 수 있다는 사실을 알려 주었다. 경찰청 쪽에서는 신고 접수를 권했지만 나는 경과를 더 지켜보기로 했다.

승민이네는 결국 합의를 선택했다. 어린이집은 치료비조의 보상비를 지급했고, 승민이네는 다른 데로 이사를 가기로 결정했다. 승민이 엄마 아빠가 아이 문제로 서로 심하게 다투는 바람에 이혼 얘기까지 오고 간다는 소문이 들렸다. 2호차는 여전히 운행을 계속했고, 문제 자체는 이미 봉합 국면으로 접어들어 있었다. 1주일이 채 지나지 않아서 어린이집 원감이 내게 전화를 걸어왔다.

마찰

"예진이가 원에 나오질 않아서…, 궁금해서 전화 드렸습니다. 무슨 일이 있나 해서요?"

원감의 목소리는 친절했지만 녹음기처럼 사무적이었다. 나도 딱딱하게 말을 건넸다.

"승민이네와 저희가 친분이 있어서…, 그 일이 처리되는 과정을 지켜본 뒤 결정할 예정입니다."

나는 되도록 넌지시 말하려 애썼다. 원감은 모른 척했다.

"어떤 일을 말씀하시는 건가요?"

"원감님께서 저보다 더 잘 아시는 일입니다."

"네?"

"…"

내가 말을 멈추자 그쪽은 무척 긴장하는 눈치였다.

"저~, 아버님! 승민이 문제는 전적으로 오해입니다. 그건 승민이가 지어낸 이야기예요. 저희하고는 아무 상관도 없습니다. 저희가 오히려 피해잡니다."

나는 욕이 튀어나올 뻔했지만, 잠시 시간을 두고 마음을 가라앉혔다.

"원이 피해자라고요? 2호차 기사 얘기를 승민이가 지어냈다고요? 원감님께서는 지금 무슨 소설 얘기를 하시는 겁니까?"

원감의 목소리가 약간 떨렸다.

"절대 그럴 리가요. 아버님, 만나 뵙고 자세히 말씀드리면 안 되겠습니까? 얘기가 좀 복잡하고, 저희도 정말 억울하거든요. 우리 2호차 기사님께서도 극구 부인하는 일이라…. 또 승민이 엄마도 문제 삼지 않기로 해서, 이제는 사실을 확인할 길도 없고…."

나는 목소리를 무겁게 깔았다.

"사실 확인이 어려우시다구요? 제가 알아본 바로는 제3자도 얼마든지 경찰에 신고하여 사건을 조사할 수 있답니다. 원에서 결백하다면 스스로 경찰에 조사를 의뢰해 보시는 게 어떻습니까?"

"저기 아버님, 그러지 마시고 저희 원으로 한번 방문해 주십시오. 만나서 자세한 말씀을 나누는 게 좋을 듯합니다."

나는 같은 얘기만 반복될 것 같아 먼저 제안 하나를 했다.

"저한테 긴 얘기 하실 필요 없고…, 성추행 문제가 어린이집 평판에 큰 영향을 줄 거라는 건 잘 알고 계실 테고, 제가 원에게 제안 하나를 하겠습니다. 먼저 2호차 기사를 잠정적으로나마 휴직시키고, 다음에 진상 조사를 하는 게 순리일 겁니다. 만일 원에서 진상 조사를 한다면, 저도 그 결과에 따르겠지만, 만일 그렇게 안 하신다면, 저라도 이 문제를 공식적으로 제기하겠습니다."

원감의 입에서 기다란 말발이 사려 나올 찰나였지만 나는 바쁜 일을 핑계로 전화를 일방적으로 끊어 버렸다. 다음 날 오후 늦게 원감 대신 원장이 전화를 걸어왔다.

"어제 원감 선생님하고 통화를 하셨다구요?"

원장은 느끼하고 어린아이들에게나 할 법한 말투로 말을 걸어왔다. 나는 그 말투 자체 때문에 기분이 나빠졌다.

"그걸 물어보시려고 전화하신 겁니까?"

"아니요! 그게 아니고, 우리 아버님께서 괜한 오해를 하고 계신 것 같아서, 그 오해를 좀 풀어 드리려고요."

느끼한 말은 더부룩이 삭이기 어려운 법이다. 나는 내려가지 않는 말 때문에 속이 느글거렸다. 메스꺼운 나머지 나는 그 말을 게우고 말았다.

"오해요? 이런 식입니까? 이렇게 나올 거면 전화하실 필요 없습니다. 끊겠습니다."

나는 전화를 끊어버렸다. 속이 부글거렸다. 바로 다시 전화가 울렸다. 나는 말없이 전화를 받았다.

"이거, 죄송합니다. 제 말씀은 우리 아버님의 요구 사항이 뭔지 정확히 파악하고, 그걸 실천할 수 있는 방법을 알아보려고 전화 드린 겁니다."

원장은 태도는 딴판이었지만 말은 더욱 번주그레했다. 그런 능청스러움이 내 성깔을 돋우었다.

"어제 말씀드린 제 제안이 이해가 안 되셔서, 그 제안의 내용을 확인하러 전화를 하셨다 이 말씀이십니까?"

원장이 넉살 좋게 말을 둘러댔다.

"그런 말씀이 아니라, 그 제안이 좀 과하신 듯하여…, 그 점을 상의 드리려."

원장은 나를 떠보고 있었다. 나는 실없는 물건 취급을 당하기 싫어 마지막 말을 따갑게 쏘았다.

"이런 식으로 상의를 하실 거면 더 이상 전화하지 마십시오!"

나는 전화도 끊고 전화선마저 뽑아 버렸다. 아내가 밖에서 들어와서는 씩씩거리고 있는 내 모양을 재미있다는 듯 쳐다보았다.

"우리 낭군님께서 왜 그렇게 혼자서 화를 내고 계십니까요?"

나는 속에서 치미는 화를 아내에게 풀어냈다.

"원장이 전화해서는 우리가 오해를 하고 있다는 거야! 피해자를 가해자로 둔갑시키고, 문제를 제기하는 놈들을 정신병자로 만들어 버리려는 뻔한 수작을 부리다니! 그런 놈들이 어린이집을 하니…. 교육을 돈벌이로만 하려는 작자들이 정직한 교육자인 양 거들먹거리는 꼴이라니! 게다가 목소리들은 왜 다들 그 모양들로 느끼한 거야? 정말 밥맛이야!"

해결책 없는 해결

그날 저녁 원장이 집으로 나를 찾아왔다. 원장은 기름 바른 머리에 어깨가 앞으로 좀 수굿했고 보호색 같은 몸짓이 몸에 배어 있었다. 내 첫마디는 이랬다.

"저희 오해를 풀러 오신 거라면 돌아가십시오."

원장의 대꾸는 이랬다.

"아니 대화도 안 해 보고 어떻게 아십니까?"

"…"

원장이 두 손을 맞잡으며 외쳤다.

"아버님! 정말 오햅니다."

나는 아내에게 차를 부탁했다.

"좋습니다. 이왕 오셨으니 뭐가 오해이고, 무엇이 진실인지 얘기해 봅시다."

원장과 나는 아내가 커피를 내올 때까지 서로 침묵을 지켰다. 아내가 커피를 내오자 원장이 먼저 말문을 떼었다.

"감사합니다. 저희 2호차 기사는 절대 그런 일이 없다고 그럽니다. 제 판단에도 절대 그런 일 하실 분이 아니고요."

나는 소파에 몸을 기대며 가볍게 물었다.

"두 가지만 묻겠습니다."

"네."

"먼저, 성추행범이 경찰 수사도 없고, 학부모도 포기해 버린 사건에 대해 자백을 할 거라고 보십니까?"

"아니, 그분은 그런 일을 하실 분이 절대 아닙니다."

"제 질문에만 대답해 보세요. 상식적으로 생각해 볼 때, 자백을 하겠습니까?"

"아니요~."

"둘째, 2호차 기사하고 원장님하고는 어떤 관계신가요?"

예상치 못했던 질문이었는지 원장의 두 눈이 깜박거리고 대답이 늦어졌다. 원장은 커피를 두어 모금 마신 뒤 오른쪽 뺨을 비비며 느긋하게 대답했다.

"저하고는 친척관계입니다. 하지만 친척이기 때문에 두둔할 생각은 없습니다."

“그렇다면 좀 공정한 수사가 필요하겠군요. 그렇지 않습니까?”

“그건 아버님께서 기사를 잘 몰라서 하시는 말씀입니다.”

나는 원장의 눈을 똑바로 쳐다보며 웃었다. 원장이 하려던 말을 도로 삼켰다. 대신 내가 이야기를 이끌었다.

“물론 저는 2호차 기사를 잘 모릅니다. 하지만 어린이 성추행범의 90퍼센트 이상이 절대 그런 일을 저지르지 않을 사람들에 의해 자행되고 있다는 사실만은 잘 알고 있습니다. 원장님은 기사님의 말만 믿고 이 사건을 덮으려 하는 것 같은데, 그것은 공정한 게 아닙니다. 왜냐하면 어린이 성추행 사건의 경우 피해자에게 가해자로 지목당한 사람은 100퍼센트 그 사실을 부인하는데, 원장님께서는 바로 그 가해자로 지목된 친척의 말만 믿으려 하기 때문입니다. 그런데 원장님께서는 가해자가 왜 부인하는지 그 이유를 아세요?”

“…”

원장은 내 말에 조리가 갖춰지자 이마에 땀까지 흘려가며 안절부절못했다. 나는 그 반질거리는 이마를 향해 말 화살을 쏘았다.

“그건 바로 피해자가 어린아이이기 때문인 거지요! 법적 증거 능력도 떨어지고, 제대로 상황을 설명하지도 못하고, 경우에 따라서는 가해자의 협박에 엉뚱한 진술을 하기도 하는 어린이 말입니다. 원장님조차 승민이 말을 꾸며낸 것으로 왜곡할 정도인데, 누가 애들 말을 믿겠습니까? 원장님은 아이들 말을 믿으시나요? 물론 평소에는 믿는다고 말씀하시겠죠. 아니 믿어야 한다고 훈화의 말씀을 하시겠죠.”

“…”

원장은 말없이 머리만 조아렸다. 내 눈에는 그 몸짓조차 얄망스럽게 보였다. 나는 살짝 비웃듯 승민이네를 빗대어 말했다.

"또 경찰이 아무리 범인을 검거했다손 치더라도 경찰이 증거 확보를 제대로 하질 못해 범인이 금세 풀려나고 마니 누가 범행을 자백하겠습니까? 끝까지 부인하는 거지요. 게다가 많은 부모들이 수사나 재판 과정에서 자기 자식이 또 다른 상처를 받을까 염려하여 합의금을 받는 조건으로 중간에 고소를 취하하기도 하죠. 그러니 범인이 큰소리 치는 겁니다."

내가 말을 쉬자 원장은 원점에서 자기 관심사만 물고 늘어졌다.

"하지만 무슨 근거로 2호차 기사가 범인일 거라고 확신하시나요?"

나는 커피를 한 모금 마셨다. 나는 원장이 징그럽다는 표정을 내비치며 말을 씹듯이 뱉었다.

"근거요? 원장님도 이미 잘 알고 계시겠지만, 승민이는 대학병원에서 검사를 받았고, 그 결과서에는 2호차 기사가 범인이라고 지목되어 있습니다. 행위 장소와 과정도 아주 구체적으로 명시되어 있고, 녹화도 되어 있습니다. 그 결과서는 법적 증거효력을 갖고 있을 뿐 아니라, 2호차 기사에게는 실형이 선고될 수 있는 수준의 것입니다. 원장님께서는 어떤 근거가 필요하신가요?"

원장은 낭패를 봤다는 듯 얼굴이 굳어졌다. 나는 원장을 더욱 몰아댔다.

"승민이에게는 확실한 증거가 있지만, 반대로 2호차 기사에게는 성추행을 하지 않았다는 것을 증명해 줄 아무 증거도 없습니다. 원장님께서 근거를 요구해야 할 사람은 저나 승민이가 아니라 바로 원장님 자신이 믿고 싶어 하는 2호차 기사지요. 저는 원장님께서 양심을 지키시길 바랍니다. 원에서 일어난 일인 만큼 원장님께서 끝까지 책임을 지시길 바랍니다."

원장은 갈등이 이는 듯 보였지만 대답은 예상했던 대로였다.

"아버님도 잘 아시겠지만, 저희 원에서 경찰에 사건 조사를 의뢰한다면, 그건 저희로서는 큰 타격을 입을 수밖에 없는 일입니다. 확증이나 확신도 없이 그런 조사를 받기에는 좀 무리가 있습니다."

나는 원장과 더 이상 말을 나누고 싶지 않았다.

"원장님 대답은 잘 들었습니다. 잘 생각해 보시고 혹시 내일까지 마음이 바뀌신다면 연락 주십시오. 아니면 전화하실 필요 없고요."

"아버님께서는 저희가 어떻게 하길 바라십니까?"

"그 얘긴 이미 드렸고, 공은 원장님께 있습니다."

"그게 저희로서는…."

나는 찻잔만 응시하고 있었다.

"아버님의 뜻은 잘 알겠습니다. 이렇게 불쑥 찾아와 죄송합니다."

원장이 자리에서 일어났다. 나도 따라 일어나 서로 악수를 했다. 그것이 원장과의 마지막 만남이었다. 그것으로 성추행 사건은 그저 파도가 부서지듯 없던 일로 되어 버렸다. 우리는 2호차 기사를 고발할 것인지에 대해 많은 고민을 했지만, 우리들 자신이 원을 떠나는 방향으로 결정을 했다.

동네수준 곧 학교수준

"아아~, 곧 입학식이 거행될 예정이오니 입학생과 학부모들께서는 조금만 조용히 해 주시기 바랍니다."

할머니 엄마

설렘 가운데 예진이의 입학식이 시작되었다. 이때가 우리가 이사 온 보람을 가장 크게 느꼈던 때였다. 입학식장이 사람들로 와글와글 붐볐다. 다들 얼굴 한가득 찢어진 웃음을 달고 다녔다. 우리는 곁눈질 자리다툼 끝에 사진 찍기 좋은 앞자리에 자리를 잡았다. 분홍 진달래꽃보다 붉은 가방과 푸른 바다처럼 파란 가방을 둘러맨 고만고만한 입학생들이 올망졸망 서 있었고, 입학생 뒤쪽에는 6학년 언니 오빠들이 줄을 맞추었다. 선생님들은 입학생 줄을 맞추느라 왔다 갔다 했다. 우리 큰딸 예진이는 다른 아이들처럼 엄마를 찾느라 두리번거리지도 않은 채 늠름한 모습이었다. 둘째 딸 혜진이도 공식 행사의 격식을 차리는지 엄마 곁에서 어른스러웠다.

"지금부터 서민 초등학교 입학식을 시작하겠습니다!"

사회는 남자 선생님이 맡고 있었다. 국기에 대한 맹세 명령이 떨어지자 강당 안이 쥐죽은 듯 조용해졌다.

"나는 자랑스러운 태극기 앞에…. 바로!"

나는 디카로 예진이 사진과 동영상을 잇달아 찍었다. 다른 부모들도 모두 사진 찍기에 바빴다. 한 여자 선생님이 무대에 오르더니 애국가 방송에 맞춰 지휘를 했다. 연습도 없었지만 입학생들은 큰소리로 애국가를 불렀다. 뒤이어 학교장 소개가 있었고, 곧바로 교장과 교감의 한 말씀들이 있었다. 입학식장은 어느덧 시장 바닥처럼 시끄러워졌다.

"6학년 선배들이 신입생에게 꽃과 선물을 증정하도록 하겠습니다!"

카네이션 꽃 한 송이가 입학생 가슴마다에 달리고, 연습장 한 권씩이 손에 쥐어졌다. 남자 신입생들은 공책을 번쩍 쳐들고 좋아라 했다. 내 얼굴에도 잔잔한 볼웃음 꽃이 피었다. 우리 때 8살 초등학생이면 다들 코흘리개였지만, 요즘은 개구쟁이인 듯 보였다. 나는 초등학교 입학식 날 이른 비 때문에 질퍽해진 운동장에서 지렁이처럼 흘러내리는 코를 닦기 위해 가슴에 하얀 손수건을 매달고 홀로 서 있었다. 나는 그때 무엇을 해야 할지 몰라 마냥 얼쑹덜쑹하기만 했었다. 반면 예진이는 어수룩한 모습이라곤 전혀 없이 야무지고 또랑또랑한 모습이었다. 뒤이어 담임발표가 이루어졌다. 담임이 소개될 때마다 손뼉소리가 끊이질 않았다. 1학년 담임선생님들은 모두 지긋한 여자들뿐이었다.

"1학년 3반은 여기로 모이세요!"

강당 여기저기에서 신입생과 담임선생님 그리고 학부모의 만남이 시작됐다. 나도 예진이처럼 1학년 3반이었었다. 우리 담임선생님은 입학식이 끝나자 아이들을 모두 3반 교실로 데려가 한 명씩 이름을 불러가며 코도 풀리고, 옷도 바르게 입힌 뒤 함박꽃웃음으로 꼭 끌안아 주었었다. 나는 그 얼굴을 지금도 또렷이 기억한다. 예진이 담임은 나이 60을 넘겼을 늙수그레한 여자였다. 담임은 주변 소음에도 아랑곳하지 않은 채 뭔가를 외쳐댔다. 나는 듣기를 포기했다. 입학생들도 선생님 목소리가 들리지 않자 엄마를 찾거나 딴 데를 보거나 했다. 담임은 그때마다 아이들 머리를 손으로 툭툭 치면서 집중하라고 외쳤다. 나는 무슨 중요한 전달 사항이 있을까 해서 동영상으로 선생님 말씀을 녹화했다. 담임이 마지막으로 학부모에게 주의사항을 전달한 뒤 입학식이 끝났다. 감동 같은 것은 없었다. 나는 추억을 위해 학교 이곳저곳을 돌아다니며 기념사진을 찍었다. 학교 건물은 생각했던 것 이상으로 훨씬 깨끗했다.

입학 기념으로 점심은 나가서 먹기로 했다. 예진이는 회를 먹고 싶어 했다. 우리는 지하철역 쪽으로 길을 잡았다. 우리 앞에 많은 아이들이 걸어가고 있었다. 골목은 좁고 비뚤배뚤했다. 자동차가 뒤에서 빵하고 경적을 울렸다. 우리는 놀라 얼른 일렬로 피했다. 여기저기 빵 봉지며 과자 봉지가 너저분했고, 담배꽁초도 즐비했다. 길바닥 전체가 눈에 거슬렸다. 앞서 가던 할머니 한 분이 소리를 꽥 질렀다. 아이들끼리 시작된 장난질이 막 치고받기 싸움질로 번질 참이었다. 나는 엄마 대신 할머니 손을 잡고 가는 아이들 풍경이 왠지 낯이 익었다. 입학식장에도 할머니들이 군데군데 박혀 있었다. 나는 맞벌이 부부가 많은 탓이려니 생각했다.

큰길가 뒷골목에 들어서자 횟집 몇 군데가 듬성듬성 자리해 있었다. 곁들이 반찬으로 푸짐한 한상차림이 나오자 회를 반기는 큰딸이나 회를

내켜하지 않는 둘째 딸이나 모두 좋아라 했다. 우리 부부는 각자 한 놈씩 맡아 먹였다. 아이들은 아이스크림, 우리 부부는 자판기 커피로 점심을 마무리했다. 아내는 매운탕거리와 남은 음식을 싸 달라서 집으로 들고 갔다. 집으로 돌아가는 길에 내가 아내에게 물었다.

"요즘은 입학식에 엄마 대신 주로 할머니들이 참석하나?"

"그게 무슨 말이야?"

"아니, 아까 입학식장에 할머니들이 좀 많았던 것 같아서…."

아내는 대답 대신 내 팔짱을 꼈다. 다음 날 저녁 아내는 내게 어제의 내 질문에 대한 대답을 하겠다며 이야기를 꺼냈다.

"오늘 예진이를 데리러 학교에 가서 찬호 할머니를 만났는데…."

"찬호 할머니? 누구시지? 난 처음 듣는데…."

"아 참, 자기는 모르지. 찬호가 우리 예진이 짝꿍이야."

"그래! 그런데?"

"그런데 말이야 찬호 엄마는 미국에 있대~."

"그래? 그럼 찬호도 미국으로 데려가시겠네?"

아내는 손가락으로 엑스를 해 보이며 설명을 했다.

"그게 아니라, 이혼했다는 뜻이야."

"이혼? 아~!"

"찬호한테 '엄마 어디 계시냐'고 묻자 '엄마는 돈 벌러 미국 갔어요.'라고 대답하더라고. 그런데 그게 찬호가 몰라서 그렇게 대답하는 게 아니라 자존심 때문이래."

"자존심? 무슨 자존심?"

"찬호도 엄마아빠가 이혼한 걸 알고 있는데, 다른 사람들한테는 이혼했다고 말을 안 한대."

나는 순간 가슴이 아릿아릿 저렸다. 찬호가 크면서 겪게 될 마음 쓰라림이 눈앞에 선히 그려졌다. 나는 내 고등학교 친구 경호가 찬호의 미래가 되지 않기를 바랐다. 경호는 아버지 밑에서 엄마가 돌아가신 줄로만 알고 고맙게 자랐다. 그런데 고 2 때 엄마라는 여자가 나타났다. 그 여자는 무턱대고 집에 들어와 함께 살겠다고 우겼다. 아버지는 처음에는 그 여자를 때리고 내쫓았지만 결국 받아들였다. 그러자 경호가 집을 나가고 말았다. 아버지와 엄마가 아무리 달래도 경호는 끝내 집으로 돌아가지 않았다. 경호는 집안의 이혼 유전을 대물림하지 않기 위해 아내의 바람을 끝까지 눈감아 주었지만, 경호 아내는 끝내 아들마저 버리고 집을 나가고 말았다. 경호는 아들이 자기 전철을 밟지 않도록 하기 위해 오직 아들만을 위해 살고 있다.

"왜 어제 자기가 나한테 입학식장에 할머니들이 많다고 그랬잖아? 그게 다 부모가 이혼해서 그런 거래. 찬호 할머니가 오늘 전화를 세 번이나 했어."

아내는 소곤소곤 귀엣말하듯 말했다. 나도 가만가만 목소리를 낮춰 들릴락 말락 물었다.

"세 번이나? 왜?"

"왜긴? 준비물이 뭔지 몰라서 그런 거지. 내가 예진이 거 준비하면서 찬호 것까지 준비해 주겠다고 했는데, 앞으로 이런 일이 계속되면 어쩌지?"

아내의 걱정은 다음 날부터 현실이 되었다. 찬호 할머니는 날마다 전화를 했고, 아무 때고 찬호를 우리 집에 맡기고는 볼일을 보러 다니셨다. 아내는 찬호네 집 사정이 너무도 뻔했기 때문에 할머니 부탁을 차마 거절하질 못했다. 문제는 찬호의 생활습관에 있었다. 내가 저녁에 집에 들어가면 아내는 늘 찬호에 대한 뒷걱정을 늘어놓았다.

"어떻게 된 애가 놀았으면 치워야지 치울 줄을 몰라! 밥을 주면 죄다 흘리고, 과자를 주면 여기저기 들고 다니면서 곳곳에 부스러기만 잔뜩 만들고, 심지어 먹는 걸 갖고 장난까지 치니…. 골치야 골치! 그러다 우리 애들까지 찬호 닮겠어."

며칠 지나면서부터 아내는 다른 불평까지 늘어놓았다.

"찬호 할머니가 더 문제셔. 내가 찬호를 나무라면 할머니도 같이 꾸짖어 주셔야 하는데, 할머니는 내가 찬호에 대해 이렇다저렇다 아무리 얘기를 해도 들은 척을 안 해요. 그저 건성으로 미안하다는 말만 할 뿐…. 그래서는 찬호 버릇을 못 고치지."

나는 찬호 아빠에 대해 물었다. 아내는 대답에 앞서 한숨부터 내쉬었다.

"찬호 아빠도 집을 나갔대…. 가끔 전화만 하나 봐. 아마 돈 때문에 쫓기는 모양이야."

아내가 내 눈치를 살짝 보면서 말머리를 돌렸다.

"찬호는 우리가 걱정한다고 해결될 아이가 아니고, 내가 속상한 건, 예진이 이놈도 이제는 가끔 찬호처럼 행동할 때가 있다는 거야! 저러다 정말 찬호처럼 되면 어떡하지? 찬호를 오지 말라고 할까?"

내가 부리부리 호랑이 눈을 떠 보였다. 아내는 말꼬리를 슬쩍 내렸다.

아이들은 누가 됐든 누군가의 돌봄을 필요로 한다. 사람에게는 교육만 필요한 게 아니라 사랑도 반드시 필요한 법이다. 사랑이란 스스로를 사르는 것이다. 사름은 촛불처럼 스스로를 불태우는 것이다. 사랑은 따뜻한 눈빛을 만들어내고, 고마운 마음을 불러일으키고, 딱딱했던 사람조차 부드럽게 녹여 새로운 삶을 살아가도록 해 주는 힘이다. 엄마의 손길은 모든 사랑의 상징이면서 사랑에 대한 그리움의 샘터이기도 하다.

예진이는 아내 걱정대로 시나브로 찬호를 닮아갔다. 아내는 몸이 바싹바싹 달기 시작했다. 아내는 찬호를 더욱 따끔하게 혼을 내기 시작했지만, 찬호는 그럴수록 더 못된 짓을 일삼았다. 찬호가 끝내 둘째 혜진이를 때리기까지 했다. 아내는 그날로 찬호를 우리 집에서 말끔히 추방했다. 아내는 선생님께 부탁해 예진이의 짝꿍도 찬호 대신 다른 아이로 바꿨다. 그 뒤부터 예진이 행동이 반듯하게 발라지긴 했지만, 아내는 한동안 찬호를 내쫓은 죄책감을 떨치지 못했다.

학교 체벌

"학교 가기 싫어!"

6월 어느 수요일 아침, 예진이가 현관문 앞에서 학교에 가기 싫다며 엄마 앞에 앙앙 떡 버텼다. 이런 말썽은 여태껏 한 번도 없었다. 아내의 목소리 가락이 타이름에서 야단조로 빨라졌다. 나는 강의 갈 준비를 잠시 멈추고 예진이에게 그 까닭을 물었다.

"왜 가기 싫은데?"

"선생님이 때려!"

나는 휘둥그레 아내를 쳐다봤지만 아내는 아내대로 아이만 뚫어져라 바라봤다. 나는 아이의 손을 잡고 부드럽게 물었다.

"선생님이 때리셔? 어떻게?"

예진이는 오른손 손날을 왼손 손등 위에 세워 흉내를 내면서 상황을 그려냈다.

"30센티 자를 이렇게 세워서 날 끝으로 손등을 때리거나 책상 위에 무릎을 꿇게 한 뒤 허벅지를 때려!"

나는 아이의 손등을 쓰다듬듯 살폈지만 손등은 상처나 맞은 자국 하나 없이 깨끗했다. 아내가 발칵 성질을 내며 아이를 몰아쳤다.

"너희들이 잘못을 했으니까 때린 거지! 여러 말 말고 얼른 학교에나 가!"

예진이는 왈칵 눈물부터 쏟으며 바싹 맞섰다.

"아니야! 난 아무 잘못도 안 했어!"

나는 쓴웃음을 지었다. 체벌은 형법 260조가 금하는 폭행에 해당된다. 체벌을 허용하는 교칙은 법치주의를 부정하는 삐뚤어진 학교권위주의를 보여줄 뿐이고, 체벌을 '사랑의 매'로 둔갑시키는 빗나간 스승관은 억압된 폭력성을 드러내 줄 뿐이었다.

나는 체벌이라는 말만 들어도 솜털이 쭈뼛쭈뼛 곤두섰다. 체벌 악몽은 초등학교 4학년 때 호랑이 담임선생으로부터 시작되었다. 어느 체육시간, 황 선생은 투수, 남학생들은 타자가 되었다. 황 선생은 자신에게 삼진 아웃을 당하는 타자를 그 자리에 깔아 엎어놓고 야구방망이로 퍽퍽

퍽 세 대씩 두들겨 팼다. 째근팔딱 내 차례가 되었다. 나는 벌렁거리는 가슴을 꼭지 누른 뒤 황 선생의 가르침에 따라 공을 끝까지 노려 본 뒤 방망이를 나무 찍듯 크게 휘둘렀다. 두 방망이 모두 붕붕 허방이었다. 황 선생의 입에서 욕설이 튀어나왔다. 나는 더럭 겁이 났다. 나는 세 번째 타석에서 방망이를 있는 힘껏 휘둘렀다. 딱! 공이 쌩하고 황 선생 쪽으로 날아가더니 어깨 부분을 픽하고 때렸다. 황 선생은 공을 피하려다 맞는 바람에 뒤로 벌러덩 나뒹굴었다. 황 선생은 땅바닥에서 일어나자마자 다짜고짜 내게로 달려와 내 뺨을 쫙쫙 후려갈겼다. 입속에 찝찌레 더운 피가 배어나와 고였다. 나는 어안이 벙벙한 채 입만 악다물고 있었다.

겨울철 교실에 장작 난로가 설치되었다. 장작불은 얼음이 얼 만큼 추운 날만 활활 땠다. 어느 점심시간, 황 선생이 내게 물심부름을 시켰다. 교무실에 가서 뜨거운 보리차를 떠 오는 일이었다. 나는 학급에 비치되어 있던 주전자를 텅 비워 들고 교무실 문을 열었다. 교무실은 따뜻했다. 교장 선생이 난롯가에 서 있었다. 나는 무춤 얼른 허리를 굽혀 인사했다. 교장 선생이 바닥에 놓인 큰 주전자에서 더운물을 따라 주었다. 황 선생은 내가 건넨 주전자에서 물 한 컵을 따라 한 모금 쭉 마시다 말고 의자에서 벌떡 일어나 신고 있던 끌신 한 짝을 벗어 들어 내 뺨을 쫙 후려갈겼다. 나는 그 한 방에 정신이 핑그르르 돌면서 교단으로 꽈당 쓰러졌다.

나는 공포에 떨며 황 선생의 명령대로 주전자 물을 다시 비운 뒤 교무실 난로 위에 끓고 있는 보리차물을 뜨러 교무실로 갔다. 교무실을 들어서자 교장 선생이 나를 보고 깜짝 놀라 여기저기 어루만지며 영문을 물었다. 나는 대답도 못한 채 그저 울먹이기만 했다. 교장 선생은 나를 따뜻한 난롯가 의자에 앉혀 놓은 뒤 교무실을 나갔다. 왼쪽 뺨은 손으로 만져 보기에도 땡땡 부어올라 있었다. 교장 선생이 황 선생을 데리고 교무실로 돌아왔다. 황 선생이 내게 사과를 했다. 나는 내가 무슨 큰 죄를 지은 것만 같아 벌벌 무서웠다. 그 뒤 황 선생은 다른 학교로 전근을 갔다.

중학교 때는 선생들이 아예 출석부와 회초리를 함께 들고 다녔다. 우리는 어디에서든 때리면 맞았다. 나는 중학교 때 미술반을 했다. 나는 내 마음의 노을을 수채화에 담으려 갖은 애를 썼다. 내 마음의 빛깔은 때마다 다르긴 했지만 바탕에서는 늘 보라색깔이 났다. 빨강과 파랑이 섞여야 만들어지는 보라는 해와 바다, 즉 불과 물의 만남이었다. 봄마다 제비꽃에서 피어나는 보라는 귀족적이지만 소박했고, 세상의 모든 슬픔을 다 보듬어 주느라 자신의 가슴에는 늘 아름다운 멍이 들어 있었다. 나는 모든 색깔에서 보라를 찾았다. 나는 그림 대회에 나가기만 하면 늘 최우수상을 탔다. 내 꿈은 화가가 되는 것이었다.

2학년 말, 내 꿈은 미술반 선생이 바뀌면서 와장창 깨지고 말았다. 새로 오신 남 선생은 수채화의 깊음, 특히 보라색의 깊이를 전혀 깨치지 못한 듯 내 그림을 얄은 환치기 놀음으로 깎아내렸다. 나는 그녀의 벌거벗겨진 몸을 검보라색으로 짓이겨 그린 그림을 삼각대에 걸어두었다. 남 선생은 내가 그린 '그녀'라는 이름의 수채화를 보자마자 건방을 떨었다며 그 그림을 조각칼로 얄망스레 북북 찢어버렸다. 그녀는 나를 지도하겠다며 내 뒤에 바싹 붙어서 내 손을 잡고 붓을 함께 놀렸다. 나는 그녀의 출렁거리는 가슴에 얼굴이 벌겋게 달아올랐다.

그녀는 내게 보라색 대신 초록색을 권했다. 나는 초록에는 숨겨진 열정이 없다며 거절했다. 그녀는 내 태도가 건방지다며 차가운 시멘트 바닥에 무릎을 꿇린 채 우리 미술반 아이들에게는 공포의 물건이었던 그 단단한 유화 붓 뭉치로 머리를 내리쳤다. 눈앞이 아뜩해질 만큼 머리에서 별똥이 튀었다. 나는 다시 그녀의 다리 사이 앞에서 그림을 그려야 했다. 나는 자꾸만 숨이 거칠어졌다. 나는 화장실을 핑계로 그 자리를 뜬 뒤 집으로 가 버렸다. 다음 날 그녀는 잔인하게도 혹이 난 자리만 골라 때렸다. 나는 비명을 질러댔다. 노처녀였던 그녀는 사내가 비명을 지를 리 없으니 내가 진짜 사내인지 아닌지를 한번 가려내야겠다며 불알검사를 하려 내 바짓가랑이 속으로 손을 집어넣으려 했다. 나는 쪽팔려 미술반을 그만뒀다.

남자고등학교에서 맞는 매는 거의 처형에 가까웠다. 선생들은 판사이자 집행자였다. 나는 중학교 때 미술반을 한답시고 공부를 게을리하는 바람에 고등학교에 올라가자 영어와 수학에서 크게 뒤떨어졌다. 한쪽 다리를 절던 영어 선생은 언제나 자습만 시켰기 때문에 매 맞을 일은 없었다. 반면 수학 선생은 자기 허리까지 오는 굵은 몽둥이를 들고 다니며 학생들 공부를 엄하게 시켰다. 수학 선생은 학생들을 번호순으로 칠판 앞으로 불러내어 문제를 풀게 한 뒤 답이 틀린 놈들에게 몽둥이 두 방씩을 하사했다. 수학 시간은 매타작 시간이었다. 한 반에서 두세 명을 제외하고는 모두 엉덩이에 불이 났다.

어쨌든 그 덕에 나도 수학을 조금씩 익히게 되었다. 수학의 맛을 조금 본 내가 한번은 손을 들고 수학 선생에게 '1이 무엇이냐'고 물었다. 나는 정말 궁금해서 물은 것이었다. 선생도 처음에는 좋은 질문이라며 칭찬을 했다. 선생이 칠판에 숫자 '1'을 크게 쓰고는 설명을 시작했다. 선생 말이 자꾸 꼬였다. 선생 얼굴에 경련이 이는 듯 보였다. 다음 순간 선생은 나를 앞으로 나오게 한 뒤 무조건 때리기 시작했다. 나는 무려 스무 대를 맞았다. 나는 거의 기다시피해서 자리로 돌아왔다. 나는 다음 시간에 또 똑같은 질문을 했고, 결국 매타작을 피해 학교를 탈출해야 했다.

나는 예진이의 눈물을 쓱 닦아 주었다. 닦아줄수록 예진이의 눈물은 조가비 속 작은 구슬처럼 방울방울 동글었다. 아내는 아이의 약한 눈물을 보자 눈물을 뚝 그칠 것을 다그쳤다. 그 바람에 예진이의 울음통이 끝내 터지고 말았다. 나는 예진이를 안아 달랬다.

"그런데 선생님께서 아무 이유도 없이 예진이를 때리지는 않았을 테고…. 예진이는 선생님이 예진이를 왜 때렸다고 생각해?"

예진이는 아빠의 손을 꼭 쥔 채 눈물 괸 뎅그렁한 눈으로 자신이 억울하다는 말로 대답을 시작했다.

"난 정말 억울해! 너무 억울해! 동진이 하고 그 주변에 있던 애들이 선생님 말을 안 듣고 계속 떠들었는데…. 나나 다른 애들은 정말로 안 떠들었는데…, 그런데 선생님이 공동의 책임의식을 길러 줘야 한다면서 모두 때린 거란 말이야!"

나는 절로 헛헛 웃음이 나왔다. 우리가 학교 다닐 때 단체 기합은 그냥 학교생활의 일부였다. 진짜 무서운 건 선생이 아니라 선배였다. 선배에게서 날아오는 주먹이나 이단 옆차기는 피할 도리 없이 고스란히 맞아야 했기 때문이었다. 하지만 우리 가운데 누구도 억울함을 토했던 적은 없었던 것 같다. 그때 단체 기합에는 차별이 없었다. 꼴찌가 맞을 짓을 해도 1

등을 포함한 반 전체가 고루 기합을 받았다는 것, 그것이 바로 우리 시대의 올바름이었다. 하지만 예진이는 억울함을 하소연하고 있었다. 내 아이에게는 공정의 규칙이 바뀐 것이었다. 자신이 올바르지 않다고 여기는 것에 맞서는 일은 사람다움의 바탕이다. 나는 예진이 머리를 쓰다듬었다.

"옳지 않은 일에 문제를 제기하는 것은 훌륭한 거야. 우리 예진이는 정당해. 하지만 예진이가 손해를 봄으로써 얻게 되는 좋은 점도 있지 않을까? 그 떠든 애들이 단체 기합 때문에 미안해서 못 떠들게 된다면 그건 좋은 일이 아닐까?"

예진이는 내 말이 미뻤는지 고분고분 학교에 갔다. 나는 아내에게 담임선생을 한번 만나 예진이 생각을 전달해 주고 싶다고 말했다. 아내는 뜻밖에도 학교 문제는 자기한테 맡기라고 못을 박았다.

"선생님한테 항의하면 우리 예진이만 더 힘들어져! 그냥 모른 척하고 넘어가는 게 상책이야! 자기는 나서지 말아 줘! 제발 부탁이양!"

아내는 마지막 말에 아양을 떨듯 콧소리를 섞었다. 그 웃는 눈빛에 엄마의 애타는 마음이 파랗게 드러났다. 나는 헛웃음으로 내 대답을 갈음했다. 그 뒤로도 나는 여러 차례 헛웃음을 웃어야 했다. 그때마다 아내가 학교에 가는 일이 부쩍부쩍 늘었고, 나도 덩달아 아기 볼 일이 곱으로 늘어갔다. 하지만 아내는 학교일에 대해서는 철저히 입을 다물었다. 내가 물으면 아내는 뭐든 자기가 다 알아서 하겠다고 선을 그었다.

학교가 요구하는 것들

2학기가 되자 아내는 아예 학교살이를 시작했다. 내가 강의 때문에 둘째를 봐 줄 수 없는 요일이면 아내는 아예 둘째를 업고 가 밥을 퍼 주거나 교실과 화장실 청소를 했다. 내 입에서 볼멘소리가 튀어나왔다. 아내는 미안하다는 말만 되뇔 뿐 그밖에 아무런 대꾸가 없었다. 날씨가 쌀쌀해졌다. 집안일과 학교일로 쉴 사이 없었던 아내가 독감에 걸려 자리에 드러누웠다. 모든 집안일이 삐거덕댔다. 예진이는 갈팡질팡했고, 나도 아내 몫까지 하느라 쩔쩔맸다. 아내는 그 가운데도 배식 걱정을 했다. 아내가 내게 아름이 엄마에게 배식 순서를 바꿔 달라는 전화를 부탁했다. 나는 전화를 걸었다.

"그런 거야 뭐 어렵겠습니까. 염려하지 마세요."

"고맙습니다!"

내가 전화를 끊으려 하자 아름이 엄마가 재빨리 말꼬리를 붙잡으며 학교 불만을 터뜨렸다.

"배식이야 우리 애들 밥 먹이는 거니까 당연히 학부모가 해야겠지만, 그렇다고 지금처럼 일방적으로 배식 순번을 짜면 안 되지요. 맞벌이 부부는 배식 도우미라도 쓸 수 있지만, 부모 없는 애들은 좀 예외를 시켜 줘야 하는 거 아니에요? 근로봉사 나가 하루 벌어 하루 먹고사는 할머니 밑에서 크는 애들까지 배식에 집어넣으면 도대체 어쩌자는 겁니까?"

나는 무슨 말을 해야 할지 몰라 어물거렸다. 아름 엄마는 할 말이 많은 듯 말보따리를 줄줄이 풀어댔다.

"그래도 우리 예진 엄마가 적극적이니까 다행이지…. 우리 1학년 3반은 배식 순번을 아예 학부모가 짜거든요. 결국 예진 엄마하고 저하고 몇몇 전업주부들만 고생이지만…. 직장에 나가 있는 사람보고 배식하러 오랄 수는 없잖아요? 배식하러 오는 엄마가 교실 청소도 하고, 환경미화도 하고, 교통도 하고, 화장실 청소도 하고, 다 하는 수밖에 없잖아요? 배식 못 오는 엄마가 교실 청소는 하러 올 수 있겠어요? 그러니 예진 엄마가 병나는 것도 당연해!”

이야기 흐름은 내가 매양 생각했던 것과는 거꾸로였다. 그동안 나는 아내를 자기 자식만 위하는 ‘내 새끼 엄마’로 여겼었다. 아내를 쩨쩨한 눈으로 바라본 내 모습이 낯없이 바끄러웠다. 저편에서 들려오는 말에 까슬까슬 가시가 박히기 시작했다.

“지들은 선생이라고 손 하나 까딱하지 않은 채 우리 보고 이거 해라 저거 해라, 이리 가라 저리 가라 하는데…. 지들도 직장에 매여 자기 아이들 학교에는 가보지도 못하면서 왜 남들은 시간이 남아돈다고 생각하는지 모르겠어요.”

“아름이 엄마께서 고생 많으시네요.”

내가 뭔가 대화를 이어나가는 듯하자 아내가 누운 채 거실 미닫이문을 열었다. 내가 쳐다보자 아내가 손을 홰홰 내리 저었다. 나는 주억주억 고갯짓을 해 보였다. 아름이 엄마는 또랑또랑 목청을 더욱 높였다.

“이 동네는 말이에요, 결손 가정도 많고, 맞벌이도 많고…. 그래서 그런지, 말이 좀 이상하긴 하지만, 애들 질도 많이 떨어지는 것 같아요. 동네수준이 떨어지면 왜 학교수준도 떨어진다는 얘기 있잖아요? 그거 하나도 틀린 말이 아닌 것 같아요. 예진 아빠야 대학에서 강의하시니까 저보다 더 잘 아시겠지만요. 그러다 보니 선생들도 아이들 알기를 우습게 여기는 경향이 있더라고요. 부모들이 별 볼일 없다, 뭐 그런 거지요. 가난한 동네이다 보니까 촌지 문제가 없는 것 하나는 마음에 들긴 합니다."

나는 숙맥처럼 그냥 듣고만 있다 덜렁 한마디 물었다.

"아, 네. 여기는 촌지는 안 받나요?"

아름이 엄마는 내 되받는 물음 추임새에 힘을 받아 하염없이 학교 흉을 볼 태세였다.

"안 받는다기보다는 줄 사람이 별로 없다는 게 맞겠지요. 촌지를 안 받으면 뭘 해요. 대신 다른 걸로 다 뽑아 가는 걸. 우리는 큰애가 2학년이라 작년부터 학교에 불려 다녔는데, 운동회 때 운동장 라인을 만드는 일에서부터 화단 정리에 이르기까지 별 걸 다 시키더라고요. 화단 정리하는 일 같은 건 예산이 따로 있을 법도 한데, 예산이 없는 건지, 아니면 있는데 그 돈을 다른 데 쓰는 건지? 뭐, 그런 거 해 주는 것도 좋은데, 이건 부탁이 아니라 숫제 명령을 한다니까요. 기도 안 차요!"

"그래요?"

"그럼요! 작년에는 저희가 학부모회를 통해 돈을 걷어 학급마다 에어컨을 설치해 줬거든요. 그랬더니 교장 선생님이 저희들한테 굽실거리더라고요. 나중에 전기료 달라고 안 할까 걱정이 들어요. 호호! 그래도 예진이네는 에어컨 비용은 안 내도 되니 다행이네요. 올해는 거 뭐냐, 학급문고 건립을 위한 기금을 좀 마련해 달라고 하던데. 예진이네도 그건 알고 있죠?"

"아, 네!"

나는 엉겁결에 아는 척을 했다. 삶은 이제껏 나를 속여 왔다. 나는 드러나는 진실 앞에서 슬픔이나 노여움 대신 시원함을 맛보았다. 아내가 쉬쉬했던 현실을 조금이나마 깨닫게 되어 후련했다. 아내가 비척비척 거실로 나왔다. 나는 서둘러 전화를 끊었다. 아내가 한마디 하고 다시 들어갔다.

"자기가 들어서 좋은 건 하나도 없어!"

아내 독감이 골골 곯더니 뚝 떨어져 나갔다. 나는 학급문고 얘기를 물었다. 아내는 모르는 척했다. 아마 살림이 빠듯하기 때문인 듯싶었다. 나는 아내 몰래 헌책방을 운영하고 있던 신고 형에게 1학년 필독도서 50권을 주문했다. 나는 책값을 소주로 갚았다. 나는 그 책을 들고 예진이 담임을 만나러 갔다. 아내는 막지 않았다. 교문에는 교권 강조 현수막이 펄럭펄럭 걸려 있었다. 나는 복도 창가에서 수업이 끝나기를 기다렸다. 학생 하나가 교실을 들락거렸다. 그 참에 내가 교실 안을 빠끔 들여다보니 담임은 뭔가 자기 볼일을 보고 있는 듯했고, 아이들은 담임 몰래 떠들거나 장난을 치고 있었다. 아이들이 나를 눈치 채고 담임에게 알렸다. 담임이 끌신을 끌고 교실 밖으로 나와 나를 맞았다. 내가 먼저 인사를 했다.

"예진이 아빱니다. 인사가 늦었습니다."

담임은 웃음빛 눈부신 얼굴로 예진이 칭찬을 늘어놓았다.

"너무 똑똑하고, 책임감이 강합니다!"

담임이 밖으로 나오자 교실 안은 아수라장으로 변했다. 나는 수업시간을 뺏는 것만 같아 마음이 달갑질 않았다. 나는 바닥에 내려둔 책을 서둘러 손으로 가리키며 말했다.

“학급 문고를 만드신다기에 필독서를 좀 추려 왔습니다. 도움이 되면 좋겠습니다.”

담임의 대답이 좀 특이했다.

“책이니까 고맙게 받겠습니다만, 진열된 책은 아이들이 별로 안 읽고, 그래서 다른 걸 구상 중인데, 그게 돈이 좀 들 것 같아 망설이고 있습니다….”

나는 그 구상이 무엇인지를 물어야 하는지, 아니면 돈을 좀 내겠다고 말해야 할지를 몰라 끄덕끄덕 고갯짓만 했다. 옆 반 선생이 예진이네 반이 너무 떠든다 싶었는지 교실문을 열고 나왔다가 우리를 보고는 못 본 척도로 들어가 버렸다. 내가 할 말이 없자 담임은 아내 칭찬에 침을 튀겼다.

“우리 예진 엄마 덕분에 제가 얼마나 편한지 몰라요. 학급 일에 너무 적극적이라, 참 감사하게 생각하고 있습니다. 또 아버님은 이렇게 학급문고까지 신경을 써 주시니…. 예진이네 같은 분들만 있으면 걱정할 게 하나도 없겠어요.”

나는 할 말을 잃었다. 학교에서 학부모는 담임의 걱정을 덜어주어야 할 비서쯤 됐다. 나는 체벌이나 화장실 청소에 관한 얘기도 하고 싶었지만 모두 덮기로 했다. 나는 굽실 절을 한 뒤 자리를 떴다. 입맛이 소태나무 씹은 듯 씁쓰레했다. 아내가 학교에서 겪었을 무기력감이 부옇게 밀려들어 가슴이 몽글거렸다.

가르침 없는 교육

한 해가 많은 일들로 벅차게 바뀌었지만 학교에 대한 아내의 기대는 폭삭 수그러들었다. 아내는 일주일에 딱 한 번 학교에 갈 뿐 학교일은 가능한 한 꺼려 피했다. 아내는 아이를 집에서 얼굴을 맞대고 가르쳤다. 아이도 좋아라했다. 둘째 딸 혜진이는 정부 지원금을 받고 어린이집에 다녔다. 나는 학술진흥재단에 신청했던 연구과제가 선정되어 안정된 환경에서 연구할 수 있게 되었다. 모든 게 술술 풀려가던 11월 어느 날이었다.

"엄마! 그 피아노 학원 안 가면 안 돼? 발이 너무 시려!"

예진이는 발이 시린 듯 두 발을 동동 굴렀다. 아내는 아이를 살살 구슬려 털실내화를 하나 사서 들려 보냈다. 예진이는 피아노를 못 칠 때부터 피아노 치는 사람이 되는 게 한창 푸른 꿈이었다. 아내는 그 꿈을 이루려면 처음부터 제대로 된 피아노 선생님에게 피아노를 배워야 한다며 그런 선생님을 모셔올 돈이 생길 때까지 예진이에게 아예 피아노 자체를 치지 못하게 했다. 그러던 아내가 학교 입학과 더불어 마음을 바꿔 예진이를 동네에서 가장 잘 가르친다는 피아노 학원에 등록시켰다. 그것은 전문 연주가의 길을 포기시키겠다는 선언과 같았다.

집에 피아노가 없는 가운데도 예진이의 피아노 실력은 하루하루 만만찮았다. 그것은 피아노 원장님이 학원에서 피아노 연습을 허락해 준 덕분이었다. 하지만 가을이 되자 피아노 학원은 수강생들로 넘쳐났고, 모자라는 피아노 선생들은 알바생들로 채워졌으며, 칸막이를 늘리는 바람에 남는 피아노가 없게 되었다. 예진이는 피아노 못 치는 선생 타령에 사라져 버린 연습실 타령까지 늘어놓았다. 예진이 피아노 실력은 제자리걸

음이었다. 게다가 11월인데도 바닥에 불이 들어오지 않아 순서를 기다리
는 아이들은 양말만 신은 채 한두 시간씩 추위 속에서 꽁꽁 옹송그려야
했다.

어느 날 예진이가 아내에게 학교 불만을 털어놨다.

"소영이는 말도 잘 못하고, 글도 못 읽고, 쓸 줄도 몰라! 정신지체아라
고 하던가, 뭐 그래! 선생님께서 소영이를 잘 돌봐 주라고 하셨기 때문에,
소영이한테는 서운한 게 없어! 그런데 남자애들은 너무 싫어!"

아내가 무뚝뚝이 염려스러운 표정으로 물었다.

"어떻게 싫은데?"

"여자가 모둠장이 됐다고 놀리고 자기들 멋대로 행동해! 예를 들어, 그
림 그릴 주제를 함께 정해야 하는데, 내가 정하기만 하면 싫다고 하고, 자
기들은 아무 주제도 안 내놓고…. 그래서 내가 아무도 주제를 안 내놓으
면, 모둠장의 권한으로 주제를 정하겠다고 하면, 그런 게 어딨냐고 해! 또
내가 주제를 정해서 이걸로 하자고 그러면 욕도 하고 뺨도 때리고 그래!
아주 못 됐어!"

아내는 눈을 동그랗게 뜬 채 아이의 얼굴을 뚫어져라 쳐다보았다.

"욕도 하고, 뺨도 때려? 그런데 그동안 왜 엄마한테 말을 안 했어?"

예진이가 입을 닫았다. 아내가 다그치자 예진이는 꼿꼿한 눈길로 말
을 이었다.

"그건 선생님께서 모둠일은 모둠장이 알아서 해결해야 한다고 그러셨
으니까."

아내가 나를 쳐다보았다.

“애들이 욕을 하고 뺨을 때리는 데도 선생님이 야단을 치지 않으시나 봐?”

아내는 입술을 비죽 내민 채 고개를 절레절레 흔들었다. 예진이의 말에 의하면, 뺨을 때린 남자아이는 안암이었고, 함께 욕을 한 아이는 명륜이었다. 나머지 남자아이는 신촌이었는데, 그 아이는 안암에게 게임 씨디를 받은 대가로 안암이의 노예가 되었다. 예진이는 선생보다는 모둠의 남자애들에게 원한이 깊은 듯했다. 예진이가 어느새 훌쩍훌쩍 눈물까지 흘리며 나한테 따지듯 물었다.

“걔들은 여자가 모둠장이 되면 안 된대. 그런 게 어딨어? 선생님이 모둠장 될 사람 손들라고 해서 내가 손들고 된 건데, 자기들은 그때 딴짓하면서 놀기만 해놓고, 내가 모둠장 되는 게 싫었으면 자기들이 손을 들었어야 할 거 아니야!”

나는 예진이가 왜 모둠장이 되고 싶었는지가 궁금했다. 예진이는 울음을 삼키며 소영이 얘기를 하기 시작했다.

“소영이는 친구들이 잘 돌봐줘야 하는 장애아잖아? 소영이는 혼자서는 그림을 그릴 수도 없어. 내가 처음부터 끝까지 일일이 다 도와줘야 한다고. 소영이 도와준 뒤에 그림을 그려야 하니까 나는 늘 꼴찌야. 그래도 선생님이 야단을 안 치시니까 다행이야. 다른 남자애들은 소영이를 막 놀리면서 자기들은 늘 꼴찌만 해! 그런 애들이 모둠장이 된다면 모둠이 어떻게 되겠냐고? 내가 모둠장 된 건 정말 잘 된 거야. 물론 나한테는 별로 좋을 게 없지만.”

아내와 나는 웃음 문이 절로 활짝 열렸다. 예진이의 착한 마음씨가 한 눈에 쏙 곱다랬다. 우리 부부는 두 손을 맞잡고 흐뭇하게 싱긋빙긋했다. 예진이가 우리 품에 조르르 달려와 담쏙 안겼다. 우리 눈앞에 아름다운 행복 돋보기가 쓰였다. 오늘은 햇살 다사로웠고, 앞날은 별빛 푸르렀다. 삶이 고맙고 둥실 가벼웠다.

하지만 욕하는 문제와 폭력을 사용하는 문제는 그냥 넘길 수 없었다. 나는 안암이네 엄마에게 전화를 했다. 안암이 엄마는 때린 잘못을 빌기 커녕 되레 뻔뻔스럽게 학교에서 아이들끼리 좀 다투거나 싸운 것을 부모 들이 나서서 이래라저래라 하는 것은 옳지 않다며 아주 못마땅해했다. 그 아들에 그 엄마였다. 나는 뺨을 때리는 것은 다툼을 넘어 폭력에 해당 되는 범죄 행위임을 밝혔지만, 안암이 엄마는 자신도 초등학교 선생이지 만 요즘 학교에서 그 정도 폭력은 폭력도 아니라는 말로 비껴갔다. 말이 오갈수록 우리는 서로 감정만 상하고 말았다. 심지어 담임마저 아이들 폭력에 무관심했다. 담임은 내 말을 듣기 무섭게 아이들에게 주의를 시 키겠으니 자기를 믿어 달라고 딱 잘라 말할 뿐 아무런 대책도 마련하려 하지 않았다. 우리는 예진이를 학교 폭력의 사각지대에 방치한 채 동네를 탓하지 않을 수 없었다.

산부인과 불안

"자가용을 살까?"

뒤뚱발이처럼 허리를 잦바듬히 젖히고 어기적어기적 집안으로 들어서는 아내가 안쓰러워 내가 어설픈 소리를 했다. 아내는 내 말이 빈말임을 잘 알면서도 내 말에 쐐기를 박듯 내박찼다.

"우리 형편에 자가용은 무슨…. 안 돼! 태어날 아이까지 셋입니다! 셋! 애들을 가르쳐야 하고, 애들 크면 집도 커져야 하니, 이사도 가야 할 테고…. 최대한 절약을 해야 해!"

"하지만 멀어서 어떻게 다니려고?"

"택시 타고 다니지 뭐. 천 원만 더 주면 콜택시를 부를 수 있으니까, 별 문제 없을 거야. 걱정하지 마!"

나는 콜택시는 가는 곳이 가까우면 콜을 잘 받지 않는다는 사실을 익히 알고 있었지만 말문을 닫았다. 아내는 정기검진을 받고 올 때면 언제나 숨이 목까지 차 있었다. 큰길에서 집까지 비뚤비뚤 이어진 긴 오르막길은 청년에게도 힘겨울 판이었으니 애밴이옷을 입은 아내에게는 두말할 필요도 없었다. 산부인과 병원은 택시로 약 오 분 걸리는 곳에 있었지만 그곳까지 버스를 타고 가려면 중간에 한 번 갈아타기까지 해야 했다.

아내는 억척어멈처럼 택시비를 아끼려 버스를 고집했다.

의료 사고

앞집 마당 살구나무 아래 짙은 분홍색 작약이 한 무더기 함빡 피었다. 정기검진을 다녀온 아내가 시무룩한 얼굴로 들어왔다. 나는 가슴이 철렁했다.

"표정이 왜 그리 어두워, 무슨 안 좋은 일이라도 있었어?"

아내는 소파로 걸어가 힘겹게 내려앉았다.

"병원을 바꿔야 할까 봐. 별게 다 속을 썩이네…."

"무슨 일인데?"

"오늘 병원엘 갔는데, 병원 앞에 세워 둔 자동차 앞유리에 대자보가 붙어 있더라고."

"대자보? 무슨 내용인데?"

아내는 곰작거리며 자리에서 일어나 어기뚱어기뚱 냉장고로 걸어가 물을 한 컵 따라 마신 뒤 아줌마 특유의 입담을 늘어놓았다.

"세상에! 그 병원에서 분만한 신생아가 의사 실수로 죽었다는 거야."

아내의 말에 나는 입이 쩍 벌어졌다.

"뭐라고? 아기가 죽었다고? 그것도 의사 실수로? 그럼 의료 분쟁을 해야지 왜 대자보를 붙여? 거기 다니는 산모들만 불안하게…. 그런데 내용이 뭐야? 신생아가 왜 죽었대?"

아내는 자기 손으로 이마를 짚어본 뒤 소파 팔걸이를 베개 삼아 길게 발라당 누웠다. 아내가 볼록해진 배 위에 두 손을 척 얹으며 뒷말을 술술 풀어 갔다.

"내가 아는 건 대자보에서 읽은 것뿐이야. 낮에 태어난 아기가 저녁 내 울기 시작했대. 산모하고 친정엄마하고 아기를 아무리 달래도 그치질 않아서 결국 간호사까지 불러왔는데, 간호사도 그 이유를 몰랐나 봐. 간호사가 당직 의사를 불렀고, 의사가 갓난아이를 진찰했대. 의사는 아기에게 아무 이상이 없다며 돌아갔는데, 그런 뒤 얼마 지나지 않아 아기가 죽었다는 거야. 그걸 돌연사라고 해야 하나? 대자보에는 의문사라고 적혀 있던데. 정말로 아기한테 아무 이상이 없었던 건지, 아니면 그 의사가 몰랐던 건지, 그건 아무도 모르지 뭐."

나는 번뜩 짚이는 데가 있어 아내에게 물었다.

"그 의사 말이야, 혹시 나이가 젊지 않았어?"

"맞아! 그걸 자기가 어떻게 알았어?"

아기들 진료에서 경험보다 뛰어난 가르침은 없었다. 이론에 대한 맹신은 생명을 앗아갈 수도 있는 법이었다. 갓 태어난 아이가 울음을 그치지 않는다면 그것 자체가 바로 큰 병인데도 의사가 그것을 병으로 알아보지 못했다는 것은 놀라운 일이었다. 나는 예진이 때를 떠올리며 말했다.

"예진이도 태어난 첫날밤 밤새 울었잖아?"

아내는 벌름벌름 한숨부터 들내쉬며 분통을 터뜨렸다.

"내가 그때만 생각하면 아직도 화가 치밀어 오른다니까. 신생아가 목이 쉬도록 우는데도 그냥 내버려 두는 병원이 어딨냐고? 애기가 울면 엄마한테라도 데려다 주어야 하는 거 아니야? 예진이가 무사하길 천만다행이지, 잘못됐으면 정말 어쩔 뻔했냐고? 하긴 우리도 바보긴 마찬가지니까, 할 말은 없다.”

　예진이가 태어난 대학병원은 신생아실이 따로 있었다. 우리는 하루 두 번 짧은 유리창 면회만 가능했고, 아기엄마조차 젖먹이는 때 말고는 아기를 제 품에 안을 수 없었다. 태어난 다음 날 예진이에게 젖을 먹이고 온 아내가 아기 울음소리가 우렁차지 못하고 깨깨 하다며 지나가는 말로 걱정하긴 했지만 예진이가 엄마 젖을 빨다 색색 고이고이 잠들었기 때문에 큰 걱정은 하지 않았었다. 셋째 날 아침, 나는 퇴원 준비를 마치고 신생아실로 예진이를 찾으러 갔었다. 예진이는 완전히 쉰 목소리로 울고 있었다. 내가 아기를 왼쪽 팔뚝에 뉘어 안고 뱃속이름을 불러주자 아기는 울음을 뚝 그치면서 두 눈을 까맣게 떠 아빠를 찾는 듯 보였다. 나는 아기가 목이 쉬도록 우는 데도 부모에게 알리지 않은 것에 대해 간호사에게 따졌다. 간호사는 눈도 깜짝하지 않은 채 ‘애가 잘 우는 편’이라고만 짧게 대답했다. 우리는 아기 혼자 밤새 울었다는 생각에 한동안 가슴이 저릿저릿 아렸었다.

　아내는 둘째 아이를 낳자마자 간호사에게 아기를 자기 품에서 떼어놓지 못하게 했을 뿐 아니라, 그 일로 병원 측과 부딪치게 되자 서둘러 퇴원을 해 버렸다. 아내는 아기가 엄마와 떨어져 목이 쉬도록 우는 까닭은 무서움이나 두려움을 느끼기 때문이라고 믿었다. 우리가 셋째를 낳을 병원으로 이곳 ‘아름다운 산부인과’를 찾았던 이유도 이 병원이 산모와 아기를 따로 떼어놓지 않고 함께 둔다는 데 있었다. 나는 병원에서 돌연사한 아기의 죽은 까닭을 내 나름대로 헤아려 보았다.

"내 생각에 그 젊은 의사는 실력이 없었다기보다 경험이 좀 부족했던 것 같아. 아기가 갑자기 죽었다고 그게 곧 의사 책임이라고 볼 수만은 없지. 아기가 뭔가에 크게 놀랐을 수도 있고…. 우리 할머니 말로는 아기를 놀래키면 큰일이 난대. 아기가 경기를 하면 파란 똥을 싸고, 심하면 갑자기 죽어버린다는 거야. 하지만 병실에서 아기가 놀랄 일이 뭐 있었겠어? 거의 없었을 거라고 봐. 내 생각에 그 아기는 계속 우는 바람에 죽었을 것 같아."

아내가 내 말을 딱 자르며 내게 핀잔을 먹였다.

"말도 안 돼! 그럼 우리 예진이는 돌연사를 두세 번은 했겠다! 밤새 울어댔으니."

나는 아내 말에 쓱 잘린 내 나머지 말을 이어 붙였다.

"내가 말을 잘못 했네. 내 말은 아기가 울음 때문에 죽었다는 게 아니라, 왜 있잖아, 아기가 울면 엄마들이 보통 본능적으로 젖을 물리잖아? 의사조차 아무 이상이 없다는 아기가 자꾸 우니까 그 산모도 우는 애기를 달래려고 젖을 물렸을 거 아니야? 두세 달 된 아기들도 젖을 먹다 사레들리곤 하잖아? 신생아한테는 아주 위험할 수 있는 거지. 자칫 젖이 아기의 기도를 막을 수가 있으니까. 우리 예진이는 아무것도 못 얻어먹어 안전했던 건 아닐까? 그 아기의 돌연사 원인은 알 수 없지만, 굳이 말하자면, 운이 없었다고 할 수 있겠지."

아내가 흘긋 내게 눈찌를 주며 내 말을 잘근 씹다가 뱉었다.

"그런 무책임한 말이 어디 있어? 운에 따라 사람이 죽고 살면 의사가 무슨 필요가 있겠어? … 하긴 의사만 잘 만났어도 그 아기는 안 죽었겠지. 그런 면에서는 그 아기는 정말 운이 없었던 거야. 그래도 너무 끔찍한 일 아니야?”

병원에서 당하는 불운은 아무리 보잘 것 없을지라도 오싹 무섭다. 그래서 사람들은 이 병원 저 병원 끔찍스레 옮겨 다닌다. 아내가 가까운 산부인과를 곁에 두고 멀리 다니는 까닭도 불운을 피하기 위함이었다. 이웃집 엄마가 아내에게 자신이 몸소 겪은 섬찍한 얘기를 들려주었다. 그 엄마는 동네 산부인과에서 의사의 부추김에 아기를 배 갈라 낳았는데, 거기 의사가 아기엄마의 배를 가르다가 그만 칼이 아기 허벅지에까지 닿고 말았다는 것이다. 의사는 아기엄마에게 그 사실을 알리지도 않은 채 태어난 아기에게 문제가 있다며 따로 데리고 나가 수술한 뒤 그 수술비까지 달라고 했다는 것이다. 나중에 아기 아빠가 아기가 수술을 받게 된 이유를 캐묻자 병원 측은 그때서야 수술비를 돌려주며 위자료 명목으로 오십만 원을 제시했다는 것이다. 아내의 걱정이 아내 자신 쪽으로 쏠렸다.

“만일 그 대자보가 사실이라면, 어떻게 그런 병원에서 아이를 낳겠어? 옮겨야지! 그나마 그 병원이 이 근처에서는 가장 좋다고 해서 갔는데…. 또 어디로 옮긴다냐? 앞으로 이사 갈 때는 병원도 꼭 확인해야겠어.”

문제는 마땅히 옮길만한 병원이 딱히 없다는 데 있었다. 그렇기 때문에 우리는 병원을 꼭 옮겨야 하는지부터 결정해야 했다.

“의료 사고가 의사의 실수 때문인지 아닌지도 모르는 상황에서 병원을 옮기는 건 좀 성급한 것 같고…. 그 병원에 의사가 여럿이었던 것으로 아는데, 몇 명이나 되지?”

“다섯!”

"사고 의사는 이미 잘렸을 거 아냐?"

"아니!"

"그게 누군지 알아?"

아내는 고개를 끄덕였다.

"그럼, 그 의사만 피하면 되지 않을까? 다른 병원으로 옮긴다고 거기라고 안전하다는 법은 없잖아?"

"그건 그렇지! 대학 병원도 다 믿을 게 못 되는 세상인데…"

"그럼 이렇게 하자. 접수할 때 그 의사를 빼달라고 부탁하는 거야. 그러면 빼 주잖아."

아내 얼굴빛이 환히 밝아졌다. 막혔던 길이 뚫린 듯 아내의 말은 한결 가뿐해 보였다.

"알았어. 원장 선생님은 참 좋으셔. 그분께만 진료를 받지 뭐."

셋째 아이가 태어나다

옅은 꽃잎 다섯 장에 오목 둘러 싸인 노란 꽃술의 분홍빛 애기용담이 산 밑 밭둑에 아기웃음처럼 터져 나왔다. 아내의 아기 날 때가 오늘내일 했다. 우리는 세 아이 모두 운 좋게 방학 때 낳을 수 있게 되었다. 아내의 몸풀이 뒷바라지를 해 줄 사람이 없는 우리로서는 방학 때 아이를 낳게 되었다는 게 뜻밖에 잘된 일이었다. 장모님께서 첫째와 둘째를 미리 보듬어 맡아 주었다. 아내는 어기적거리며 병원에 가져갈 가방 하나를 주섬주섬 간동그렸다. 나는 소파에 앉아 손바닥을 비비적거리며 아내를 말끄러미 지켜봤다. 아내는 긴장을 풀려는 듯 내게 빙긋빙긋 웃어주었다.

"자기야! 진통이 시작됐어!"

밤 11시, 튼튼한 네 벽의 고요 속에 잠겼던 집안이 아내의 배앓이로 들썩들썩 술렁댔다. 아내가 얼굴을 꽉 찌그리며 입술을 지그시 깨물 때마다 내 엉덩이가 들썩거렸다. 아내는 뽈룩한 배를 사륵사륵 문지르며 거칠어지는 숨을 곱게 가다듬으면서 온 집안을 이리저리 왔다 갔다 했다. 나는 윤동주의 시 십자가를 소리 내어 읽어주었다.

十字架

쫓아오든 햇빛인데
지금 敎會堂 꼭대기
十字架에 걸리었습니다.

尖塔이 저렇게도 높은데
어떻게 올라갈수 있을까요.

鍾소리도 들려오지 않는데
휘파람이나 불며 서성거리다가,
괴로웠든 사나이,
幸福한 예수·그리스도에게
처럼

목아지를 드리우고

꽃처럼 피어나는 피를

어두어가는 하늘 밑에

조용히 흘리겠읍니다. (1941·5·31)

아내가 내 옆에 바특이 다가앉았다. 나는 아내에게 시집을 넘기고 서랍에서 뱃속 아기의 초음파 사진을 꺼내 왔다. 검은 바탕에 E·T 꼴 아기 모양이 희뿌옇게 찍혀 있었다. 내가 아기 사진을 아내에게 건네자 아내 얼굴에 웃음이 가득 배어났다. 요즘은 입체 초음파까지 등장하여 우리는 뱃속 아기의 성별은 말할 것도 없고, 얼굴 표정에서부터 아기의 손발 움직이는 모습까지 눈으로 보고 소리까지 귀로 들을 수가 있었다. 동영상에 찍힌 아기는 작은 고추를 달고 있었고, 심장 소리는 콩닥콩닥 건강하게 들렸다. 뱃속 아기는 오른손 엄지손가락을 빨고 있었다. 아내는 셋째가 첫째를 닮았다며 신기해했다.

나는 책꽂이에서 황순원 소설을 뽑아와 읽기 시작했다. 아내는 고른 숨결로 입과 귀를 쫑긋거리면서도 두 손으로는 쉬지 않고 배를 쓱쓱 문지르며 걸었다. 새벽 3시쯤 아내의 배앓이가 살그미 수그러들었다. 아내가 물 한 잔을 마시며 엉덩이를 소파에 붙였다. 나는 생급스럽게 디카를 가져와 아내의 애 밴 마지막 모습을 요리조리 찍었다. 아내는 살짝 눈살을 찌푸리다 말고 떡하니 일어나 자신의 뽈록뽈록한 몸매를 내보였다.

한여름 밤이 꼬빡 흐려져 먼동이 틀 무렵 아내는 5분 간격으로 배앓이를 했다. 나는 아내를 부축해 빌라 계단을 내려갔다.

아침 세상에 동살이 잡혀 언덕배기 맞은바라기가 해말끔 밝았다. 산등성이가 숯 구덩이처럼 까맸던 지난밤 손아귀에서 들쑥날쑥 달아났고, 산 너머 낮은 하늘에 두껍게 드리운 감파란 잿빛 구름 수제비들이 희치희치 불그스름히 물들어왔다. 새 아침이 태어나기 위한 핏빛 배앓이였다. 나는 아내를 부여안고 밝고 환하게 푸르러지는 높은 하늘을 향해 조심조심 언덕길을 내려갔다.

큰길 횡단보도를 건너자 때마침 빈 택시가 멈춰 섰다. 모든 게 잘 풀릴 것 같았다. 운전기사는 싱글벙글 광대덕담을 늘어놓으며 우리를 귀한 손님 모시듯 했다. 나는 택시비에 덕담 값을 껴얹어 만 원을 냈다. 병원 시곗바늘이 바싹 오므린 컴퍼스 모양으로 6시 30분을 가리켰다. 아내가 쌕쌕 숨을 가쁘게 몰아쉬었다. 나는 차분히 입원 수속을 밟아 입원실에 짐을 풀었다. 간호사가 기록표를 손에 받쳐 들고 와 애 낳는 과정을 설명하며 누구에게랄 것도 없이 물었다.

"남편분도 함께 들어가실 거죠?"

"그래도 돼요?"

"그럼요! 가끔 비위가 약한 남편분이나, 남편분이 애 낳는 장면을 보는 것을 싫어하시는 산모님을 제외하면 대부분 들어가십니다."

"들어가서 구경만 하나요?"

"아니요! 분만을 돕는 겁니다. 또 탯줄도 자르시고요."

나는 심장이 펄떡펄떡 뛰고 온몸이 짜르르 떨렸다. 아기가 태어나는 자리를 함께 지킬 수 있다는 생각만으로 나는 가슴이 뭉클 느껴웠다. 나는 아내가 뱃속아기의 첫 발길질을 실룩 느꼈을 때 '하늘'이라는 뱃속이름을 짓고 아기의 뱃속살이 드라마 주제가로 '하늘 향해 두 팔 벌린 나무들같이'라는 노래를 불러 주었다. 우리 가족은 5개월 전부터 뱃속아기와 더불어 살았다. 나는 아빠로서 첫째와 둘째가 태어나던 자리에서는 무기력한 방관자처럼 초라히 쫓겨나 있었지만, 오늘은 딴딴히 그 자리를 지킬 수 있게 되었다.

간호사가 수중 분만과 비디오 촬영을 할 것인지를 지나가는 물음인 양 물었다. 그것들은 너무 비싸 우리에게는 그림의 떡일 뿐이었다. 간호사는 우리를 분만실 옆 대기 병실로 싹싹하게 이끌고 가 아내가 입을 옷을 내 준 뒤 나갔다. 나는 아내에게 입원복을 헐렁히 입혀 주었다. 아내는 배앓이 괴로움을 눈을 지긋지긋 감거나 입을 꽉꽉 다물어 견디면서도 웃음만은 잃지 않았다. 드디어 양수가 터져 주르륵 흘러내렸다. 내가 인터폰으로 간호사를 부르자 곧 담당 의사가 달려왔고, 아내는 침대에 누운 채 분만실로 실려 갔다. 나는 아내의 손을 부둥켜 쥔 채 침대를 밀고 갔다. 분만실에 도착하자 간호사가 '비발디의 사계 중 봄을 틀겠습니다'라는 설명과 동시에 음악을 틀었다. 맑은 호수 위에 백목련 같은 백조 한 마리가 우아하게 노니는 모습이 울려 퍼졌다.

아내는 안락의자처럼 생긴 분만의자로 옮겨졌다. 아내의 두 다리는 두 갈래진 의자의 다리받침을 따라 무릎이 반쯤 구부려진 채 쫙 벌어져 있었고, 두 손은 의자의 초록색 손잡이를 힘껏 움켜쥐고 있었다. 아내의 부풀어 오른 배 위에는 아기의 심장 뛰는 소리를 잡아내는 동근 장치가 넓적한 테이프에 찍 달라붙어 있었다. 자궁 바깥은 모든 준비가 끝난 상태였다. 여자 의사가 아내에게 심호흡을 시켰다. 아내의 목에 굵은 힘줄이 불뚝불뚝 일어나면서 으으으 하는 신음소리와 함께 아내가 안간힘을 쏟아내기 시작했다. 아내의 턱이 위로 추켜지고 입이 앙 다물어졌다. 한두 차례 힘주기가 지나자 쉬는 참이 왔다. 나는 아내 이마에서 송골송골 돋아난 땀방울을 닦고 나서 아내의 손을 거머쥐었다. 아내는 내 손의 떨림을 느꼈는지 내게 긴장하지 말라고 농담을 했다. 분만실은 폭소탄이 터진 듯 웃음바다로 바뀌었다. 의사가 다시 아내에게 심호흡을 시키며 분만을 유도하기 시작했다. 아내가 용을 쓰기 시작한 지 얼마 지나지 않아 의사가 힘을 북돋는 다부진 목소리로 외쳤다.

“자 머리가 보입니다. 힘 주세요! 응 차!”

아내의 손이 불끈불끈 쥐어졌고, 두 다리는 무릎이 의자에 닿을 만큼 내리 벌어졌다. 가끔씩 끔쩍하는 아내의 두 눈에 밤송이 같은 핏발이 돋쳤다. 나는 연기에 빠져들지 못하는 무명 배우처럼 어정쩡한 구경꾼이 되어 버렸다. 아내가 더운 숨을 몰아쉬기 시작했다. 의사가 막바지로 외쳤다.

“한 번 더! 응 차!”

아내의 비명과 더불어 아기의 까만 머리가 밖으로 불쑥 나오더니 금세 희멀끔한 얼굴이 드러났다. 의사가 얼른 아기의 목둘레를 감싸 쥐더니 아기를 돌려 옆으로 누운 자세로 만든 다음 슬쩍 힘을 주어 잡아당겼다. 갓난아기는 마치 물으로 길어 올린 물고기처럼 후루룩 소리를 내며 자궁에서 쑥 빠져나왔다. 머리카락은 흠뻑 젖었고, 등 뒤에는 핏물이 군데군데 묻어 있었다. 의사가 성별을 알려 주었다.

“잘 생긴 아들입니다!”

의사는 탯줄도 자르지 않은 아기를 엄마 아랫배 위에 뉘었다. 간호사가 빠른 손놀림으로 아기의 입과 코에 든 이물질을 흡입기로 뽑아냈다. 땀에 흠뻑 젖 아내 얼굴에는 흐뭇함이 가득 피어났다. 아기의 꼭 감은 두 눈과 헤 벌린 입은 죽을 것만 같았던 고통에 대한 두려움과 일순간 맞이한 해방의 얼떨떨함을 나타냈고, 아직 힘을 주지 못한 채 누런 양수에 불은 듯한 모습 그대로 잔뜩 오그라진 두 팔과 다리는 엄마의 골반 터널을 빠져나오느라 힘이 다 빠졌다는 것을 보여주었으며, 무엇보다 꾸불텅 늘어진 푸른 옥 빛깔 탯줄은 하늘에 오르다 땅으로 떨어진 운명을 말해 주는 듯 보였다. 의사가 아내에게 농담을 했다.

“손가락 다섯, 발가락 다섯, 정상입니다.”

“하늘!”

내가 아기의 뱃속이름을 불렀다. 아기가 까만 눈을 떴다. 아기는 마치 엄마아빠를 찾는 듯 눈을 깜빡이며 눈알을 돌렸다. 의사와 간호사가 아기를 깨끗이 닦아주었다. 간호사가 내게 가위를 건네주었다. 나는 눈을 감고 두 손을 모아 짧은 감사 기도를 올린 뒤 탯줄을 잘랐다. 이제 아기는 홀로서기의 첫발을 내디딘 셈이었다. 아기는 몇 번 카랑카랑한 목소리로 응애응애 울었다. 아기는 간호사 손으로 넘겨져 어머니 뱃속 온도와 똑같이 따뜻한 욕조에 담겨졌다. 아기의 표정이 편안하고 행복해 보였다. 엄마와 아기의 손목에는 똑같이 파란 팔찌가 채워져 있었다.

아내와 아기는 입원실에 나란히 깊이 잠들어 있었다. 그 두 얼굴은 아무리 쳐다봐도 질리기커녕 더없이 행복해지기만 했다. 아기의 입이 오물거렸다. 나는 아기의 볼을 살짝 건드려 본 뒤 입원실을 나왔다. 밖에는 쏴쏴 장대비가 쏟아지고 있었다. 나는 병원 입구에 설치된 공중전화에서 가까운 사람들에게 아들이 태어났음을 알렸다. 사람들이 우산을 접고 펼 때마다 빗방울이 튀겼다. 하지만 그 무엇도 내 행복에 오점을 남길 수는 없었다.

부동산 바벨탑

— 돈 바닥 위에 지어진 집 —

세상에는 두 종류의 집이 있다. 빌린 집과 제집! 제집에 사는 사람들은 주로 정규직 노동자들일 테고, 빌린 집에 살 수밖에 없는 사람들은 비정규직 노동자들일 것이다. 메뚜기처럼 이 일자리 저 일자리를 떠돌며 사는 사람들은 대부분 벌이도 시원찮을 뿐 아니라 수입도 부정기적이며 은행 대출을 받기도 어렵다. 뜨내기들은 불안전한 소득 때문에 대출을 꿈꾸는 것조차 쉽지 않고, 제집이 없으니 남의 집을 빌려 살아야 하고, 남의 것이니 집세를 내야하고, 집세 내고 나면 남는 게 없다. 그들은 근근이 먹고 살면서 집세가 오르면 두 가지 일을 해야 하고, 더 오르면 세 가지 일을 해야 한다. 제집 없는 사람들은 집세 내기 위해 일만 하고 살아야 하는 일벌레들, 아니 집의 노예들로 새롭게 탄생한다.

pp.301~302

아내가 산후조리를 마치고 되똑되똑 어설픈 살림으로 되돌아왔다. 남편이 뒷바라지한 산후조리가 그다지 좋을 리 없었을 테지만 아내는 아무런 내색이 없었다. 내 딴에는 최선을 다한 산후조리였지만 한여름 무더위와 싸워야 했던 아내는 찬물이 손에 닿기만 해도 찌릿찌릿 감전된 사람처럼 펄쩍 뛰었다. 그때마다 나는 아내를 방으로 꾸역꾸역 밀어 넣었지만 아내는 개강이 2주도 안 남은 나를 위해 집안일을 도맡을 수밖에 없었다. 나는 큰아이 둘을 떠맡은 채 투고할 논문 작성에 외곬으로 매달렸다. 교수가 되고자 하는 사람은 1년에 적어도 논문 2편은 써내야 교수 공채에 낄 수 있었기 때문에 논문 투고는 내게 발등에 떨어진 불과 같았다. 나는 꼬박꼬박 밤을 새기 일쑤였고, 그만큼 아내의 일은 부쩍부쩍 늘어났다. 개강을 코앞에 두고 나는 논문을 끝맺기 위해 학교 연구실을 빌려 바깥잠까지 잤다.

아내의 뿔난 아리랑

논문 투고를 마친 뒤 홀가분하게 치임개질과 강의 준비를 하던 내게 아내가 밑도 끝도 없이 불쑥 빌라 얘기를 꺼냈다.

"자기야! 우리 이 동네에 빌라 하나를 사 두자!"

나는 아내 말을 잘못 들은 양 아내 얼굴을 멀뚱멀뚱 쳐다봤다. 내 귀에 '사 두자'는 아내의 말이 환청처럼 되풀이되었다. 나도 모르게 허튼 웃음이 터졌다. 아내는 굳어진 얼굴을 실그러뜨리며 다짜고짜 자신의 계획을 밝혔다.

"평수 씨 돈 갚으려고 모아둔 3천만 원하고, 추가로 모은 돈 천만 원이 있으니까 전세 5천만 원을 끼면 1억 정도 빌라는 살 수 있을 거야. 어때?"

아내의 셈은 모두 끝나 있었다. 나는 아내의 느닷없는 부동산 제안에 어안이 벙벙하기도 했지만 남편인 나 자신이 아내에게 따돌림을 당한 것만 같아 서운하기도 했다. 나는 아내에게 무시당한 듯한 느낌에 사로잡힌 채 어떻게 대응해야 할지 몰라 말문을 꾹 닫고 굼뜨게 책 정리만 하고 말았다. 아내는 아내대로 내 배슬배슬한 태도가 서운했는지 말끝이 사납게 올라갔다.

"왜? 반대야? 남은 심사숙고해서 말하는데 자기는 왜 딴청만 부려? 옛날 한겨울에 전셋집에서 쫓겨났던 걸 벌써 다 까먹은 거야?"

나는 한편으로는 아내의 제안에 소극적으로 움츠러드는 내 자신의 소심함이 부끄러웠지만, 다른 한편으로는 아내의 뚱딴지같은 말 이음 때문에 피식 허튼 웃음을 또 터뜨렸다.

"빌라를 사겠다더니 뜬금없이 옛날 얘기는 또 뭐야?"

나는 아내의 말꼬리 높임에 기분이 한층 더 꼬깃꼬깃 구겨져 말꼬리를 살짝 비틀어 잡고 말았다. 아내도 내 비틀기에 핏대가 올랐는지 꼬인 고무

줄이 풀리듯 파르르 떨며 뜨뜻미지근한 내 태도를 다그치듯 쏘아붙였다.

"우리도 뭔가 계획을 세워야 하지 않겠어? 돈 없고 힘없으면 다 당하고 사는 거야! 집이 없으니까 '당장 나가!'라는 소리를 듣고 살잖아? 그 소리보다 더 서러운 게 어디 있어? 그런 소리는 개나 소한테나 하는 소리지."

아내의 서리서리 뒤엉킨 감정이 끓는 물방울처럼 튀었다. 나는 말나눔이 말다툼으로 번지는 걸 바라지 않았다. 나는 말의 날카로움을 죽이기 위해 마음을 슬겁게 가졌다. 나는 먼저 방금의 뾰로통한 앙금을 훌훌 씻어낼 생각으로 가볍게 되물었다.

"우리가 왜 집이 없어?"

하지만 아내는 독 오른 따리 뱀처럼 말끝마다 흠잡아 톡톡 쏘아댈 참이었다.

"아니! 집이라고 다 똑같은 집이 아니지. 아파트 사는 사람들이 빌라 사는 사람들을 얼마나 무시하는 줄 알아? 강남에 산다고 해 봐, 사람들 대하는 태도가 달라지지!"

아내는 움직일수록 더 빨리 그리고 더 깊이 빠져드는 감정의 모래 늪에 발을 들여놓은 것처럼 보였다. 모래 구덩이 속으로 흘러내리지 않으려면 움직임을 멈춘 채 몸이 절로 떠오를 때까지 가만히 있는 게 상책이었지만 나는 버릇처럼 입을 놀리고 말았다.

"저마다 분수에 맞게 살면 되지 않을까?"

아내를 휘감아 돌던 모래 늪 아가리가 쩍 벌어졌다.

"분수라고? 그것은 제 몫을 제대로 챙기지 못한 사람들의 계산법에 불과해! 남들은 일 년에 1억을 벌었다고 저 난린데, 우리는 만날 제자리걸음만 하고 있으니, 속이 뒤집힐 수밖에! 격차가 점점 더 벌어지고, 나중에는 따라가려 해도 따라잡을 수조차 없게 되잖아? 여기서 추락하면 나시는 쫓아갈 수 없게 된다는 절박감은 점점 커지고…. 왜 우리가 가만히 앉아서 바보가 돼야 해?"

아내는 내 말꼬리를 표적 삼아 자신의 울분을 탕탕 터뜨리는 듯했다. 나는 속으로 아내가 혹시 산후 우울증에 걸린 것은 아닌지 설핏 생각해 보았다. 아내의 감정은 호드득 쉽사리 달아올랐고, 모든 것을 좋게 보던 아내의 낮 눈은 찌그러진 돋보기처럼 어룽어룽 흐려진 대신 나쁜 쪽을 도두보는 밤 눈은 총총 밝아진 듯 보였다. 하지만 아내의 말에서는 우울한 무력감과는 그 소리깔이 영 딴판인 위기감과 절박감이 풍겨 나왔다. 아내는 마음이 바짝 졸여져 있는 상태였다. 나는 느긋한 맘으로 아내의 말타박을 달게 받기로 마음을 다졌다.

"우리는 전에 전세 살 때도 행복하게 잘 살았잖아?"

내 말에 아내의 불심지가 거칠어지면서 말 심지도 빳빳하게 돋았다.

"물론! 쥐뿔도 가진 게 없고, 세상물정 전혀 모를 때는 그랬지! 하지만 우리라고 왜 그렇게만 살란 법 있어? 없잖아? 잘 살 수 있는 기회가 있다면 그 기회를 잡아야지! 우리 애들은 무슨 죄가 있냐고? 왜 생고생을 시켜!"

나는 굳은 입술로 말없이 한참 고개만 끄덕이다 커피를 타 마시러 갔다. 커피 냄새가 나를 따라 흘렀다. 아내가 딱딱한 손끝으로 커피잔을 건네받았다. 나는 시커먼 커피 한 모금을 홀짝 들이켰다. 속이 화끈 후련해졌다. 나는 목에 걸려 있던 아내의 말을 되받았다.

"생고생을 해도 가족끼리 화목하게 살 수만 있으면 되지 않을까?"

아내의 도끼 혀가 커피의 달콤한 맛에 무뎌져 몽글거리는가 싶더니 이내 깔깔해졌다.

"맞아! 자기 말이 옳아! 가족끼리 서로 사랑하며 행복하게 살면 더 이상 바랄 게 없어! 그런데 가만히 앉아 있어도 격차가 자꾸 벌어지는 걸 어떡해? 나는 집값 오른다는 얘기만 들어도 우리가 무슨 탈락자들이고, 열등한 족속들이고, 힘없는 약자들이라는 생각이 들어. 우리 정말 열심히 살아왔잖아?"

나는 까칠한 턱만 손바닥으로 비비적거렸다. 아내가 제 분에 못 이겨 이미 벌인춤으로 자기 말을 이어갔다.

"그런데 열심히 산 결과가 뭐냐고? 누구는 부모 잘 만나서 사억, 육억 하는 아파트 꿰차고 떵떵거리며 살고, 누구는 단칸 셋방에서 탈출하려 수십 년씩 죽을 고생을 하고도 다시 원위치로 주저앉기도 하고, 누구는 겨우 빌라 하나 사 놓고 그걸로 만족하며 살고…. 자기 같은 사람 말이야. 티비나 영화에 보면 잘사는 사람들이 좀 많이 나와? 잘사는 사람들이 어떻게 잘 살겠어? 다 힘없고 무식한 사람들 거 빼앗아 처먹고, 속여 처먹고, 배신하고 순진한 사람들 등쳐먹은 거지."

아내는 대학생 시절 피 끓던 운동권 학생처럼 사회적 불평등 또는 부정의에 대한 반감을 붉게 드러냈다. 하지만 가진 사람들에 대한 아내의 노여움에는 이제까지 살아온 삶의 무게뿐 앞으로 살아갈 미래에 대한 불안감까지 묵직하게 실려 있었다. 사실 가난살이에서 벗어나기 위한 우리의 몸부림에는 언제나 우중충한 먹구름이 깔려 있었을 뿐 아니라 어쩌

면 우리는 제자리걸음만 하다 제풀에 지쳐 뒷걸음질칠지도 모른다는 두
려움이 어스레히 깔려 있었다. 그때 우리의 가난은 곧 우리 아이들의 가
난이 될 것이다. 이러한 가난의 대물림 등식이 만들어지고 나면, 그 어떠
한 변화나 미지수도 이 등식을 무너뜨릴 수 없게 된다. 가난 등식은 가난
만을 낳도록 짜인 틀과 같았다. 가난 등식은 가난한 사람들에게는 절망
의 수학이었다. 풀리지 않는 가난의 문제는 세 아이의 앞날을 끝까지 짊
어져야 할 엄마의 애간장을 시름시름 태울 수밖에 없었다. 아내의 눈가
에 짙고 깊은 세발까마귀 주름이 시름을 앓는 듯 보였다.

하지만 주름살 없는 삶이 어디 있겠으며, 또 일부러 가난해지려는 부
자가 어디 있겠는가? 부자는 가난살이를 잊었거나 가슴으로 느낄 수 없
을 뿐일 것이다. 사람은 누구나 자기가 편하면 남의 고통은 잊게 마련이
지 않은가? 잊어버림이 죄라면 모든 사람이 죄를 지을 수밖에 없다. 잊어
버림은 삶의 무늬가 짜일 수 있는 바탕이기 때문이다. 우리는 모두 너무
적게 느끼는 가슴을 타고난 죄인들이다. 죄는 밉지만 사람은 언제든 용
서받아 마땅해야 한다. 아내도 그들에게서 그 죄만을 벌해야 한다. 나는
자신도 모르게 그만 갑자기 보수주의자처럼 아내의 거세찬 말 흐름을 흩
뜨렸다.

"우리 마누라 말이 좀 지나친 것 같네…."

아내는 도톰한 아랫입술을 잘근 깨물었다 입술을 쫑긋 내밀더니 목청
을 기와집 추녀 모양으로 끌어올리면서 한달음에 말을 내뱉었다.

"지나칠 거 하나도 없네요! 부자들은 자기들만의 성을 쌓는다고. 일도
안 하는 것들이 뭐로 성을 쌓겠어? 사기 쳤거나, 훔쳤거나, 빼앗았거나, 불

법을 일삼아 부당하게 번 돈으로 쌓았겠지. 돈에 무슨 편애하는 성질이 있대? 부자들한테만 달라붙게. 자기들이 돈 벌기 위해서는 여기저기 돈줄을 뻥뻥 뚫어 놓고는, 지들 벌 만치 벌고 나니까 가난한 사람들 돈 못 벌게 돈줄을 꽉꽉 막아버리잖아? 의사들, 변호사들, 돈 많이 벌고 권력깨나 가진 사람들, 기존의 부자들은 세금도 안 내고, 고급 정보 요리조리 빼내서 떼돈 벌고, 돈 있는 집 자식들만 좋은 대학 가게 만들고.”

나는 아내의 딴판 살똥스러운 이야기가 생급스러웠다. 아내는 집에서는 노상 여리고 부드럽고 곱게 다사로웠다. 아내의 말에 대한 어쭙잖은 반발이 무심결에 퉁 튕겨 나왔다.

“세상이 본디 그렇게 돌아가는 거 아니야? 그래도 옛날보다는 좀 나아졌잖아?”

내 말은 불붙은 아내의 역성에 기름을 끼얹은 격이 되고 말았다.

“나아지긴 뭐가 나아져! 잘 사는 사람들한테만 나아진 거지. 요즘 사람들이 얼마나 불안해하는지 알아? 직장에서 언제 잘릴지 몰라 불안하고, 자식들 잘못 될까봐 불안하고, 노후대책이 안 되어 있어서 불안하고, 앞으로 돈 쓸 일은 더 많아지는데 돈벌이는 반대로 더 줄어드니 불안하고…. 뭐가 나아져? 상대적 박탈감만 더 커지는 세상인데! 세상을 굴리는 바퀴가 한쪽은 점점 더 작아지는 데 반해 다른 쪽은 점점 더 커지는 짝짝이 바퀴니까, 세상에 대한 무차별적 분노가 폭발하는 거야! 괜히 ‘묻지 마 살인’ 같은 게 일어나는 줄 알아? 세상에 대한 원망이 깊어지기 때문에 그런 거야!”

나는 눈을 감았다. 세상을 굴리는 짝짝이 바퀴가 눈앞에 어른거렸다.

머릿속이 왕왕거리고 속이 울렁울렁 메스껍도록 어지러웠다. 나는 날숨을 후 내뱉으며 두 눈을 딱 떴다. 긴 숨을 돌리는 아내 얼굴이 흐리게 번진 먹물처럼 거뭇거뭇하고 딱딱하게 굳어 있었다. 세상을 아락바락 탓하는 얼굴에서는 빛나는 고운 웃음이 생겨날 수 없듯 누군가의 잘잘못을 깐깐하게 따지고 드는 논리적 얼굴에서는 모두를 한데 어우러지게 만드는 울음이 터져 나올 수 없다. 얼굴에서 웃음과 눈물이 사라지면 사람의 마음은 감정의 가뭄으로 빼빼 메말라 쩍쩍 갈라지고 만다. 삶을 사랑하려면 미움부터 버려야 한다. 미움이 풀리고 녹아 사그라지면 시퍼랬던 원망도 구름이 걷히듯 온데간데없이 흩어져 깨끗한 샘물처럼 맑아진다. 모든 미움은 마음에서 생겨난 것으로 오직 마음으로만 없앨 수 있다. 나는 철학적 관점에서 아내의 주장을 반박했다.

"하지만 그게 사실은 다 자기 자신에 대한 원망이야! 지가 못나서 그런 거니까. 지 못나서 당하는 수모를 어디다 하소연을 하겠어? 체념할 수밖에 더 있어?"

아내는 찬웃음 섞인 한숨을 에후 하고 내쉰 뒤 뻣뻣했던 풀이 한풀 꺾인 듯 현실을 받아들이는 자세를 취했다.

"말이야 자기 말이 맞아. 하지만 애들 생각하면 뭐라도 해야지! 체념만 하고 있을 수는 없잖아? 어쩌겠어? 우리가 가만히 있으면 우리 애들이 바보가 되는데. 우리 애들 바보 만들 수는 없잖아?"

나는 눈썹을 찡긋, 입술을 비죽, 몸통을 옆으로 흔들거렸다. 이 우스꽝스러운 짓은 바보라는 말에 발끈 치밀어 오른 성을 누그러뜨리기 위한 시간 연장술이었다. 하지만 내가 말문을 여는 순간 채 가라앉지 않았던 마뜩잖은 결이 불룩 일렁였다.

"우리 애들이 왜 바보가 돼?"

아내의 분통이 다시 터졌다.

"요즘 누가 먹을 게 없고, 입을 게 없고, 잘 데 없어서 바보가 된답니까? 경쟁에서 뒤처지고 밀리면 바보지! 학교에 가서 꼴찌 해 봐! 왕따 당하지? 사회 나가서 돈 없어 봐! 누가 알아주나? 멀쩡한 사람이 앉아서 바보 되면 서러운 거야! 아무한테도 하소연할 수 없는 서러움 말이야!"

"…"

"우리도 너무 늦긴 했지만, 아직은 희망이 있어! 이 기회를 놓치면 끝이야! 조금 더 지나면 알고도 아무것도 할 수 없는 상황이 돼! 여기서 추락하지 않으려면 무리해서라도 무조건 버텨야 해! 죽을 때까지 앞만 보고 달려야 한다고!"

아내의 입술은 달구어진 쇠처럼 뜨거웠지만 단단했고, 스루어진 쇠처럼 물렀지만 듬직했다. 아내의 뿔은 희망으로 내달렸다. 희망은 껍질을 깨고 나가는 싹틈과 같다. 희망은 어미닭이 달걀 속 병아리의 껍질 깨는 소리에 때맞춰 바깥쪽을 탁탁 부리로 쪼아주는 생명 살림, 즉 줄탁동시啐啄同時를 필요로 한다. 아내의 뿔은 자기 아이들을 감싸고 지키기 위한 엄마의 뿔이었다. 아내는 자기의 마음속에 키워온 희망의 뿔로 자기 아이들이 그 감싸인 껍질을 깨고 나올 수 있도록 그 껍질을 하염없이 깨뜨리고 있었던 것이다. 아내가 뿔을 마주 쪼는 소리가 내 귀에도 비로소 들려오기 시작했다. 나도 그 소리에 화답했다.

"알았어! 우리 함께 우리의 희망을 살려 보자고!"

아내 얼굴이 밤새 닫혔던 꽃문을 아침마다 하늘로 힘차게 열어젖히는 파란 나팔꽃처럼 싱그럽게 활짝 피어올랐나. 아내가 사줏빛 나팔꽃 입술로 내 볼에 쪽하고 입맞춤했다. 나는 나팔꽃 줄기가 되어 아내를 휘감았다. 우리는 하루 동안 피었다 지는 나팔꽃 덩굴이 아니라 햇살을 줄기 삼아 서로의 사랑을 하늘 끝까지 퍼뜨리는 나발 꽃이 되고 싶었다.

한의 아리랑

그날 밤, 아이들이 모두 잠들자 아내는 아카시아 꿀물 한 사발을 팽하게 내왔다. 빌라 얘기를 하러 온 듯 보였던 아내가 내 시간 눈치를 살피더니 두 눈을 생글거리며 아침나절 얘기로 슬며시 말 물꼬를 텄다.

"오늘 뉴스 보니까 너도나도 다들 못살겠다고 아우성이야. 그런데 사람들 돈 쓰는 거 보면 절대 못사는 게 아니거든! 그런데도 어쨌든 사람들은 못살겠다는 노래를 부른단 말이야. 그 이유가 뭘까?"

삶의 높낮이는 누구 또는 무엇을 기준으로 재느냐에 따라 오르락내리락한다. 못삶은 가난함을 뜻하고 잘삶은 부유함을 뜻한다. 가난함은 살림에 쪼들리는 것이고, 부유함은 살림에 넉넉함이다. 쪼들림은 움직일 수 있는 자리가 좁아지는 것, 그래서 기를 펴지 못하는 것을 말하고, 넉넉함은 차고 넘치는 것을 말한다. 아무리 좁은 집에서 살아가는 사람일지라도 그 집이 고마우면 넉넉함을 느낄 테지만, 성채 같은 집에 살면서도 마음이 차갑게 메마른 사람은 집안에 갇혀 살고 말 것이다.

가짐의 많고 적음은 가짓수보다 마음먹기에 달린 문제이다. 그런데 많음이 수로써 재어질 때 많이 가진 사람은 높은 사람이 되고, 높음이 위를 가리킬 때 부자는 윗사람이 되거나 지배자가 된다. 못 가진 사람들은 불평등한 사회적 관계 때문에 마음앓이를 앓는다. 가짐의 크기가 오직 눈에 보이는 재산으로 재어질 때 못 가진 사람은 못사는 사람, 즉 삶의 능력이 떨어지거나 실패한 사람으로 딱 굳어져 버린다. 실패가 패배로 둔갑되는 이유는 사람들이 모두 앞다투어 돈 버는 것을 삶의 목표로 삼기 때문이다. 삶의 뜻과 목적이 다르다면 실패는 위로의 대상이 되겠지만, 삶의 뜻이 모두 똑같을 때 실패는 낙오자가 되거나 경쟁에서 패배한 사람이 될 뿐이다.

못사는 사람들은 못살겠다는 노래를 부르고, 잘사는 사람들은 잘살겠다는 노래를 흥얼거린다. 행복의 노래는 행복한 사람이 부르고, 절망의 노래는 절망에 사로잡힌 사람이 부른다. 사랑에 빠진 사람들은 사랑의 노래를 부르고, 노동하는 사람들은 노동요를 부르며, 감사에 넘치는 사람들은 감사의 찬송을 부른다. 사는 게 괴로운 사람들은 괴로움의 노래를 부르기 마련이다. 사랑의 노래는 사랑의 마음을 불러일으키고, 노동요는 노동의 힘을 북돋우며, 감사의 찬송은 감사하는 마음을 뜨겁게 달구어 준다. 괴로움의 노래는 사람들에게 자신이 괴롭다는 사실을 알리고, 그로써 사람들의 동정심을 사거나 스스로 괴로움을 달래기 위한 것이다. 나는 시인의 마음으로 아내의 물음에 대답했다.

"못살겠다고 노래 부르는 이유? 아마 그런 노래를 부름으로써 삶을 견딜 수 있기 때문이 아닐까? 노래가 삶의 거울이 되어 주니까…."

아내는 멈춘 내 말이 다시 이어지도록 마치 말에 채찍을 때리듯 물어왔다.

　"삶의 거울, 그게 무슨 뜻이야?"

　"거울은 비추는 거잖아? 슬픔의 노래에는 슬픔이 담기고 기쁨의 노래에는 기쁨이 비추겠지. 노래를 함께 부르는 사람들은 그 노래에 실린 삶의 장단에 함께 날갯짓을 치거나 같이 노를 저어 나가지. 같은 노래를 부르는 사람들끼리는 동병상련이랄까 공감이랄까 뭐 그런 동류의식이 생긴다고 할 수 있어. 그러면 삶의 거친 물살을 헤쳐 나가는 게 좀 쉬워지잖아? 노래는 삶의 길을 걸어 나가는 가락을 조율해 주는 악기와도 같아. 같은 노래를 부르면 서로 마음이 하나가 되어 외로움도 사라지고 괴로움도 덜어지며 슬픔도 달래져 몸맘이 한결 가벼워지잖아? 아리랑 같은 노래가 우리 민족의 애환을 달래 주었듯이 말이야."

　아내 얼굴이 파란 하늘 아래 둥글게 활짝 피어난 샛노란 해바라기처럼 해사해 보였다. 내 마음까지 둥실 가뿐해졌다. 나는 홀가분한 말투로 말을 이었다.

　"아리랑 같은 노래는 과거의 고통을 탈색시켜 미래의 희망을 바라보게 만들지. 노래는 현실을 초월하는 시간여행을 떠날 수 있게 해. 그로써 인생을 긴 눈으로 보게 해 주지. 노래는 삶의 역사를 읊어주는 시와도 같아. 그러니까 노래 속에는 삶에 대한 깨달음이 응축되어 있다고 볼 수 있지. 나이가 적든 많든 우리는 모두 노래를 통해 인생의 의미를 배우며 살아가게 마련이야. 배운다는 것은 사랑한다는 것과 통해. 꽃을 노래하면 꽃을 사랑하게 되고, 연인을 노래하면 연인을 사랑하게 되듯, 삶의 아픔들을 노래하면 그 아픔들마저 사랑하게 돼!"

나는 내 입에서 흘러나온 말에 스스로 흠뻑 취했다. 멀리 그윽했던 아내 눈빛이 가까이 반짝거리더니 아내가 가냘프게 떨리는 목소리로 대꾸했다.

"야, 자기 얘기 정말 멋지다! 노래를 통한 삶의 승화!"

나는 아내의 감탄사에 달떠 호들갑스럽게 말을 받았다.

"글쎄? 승화는 기체가 되어 날아가 버리는 것을 말하는데…. 노래는 삶을 승화시키기보다 삶을 있는 그대로 받아들이게 만들어. 노래는 승화 장치라기보다 소화 기관이야. 노래는 현실을 사랑하게 만들어. 아모르 화티! 자신의 운명에 순응하는 것을 넘어 그 운명을 사랑하고, 그래서 그 운명을 실제로 살아내는 거야. 그로써 자기 인생의 승리자, 즉 영웅이 되는 거지. 비록 자기를 알아주는 이가 아무도 없을지라도."

아내는 오른손을 내 어깨에 톡 얹으며 미더운 말을 살갑게 던졌다.

"사랑의 노래를 부르면 사랑의 삶을 살게 된다고? 자기야, 우리 앞으로 희망의 노래만 부르며 살자!"

나는 기지개를 켠 뒤 식어버린 꿀물을 훌훌 들이켰다. 정신이 맑아졌다. 나는 아내를 놀려줄 참으로 아내 말에 어깃장을 놓았다.

"노래는 말야, 의지만으로 불리는 게 아니야! 슬플 때 슬픔의 노래가 불리고, 기쁠 때 기쁨의 노래가 불리지, 슬플 때 억지로 기쁨의 노래를 지어 부른다고 그게 잘 불리겠어?"

"안 될 건 또 뭐야?"

"자기도 아침에 자신도 모르게 '한의 노래'를 불렀잖아!"

"그것도 노래인가? 그건 그냥 신세한탄이라고 해야 하지 않을까? 그게 노래든 아니든 상관없지만 그 내용을 한이라고 하기에는 좀….”

아내의 말길이 달막달막 끊겼다. 아내가 눈동자를 이쪽저쪽으로 굴리더니 말긋말긋한 눈으로 입을 열었다.

“옛날의 한이 운명적인 거라면, 내가 말하는 한은 인위적인 거라고 할 수 있어. 내가 정확한 구별을 해낼 수는 없지만, 어쨌든 다른 것만은 사실이야!”

나는 그 다름을 구별해 내기 위해 생각을 다져 나갔다.

“편의상 ‘한의 노래’를 ‘아리랑’이라고 하자.”

아내는 들을 귀를 쫑긋 세웠다. 나는 책상 위 종이에 아리랑이라고 쓴 뒤 그 낱말 옆에 식민지, 전쟁, 고향 등을 죽 내리썼다. 아내는 그 글자들을 가만가만 바라보았다. 나는 눈을 지그리고, 두 손을 머리 뒤로 깍지를 끼면서 말갈망했다.

“과거의 아리랑은 시대적 비운을 겪어야만 했던 사람들의 노래, 예를 들어 일제 강점기 식민지 상황이나 한국 전쟁과 같은 ‘절대적 궁핍’에 순응해야만 했던 사람들의 노래라고 할 수 있겠지? 개인은 자신의 운명을 난도질해 버리는 시대의 고난을 견디기 위해 노래를 불러야 했지. 전쟁에 휩쓸려 사랑하는 사람들을 잃게 되고, 무자비한 살육 행위에 강제로 동원되어 도덕적 자긍심을 잃게 되고, 삶의 모든 기초마저 무너진 간난의 질곡에서 헤어날 길이 없게 되고, 끝없는 억압과 압제 속에서 폭정에 시달려야만 했던 사람들이 살아남기 위해, 그리고 살아남아서 불러야만 했던 노래가 바로 아리랑이었지. 그들은 아리랑을 함께 부르면서 무지와 공포로 말미암아 저질렀던 폭력들과 그로 말미암은 돌이킬 수 없는 상처들을 곰삭혔던 거지.”

아내의 입술이 도톰히 튀어나왔다. 내가 아내 입술을 장난질 삼아 손가락으로 톡 건드리자 아내의 입에서 물음들이 잇따라 새어나왔다.

“아리랑은 누군가 겪어야만 했던 시대적 비운을 극복하고 치유하기 위한 노래라는 거지? 응, 그러니까… 말하자면… 삭임의 노래라는 거지? 시대적 궁핍을 삭히고, 그로써 개인의 불행을 극복한다는 거지?”

나는 아내의 물음에 고갯짓으로 먼저 대답을 했다. 나는 이런저런 생각들을 간동그려 말했다.

“삭이고 극복한다는 것은 견딤이거나 인내거나 참음이지. 여기서 극복은 비운의 삶을 자포자기하지 않은 채 끝까지 살아낸다는 뜻이야. 과거의 아리랑은 물질적 결핍뿐만 아니라 함께 살던 사람과의 이별이나 강제 노역, 신분적 억압 등으로 말미암은 아픔을 노래하는 듯해.”

아내가 손뼉을 짝 쳤다. 아내는 자신감 넘치는 말로 내 말끝을 달아 나갔다.

“이별의 아리랑! 그게 내가 아까 말하려던 과거의 아리랑이야. 요즘이야 교통이 좋아서 못 만나는 경우가 거의 없잖아? 전화나 인터넷만 있어도 서로 통신할 수 있으니까. 하지만 과거에는 한번 헤어지면 죽을 때까지 다시 만날 기약을 할 수조차 없었지. 요절하는 사람도 많고, 수명도 짧고, 변고도 많고, 세월도 하 어수선하니. 이별이 곧 죽음과도 같았던 거야!”

이별은 헤어짐이다. 헤어짐은 한데 뭉쳐 있던 사람들이 따로따로 떨어지는 것을 말한다. 뿔뿔이 흩어진 사람들은 무리를 짓거나 짝을 지은 사람들과 달리 쉽게 식어버린다. 흩어짐은 덩어리가 흐슬부슬 가루처럼 부스러져 내리는 것, 그로써 끝내 바람에 흩날려 간 곳도 모른 채 사라져 버리는 것을 말한다. 사라짐으로서의 죽음은 '끝끝내 만날 수 없는 헤어짐'이다. 아내가 얘기한 '이별의 아리랑'은 삶과 죽음의 갈림길에 매몰차게 맞닥뜨린 사람들의 노래인 셈이었다. 사랑하는 사람을 죽음과도 같은 헤어짐 속으로 떠나보내야 하는 뼛속 슬픔이 아리랑의 물감이었다. 아리랑은 슬픔의 고개와 아픔의 강을 굽이굽이 넘고 흐르는 메아리였다.

현대판 아리랑

"과거의 아리랑이 이별의 아리랑이라면 현대의 아리랑은 뭐라 부를 수 있을까?"

아내가 혼잣말같이 물었다. 물음은 가려움처럼 대답하고 싶은 기분을 자꾸만 불러일으켰다.

"현대판 아리랑은 '추락의 아리랑'이라 부를 수 있을 것 같아."

추락은 높은 곳에서 밑바닥으로 떨어지는 것이다. 추락은 날개 문제가 아니라 바탕의 문제이다. 추락은 남들의 눈길을 사로잡을 수 있을지는 몰라도 눈부시거나 황홀하기커녕 되레 섬뜩하고 끔찍한 일이다. 추락은 가슴 철렁 무섭다. 추락으로부터의 도피는 본능과도 같다. 추락의 공포를 느끼는 사람은 자신이 서 있었던 자리와 그 높이를 비로소 깨닫는다.

추락은 투신이 바이 아니다. 투신은 추락의 모순으로서 때론 진리의 이름을 얻기까지 하는 정치적 행위이지만 추락은 삶에서 겪을 수 있는

불행한 사고쯤 된다. 추락과 투신 모두 끝을 향한 파멸이지만, 투신은 새로운 첫걸음을 위한 응전이자 감춰진 숨은 진실을 처참하게 내보이는 행위 예술에 가깝다. 추락이 애꿎은 절망의 창조물이라면 투신은 희망의 유물이다.

추락, 그것은 실낱같은 희망의 빛마저 끊겨버리는 것이고, 깜깜한 절망 속으로 굴러 떨어지는 것이다. 절망은 추락의 날개이자 낭떠러지이다. 추락한 사람은 절망의 어둠에 갇힌 채 깨진 얼굴로 망가진 입술로 부러진 팔다리로 고통뿐인 삶을 살아야 한다. 그는 추락의 괴로움을 견디기 위해 아리랑 노래를 배우고 부른다. 아리랑 노래는 더 이상 떨어질 곳조차 없는 사람들이 사람다운 삶을 살고 싶다고 부르는 노래이고, 쓰리랑 노래는 그 노래조차 부를 수 없게 되는 막막함에 대한 삭임의 노래이다. 아내가 내 말에 말장구를 치면서도 말끝에 가시 말을 찔렀다.

"추락의 아리랑? 그거 말 된다. 하지만 추락한다는 것은 이미 높은 곳에 올라가 있다는 것을 뜻하는데, 대부분의 사람들은 높은 곳에 올라가 보지도 못하잖아?"

아내의 반문이 내 생각의 폭을 넓혀 주었다.

"추락은 상대적 개념일 수 있지 않을까? 남들은 모두 승진하는데 자기만 제자리걸음을 하고 있다면, 나는 추락하고 있는 게 아닐까? 이렇게 낮은 자리에서 벗어나지 못한 사람들은 추락의 공포 때문에 높은 사람에게 고개도 숙이고, 허리고 굽히고, 심지어 무릎까지 꿇어야 하지 않겠어? 추락은 사람의 삶을 납작하게 짓눌러 버려. 직장에서 잘리는 것 또한 추락의 공포를 불러일으키는 일이지. 그렇기 때문에 사람들이 직장 상사에게 몸을 잔뜩 낮춰 아니꼽도록 비위를 맞춰가며 그 자리에 붙어 있으려 하는 거 아니겠어?"

아내가 내 말에 맞장단을 치며 목에 힘을 주어 말했다.

"그렇지! 승진 탈락도 추락이고, 또 기회비용의 상실도 추락이야. 똑같은 값으로 누구는 강남에 아파트를 사고, 누구는 강북에 빌라를 샀는데 5년 뒤 집값이 비교할 수 없을 정도 차이가 났다면, 강북에 빌라 산 우리 같은 사람들은 상대적으로 추락했다고 할 수 있지. 그게 바로 앉아서 바보 되는 거라니까."

분수처럼 솟아오르던 아내의 말 힘이 주춤하더니 아내가 말길을 바꿔 잡았다.

"하지만…, 자본주의 사회에서 이런 경쟁에 의한 추락은 어쩔 수 없는 거 아닌가? 그러니까 다들 성공하려고 저 난리들이잖아? 어째 뭔가 말이 좀 안 맞는 것 같은데?"

나는 자본주의라는 말 앞에서 잠시 숨이 막혔다. 자본주의는 사람의 본성을 이기적인 것으로 여긴다. 이 전제가 맞는다면 모든 사람은 저마다의 이익을 키우기 위한 무한 경쟁에 즐거이 뛰어들어야 한다. 하지만 누가 모든 사람이 모든 사람에 대해 경쟁하는 자본주의 체제를 즐거워하겠는가? 우리는 사랑과 존경, 협력과 희생 등을 더 좋아한다. 자본주의는 분명 사람의 사람됨을 속여 왔다. 그럼에도 현대는 자본주의 사회 체제가 자리를 잡았고, 우리는 현대인으로서 경쟁 상황으로부터 벗어날 수 없다. 나는 이마를 비비적거리면서 입을 뗐다.

"만일 자신의 추락이 공정한 경쟁에 의한 것이 아니라, 말하자면, 추락

의 원인이 자기 자신의 불성실이나 게으름에 놓인 게 아니라 어떤 불공정성이나 부정의 또는 부당함 때문이었다면 한이나 원망이 생기지 않을까?"

아내가 무릎을 탁 쳤다. 막힌 샘물 뚫린 듯 아내의 말문이 술술 열렸다.

"그렇지! 최선을 다했지만, 투자할 돈도 없고, 정보도 없고, 빽도 없고, 여건도 뒤받쳐 주질 않으니 가난에 허덕일 수밖에! 비상하는 사람들 대부분은 운이 좋은 덕분이잖아? 그래서 추락하는 사람들은 더 약이 오르고 분통이 터지는 거야! 그때 추락은 더욱 뼈저린 거고. 그래서 아리랑을 부르는 거야. 내 아버지는 왜 부자가 아니냐고, 나는 왜 머리가 나쁘고 운이 나쁘냐고, 남들은 다 성공하는데 왜 나만 실패하느냐고."

말을 마친 아내의 눈빛이 말똥말똥 반짝거렸고, 그 얼굴에는 뿌듯함이 번졌다. 나는 고개를 크게 끄덕였다. 아내는 눈알을 요리조리 굴리더니 입을 벙싯거리며 부드러운 목소리로 추락의 근본적 원인을 진단했다.

"어쩌면 성공과 실패보다 자기를 남들과 비교한다는 것 자체가 우리에게 한이 쌓이는 진짜 이유인지도 모르지? 요즘은 뭐 굶어 죽는 사람은 거의 없잖아? 죽음 같은 이별도 드물고. 맞아! 모든 건 이제 상대적인 문제야!"

추락의 상대성 원리는 동창회 모임에서 매양 잘 드러난다. 고등학교 때 나보다 못났던 친구가 에쿠우스 자가용을 몰고 나타나면 나는 구차스레 주눅이 들어 열등감에 사로잡히거나 구질구질 비굴해지기까지 한다. 동창은 우리가 스스로의 삶을 견줄 어깨이다. 지난날 나보다 뒤떨어졌던 친구가 현재 나보다 높거나 앞선 것처럼 보이는 순간 우리는 허탈하게 불행해진다. 하지만 나는 재벌 2세에게는 아무런 열등감을 느끼지도 억울해하지도 않는다. 내가 아내의 말을 이었다.

"상대적인 문제라는 것은 비교 우위를 점하려는 욕망의 문제라고 할 수 있어. 그렇다면 현대인들이 부르는 아리랑은 '욕망의 아리랑'이고, '소유의 아리랑'이고, '웰빙의 아리랑'이고, '투기의 아리랑', 즉 '돈의 아리랑'이라고 부를 수 있겠다!"

돈 얘기가 나온 춤으로 아내가 생글거리며 농담을 건넸다.

"돈의 아리랑? 돈이 없어서 돈을 달라고 부르는 노래? 그럼 돈의 아리랑을 부르면 돈이 생길까?"

나도 장난기 어린 표정으로 아내의 얼굴을 올려다보며 대꾸했다.

"생기지! 돈 좀 생기라고 '돈 아리랑'을 부르는 거니까. 하지만 문제는 모든 사람이 돈의 아리랑을 부르기 때문에 나보다 돈이 더 많이 생기는 사람들이 늘 있다는 거야. 그래서 나는 다시금 가난함을 느끼지."

"뭐야! 그럼 여전히 '돈의 아리랑'이 끝나질 않잖아?"

"끝나지 않는 노래? 아니, 끝날 수 없는 노래가 됐지. '돈의 아리랑'은 가질 수 없기 때문에 생겨나는 '부러움의 아리랑'이고, 아무리 노력해도 그 벌어진 격차를 따라잡을 수 없기 때문에 울려 퍼지는 '원망의 아리랑'이지. 그뿐 아니지! 자본과 권력의 폭력 앞에서 탈락하고 추락할 수밖에 없기 때문에 울부짖는 '저주의 아리랑'이기도 해! 아프고, 또 아픈 일들만 일어나서 '아리랑'이고, 잊으려 해도 마음 깊은 곳으로 더 깊이 파고드는 쓰라린 일들만 거듭돼서 '쓰리랑'이겠지? 아리랑 쓰리랑, 쓰리랑 아리랑!"

창문으로 둥실 달이 떠올라 있었다. 사람이 잠들 때였다. 나는 대화를 정리하려는 뜻에서 말을 빨리했다.

"아리랑도 시대정신을 반영하지 않을 수 없겠지? 그렇기에 오늘날의 아리랑에는 체념 대신 악이 쌓이고, 승화 대신 복수심이 불타고, 삭임 대신 원망과 공격성만 무성해지고, 한데 어우러짐 대신 자기 한탄과 무차별적 분노만이 어둡게 삶을 짓누르는 거 아니겠어? 사람에 대한 분노, 세상에 대한 분노, 자기 자신의 어리석음에 대한 분노, 미래에 대한 분노! 분노의 아리랑이지…."

내 말이 잦아들자 아내는 얼른 문을 열고 거실로 사라졌다. 나도 자리에서 일어나 곯아떨어진 아이들 얼굴을 비비적비비적 훑어보고 돌아왔다. 이번 학기에는 일주일에 스무 시간이 넘는 강의를 해야 했다. 그것은 이글대는 뙤약볕 아래 흐물흐물 달아오른 아스팔트 한낮 길 위에서 마라톤을 하는 것과 같았다. 나는 강의 준비물들을 요일별로 갈라 책꽂이에 가지런히 차려 넣어둔 뒤 거실로 나섰다. 벌써 밤 열두 시가 넘었다. 아내는 바닥에 신문을 좍 펼쳐 읽고 있었다. 아내가 신문에 코를 박은 채 돈 문제를 꺼냈다.

"자기야! 그런데 평수 씨 돈은 언제까지 갚아야 하지? 그 돈도 갚긴 갚아야 하는데…."

평수라는 이름을 듣는 순간 고마운 마음이 일었다. 동시에 생각만 해도 끔찍했을 일들과 모습들이 스쳐 지나갔다. 나도 참 무심한 사람이었다. 그동안 평수한테 전화 한 통 하지 않았으니. 나는 생각 난 김에 아내에게 말의 가락을 뗐다.

"내일 평수한테 전화해 볼게."

아내가 뭉그적뭉그적 대답에 뜸을 들이더니 엉뚱한 말을 했다.

"평수 씨가 돈을 달라고 하면 줘야겠지만, 달라고 하지도 않는데 일부러 갚을 필요는 없잖아? 어쨌든 우리가 지금 가진 돈이 4천만 원인데 이거면 전세 5천 정도 끼고, 은행에서 약 1천만 원 정도 대출을 받거나, 더 좋은 건, 누구 아는 사람한테 1년 정도만 융통하면 1억짜리 빌라를 살 수 있어. 1년이면 천만 원은 충분히 갚을 수 있어."

아내는 아침 내 벌러 왔던 말을 꺼냈다. 나는 소파에 누웠다. 아내는 내 다리를 받치고 앉았다. 내가 들을 귀를 쫑긋 세우자 아내가 부동산 흐름을 얘기하기 시작했다.

"현재 강남 땅값이 1년 전하고 비교하면 거의 두 배가 올랐어. 목동하고 과천은 말할 필요도 없고…. 우리는 그런 데는 살 엄두도 못 내겠지만…."

나는 손깍지를 껴 머리를 벤 뒤 진지하게 물었다.

"누가 우리 동네 집값이 오른대?"

아내 입가에 선웃음이 크게 번졌다. 아내는 두 손바닥을 사각사각 비비며 꼭꼭 숨겨 왔던 비밀을 속닥거리듯 말했다.

"지난번 병원에 입원해 있었을 때 나랑 같은 날 애를 난 애기 엄마가 귀띔해 줬어. 이 동네가 재건축이 될 거래. 그러면 땅값이 막 뛰고, 나중에 아파트로 들어갈 수 있대. 그런데 아파트 값이 비싸니까 빌라 한 채만 덩그러니 갖고 있는 사람들은 중도금 때문에 입주가 불가능해진대. 아파트 값이 너무 비싸니까. 물론 대출을 받으면 되지만, 이자 갚는 게 또 장난이 아니래.”

아내가 내 두 눈을 내려다보았다. 내 가슴이 콩닥콩닥 빨라졌다. 아파트는 그동안 우리와는 뎅그러니 동떨어진 물건이었다. 술자리에서조차 아파트 얘기만 나오면 분위기 패가 기가 사는 쪽과 기죽는 쪽으로 싹둑 갈렸다. 나는 가난한 티가 철철 넘치면서도 공부한다는 핑계로 기죽음을 면하곤 했지만 마음 한구석에서는 열등감 같은 것이 남아 있었다. 나는 벌떡 일어나 앉으며 물었다.

“그러니까 빌라를 사 두면 그게 나중에 아파트 살 효자 돈이 된다 이 말이지?”

아내는 내 질문이 재미있었는지 호호 웃어대며 내 말을 받았다.

“그렇지! 효자 돈이 되는 거지. 지금 우리가 1억에 산 집이 나중에 2억으로 오르면, 우리는 1억을 버는 거지. 그리고 현재의 우리 집 빌라가 2억으로 오른다면, 우리는 총 3억 정도의 자산을 보유하게 되고, 그러면 1억 원 정도의 대출만 받는다면, 40평대의 아파트를 얻을 수도 있다는 이야기야.”

“뭐 꿈같은 애기지만 듣기에는 좋다!”

아내는 딱 부러지게 말했다.

“꿈이 아니라 이젠 현실이 될 수 있어!”

바보들의 두 집 갖기

아내가 눌러놓은 부동산 재테크는 2004년 어느 한여름 밤부터 우리의 꿈이 되었다. 마음은 부동산 바람에 들떠 펄럭거리며 봉긋봉긋 부풀어 올랐다. 방울방울 맺힌 우리의 꿈 망울들은 한 떨기 꽃으로 필락 말락 했고, 부동산 봄바람이 살랑살랑 불어올 때마다 터질 듯한 부동산 꿈 봉오리 냄새가 온 집안에 그윽했다. 부동산 냄새만으로도 온 집안이 마냥 들썽거리기 일쑤였다. 꿈 사냥꾼으로 탈바꿈한 아내는 우리의 생각과 말과 행동과 돈 씀씀이까지 차츰 부동산에로 돌려놓았다. 안방과 거실에는 노상 부동산 전류가 흘렀다. 펼쳐져 있는 신문에는 부동산 관련 기사만 빼곡했고, 켜져 있는 TV 프로그램에서는 경제 관련 보도가 쉴 새 없이 삑삑댔다. 아내는 누군가와 통화할 때면 어김없이 부동산 관련 정보를 모아들였고, 인터넷 '즐겨찾기' 란은 아내가 추가해 놓은 부동산 관련 사이트로 넘쳐났다. 가계부도 부동산부로 담방 바뀌었다.

썩은 돈줄과 새로운 돈줄

10월의 어느 토요일 저녁, 나는 동네 구판장에서 바구니 두 개를 들고

아내 뒤를 따라 줄레줄레 장을 보고 있었다. 아내는 마감 떨이 물건들을 손 크게 텁석텁석 집어 들었다. 시장바구니에는 반찬거리 밭 나물이나 물고기 같은 생물들이 수북수북 담겼지만 산값은 3만 원을 넘지 않았다. 아내는 장 본 것들을 꼼바지런하게 손질하여 비닐봉지와 신문지에 갈무리한 뒤 냉장고에 착착 들여놓는다. 그게 우리 식구 일주일 먹거리이다. 아내는 운이 좋으면 덤까지 얻을 수 있는, 떨이하는 요 때를 무척 즐거워했다. 우리가 계산대에서 값을 치르고 지하 공판장 계단을 오르고 있는데 내게 전화가 왔다. 받을 손이 없었던 나 대신 아내가 손전화를 받았다.

"네, 한 창국 씨 핸드폰입니다."

아내가 엉거주춤 걸음을 멈췄다. 실망의 실타래가 까만 연기처럼 아내를 회회찬찬 감싸는 듯 보였다. 나는 더럭 뭔가 나쁜 소식인가 싶어 가슴이 털컹했다. 아내는 상대에게 자신의 감정 티를 드러내지 않으려는 듯 저분저분 말을 건넸다.

"네, 안녕하세요? 저는 한 창국 씨 아내 되는 사람입니다. 진작 인사를 드렸어야 하는데, 죄송합니다. 아~, 네. 그럼, 잠시만요. 옆에 계시니까 바꿔 드릴게요."

나는 장바구니를 계단 한 곳에 되똥 내려놓은 뒤 넉살스레 전화를 받았다.

"여보세요? 평수? 오랜만이다! 그래, 잘 지냈어?"

내가 전화를 끊자 아내가 먼저 시무룩이 발걸음을 옮겼다. 나는 주섬주섬 바구니를 다잡아 들고 성큼성큼 아내를 따라잡았다. 나는 아내의 실룩볼록대는 엉덩짝을 바구니로 툭 건드리며 새새한 웃음을 터뜨렸다.

"하하하! 어째 일이 잘 풀리나 싶더니…. 하지만 하늘이 무너져도 솟아날 구멍이 있다고 했으니까 너무 걱정하지 마! 뭔가 새로운 돌파구가 생길 거야."

흔들리는 가로등 불빛 아래 내 목소리가 너무 밝았는지 아내가 흘낏 뒤돌아보더니 퉁명스레 핀잔을 주었다.

"자기는 평수 씨 전화가 반가웠나 보네?"

나는 평수에게 걸었어야 했던 전화를 뭉그적뭉그적 미뤄왔었다. 다들 돈 빌릴 구멍 찾기에 눈알이 벌건 요즘 세상에 꾸어 준 돈 생각을 접을 사람이 몇이나 되겠는가? 평수가 내 손전화기 번호를 알아내려 여기저기 전화했을 생각을 하니 얼굴이 홧홧 달아올랐다. 바끄러운 속웃음이 입술에서 부스스 새어 나왔다. 아내가 정색을 하고 물었다.

"평수 씨가 돈을 달라고 해?"

"응."

"왜? 어디에 쓴대? 집 산대?"

"응. 부인이 이사를 하자고 한대."

아내 얼굴에 찬웃음이 썰렁 돌았다. 쌩쌩 내달리는 자동차 가을바람에 아내의 머리카락이 바스스 흩날렸다. 창백한 가로등 불빛은 쌀쌀한 길바닥에 나뒹구는 나뭇잎들만 또그르르 비추었다. 아내가 두 손을 바짓주머니에 꾹 찔러 넣고는 발로 바닥을 탁탁 차며 걸었다. 우리는 비탈길 기슭에 자리한 경로당 긴 의자에 아무 말 없이 나란히 앉았다. 지나가는 사람들로부터 가끔씩 희뜩희뜩한 눈총이 따갑게 날아왔다. 아내가 엉덩이를 툭툭 털며 일어나 씩씩하게 걸어갔다.

"평수 씨네는 어디로 이사를 간대?"

집에 돌아와 바지런히 장거리 손질을 마친 아내가 덤덤한 목소리로 조금은 메뜨게 내게 물어왔다.

"아직 정하진 않았대!"

아내는 내 말이 끝나자 늘어났던 고무줄이 제 모습을 되찾듯 이내 제 할 일로 돌아갔다. 평수에게 갚을 돈은 전화 한 방에 뽑혀 나갈 썩은 기둥뿌리와 같았다. 아내는 다음날로 평수 돈 3천만원을 길미를 조금 보태어 갚았다. 창문 밖 가을 밤하늘이 빛의 공해로 별 하나 없이 희부연 먼지로 뿌옜다. 나는 하늘과 나 사이에 희끄무레하게 낀 먼지 막을 날려버릴 눈대중으로 온 가슴을 빵빵하게 부풀린 뒤 입김을 후 내뿜었다.

그 바람을 타고 다시 따뜻한 새봄이 왔다. 동네 개나리가 폭 익은 참외처럼 샛노란 빛깔로 새끼 제비가 입을 짹짹 벌리듯 꽃망울을 톡톡 터트렸다. 여기저기 커다란 흰 벽보가 나붙기 시작했다.

"재건축을 추진합니다."

벽보에는 재건축 동의서를 제출해 달라는 말이 임시 재건축추진위원회 이름으로 담겨져 있었다. 통장들은 어깨에 재건축을 촉구하는 노란 띠를 두르고 골목골목 누비며 집집이 돌아다녔다.

"예진이네는 거 뭔가 재건축 동의서 냈어?"

내가 강의하러 아침 일찍 빌라 출입문을 밀고 나가자 골목을 쓰시던 할아버지께서 마당비를 지팡이 삼아 잦바듬히 몸을 세우며 물었다. 나는 얼른 허리를 굽실한 뒤 동의서를 내지 않은 이유까지 덧붙여 대답을 드렸다.

"거기에 인감증명서가 첨부되어야 한다고 하던데, 그걸 뗄 시간이 없어서 아직 못 냈습니다. 어르신은요?"

할아버지가 빗자루를 허리께로 슬쩍 비껴 세웠다. 할아버지는 흰 운동화에 흰 운동복 그리고 흰 장갑에 센머리까지 온통 하양치레였다. 할아버지가 충청도 특유의 어르신 말투로 침을 튀겼다.

"아 글씨…, 요 동네 사람들 전체가 난리들인데…. 둘만 모이면 다들 그 얘기여! 길 가던 사람들도 가다 말고 재건축 얘기만 한다니, 세상이 참 이상하게 돌아가는 거 같아. 우리 같은 사람은 아파트에 들어가지도 못할 텐데…. 그렇다고 젊은 사람들이 돈 좀 벌어보겠다고 저 난리들인데 반대할 수도 없구…. 참, 난감일세! 어허!"

나는 할아버지 이야기에 머릿골이 띵하고 울렸다. 나는 재건축 거품에 헛되이 덤벙덤벙 달떴던 내가 매매 낯부끄러워 아무런 대꾸도 할 수 없었다. 할아버지가 내 굳은 몸을 굽어보더니 꼿꼿이 추슬렀던 자세를 풀며 내게 잰걸음을 재촉했다.

"내가 출근하는 양반한테 괜스레 주책없는 말을 했구먼. 어여 출근해!"

"네! 다녀오겠습니다."

재건축에 관한 뭉글대는 생각들이 머릿속을 뒤죽박죽 들락거렸지만, 나는 더욱 늘어난 강의시간 때문에 부동산 문제는 거들떠볼 겨를조차 없었다. 아내는 아내대로 초등학교에 다니는 큰애와 유치원에 다니는 둘째 그리고 갓난아이의 뒷바라지에 눈코 뜰 새가 없었다. 우리들의 어제와 오늘 그리고 내일은 마치 그 끝이 보이지 않는 흰 종이 위에 그려지는 밑

줄처럼 하루하루 막막하게 이어질 뿐이었다. 우리가 하루를 아무리 새벽부터 늦은 밤까지 꼬박 꽉꽉 채울지라도 아침이면 우리 앞엔 또 다른 텅 빈 하루가 덩그러니 펼쳐져 있었다. 하루와 또 하루는 땡볕 아래 늘어진 엿가락처럼 서로 찍찍 달라붙곤 했다. 어느 날은 새지도 않은 채 흘렀다. 시간의 끈적대는 더듬이 손에 붙잡힌 우리는 똑같이 되풀이되는 아침이 차라리 오지 말기를 바라곤 했다.

이윽고 여름방학이 코앞으로 닥쳐왔다. 온 동네 사람들이 재건축 문제로 욱시글거렸다. 사람들은 재건축 얘기에 잔뜩 눈독이 올라 여기저기 귀를 쫑긋거리며 수군거렸다. 사람들의 수군덕거림에 떠밀린 듯 집값이 껑충껑충 뛰었다. 동네 구석구석 집을 보러 다니는 낯선 사람들의 발길이 부썩부썩 늘었고, 부동산 이야기꽃은 더욱 활짝 피어났다. 우리는 치솟는 집값을 눈앞에 마주하고도 팔짱만 낀 채 도끼눈으로 강 건너 불구경만 해야 했다. 아내는 애간장이 땅속 불처럼 몽개몽개 타들어가는 듯 보였다.

나는 부동산과 아내에게서 두 눈을 질끈 감았다. 대학 강사에게 두 달의 방학은 자유롭게 연구할 수 있는 긍지의 시간이기는 했지만, 고등실업자로 굴러 떨어져 아내의 눈칫밥을 먹어야 하는 시련의 시기이기도 했다. 나는 채만식의 『탁류』에 나타난 악의 문제에 관한 논문을 끝마치는 데 몰입해 들어갔다. 아내는 재건축 문제에 신경을 곤두세운 채 틈나는 대로 집 밖을 들락거렸다. 여름 방학이 끝나고 새 학기 강의가 막 시작되던 어느 날 아침 아내가 다시 돈 얘기를 꺼냈다.

"자기야, 더 기다리다가는 기회를 놓치겠어…. 대평 씨 있잖아…. 작년에 돈 좀 벌었다고 안 했어?"

“손 대평? 지 말로는 돈 좀 벌었다고 하던데, 왜?”

“대평 씨가 돈 좀 있을까?”

아내는 말 뒤끝이 생기지 않도록 말 모서리를 도사렸다. 나는 눈알을 짐짓 부라리며 아내 얼굴을 뚫어져라 쳐다보았지만, 긍정의 말투로 대답했다.

“왜 대평이한테 돈 좀 빌리라고? 얼마나 빌리게?”

“한 삼사천이면 될 텐데…. 어떻게 안 될까?”

아내의 눈빛은 별빛처럼 반짝거렸고, 입가는 웃음살이 번져 벙실거리듯 볼우물이 피었다. 애젊어 보이는 아내가 꼭 깨물어주고 싶을 만큼 귀여웠다. 내 말이 녹녹해졌다.

“사업하는 친구들이야 돈은 많지만 남 빌려 줄 돈이 어디 있겠어? 돈 있으면 지가 투자를 하겠지. 하지만 어쨌든 이따 대평이하고 통화한 뒤 자기한테 전화 줄게.”

늦은 3시. 강의가 모두 끝났다. 수강생들이 내 말에 쭉쭉 빨려 들어오는 통에 말 심지가 우쩍 뜨겁게 달아올랐었다. 마음은 뿌듯했지만 몸은 파김치가 되고 말았다. 나는 휴게실 소파에 축 늘어져 버렸다. 마침 아내가 아침에 했던 부탁이 떠올랐다. 나는 컬컬한 목을 자판기 커피 한 잔으로 축이며 대평이에게 전화를 걸었다.

“이 동네 시끄러운 건 너도 알지?”

“거기도 시끄럽냐? 시끄럽지 않은 데가 없구나?”

“우리 집사람이 너한테 돈 좀 빌리란다!”

대평이는 내 말하는 품이 재미있었는지 와하하하 너털웃음을 쳤다.

내가 돈을 빌리는 까닭을 설명하려 하자 대평이가 내 말을 톡 자르며 농담을 했다.

"야! 그러면 니 마누라한테 직접 전화하라고 해!"

대평이는 가슴이 시리도록 아직 혼자였다. 대평이는 한쪽 절뚝발이였지만 스스로 모든 재산을 일구었다. 대평이는 벌써 두 여자에게 사기 결혼을 당해 재산만 뭉텅뭉텅 날렸다. 대평이는 세상의 모든 여자들을 '속이는 불여우'라고 불끈대거나 '징그러운 속물들'이라고 시큰둥했다. 사십 줄에 접어들면서 대평이는 여자들에게서 멀찌감치 떨어져 나왔다. 그럴수록 대평이는 결혼한 친구들을 짠득짠득 들볶았다.

대평이는 자기가 술값을 낸다는 핑계로 술을 마셨다 하면 새벽까지 끝장을 봐야 했고, 술에 취했다 하면 몇 시든 상관없이 친구들에게 고래고래 전화질을 했다. 친구의 아내들은 그런 대평이를 대놓고 꾸짖다 못해 아예 전화까지 끊어버렸다. 내 아내만 홀로 대평이의 전화를 언제든 달갑게 받아주었다. 대평이가 우리 집에 전화할 때는 나보다 내 아내에게 한다고 보는 게 맞았다. 아내는 대평이 전화를 마치 누이처럼 살갑게 받아주면서도 걱정의 말이나 타이르는 말도 곧잘 했다. 대평이에게 아내는 일종의 전화 누이였다.

바보들의 집 사고팔기

아내가 내 눈앞에 5천만 원짜리 통장을 턱 내밀었다. 나는 일십백천 하면서 숫자를 세어 봤다. 이 돈은 평수돈 3천을 갚고 남은 돈 1천만 원과, 그 사이 저축한 1천만 원, 그리고 대평이에게 빌린 돈 3천만 원을 합친 것이었다. 나는 통장을 고이 접어 아내에게 돌려주며 아내의 손등을 쓰다듬어 주었다. 아내는 내 손을 쓱 밀어내며 다짜고짜 내게 부동산 투자에 관한 상식을 가르쳤다. 나는 얼결에 배우는 학생처럼 아내 말에 귀를 기울였다. 아내가 느닷없이 내게 시험 문제를 냈다.

"재건축 예정 지역에 빌라를 매입할 때는 반지하가 좋습니다. 그런데 알아보니까 이 지역 반지하는 이미 발 빠른 사람들이 다 채 가고 없습니다. 이때는 어떤 투자전략을 세워야 하나요? 한 창국 학생 답하세요."

"네, 지분이 크고 값이 싼 1층입니다."

"딩동댕동! 네, 맞았습니다."

아내는 한여름 무더위조차 어줍을 가을 땡볕도 마다하지 않은 채 돈에 맞는 빌라를 사겠다며 자줏빛 손가방을 들고 혼자 이리 뛰고 저리 뛰고 했다. 흥정마다 잇따라 허탕이었다. 살 수 있는 빌라의 씨가 말랐거나 남은 몇도 주인이 배짱으로 팔 값을 터무니없이 높게 불러댔기 때문이었다. 아내는 찾아가는 전략 대신 거미처럼 온 동네 부동산에 연락망을 쳐놓은 채 숨죽여 전화를 기다리는 전략을 사용했다. 9월 중순의 어느 토요일, 드디어 눈 먼 먹잇감 하나가 걸려들었다.

"나왔다구요? 네, 바로 가겠습니다!"

아내는 전화를 끊자마자 나를 재촉해 부랴부랴 부동산으로 나갔다. 숨이 차도록 뚱뚱한 아줌마 한 분이 한 손을 곁다리 삼아 소파에 너부죽이 앉아 있었다. 우리가 맞은 편 소파에 달뜬 몸놀림으로 앉기 무섭게 부동산 중개사가 한마디 흥정도 없이 계약서를 작성했다.

"이 물건은 1억입니다!"

중개사는 계약서 내용을 먼저 말로 선언한 뒤 줄줄이 글로 적어갔다. 빌라를 팔려는 아줌마는 좀 모자란 사람의 입에서나 터져 나올 법한 헤픈 웃음을 감추려 손바닥으로 연신 입을 가렸다. 나는 왠지 죄스러운 마음이 들어 계약서 쓰는 것도 아랑곳하지 않은 채 자리에서 일어나 사무실 빈 곳을 어정버정 왔다 갔다 했다. 모두들 나를 아예 모른 척했다. 나는 일회용 커피를 홀짝이며 다시 자리에 앉았다. 싱글벙글 웃고 있는 아줌마 얼굴은 두 볼이 제대로 부풀려진 구릿빛 호빵처럼 퉁퉁했고, 두 손은 막일에 시달린 듯 거칠고 우툴두툴 굵직했다. 발목까지 내려오는 잿빛 긴 주름치마에 두 다리를 쩍 벌리고 앉은 폼이 여장부답긴 했지만 현재의 빌라 시세나 이곳의 투자 가치에 대해서는 전혀 모르는 숙맥 같았다. 나는 아줌마를 속이는 듯한 거래가 못마땅해 찌르듯 물었다.

"빌라를 왜 파세요?"

아내가 재빨리 내 허벅지를 살짝 꼬집었다. 중개사도 허리를 젖혀 휘둥그레진 눈으로 우리 쪽을 잽싸게 살폈다. 아줌마는 찻잔 속의 회오리를 전혀 눈치 채지 못한 채 자신이 빌라를 왜 파는지를 느릿느릿 신나게 설명하기 시작했다.

"우리 아저씨가 빌라 사는 거 지겨우니까 어디 외곽으로 나가서 살자고 하더라고요. 그래서 내가 그럴 바에야 차라리 이참에 고향으로 내려가자고 그랬죠. 우리 아저씨도 좋다고 하고…. 그래서 팔게 됐지요. 이 빌라 판 돈을 가지고 고향에 가면 거기서는 잘 산다는 소리를 듣고 사니까, 그게 좋은 거지요."

나는 아줌마 고향이 어딘지를 묻고 싶었지만 입을 꾹 다물었다. 중개사가 계약서를 계속 써도 좋으냐는 표정으로 아줌마를 쳐다보자, 아내가 중개사에게 빨리 쓰라고 손짓을 했다. 중개사가 쓸 곳을 찾는 사이 아줌마는 숨겨야 할 비밀얘기까지 뱉어냈다.

"이게 다 여기 부동산 양반 덕이지요. 백만 원만 쥐여 주면 이 빌라를 1억에 팔아주겠다고 하기에, 얼른 그러라고 했어요. 우리는 그걸 5천에 샀거든요."

중개사 얼굴이 멋쩍은 웃음으로 벌그죽죽 일그러졌다. 나는 가슴 한쪽이 뜨끔뜨끔 저려왔다. 나는 어수선한 마음을 들키지 않으려고 밖으로 나갔다. 큰길가에선 자동차들이 무서운 속도로 줄줄이 내어 달리고 있었다. 빨간 신호불이 켜지자 무모한 질주에 대한 경고음처럼 잇달아 '끼익~끼익~' 소리가 났다. 아내가 계약이 끝났다며 나를 찔끔 불러들였다. 아줌마가 내게 두 손 모아 굽실굽실했다. 아내가 나를 교수로 소개한 모양이었다. 나는 계약을 마치고 집으로 돌아오는 길에 아내에게 물었다.

"자기는 부동산에 얼마 주겠다고 했어?"

아내는 내내 생글거리다가 내 얼굴이 뿌루퉁한 걸 보고는 오싹 걱정스러워지는 눈치였다.

"나는 주겠다고 한 건 아니고…."

"그럼?"

"그쪽에서 백만 원 달라고 해서 계약만 잘 되면 그러겠다고 했어."

아내는 고개를 숙인 채 사뿐사뿐 걸었다. 내 눈에 아내의 손가방이 큼지막하게 들어왔다. 나는 더 이상 물을 게 없었다. 아내는 우리 눈에 바보

같이 보였던 그 아줌마처럼 되지 않기 위해 안간힘을 쏟았을 뿐이었다. 어쩌면 다른 누군가의 눈에는 우리의 사는 모습이 어리벙벙한 멍청이들처럼 보였을 것만 같았다. 그날 밤 아내가 잠자리에서 내 귓가에 고맙다는 말을 했다. 그 말 한마디가 괜스레 부대끼던 내 맘을 고요히 잠재워 주었다. 고마워해야 할 사람은 아내가 아니라 나였다. 악착같은 아내 덕분에 가난뱅이였던 우리가 하루아침에 2주택자가 되었으니 말이다. 나는 아내 얼굴을 조용히 내 가슴에 안았다.

투자 불안

다음날부터 집값 오름이 마치 돛단배가 무풍지대에 들어선 것처럼 제자리에 딱 멈췄다. 멈춤세가 1주일 동안 이어지자 아내는 이내 가슴을 벌렁벌렁했다. 아내가 내게 그 집을 다시 팔자는 말을 꺼냈다.

"자기야, 우리 이 집 잘못 산 거 아냐? 오르지도 않는 곳에 사 두면 뭘 해! 다시 팔까? 어떡하면 좋아?"

"하하! 얄라차! 이런 걸 '가진 자의 불안'이라고 해! 그러기에 부동산 투기도 아무나 하는 게 아니지! 돈 벌기가 그렇게 쉬우면 누가 부동산 투기를 안 하겠어?"

아내는 울상이 다 되어 한 걱정을 늘어놓았다.

"난 지금 농담할 기분 아니야! 너무 비싸게 주고 산 거 아닐까? 떨어지면 어떡하지? 빌린 돈도 못 갚으면 큰일인데…. 자기 생각에는 어때?"

"비싸게 준 거는 아니야!"

“그렇지! 절대 비싼 건 아니지?”

“걱정하지 마! 잘 샀어!”

내가 아무리 골차게 긍정을 해도 아내는 마음속 가득 의심이 꽉 들어차 있는 듯 보였다. 아내는 일어나려던 나를 주저앉히며 의심의 눈초리를 잔뜩 세워가지고 물었다.

“그 부동산 중개사 있잖아? 혹시 떴다방 아니야? 좀 사기꾼 같지 않았어?”

아내는 얼굴까지 부르르 굳어져 있었다. 나는 아내의 어깨를 주물러주면서 내 나름대로 현재의 상황을 짧게 설명했다.

“땅값은 떨어지는 게 아니니까 조바심낼 필요가 없어! 그리고 지금은 여름 비수기 끝이니까 안 오르는 거야! 이사철 되면 또 오를 테니까, 지금은 그냥 잊은 듯 즐겁게 지내자고.”

“정말! 그럴까?”

아내는 다음 날 일찍 우리가 이미 산 ‘남북빌라’의 시세를 알아보겠다며 밖으로 나갔다. 우리는 사는 걸 너무 서두른 나머지 살 빌라의 현시세도 알아보지 않은 채 덮어놓고 산 셈이었다. 숙맥이기는 우리도 그 아줌마와 마찬가지였다. 나도 마음에 걱정거리들이 복작복작 들끓어 속이 편치 않았다. 돌아온 아내의 얼굴에는 근심이 한가득 진득진득 달라붙어 있었다. 아내는 혼잣말처럼 탄식을 내뱉었다.

“우리가 속았어! 너무 비싸게 샀어!”

나는 마침 점심을 차려 먹으려던 참이었다. 내가 아내의 숟가락을 챙겨 놓으며 퉁명스레 말했다.

“밥이나 먹자구!”

아내는 소파에 털썩 주저앉았다. 아내 입술은 얼어붙은 듯 보였지만 두 어깨는 달막거리고 있었다. 아내가 말했다.

“다른 부동산들 말로는 2천은 비싸게 샀다는데? 만일 그게 사실이면 어쩌면 좋아? 앉아서 2천을 손해 보게 생겼으니….”

아내 얼굴은 경련이 이는 듯 파랗게 질려 가고 있었다. 나는 밥상을 옆으로 밀어놓으며 아내에게 다가가 조심조심 물었다.

“어느 부동산이 비싸게 샀다고 그래?”

“지하철역 가까이 있는 부동산들은 다 비싸게 샀대!”

“아~!”

아내는 내 짧은 외마디 소리에 반짝 생기를 되찾았다. 나는 차근차근 따져 나갔다.

“그쪽 부동산들은 시세에 건물 값을 치지만, 여기 위쪽 부동산들은 건물 값을 안 치잖아? 대신 지분 값만 계산하지!”

“그래서?”

아내의 반문이 탄력을 받았다. 나는 아내의 반문을 디딤판 삼아 이야기 뜀을 시작했다.

“일반적으로 빌라를 사고팔 때는 우리가 은빛빌라를 살 때도 그랬던 것처럼 전용면적당 얼마 하고 값을 매기잖아? 새 빌라인 경우에는 거기에 집값이 추가되지. 하지만 재건축을 목적으로 빌라를 사는 경우에는 전용면적이 중요한 게 아니라 지분이 중요하므로 그때 빌라 값은 지분마다 얼마 하는 식으로 계산을 하는 거야! 우리가 산 남북빌라는 전용면적은 15평이지만, 지분은 11평이므로, 어떤 계산법으로 사느냐에 따라 가격 차이가 클 수밖에 없지. 예전 같으면 남북빌라는 8천이면 살 수 있는 물건이지만, 현재는 사정이 달라! 만일 그 물건이 8천에 나왔다면 우리한테까지 오지도 못했어! 그래도 자기가 1억을 제시해 놨으니까 기회가 온 거지! 현재 이곳의 부동산 흐름상 절대 비싸게 준 게 아니니까 걱정하지 마! 그리고 곧 이사철이 되면 집값이 뛸 거야! 그러니까 남의 말 때문에 그렇게 마음 졸이지 말고 맘 편히 있어!"

아내는 내 말을 듣는 내내 몸이 잔뜩 굳어 있었다. 아내가 투정꾼처럼 투덜댔다.

"비싸게 샀다는 말을 듣고 어떻게 마음이 편할 수가 있어? 돈 벌자고 한 일이 거꾸로 돈을 까먹는 일이 되면, 차라리 하지 않는 게 낫지!"

"우물가에 가서 숭늉을 찾아라! 엊그제 산 집이 하루아침에 안 오른다고 그렇게 성화를 부릴 거면, 다음부터는 부동산의 '부'자도 꺼내지 마! 이 동네 땅값은 이제 시작이야! 기다려! 기다리면 올라! 걱정하지 말라고!"

이사철이 다가오자 동네 집값이 또 한 차례 들썩였다. 신기하게도 재건축 추진 지역에서는 단독 주택보다 지분이 작은 빌라 땅값이 더 빨리 뛰었다. 아파트 당첨권을 노리는 투자자들에게 단독은 땅이 넓어 매입하기에 돈이 너무 많이 드는 단점이 있는 반면 빌라는 지분 10평 정도의 구입비용으로 당첨권을 얻을 수 있다는 장점이 있었다. 이곳 빌라는 이제 지분당 1천2백만 원을 넘어섰다. 그제야 아내는 한시름 놓은 듯 잔뜩 움켜쥐고 다니던 주먹도 바로 펴고 반찬도 좀 푸지게 차려 냈다.

빌린집살이 계층과 제집살이 계층

　2005년을 지나 2006년 부동산 시장은 걷잡을 수 없는 활화산과 같았다. 정부의 끊임없는 규제책 속에서도 아파트 값은 용암이 끓어오르는 듯 식을 줄 모르고 치솟기만 했다. 폭발의 중심 분화구는 강남과 과천 그리고 목동이었다. 화산재를 뒤집어쓴 채 부동산 추위와 무서움에 덜덜 떨어야 하는 사람들은 강남 얘기만 나와도 바그르르 신경질적 반응을 보였다. 우리는 재건축 아파트 꿈에 함씬 젖어 있었기 때문에 다른 지역의 집값 상승조차 느긋이 즐거워했다.

아파트 집값은 어쨌든 오른다

"자기야! 어쩌면 좋아?"

강의를 막 끝내고 오랜만에 만난 선후배 강사끼리 휴게실에서 씩둑꺽둑 이야기꽃을 피우던 내게 아내가 시름에 잠긴 푸르뎅뎅한 목소리로 전화했다. 나는 순간 가슴이 철렁 내려앉았다.

"무슨 일이야?"

"재건축 동의서가 절반도 안 걷혔대!"

"그래? 그럼 재건축 신청도 어렵겠네? 하지만 너무 실망하지 마. 신청은 내년에도 할 수 있을 테니까. 알았지? 힘 내!"

아내의 실망감이 가슴을 죄듯 짜릿짜릿 느껴졌다. 나는 맥 풀린 사람처럼 흐물흐물 소파 깊숙이 몸을 묻었다. 내 입에서 헛웃음이 새어나왔다. 부동산에 밝은 경제 후배가 재건축 얘기를 듣고 얼른 희떠운 말참견을 했다.

"재건축을 기다리는 것보다 어떤 희생을 감수하고라도 대단위 아파트 밀집 지역에서 가격을 리드하는 아파트를 구입하는 게 좋습니다. 이자 낼 힘만 있으면, 향후 이삼 년 내에 막대한 이익을 낼 수 있는데 왜 망설이겠습니까?"

경제의 말에 정치 선배가 대수롭지 않다는 듯 물었다.

"경제야, 너 최근에 아파트 샀다며? 3억 5천이라고 했냐? 그거 싸게 산 거야?"

"시세보다 조금 싸지만, 다 주고 산 셈이지요. 그래도 없어서 못 살 지경이니까 잘 샀다고 봐야죠."

정치 선배가 다시 서울 토박이다운 수다를 떨어댔다.

"거기에 그 값이면 30평이 안 될 테고, 경제가 이미 1가구니까 엄마나 아빠 이름으로 샀겠지? 바보 아닌 다음에야 자기 이름으로 살 리가 없지. 안 그래? 그런데 돈이 어디서 났어? 난 그게 궁금해. 다 똑같은 강산데 누구는 아파트를 두 채나 갖고, 누구는 월세도 못 내서 남의 집에 얹혀살고…. 세상이 왜 이렇게 불공평한 거야!"

휴게실에는 마침 우리 셋 외에는 아무도 없었다. 경제가 짐짓 뻐기는

표정을 지어 보이며 자랑삼아 말했다.

"전세 끼고 사는 거야 당근이고, 제2금융권까지 동원해 모두 2억 2천을 대출받았습니다."

정치 선배가 바락 소리를 질렀다.

"너 미쳤구나! 2억 2천? 너 강사 아니야? 니 월급 전부를 이자로 내도 모자랄 텐데…. 앞으로 손가락 빨고 살 거냐? 너 앞으로 나 아는 척하지 마! 주변 사람들한테 돈 꿔 달라 소리나 하고 다녔다간 봐라!"

선배의 말이 조금 험해졌다. 경제가 눈살을 바싹 찌푸리며 괴로운 속마음을 털어놨다.

"사실, 요즘 잠이 안 오죠. 버는 족족 이자 내기 바쁘니까…. 내가 제정신인가 싶을 때도 있죠. 하지만 제 친구 중 한 명이 자기 연봉의 절반 정도를 이자로 내면서 강남에 아파트를 샀는데, 지금은 저희와 비교할 수가 없죠. 미친 짓인 줄은 알지만 결과가 달라지는 걸 어떡합니까?"

누군가 휴게실로 또각또각 들어왔다. 우리는 한동안 멀뚱멀뚱 침묵했다. 그가 다시 또박또박 걸어 나갔다. 문 닫히는 소리와 더불어 내가 경제에게 물었다.

"이미 아파트 값이 꼭짓점을 쳤다는 얘기가 많던데. 지금 아파트를 산다면 어디에 사는 게 좋은 거야?"

경제는 대답을 하려다 말고 벌떡 일어나 바짓주머니에 손을 넣어 동전을 꺼내 들고는 꼬마 커피자판기 쪽으로 갔다. 커피는 한 잔에 200원이었다. 나와 정치 선배도 경제를 꾸물꾸물 뒤따랐다. 저마다 종이컵 커피 한 잔씩을 손에 들고 소파로 되돌아와 앉았다. 경제가 입을 한 번 쩍 벌려본 뒤 아파트 동향을 조감해 주었다.

"강남 큰손들이 강남을 떠나 강북으로 이동한다고 합니다. 내년 1월에 부동산 시장이 또 한 차례 요동을 친다고 합니다."

나는 커피를 호로록 한 모금 마셨다. 텁텁한 커피 첫물이 입안 가득 하뭇했다. 커피물이 뱃속까지 자릿자릿 흘러내리자 피곤했던 몸이 사르르 풀렸다. 정치 선배가 커피의 개운한 맛을 떨치듯 경제의 전망에 맞장구를 치고 나왔다.

"그럴 가능성이 커! 올 연말 10조 원가량의 토지 수용비가 부동산 시장에 풀리면 결국 부동산 가격이 폭등할 수밖에 없겠지."

둘이 말휘갑을 떠는 바람에 말길이 댕강 끊겼다. 나는 말추렴에 겹쳐 부정적 전망을 내놨다.

"글쎄? 종합부동산세, 특히 1가구 2주택자 이상에 대한 중과세가 현실화된다면 양도 차익이 절반 이상으로 줄어들 테니 투기 심리가 가라앉을 건 분명하고, 또 현재 금리가 지속적으로 인상되고 있어 집값 대출에 대한 부담이 자연히 높아지고 있고, 따라서 수요가 줄어들면 아파트 값이 안정세를 취하지 않을까 싶은데…."

경제 후배는 볼 풍선을 폭 터뜨리며 내 말의 꼭지를 비틀고 나왔다.

"한국 부동산 시장에서 중요한 사항은 '어쨌든 아파트 값은 오른다.'는 사실입니다. 무엇보다 중요한 요소는 공급 물량이 부족하다는 사실이죠. 부족하니 아무리 규제가 강화돼도 오르지 않을 수 없는 겁니다. 아주 단순한 논리지만, 이게 바로 시장 논리인 걸 어쩝니까. 사람들은 시장 논리가 너무 단순해 불안해하는 거구요. 물론 아무 데나 오르는 건 아니고,

오를 만한 데만 오른다는 겁니다. 아파트 값이 전체적으로 하락해도, 오르는 곳은 계속 오른다고 합니다. 양극화가 심화된다는 거지요."

경제의 마지막 말에 정치 선배가 성마른 성격을 이기지 못해 평소 습관대로 눈알까지 부라리며 발끈했다.

"무슨 말이야? 양극화는 현재도 심해! 정규직과 비정규직, 이게 바로 양극화야! 교수와 강사, 전임과 비전임, 이게 양극화 아니야? 내가 보기엔 말야, 같은 강사들 사이에도 양극화가 있어! 너희들처럼 집 가지고 애도 있는 강사가 있는 반면 나처럼 집도 없고 장가도 못 간 강사도 있잖아? 경제가 시장 논리를 들먹였는데 그건 단순 논리야! 내가 보기엔 말야, 규제가 강화되면 돈 가진 놈들이 그 규제를 절대로 가만두질 않아! 정권을 확 뒤집어서라도 그 규제를 풀걸? 그게 바로 한국이야! 내가 보기엔 말야, 아파트 가격이 오르는 주범은 그 가격 오름세를 부추기는 제도 때문이지 시장 논리 때문이 아니야!"

경제와 정치 선배의 눈빛이 날카롭게 빛나기 시작했다. 그 둘은 숨을 고르며 상대를 공격할 틈을 노리고 있었다. 나는 다른 각도에서 아파트 가격 상승의 문제를 제기했다.

"나는 경제 얘기나 정치 선배 말이 모두 맞는다고 봐. 여기에 한 가지 덧붙인다면, 나도 들은 얘기지만, 한국이 무역에서 흑자를 내는 한 한국의 아파트 값은 오를 수밖에 없다는 사실이야."

정치 선배가 내 말에 가닥이 안 잡힌다는 듯 고개를 갸우뚱거리며 질문을 해 왔다.

"무역 흑자하고 아파트 값 사이에 무슨 인과적 관계가 있다? 잘 납득이 안 되는데…. 좀 자세히 말해 봐."

나는 선배에게 설명하는 방식을 취했다.

"박정희 때까지만 해도 무역으로 달러가 들어오면 달러가 국내 시장으로 직접 유입되지 않도록 막았다고 합니다. 국내 경기가 과열되지 않도록 하기 위한 조치였던 셈이죠. 이런 정책이 박정희 말부터 바뀌었는데, 그 결과 달러가 국내에 들어오는 즉시 시장으로 흘러들어가기 시작했고, 당시 달러가 원화에 비해 약세였기 때문에 달러 유입은 곧바로 원화의 통화량 팽창으로 이어지고, 내수 시장에 돈이 넘쳐나게 된 것이지요. 그 돈이 어디로 갔을까요? 안전하고 수익성이 높은 아파트로 몰리게 되니 아파트 값이 뛸 수밖에 없었던 겁니다. 아직까지는 이러한 구조가 지속되고 있다고 봅니다."

경제가 말참견을 하듯 한마디 덧붙였다.

"현재도 통화량이 너무 많아 문제랍니다. 그러니 아파트 값은 계속 오를 수밖에요!"

주먹구구 부동산 전망

정치 선배가 그 대목에서 화제를 확 바꿨다.

"근데 니들은 노인네 앉혀 놓고 집 자랑만 할 거냐! 니들 얘기 들어줬으면 밥이라도 좀 사야 되는 거 아냐! 요즘 젊은 것들은 예의가 없어. 우리 때는 안 그랬는데 말이야. 한 박사, 안 그래!"

우리는 모두 크게 웃었다. 내가 먼저 가방을 덥석 챙기며 제안했다.

288

"용두동 주꾸미 어때요? 좀 맵긴 하지만 세상 씹는 안주로는 일품이죠."

모두들 화장실에 들러 나란히 볼일을 끝내고, 학과 일에 관해 몇 마디씩 얘기를 주고받으며 지하철역으로 걸었다. 우리는 제기동 6번 출구에서 내렸다. 좀 어둑해서였는지 동네가 좀 허름해 보였다. 정치 선배가 우스갯소리를 던졌다.

"왜 하필 용두동이야? 용머리가 이렇게 생겼나? 용 대신 주꾸미라…. 용꿈이나 쭉 꾸라고 주꾸미가 됐나?"

대꾸는 없었다. 사창가처럼 길가 쪽으로 커다란 통유리창을 낸 주꾸미집들이 싼 가격표로 손님들을 유혹하고 있었다. 흰 와이셔츠를 입은 사람들, 긴 머리 빨간 입술의 아가씨들, 제멋대로 차려 입은 대학생쯤으로 보이는 젊은이들, 다양한 사람들이 둥근 탁자에 주꾸미처럼 둘러앉아 쭉쭉 술잔을 들이키고 불꽃같은 몸짓으로 서로 이야기를 주고받는 장면들이 환한 불빛 아래 번뜩였다. 정치 선배가 가격표를 보고는 소리를 질렀다.

"한 박사! 여기 싼데, 여기로 들어가지?"

나는 정치 선배의 옷을 더럭 잡아끌었다.

"싼 줄은 저도 압니다. 하지만 싼 데는 다 이유가 있겠지요? 저를 믿고 따라오세요. 제가 쏠 테니까."

"그렇다면야 대환영이지! 야, 경제야 너는 언제쯤 돼야 선배 모시는 법 좀 제대로 배울래?"

경제는 길바닥만 내려보며 걸었다. 경제 기분이 좀 가라앉는 듯 보였다. 보통 때라면 누구보다 경제가 먼저 밥을 먹으러 가자고 했을 것이고, 물론 계산도 누구보다 먼저 했을 것이다. 나는 경제의 등을 가볍게 한 대 툭 쳤다. 경제가 얼굴에 웃음을 띠었다. 나는 한 주꾸미 집 앞에서 그 집을 선택한 이유를 밝혔다.

"여기 고흥 주꾸미 집 주꾸미는 제가 먹어본 주꾸미 가운데 가장 맛이 있습니다. 또 제아무리 많이 먹어도 1인분밖에는 못 먹는다는 장점도 있습니다."

우리는 고추장 국물이 튀는 걸 대비해서 가슴까지 오는 앞치마를 두른 뒤 요리가 나오기도 전에 먼저 소주 한 잔씩들을 시원하게 들이켰다. 안주는 기본으로 제공되는 홍합탕이었다. 홍합탕은 40대에게는 겨울철 시장 바닥이나 길거리 포장마차에서 눈 내리는 가운데 둘씩 셋씩 무리지어 떠먹던 추억의 음식이었다. 우리는 허기도 달랠 겸 철판 위에 지글지글 쪼글쪼글 익어가는 주꾸미들을 한 첨씩 상추며 배춧잎이며 둥글얇게 썬 무에 싸서 먹기 시작했다. 땀이 뻘뻘 났다. 어느 정도 시장기가 가시자 경제가 다시 부동산 얘기를 꺼냈다.

"한국의 흑자 구조 때문에 아파트 값이 오른다고 하셨는데, 그럼 한국이 무역에서 적자가 나면 아파트 값이 폭락하게 되나요?"

나는 기억을 더듬으며 신중히 대답했다.

"무역 적자가 생기면 아파트 값이 폭락한다고 보는 것은 무리지. 폭락하려면 투매, 즉 덤핑이 일어나야 하는데…. 누가 천신만고 끝에 산 아파트를 손해를 무릅쓰고 팔려고 하겠어? 아파트를 가진 사람들은 경제적으로는 어느 정도 안정되어 있기 때문에 투매가 일어날 가능성은 매우 낮다고 봐."

식당에 사람들이 늘어나 주변이 온통 시끌벅적해졌다. 말소리가 점점 커졌다. 술에 적당히 녹은 우리는 서로를 따뜻한 눈길로 마주보며 대화를 즐길 수 있게 되었다.

"아파트를 투매할 정도로 많이 가진 사람은 이미 거부일 테니까 투매할 필요가 없을 테고, 달랑 한 채 가진 사람들은 그걸 팔면 당장 살 곳이 없어지기 때문에 투매할 용기가 없을 테고…. 따라서 아파트 투매가 일어나려면 한국의 중산층 전체가 공동의 위기 상황에 처해야 하는데, 현재 그런 위기 징후는 보이지 않고. 하지만…."

경제가 아파트 가격의 하락을 암시하는 듯한 내 마지막 말에 두 귀를 곤두세웠다. 정치 선배가 우렁우렁 건배를 제안했다. 벌써 소주 세 병이 비워져 나갔다. 정치 선배는 북한의 핵 위기와 전쟁 위기 등을 폭락의 위기 요소로 꼽았지만, 스스로 그 가능성이 현실적으로 희박하다는 이유를 들어 철회했다. 나는 선배에게 아파트 값에 영향을 미치는 새로운 요소를 설명했다.

"인플레이션 위험이 점점 현실화되고 있습니다. 인플레 압력은 이미 중국에서부터 시작되었습니다. 물가가 치솟고 있지요. 세계의 공장이었던 중국의 값싼 제품들 덕분에 그동안 한국과 미국 그리고 전 세계가 인플레 공포에서 벗어나 있었지만, 이제는 결코 안전하지 않습니다."

정치 선배가 재빨리 응수했다.

"물가가 오르면 아파트 값이 떨어진다는 얘긴데? 니 말은 앞뒤가 안 맞는다. 물가가 오르면 아파트 값도 덩달아 오르는 게 당연한 순리 아니야?”

　나는 고개를 크게 끄덕인 뒤 굳은 표정으로 대답해 나갔다.

　“맞습니다! 그러나 문제의 핵심은 물가가 아니라 금리에 있습니다. 사람들이 아파트를 살 수 있었던 가장 큰 요인은 은행에서 돈을 빌릴 수 있었다는 데 있지요.”

　정치 선배가 남의 치부를 드러내는 기쁨을 만끽하듯 놀림 투로 재빨리 말을 받았다.

　“경제처럼! 은행이 나쁜 놈들이야. 강사한테 돈을 빌려 주면 어떡해! 이자 갚고 나면 한 푼도 안 남는 강사들은 뭐 먹고살라고 돈을 빌려주는 거야. 아니면 강사한테는 이자를 받지 말던지. 정말 나쁜 은행들이야~.”

　경제는 참았던 담배를 피워 물었다. 마음이 답답해 보였다. 경제가 담배연기와 더불어 물었다.

　“금리가 오르면 어떻게 되는데요?”

　“금리가 오르면 이자도 오르고, 과도한 대출로 집을 산 서민들은 이자 부담 때문에 아파트를 팔아치우려 하겠지? 하지만 아파트를 사려는 사람들은 가격이 더 떨어지기를 기대하고 매수시기를 뒤로 미루지. 그렇다고 투매가 일어나지는 않습니다. 문제는 소줍니다.”

　나는 소주 한 병을 추가하면서 주꾸미를 졸인 곳에 밥 한 공기를 넣어 볶아달라고 요구했다. 볶은 밥은 안주로도 손색이 없었다. 이 입 저 입으로 볶은 밥이 바삐 퍼 날라지는 바람에 술안주는 금세 동이 났다. 식당 안 열기는 후끈 달아올라 있었다. 고함에 가까운 대화를 나누는 사람들 통에 서로의 말소리를 제대로 알아듣기 힘들었다. 정치 선배가 급한 성격을 참지 못하고 결론을 재촉했다.

"뜸 좀 그만 들이고, 아파트 값이 도대체 언제 떨어지는지만 얘기해 봐! 감질나 죽겠네. 아파트 값이 확 폭락해야 나 같은 사람도 좀 아파트 살 마음이나 가져 보지. 경제한테는 불행이겠지만, 하하!"

우리는 서로의 미래와 건강을 위해 건배했다. 사실 진짜 술안주는 부동산 얘기였다. 새로운 안주가 필요한 시점이었다. 나는 단도직입적으로 말했다.

"은행이 파산하면 아파트 값이 폭락합니다."

정치 선배가 소리쳤다.

"야! 그런 얘기라면 나도 하겠다. 은행이 망하는데 안 망할 데가 어디 있어? 고작 그 얘기 하려고 그렇게 질질 끈 거냐? 김샜다!"

하지만 경제는 입술을 악 다물고 있었다. 문제의 핵심을 이해한 눈치였다. 나는 정치 선배를 향해 약간 훈계조로 말을 했다.

"사람이 말을 시켰으면 좀 끝까지 들어주는 척이라도 해야 되는 거 아닙니까? 반은 농담이지만, 선배가 아파트를 살 수 있는 시기는 절대 안 옵니다! 왜냐고요? 어떤 정부도 은행이 망하도록 내버려 두지는 않을 것이기 때문입니다."

정치 선배는 짜증을 냈다.

"그래서 뭐야! 은행이 망한다는 거야 안 망한다는 거야!"

"내가 무슨 족집게 도사도 아니고 그걸 어떻게 알겠습니까? 제 얘기는 금리가 오르면 결국 은행 대출이 어려워지고, 은행이 대출 사업을 못하면 망하게 된다는 거고, 정부는 은행이 망하지 않도록 금리를 내리려 하겠지만, 그렇게 되면 시중에 돈이 더 풀려 인플레이션이 더욱 심화되는 악순환의 고리가 만들어진다는 겁니다! 물가는 오르는데 정부는 자꾸만 금리를 낮춰야 하지요! 모순이 발생하는 겁니다! 결국 자체 모순은 붕괴하는 법 아닙니까?"

정치 선배는 잘 정리가 안 되었는지 골똘히 생각하다 말고 얼굴을 일그러뜨리며 소리를 질렀다.

"야, 좀 알아듣기 쉽게 말해 봐! 그래서 언제 아파트 값이 떨어지는데?"

경제가 한 입 거들었다.

"제가 듣기에는 창국 선배님이 하시고자 하는 말씀은 현재 전 세계적으로 인플레 압박이 심해지고 있고, 덩달아 대출 금리도 오르고 있다는 얘기고, 결국 이자 부담 때문에 아파트 가격이 더 오르지는 않을 거란 겁니다. 하지만 물가는 계속 오르게 되니까 결론적으로는 아파트가 투자 가치를 잃게 된다는 겁니다. 비록 투매는 일어나지 않을지라도…. 그렇게 되면 저희 같은 경우는 큰 손해를 보게 된다는 겁니다."

정치 선배가 뭔가 깨달은 듯 손가락을 튀기며 내질렀다.

"빙고! 언젠가 거품이 꺼진다는 말씀? 당연하지! 왜 쥐꼬리만큼 받는 강사료는 물가가 오른 만큼씩만 오르는데, 아파트 값은 무슨 토끼발이라도 달렸다고 날마다 껑충껑충 뛰어오르기만 하냐? 이건 비정상이거나 일종의 정신병이야! 처단하거나 치료해야지? 거품이 뭐야? 아파트 가진 사람들끼리 짜고 치는 고스톱처럼 가격을 자꾸 올려놓는 거 아냐?"

선배의 말에 내가 반문을 했다.

“하지만 사람들이 가격 내리자고 담합하지도 않겠죠?”

내 질문에 선배가 뜨악하니 날 쳐다봤다. 이번에는 경제가 반색을 하며 맞장구를 쳤다.

“당연하죠! 자기 집값을 일부러 떨어뜨릴 바보들이 어디 있어요? 그런 일은 절대 없지요.”

식당 아주머니가 잠시 아는 체를 하며 오징어무침을 서비스 안주로 내왔다. 대신 우리는 소주 한 병을 추가했다. 양파의 사각 씹히는 소리와 개운한 뒷맛이 깔끔했다. 입안이 상큼해졌다. 나는 약간 취기가 올랐다. 따끈한 공짜 커피 한 잔을 주문했다. 소주에 커피를 곁들여 마시는 취미도 그리 드문 것은 아니었다. 정치 선배가 읊조리는 신세타령이 귓가에 들려왔다.

“난 말이야, 집도 없지, 마누라도 없지, 자식도 없지, 자동차도 없지, 골드 카드도 없지, 여자 친구도 없지, 투기할 돈도 없지, 희망도 없지…. 또 내가 뭐가 없지? 야, 경제야 내가 또 뭐가 없냐? 니가 좀 가르쳐 주라!”

“하하하! 그래도 선배님은 낭만을 가지셨잖아요!”

내 말에 선배가 호탕하게 함께 웃었다. 웃음소리가 채 가라앉기도 전에 경제가 내게 아파트를 살 계획이 있는지를 물었다. 나는 즉답을 하는 대신 집의 판세가 어떻게 변해갈지를 말했다.

“현재 아파트를 사느냐 안 사느냐는 미래의 집값에 달렸겠지. 미안한 보기가 되겠지만, 정치 선배가 미래 세대의 전형적인 모습이 될 거라고 봐.”

정치 선배는 술맛에 함씬 젖어 있었다. 무슨 말을 하든 다 넉넉히 받아들일 만큼 녹녹해져 있었다.

"내가? 영광인데! 미래 세대의 전형인 나를 적당히 가지고 놀아라!"

나는 부동산 관련 세대 지형도를 가볍게 설명해 나가기 시작했다.

"한마디로 말해 미래 세대는 아파트 값이 현재대로만 유지된다 해도 결코 집을 살 수 없어. 왜냐? 안정된 직장이 없기 때문에! 즉 은행에서 결코 대출을 받을 수 없기 때문에! 물론 부모가 부자라면 사정이 다르겠지만!"

경제는 소주 한 모금을 홀짝 마신 뒤 진저리를 쳤다. 더는 술을 마실 수 없다는 신호였다. 시끄럽게 떠들던 한 무리가 나가자 식당이 갑자기 조용해졌다. 식은 홍합이 다시 덥혀 나왔다. 숟가락질이 바빠졌다. 우리 옆자리에 진한 화장에 얼굴이 예쁜 여자 셋이 자리를 잡고 앉았다. 덕분에 우리 자리까지 활기가 넘치는 듯했다. 소나무 향수가 풍겨 왔다. 말하는 게 신이 났다.

"경제에서는 선점하는 게 중요하다고 합니다."

내 말이 채 시작하기도 전에 정치 선배가 허리를 잘라 먹었다.

"선점, 그거 좋지! 문제는 아직도 선점할 게 남았냐는 거지! 이미 여기저기 다 차지해 버렸는데…."

"제 말이 바로 그 말입니다. 현재 집을 가진 사람들은 선점의 이득을 누리게 될 사람들이지만, 미래 세대는 차지할 집이 안 남게 된다는 겁니다. 지금이 막차 탈 때라고들 하지요? 막차를 놓친 사람은 아예 기차를 탈 수 없게 되지요."

경제는 술 대신 물 한 컵을 다 들이킨 뒤 이마를 쓱쓱 문지르며 반문

해 왔다.

"그럼 지금이 무조건 아파트를 살 때라는 말씀이네요?"

"시기야 정확히 모르지! 선점의 때가 언제 끝날지는 예측이 어려워. 다만 한 가지는 분명해. 한국사회에서 양극화는 더욱 심화될 것이고, 따라서 비정규직도 더욱 늘어날 수밖에 없고, 결국 임대주택 수요자가 기하급수적으로 늘어날 수밖에 없어!"

정치 선배는 술기운에 벌어진 웃음을 얼굴 가득 머금은 채 날카로운 공격 태세로 질문을 해 왔다.

"그래서 정부가 임대주택 공급을 늘린다고 하잖냐? 그러면 아파트 값은 떨어져야 정상 아니야?"

정치 선배는 마지막 낱말을 내뱉은 뒤 입모양을 그대로 유지했다. 일종의 토론에서 승리를 예감할 때 나오는 자신감이었다. 나는 얼른 길쭉하게 자른 홍당무 한 토막을 그 입속에 쏙 물려 준 뒤 카운터펀치를 날렸다.

"그러나 임대주택이 늘어날 수밖에 없다는 사실은 전세가 월세로 전환된다는 거지요. 정부가 지을 수 있는 임대주택은 아주 제한적입니다. 일본이나 독일 등은 모두 월세가 일반화되어 있습니다. 우리도 그런 추세로 가고 있지요."

"까짓것 갈 테면 가라고 해! 갈 때 가더라도 노래방까지는 갔다가 가자!"

빌린집살이와 제집살이

정치 선배는 부동산 얘기에 흥미를 잃은 듯했다. 반면 경제와 나는 노래방에 취미가 없었다. 내가 새로운 제안을 했다.

"옮깁시다! 요 앞에 생맥주 집으로!"

맥주는 입가심으로는 언제든 환영 받는 술이었다. 다들 가벼운 발걸음으로 자리에서 일어났다. 술값 밥값 모두 합쳐 3만 원이 채 안 나오는 바람에 모두들 기분이 좋았다. 주인아주머니에게 다시 오겠다는 떠들썩한 인사를 건넨 뒤 호프집으로 자리를 옮겼다. 밥집 골목에 있는 맥주집이라 좀 한산했다. 테크노 음악이 흘러나왔다. 음악에 조예가 깊은 정치 선배가 다푸트 펑크의 음악 세계를 감동적으로 소개해 주었다. 맥주 두 잔에 사이다 한 잔이 나왔다. 분위기 쇄신을 위해 정치 선배가 완 샷을 제안했지만, 저마다 한 모금씩 찔끔거리고 말았다. 서로 웃었다.

"언젠가 선배님이 한번 무슨 계층 구분에 관한 말씀을 해 주신 적이 있는데, 잘 기억이 안 나네요. 집과 관련한 것이었는데…."

경제가 기억을 더듬으며 주제를 다시 부동산 쪽으로 몰았다. 정치 선배도 반대하는 눈치는 아니었다.

"아, 빌린집살이 계층과 제집살이 계층?"

내가 주제를 확정하자 경제가 무릎을 쳤다. 정치 선배는 신기한 듯 내 말을 되뇌었다.

"빌린집살이 계층과 제집살이 계층? 유산계급과 무산계급은 알겠는데, 누구 이론이냐? 난 처음 듣는데…."

"내가 만든 말인데…, 경제가 괜찮다고 해서…. 선배 생각은 어때?"

"빌린집은 임대주택을 말하는 것일 테고, '살이 계층'은 계급을 뜻하는 듯한데, 글쎄 말은 된다. 임대계층을 뜻하는 말이지? 좋아. 한번 써 봐. 그럼 월세나 전세는 뭐라고 말할 거냐?"

길거리를 지나가는 사람들이 우산을 펼쳐 들었다. 우산 없이 걷는 사람들의 발걸음이 젓가락 모양으로 커졌다. 내가 반문처럼 대답을 했다.

"월세는 '달거리 빌린집살이', 전세는 '해거리 빌린집살이'라고 할 수 있지 않을까요?"

"야, 너무 길고 이상해! 달거리는 여자들이 하는 거잖아? 그럼 남자는 월세를 못 하는 거냐?"

경제는 아까부터 일방적으로 듣는 태도를 유지했다. 나는 경제에게 건배를 제의하고 500cc 한 잔을 쭉 들이컨 뒤 맥주 한 잔을 더 주문하면서 끊겼던 말을 이었다.

"선배나 제 경우, 5년 뒤 만일 현재의 아파트 값이 두 배로 뛰어 있다면, 아파트를 절대 살 수 없습니다. 우리 가운데 목 좋은 곳의 아파트 값이 계속 오를 것이라는 데 동의하지 않을 사람은 없겠죠. 그렇다면 현재 시점에서 오를 아파트를 사 놓기만 한다면 5년 뒤에는 큰돈을 벌 수 있다는 얘기입니다. 그런데 왜 선배나 제가 아파트를 못 사냐? 돈이 없어서! 즉 은행 대출을 받을 수 없어서! 그럼 왜 대출을 못 받느냐? 안정된 직장이 없기 때문에!"

"…"

아무도 대꾸하지 않았다. 내가 말을 계속했다.

"집을 사기 위한 은행 대출은 앞으로 점점 더 어려워질 게 분명합니다.

만일 정부가 대출을 제한하지 않는다면 부동산 과열은 불 보듯 뻔한 일이고, 주식시장이나 기업 투자로 흘러가야 할 돈들이 부동산 시장으로 몰리게 됩니다. 결국 부동산 가격이 급상승합니다. 하지만 재화로서의 부동산은 동일합니다. 즉 물가 상승분 이상으로 오른 부동산 가격은 거품에 해당되고, 부동산을 갖지 못한 사람들은 그만큼 손해를 보게 됩니다. 부동산은 대개 소수가 대량으로 소유하는 경우가 많기 때문에 사회적 빈부격차, 즉 양극화는 더욱 심화됩니다. 부동산 부자들은 경제가 나빠져도 절대 집값을 떨어뜨리지 않습니다. 이자 부담도 많지 않을 뿐 아니라 월세를 그만큼 더 올리면 그만이지요. 그렇다고 월세 살던 사람들이 더 싼 곳으로 이사 가기도 어렵습니다. 왜냐? 다른 곳도 사정은 마찬가지이기 때문이지요.”

나는 좀 흥분된 어조로 빠르게 말을 마쳤다. 분위기가 좀 어두워졌다. 마침 새로운 낱말 하나가 떠올랐다. 나는 잊어버리기 전에 그 낱말을 붙잡아 입 밖으로 내보냈다.

“저는 저 자신을 턱걸이 계층이라고 부릅니다.”

나는 속으로 안도의 한숨을 쉬었다. 자칫 스쳐 지나가 버릴 뻔한 소중한 낱말 하나가 운 좋게 내 손에 굴러들어왔기 때문이었다. 좋은 시에는 찬사가 뒤따르는 법, 경제가 그 낱말을 칭찬하고 나섰다.

“제가 처한 상황에 딱 들어맞는 유일어네요! 철봉에 매달려 그 위로 올라가지도 그렇다고 손을 놓아 버릴 수도 없이 턱을 철봉에 대고 대롱대롱 매달린 사람들, 그들이 바로 턱걸이 계층이지요. 저는 요즘 제가 집의 노예가 된 것 같아요. 소득은 불안한데 대출 이자 낼 날은 순식간에 돌아오고, 그렇다고 아파트 값이 오르는 것도 아니고, 정부 정책은 부동산 투기를 뿌리 뽑겠다는 쪽으로 더욱 강경해지고 있고. 하지만 선배님 말씀대로 지금 아파트를 장만하지 않으면 다음에는 영영 기회 자체가 오지 않을 것 같다는 생각이 강합니다."

우리는 다시 거국적으로 건배를 했다. 그칠 줄 알았던 비는 더욱 거세졌다. 비가 그치면 날씨는 더욱 쌀쌀해질 것이다. 비가 오면 술맛은 더 좋아지지만 집에 가기는 그만큼 더 어려워진다. 술이 목으로 술술 넘어가기 시작하면서 서로의 주 업종인 강의 애기로 화제가 바뀌었다. 강의는 서로의 전공이 다를지라도 언제나 끊이지 않고 애기를 주고받을 수 있는 공동의 안주거리였다. 어느새 자정이 넘었고, 빗줄기도 고비를 넘겼다. 그 틈을 타 우리도 모임을 정리했다. 우리는 조금씩 비틀거리는 걸음으로 서로를 마음속 깊은 곳까지 품으면서 저마다의 집으로 돌아갔다.

한 치 앞 모를 까막길

나는 택시를 탔다. 졸음이 쏟아졌다. 비는 완전히 그쳐 있었다. 거리는 아름답게 깨끗해 보였다. 신호등은 물이 흐르듯 막힘없이 터졌다. 가슴이 후련했다. 창문을 조금 내리자 정신까지 맑아졌다. 주꾸미 집에서 나눴던 애기들이 택시 꼬리에 붙어 줄줄이 늘어섰다. 마지막까지 떨어지지 않고 매달린 이야기가 하나 있었다.

세상에는 두 종류의 집이 있다. 빌린 집과 제집! 제집에 사는 사람들은 주로 정규직 노동자들일 테고, 빌린 집에 살 수밖에 없는 사람들은 비정규직 노동자들일 것이다. 메뚜기처럼 이 일자리 저 일자리를 떠돌며 사는 사람들은 대부분 벌이도 시원찮을 뿐 아니라 수입도 부정기적이며 은행 대출을 받기도 어렵다. 뜨내기들은 불안전한 소득 때문에 대출을 꿈꾸는 것조차 쉽지 않고, 제집이 없으니 남의 집을 빌려 살아야 하고, 남의 것이니 집세를 내야하고, 집세 내고 나면 남는 게 없다. 그들은 근근이 먹고 살면서 집세가 오르면 두 가지 일을 해야 하고, 더 오르면 세 가지 일을 해야 한다. 제집 없는 사람들은 집세 내기 위해 일만 하고 살아야 하는 일벌레들, 아니 집의 노예들로 새롭게 탄생한다.

반면 집세를 받아먹는 사람들은 가만히 앉아서 돈을 번다. 그들은 힘든 노동에 시달릴 필요도 없고, 물가가 오르는 걱정을 할 필요도 없다. 집값이 떨어질 걱정도 없고, 자식에게 그 집을 물려줄 수 있으니 자식의 미래에 대한 근심까지 던다. 게다가 그들은 연금까지 나오므로 노후까지 참으로 자유인으로 살아갈 수 있다. 세를 놓을 수 있는 집 한 채만이라도 가진 사람은 부자가 된다.

미래 세대는 대부분 집을 가질 수 없다. 그들은 분가하자마자 빌린집살이를 해야 할 운명을 타고났다. 부모가 도와 주는 데도 한계가 있다. 집값은 계속 오르지만, 그들은 안정된 직장이 없어 비정규직으로 전전긍긍한다. 그들은 집 살 목돈도 마련할 수 없을 뿐 아니라, 은행 대출을 받을 수 있는 안정된 직장도 구하기 어렵다. 그들은 그저 집 가진 사람들에게 집세를 갖다 바치기 위해 사는 임금팔이꾼으로 전락한다. 그들은 인터넷 문화와 최첨단 문화를 즐기며 살아갈 수는 있어도 집을 소유하기는 어렵다. 그들은 소유에 의한 권력을 누릴 수 없다. 그들이 뛰어난 개인적 능력

302

을 갖추었을지라도 그들이 제집을 갖지 못하는 한 그들의 삶은 '떠돌이 살이'에 그치고 만다. 그들은 사람들에게 잊힌다. 그들은 그저 다양한 업종의 주요 고객일 뿐이다. 그들은 고객이기 위해 비정규직의 지위일망정 감지덕지해야 한다. 소유의 신화는 결코 몰락하지 않는다.

머릿속 생각이 막 정리되는 찰라 택시가 집 앞에 도착했다. 기분 좋은 드라이브였다. 거스름돈 2천 원은 팁으로 선물했다. 한마디 말도 건네지 않았던 기사가 앉은 허리까지 굽실거리며 감사를 연발했다. 또 기분이 좋아진다. 택시 문이 닫히는 소리까지 경쾌하다. 하지만 한 걸음을 내딛는 순간 몸은 천근만근이 되었다. 나는 우리 집 은빛빌라 계단을 터벅터벅 힘 빠진 걸음걸이로 올랐다. 현관문은 열려 있었다. 아내가 두 팔을 세모 깃발 모양으로 옆구리에 대고 있었다. 애교 섞인 눈총이 날아들었다. 드디어 나는 우리 집에 도착했다. 아내는 내 가방을 받아들면서 곧바로 재건축 얘기부터 꺼냈다.

"재건축 위원회가 내걸었던 현수막이 철거됐대."

"왜?"

"몰라. 구청에서 철거했대."

나는 씻으러 화장실로 들어갔다. 아내는 문을 열고 내가 씻는 모습을 계속 지켜봤다. 뭔가 할 말이 있다는 얘기였다. 아내의 낯빛이 어두워 보였다. 나는 조심스레 물었다.

"무슨 안 좋은 일이 있었어?"

아내는 힘이 하나도 없는 목소리로 대답했다.

"재건축 지역 내 아파트 당첨권이 1가구로 제한된대!"

나는 놀라는 표정을 지어 보였다. 그 사실은 우리가 최근에 산 빌라의 가치가 크게 줄어들었다는 것을 의미했다. 그렇다고 손해를 보는 것은 아니었다. 내가 화장실을 나오자 아내는 더욱 침울한 표정을 지어 보이며 말을 이었다.

"게다가 내년부터 1가구 2주택자에게는 중과세를 때린대!"

세제 개편은 충분히 예상되었기 때문에 크게 놀랄 일은 아니었다. 물론 그것은 우리에겐 양도 차익이 사라진다는 나쁜 소식이었다. 그동안의 노력이 허사가 되는 셈이었다. 집에서 이득을 보려면 새로 산 빌라를 올해 안에 파는 수밖에 없었다. 하지만 정책은 또 바뀔 수도 있는 것! 섣불리 팔았다간 마지막 기회마저 날리게 될 수도 있었다. 과연 부동산 시장이 정부의 정책을 끝까지 믿어 줄 것인지가 관건이었다. 만일 이 믿음이 유지되지 않는다면 부동산 정책은 실패할 것이고, 따라서 부동산 시장의 요구에 따라 정책은 다시 바뀌게 될 것이다. 그때 가면 정부의 정책을 믿고 따른 사람들만 후회하게 될 것이다. 예측은 어려웠다.

현 정부의 정책이 믿음을 잃는다는 것은 곧 정권이 바뀐다는 것을 의미했다. 한나라당이 정권을 잡게 된다? 어떤 일이 벌어질까? 보수주의자들의 승리가 될 것이다. 가진 자들은 더 갖게 될 것이고, 못 가진 자들은 더욱 빼앗기게 될 것이다. 밤은 깊고, 생각은 어둡고, 아내는 아름답지만, 지옥 같은 아침을 견디기 위해서는 잠의 묘약에 취하는 수밖에….

무너진 공교육과 부동산 도박

2006년이 연말로 슬렁슬렁 치닫고 있었다. 부동산 판세는 크게 두 갈래로 엇갈렸다. 한쪽은 지금이 투자의 마지막 적기라는 관점이었고, 다른 쪽은 지금 투자하면 결국 손해를 볼 것이라는 관점이었다. 두 관점 모두 지금이 '막차 시간'이라는 점에서는 일치했다. 어떤 사람들은 막차를 놓치기 전에 아파트를 사야 한다고 말했지만, 다른 사람들은 막차를 탔다가는 낭패를 볼 것이라고 예언했다. 나는 아파트 값이 현재 정점에 달했다는 분석에는 동의하지 않았다. 투기 세력이 있는 한 아파트 값은 계속 오를 것이다. 값이 오르면 돈이 없는 사람들은 아파트를 살 수 없게 된다. 아파트에 살고 싶다면 더 오르기 전에 사는 게 상책이었다.

새로운 선택

11월 말, 이제 더는 결정을 미룰 수 없게 되었다고 판단한 내가 아내를 마주 앉혀 놓고 강남으로의 이사를 제안했다.

"여보야! 우리 저 남북빌라 팔고, 여기 은빛빌라 전세 주고, 은행 대출 받아서 강남으로 이사를 가자. 이제는 결정을 해야 해! 더 미루면 기회를 잃게 돼."

아내는 고개는 끄덕였지만 미련이 남는다는 듯 말했다.

"그렇다고 값이 계속 오르는 빌라를 팔기도 아깝잖아?"

"아깝지! 하지만 집보다도 아이들 교육을 생각해야지."

아내는 교육을 무엇보다 중시했지만 부동산 문제 또한 가볍게 여기지 않았다. 나는 부동산에 대한 미련은 크지 않은 대신 주거 환경이나 교육 환경은 점차 중요하게 생각하기 시작했다. 아이들이 자라면서 겪게 되는 교육 문제들은 한 개인이 해결하기에는 불가능한 문제들이었기 때문이었다. 그것은 지역적 문제였고, 계층 내지 계급의 문제였다. 대학서열을 파괴하자고 외치는 사람들도 자신의 자녀들은 일류 대학에 입학시키는 게 현실이었다. 현실은 언제나 현실이었다. 나는 교육 현실에 무게를 실었다.

"올해가 지나면 늦어! 강남에 들어갈 수가 없게 돼. 집값은 너무 비싸고, 돈 벌 일은 없고…. 이대로 부동산 시장이 고착되면 우리는 여기에 갇히고 말 거야. 부동산 정책이 더 강화되기 전에 서둘러 강남에 말뚝 박기를 해야 한다고."

아내는 결단을 못 하고 같은 말만 되풀이했다.

"그야 그렇지만, 너무 아까운데…."

앞으로 값이 더 오를 물건을 지금 팔아버림으로써 손해를 보는 것은 누구나 싫을 것이다. 팔려는 남북빌라 자체는 우리가 애지중지할 만큼 좋은 물건이기커녕 들어가 살라고 해도 비좁고 낡아서 거절할 정도로 볼 품없는 상품이었다. 다만 그 집값은 큰 폭으로 오를 가능성이 높았다. 즉 투자 가치가 높았다. 이것은 아이들이 좋은 과자를 아껴 두었다가 가장 나중에 먹으려 하는 것과는 달랐다. 남북빌라에서 아까운 것은 집이 아니라 돈이었고, 이 돈은 미래로 굴려갈수록 덩치가 더욱 커지는 눈덩이와 같았다. 이 불어날 돈을 포기하는 것은 재주가 많은 자식의 앞길을 가로막는 것과 같았다. 안타까운 마음이 드는 것은 당연했다.

하지만 모든 것에는 다 그때가 있게 마련이었다. 때를 놓치면 아무리 아까운 물건일지라도 쓸모가 없게 된다. 아까움은 아끼려는 마음, 즉 어릴 때 설빔으로 받았던 귀하고 소중한 때때옷이나 신발을 닳을까 봐 입지도 신지도 못하는 마음과 같다. 몸이 자라고 발이 커지도록 옷과 신발을 아끼고만 있으면 그것은 곧 어리석음이 된다. 뉘우친 들 때는 이미 늦는다. 구르는 눈덩이처럼 계속 커질 것만 같은 돈도, 눈덩이가 봄이 오면서 다 녹아 없어지듯, 상황이 잘못 바뀌면 한순간 자신의 손아귀에서 몽땅 새어나갈 수 있다. 돈이 아깝다 한들 자식 교육만 하겠는가? 교육에는 때가 있고, 그때를 놓치면 돈은 쓸모없는 물질 덩어리에 불과할 뿐이다.

아까움이 집착으로 바뀔 때 그것은 모든 것을 갖고자 하는 욕심이기 쉽다. 지나친 욕심은 거꾸로 모든 것을 잃게 만든다. 사람들은 욕심 때문에 친구를 잃고, 자식을 잃고, 자기를 잃고, 생명까지 잃곤 한다. 만일 우리가 이러한 소중한 것들을 잃고 싶지 않다면, 우리는 욕심을 다스려야 한다. 욕심은 버려야 하고, 때는 잡아야 한다. 욕심은 그 본성상 빠져듦이고 매달림이기에 쉽게 버려지지 않고, 때는 본성상 흘러가 버리는 것이기에 사람을 기다려 주지 않는다. 사람이 되레 그때를 기다리고 따라야 한다. 사람이 기다리던 때가 왔음에도 움직이지 못하는 까닭은 그가 욕심을 버리지 못했기 때문이다. 나는 먼저 부동산 상황이 빠르게 변화하고 있다는 사실을 지적했다.

"집값 오름세는 이미 꺾였다고 봐야 해. 물론 급락이나 하락은 없어. 있어도 무시해도 좋을 정도일 거야. 앞으론 안정세가 유지될 거야. 물론 오르는 곳은 여전히 오르겠지만, 이곳은 더 오를 곳은 아니야. 또 오른다 해도 오십 퍼센트가 넘는 양도 세율 때문에 결국 집값 오른 보람이 환수 당하는 셈이지."

아내는 내 말에 고개를 끄덕였지만 마음속에는 다른 생각을 품고 있는 듯 보였다. 내 말이 끝나기 무섭게 아내가 일종의 반론을 펼쳤다.

"하지만 내년에 대선도 있고, 무엇보다 토지보상비가 10조 원 이상 부동산 시장에 풀린다는 얘기도 있잖아? 그러면 부동산 값이 다시 뛰지 않을 수 없을 거 아니야? 물론 양도세가 문제기는 하지만…."

서로 다 공감하고 있는 이야기들이었다. 나는 각도를 달리해 이야기했다.

"부동산도 중요하지만, 더 중요한 거는 애들 학교 문제야. 자기도 알다시피 예진이는 아주 총명한 아이야. 좀 더 좋은 환경에서 공부할 수 있게 해 줄 필요가 있어. 혜진이도 내년에 2학년이 되잖아? 혜진이한테 예진이 전철을 밟게 할 수는 없잖아? 예나 지금이나 학교공부만 갖고 좋은 대학 들어가는 것은 불가능해. 이 동네는 아이들도 그렇고, 학부모도 그렇고, 심지어 선생들까지 기본이 흔들리고 있는 것 같아."

공교육의 일그러진 현장 증언

내가 학교 문제를 들먹이자 아내는 울분을 토하듯 핏대까지 세워가며 말 수위를 높였다.

"내가 지금까지 이 학교를 4년 동안 쫓아다녔잖아? 한마디로 말해 계속 실망이야! 우리 예진이가 내년에는 좋은 담임 만나겠지 기대하며 살았는데…, 이젠 완전 포기야! 좋은 선생 만나는 건 하늘의 별따기야! 새로 온 선생들도 2년만 지나면 다 똑같아져!"

나는 아내가 그동안 내게 쉬쉬했던 이야기들을 듣게 되었다. 아내가 4년 내내 학교에 쏟았던 열정은 놀라운 것이었지만, 이제는 학교와 선생님에 대한 기대를 접은 것처럼 느껴졌다. 아내는 먼저 수업 분위기부터 폭로했다.

"예진이네 반 수업시간은 한마디로 엉망진창이야. 선생 따로 학생 따로, 완전히 따로국밥이야! 선생이 숫제 가르칠 마음이 없는 것 같아. 허구한 날 자습이야, 자습! 자습을 시키면 애들이 잘도 자습을 하겠다? 학생들은 자기들끼리 왔다 갔다 하고, 떠들고, 놀고, 나갔다 오고…. 그런데도 선생은 컴퓨터 앞에서 자기 볼일이나 보고. 다른 학부모 말에 따르면 선생이 컴퓨터로 증권을 한대. 그런 걸 보고도 말 한마디 못하니 속에서 열불이 나지. 무슨 만들기 과제는 죄다 학부모에게 시키고, 자기들은 청소도 안 하고…. 그러면서 '연구할 시간이 부족하다'는 현수막이나 내걸고…. 나 참 기도 안 차서. 자기들이 무슨 논문을 쓰기를 하냐, 교재를 만들기를 하냐. 인터넷에 있는 것 가지고 하면서 무슨 연구 시간이 부족하다는 건지."

아내는 그동안 참았던 화풀이를 하느라 그랬는지 말을 몰아친 끝에 한참을 씩씩거렸다. 나는 좀 이해가 안 됐다. 나도 모르게 반문이 흘러나왔다.

"설마? 그렇게 자습만 시켰을라고?"

아내가 두 눈을 똥그랗게 뜨고 나를 빤히 쳐다보았다. 내 반문도 당연하지만, 겪은 당사자가 경험담을 말하는데도 믿지 못하는 건 또 뭐냐는 투였다. 아내가 한 발 양보하며 말을 이었다.

"모든 선생이 그렇다는 것은 아니고, 지금 예진이 담임이 그렇다는 말이야! 자습도 모자라 선생이란 게 허구한 날 늦고…, 길이 막혔느니 어쩌니 하는 변명만 애들에게 늘어놓는다니까. 또 뻑 하면 수업시간에 교실을 나가요. 어딜 가는지…. 어떤 때는 수업이 끝날 때가 지났는데도 안 들어와요."

내가 아내에게 가끔 학교에 대해 물으면 아내는 웃으며 '학교 수준이 좀 떨어진다.'는 말로 뭉뚱그려 말해 줄 뿐이었다. 나도 학교 문제야 아내가 다 잘 알아서 하리라고 생각했기 때문에 큰 관심을 기울이지는 않았다. 다만 예진이가 학교에 가기 싫어한다는 사실은 잘 알고 있었다. 아내는 뭔가 근본적인 문제를 지적하기 시작했다.

"예진이가 수학 시험을 봤는데, 아주 기초적인 걸 틀린 거야. 그래서 내가 애를 좀 심하게 야단을 쳤는데, 예진이 말로는 선생님이 안 가르쳐 줬다는 거야. 내가 그럴 리가 있냐고 아무리 다그쳐도 예진이가 끝까지 자기는 안 배웠다는 거야. 내가 좀 열이 받아서 다음 날 선생한테 좀 따졌지. 시험을 위해서라도 좀 가르쳐야 되지 않겠냐고. 그러자 선생이 아예 대놓고 학원에 가서 공부를 시키라는 거야! 이 정도면 말 다 했지? 세상이 거꾸로 돌아가는 거야. 다른 애들은 다 학원 가서 배우는데 왜 예진이 혼자 학원엘 안 보내냐고 빈정대는데 뺨이라도 한 대 갈겨주고 싶었다니까.”

나는 이 이야기는 처음 듣는 얘기였다. 이미 지나가 버린 얘기라서 그런지 우리 애 얘긴데도 분노가 치밀지는 않았다. 나는 학부모 연대 얘기를 꺼냈다.

“그런 일이 있었으면 나한테도 말을 하고, 다른 학부모들한테도 알려서 좀 공론화하는 게 좋지 않았을까?”

아내는 몸이 쫙 풀린 사람처럼 소파에 털썩 주저앉으며 맥없이 그 이유를 설명했다.

“나도 왜 안 그러고 싶겠어. 그래서 여기저기 알아봤지. 자기는 공채 문제로 잔뜩 긴장해 있을 때였고…. 딴 학부모들은 아무리 얘기를 해도 들은 척도 안 하고, 그냥 ‘우리 애는 학원 보내요.’라는 말로 모든 논의를 차단해 버려. 교육청에 고발해 볼까도 생각해 봤는데, 그건 안 좋은 방법이라는 대답뿐이고.”

나는 그 이유가 궁금해서 얼른 물었다.

“왜 안 좋대?”

아내는 모든 걸 체념한 사람처럼 독백하듯 설명했다.

“그래 봤자 해결되는 건 아무것도 없고, 결국 우리 애만 선생들한테 찍히고 만대. 학년을 올라가도 선생들끼리 그런 정보를 주고받는대. 한마디로 졸업할 때까지 괴로운 거지. 다들 나보고 그냥 참고 죽어지내라는 거야. 나도 듣고 보니 어쩔 도리가 없더라고."

아내가 갑자기 무슨 생각이 났는지 분통이 터진 듯 목소리에 힘이 들어갔다. 아내는 아예 물병을 통째로 들고 와서는 한 잔 따라 쭉 들이키며 선생을 성토했다.

"내가 자기 화낼까 봐 말을 안 해서 그렇지…. 저번 봄에 올 들어 가장 심했던 황사가 왔는데, 선생이 그날 뭐 했는지 알아? 애들을 운동장에 세워 놓고 '황사 적응 훈련'을 시키는 거야! 내가 정말 돌겠더라니까. 내가 선생한테 황사가 왔으니 애들을 교실로 들여보내는 게 좋겠다고 아무리 애기를 해도 못 들은 척하고 극기 훈련 중이라는 말만 하는 거야. 그래서 내가 교장 선생님을 찾아갔지. 교장이 나가서야 겨우 애들을 교실로 들여보내는 거 있지."

나도 어이가 없어 웃었다. 아내는 정말 한국 아줌마였다. 여리고 아무 힘도 없어 보이는 몸으로 가끔 믿기 힘들 정도의 강단을 쏟곤 했다. 아내는 말은 이렇게 하면서도 올해 혜진이 배식까지 하러 다녔다. 그것도 막내를 등에 업고 가야 할 때도 있었다. 나는 예전에 누군가에게 들었던 애기를 물었다.

"그래도 이 학교가 촌지는 없다고 들었는데…."

아내는 손사래를 치며 부인했다.

"이 동네가 몇 년 전까지만 해도, 예진이 입학할 때만 해도 촌지 같은 게 없었는데, 그것도 이젠 옛말이 됐어. 돈 좀 있는 엄마들이 선생을 가만 내버려 두질 않아! 다 버려 놔! 촌지는 옛말이야. 대신 명품 가방을 선물해. 그것도 백화점에서 선생님 집으로 직접 배달을 시켜. 누가 알겠어,

아무도 모르지. 가방만 보내는 줄 알아? 홍삼 있지? 물론 세트로! 나도 옆 반 엄마한테 들은 얘긴데, 선생이 자기가 하고 다니는 화장품이 뭐냐고 묻더래. 나보고 그럴 때는 어떻게 해야 하냐고 묻더라고? 내가 모르겠다고 했더니 다음에 화장품을 집으로 배달했대! 그랬더니 선생이 자기한테 화장품 자랑을 하더라는 거야."

아내의 얘기는 정말 끝이 없었다.

"3학년 때부터 학교 임원을 뽑는데, 학기 초에 학교에서 임원수련회를 가게 되면 엄마들이 난리가 나. 선생 도시락 챙기기는 기본인데, 그 도시락 값이 하나에 십만 원씩이나 되기도 해. 다들 미쳤지. 왜 그렇게 되냐 하면, 같은 학년에 속한 반끼리는 일종의 충성 경쟁이 불붙기 때문이야. 엄마들 사이에 다른 반은 어떻게 했다는 둥, 작년에는 어떻게 했다는 둥 하는 수많은 이야기들이 떠돌면서 남들보다 더 잘하려는 이상한 분위기가 생겨. 그게 바로 학교를 완전히 망쳐 놓는 거야. 그런데 신기한 건 엄마들이 훌륭한 선생님들에 대해서는 전혀 신경을 쓰지 않는다는 사실이야. 그런 분들은 모든 엄마가 존경스럽다고 생각하면서도 아예 모른 척을 한다니까. 왜 그런지 모르겠어. 뭔가 밝히는 선생들한테만 잘해. 그러니 교육이 잘될 리 있겠어? 근본적으로 보자면 선생님보다도 엄마들이 더 문제야. 엄마들이 선생들 길을 잘못 들인 거야."

교육 현장에 교육이 없는 듯 느껴졌다. 대학에서 강의하는 내 입장에서 보자면 상상하기 힘든 모습들이었다. 어린아이들을 놓고 키 크고 힘센 두 종류의 어른들이 서로의 이익을 극대화하기 위해 안간힘을 쏟는 모습처럼 보였다. 그 현실에서 교육의 공공성은 따질 가치도 없는 물건인가 싶었다. 공공성의 핵심은 원칙을 잘 지키고, 자신의 할 일에 최선을 다하는 것일 수밖에 없다. 자습을 시키거나 수업 시간에 자리를 비우거나 받지 말아야 할 것들을 받는 것은 원칙에 어긋나는 일이고, 가르쳐야 할 것을 가르치지 않는 것은 불성실의 죄를 저지르는 것이다. 그런 불의를 저지르고도 그 자리에 계속 남아 있는 것은 양심을 저버리는 일이다. 양심 없는 곳에 제대로 된 가르침이 있을 리 없다. 그러나 현실은 너무나 단단해 보였다. 내가 교육의 미래가 암울하다고 막연히 느끼고 있는 사이 아내가 결정타를 날렸다.

"작년 11월 예진이네 3학년 교실에서 어떤 일이 있었는 줄 알아?"

나는 또 무슨 얘기를 듣게 될까 미리 놀라 반문했다.

"또 무슨 일이 있었는데?"

아내는 한숨부터 쉬었다.

"정말 사진이라도 찍어 놨어야 하는 건데. 3학년 담임을 맡은 여자 선생들 다섯이 모여서 예진이네 반 교실에서 삼겹살 파티를 한 거야!"

"교실에서? 애들이 있는 자리에서?"

"거기에 소주까지 마셔대면서!"

"뭐라고? 애들이 보는 앞에서 술까지 마셨다고? 학교에서?"

"그 삼겹살이랑 상추며 깻잎을 누구보고 사오라고 한 줄 알아? 다른 반 엄마한테 사 오라고 시킨 거야."

"그걸 아무도 말리질 않았단 말야?"

"…"

아내는 말이 없었다. 무력감이자 자괴감이었다. 스스로가 불의 앞에

서 힘없이 침묵했던 것에 대한 죄스러움이었다. 안타까움이자 분노이며 허탈함이었다. 내가 아내 대신 한마디 쏘아댔다.

"그 선생들은 오만하기 그지없는 것들이구나. 지들 잘난 줄만 알고, 세상 무서운 줄 모르나 보네. 도대체 무슨 심보로 교실에서 삼겹살 소주 파티를 열은 거야?"

아내는 감정이 북받쳤는지 눈시울을 붉혔다. 아내가 무슨 과거를 털어놓는 사람처럼 회상조로 말했다.

"휴게실에 가면 냉장고가 하나 있는데, 거기에는 소주가 늘 즐비해. 나는 거기는 잘 안 가서 모르지만, 엄마들이 사다 넣어준다는 말도 있고…."

삶의 방식으로서의 도박

나는 학교에 대한 믿음을 완전히 접은 사람처럼 말하는 아내 이야기에 마음이 더욱 무거워졌다. 그럴수록 내 마음은 이사를 해야겠다는 쪽으로 더욱 굳어져만 갔다. 나는 끝내 말에다 힘을 주며 물었다.

"그래서 자기는 강남 쪽으로 이사 가는 데 찬성이야?"

아내는 선뜻 대답을 하지 못했다.

"그게 어디 쉬운 문제야? 거기 집값이 얼마나 비싼데…. 또 지금도 계속 오르고 있는 빌라를 어떻게 팔아? 너무 아깝잖아?"

나는 입을 굳게 다물었다. 부동산 문제는 아내의 도움 없이 나 혼자 풀 수 있는 게 아니었다. 아니 사실은 아내의 과제였다. 지금 내가 나서고 있는 것은 남편의 자존심 때문인지도 몰랐다. 지난번 아내가 남북빌라를 사자고 했을 때 나는 남편으로서의 체면을 좀 구겼다고 느꼈다. 아마도 똑같은 일을 되풀이하지 않을 요량으로 이번에는 아내보다 내가 먼저 한 발 앞서 가고자 했을 뿐, 실제로 일이 벌어지면 나는 공부를 핑계로 발을 뺄 테고, 대신 책임은 결국 아내가 몽땅 짊어질 게 뻔했다. 나는 솔직해지고 싶었다. 나는 커피를 한 잔 타 마셨다. 고민스런 얼굴을 하고 있는 아내 모습이 눈에 들어왔다. 나는 머릿속에 들어 있던 복잡한 생각들을 얄랑얄랑 흔들어 날려버리면서 밝게 웃는 모습으로 결론을 내렸다.

"그렇게 고민할 거 없어. 이것저것 따져 봐서 이사할 수 있으면 하고, 무리다 싶으면 안 하면 되는 거니까."

그런데 아내가 마음의 결정을 내렸는지 얼굴을 밝히며 힘 있게 대꾸했다.

"아니야. 자기 판단이 늘 옳았으니까, 자기 생각대로 해! 난 자기가 힘들까 봐 그러지. 강남 쪽으로 이사를 가려면 돈도 빌려야 하고, 은행 이자도 메워야 하고…. 그게 다 자기 허리 휘게 하는 것들 아니야? 그게 어디 쉬운 문제들이야…."

우리는 서로를 마주보며 크게 웃었다. 마음이 온통 시원했다. 나는 아내의 볼을 살짝 건드리며 스스로에게 다짐하듯 말했다.

"그랬어? 나 걱정해 주느라 그랬던 거야? 걱정 마! 나도 감당할 수 없을 정도로 무리해서 움직이진 않을 테니까."

이렇게 우리 부부는 새로운 도전을 시작했다. 시간은 촉박했다. 올해가 지나면 막차를 놓치게 될 것이고, 우리는 이곳에 영원히 뿌리를 내려야만 할 것이다. 그때 아무리 뉘우친들 무슨 소용이 있겠는가? 만일 내가 교수가 되지 못한다면 우리는 현상 유지를 목표로 살아야 할 것이다. 현상 유지라는 목표는 미래를 포기한 자들의 운명이다. 미래가 없는 사람들은 살 곳마저 빼앗겨 평생 떠돌이 운명을 살 수밖에 없다.

나는 마음이 착잡했다. 오늘의 선택은 선택이기보다 도박에 가까웠다. 내기에는 언제나 위험이 따른다. 내가 내 힘으로 좋은 주거 환경과 교육 환경을 찾아갈 수 있다면 도박은 필요 없다. 그러나 우리의 결단은 단순히 도박만은 아니었다. 이것은 그저 운에 맡겨지는 단순한 노름이 아니라 스스로의 운명을 새롭게 열어나가는 도전이기도 했다. 나는 그렇게 자위했다. 이 도박은 단판 승부로 승패가 갈리는 놀이가 아니라 평생이 걸릴 수도 있는 삶의 방식인 것이었다. 내가 결연히 마음을 다잡아 갈 때 아내가 불쑥 물었다.

"그런데 간다면 어디로 가? 강남 쪽이면 아파트는 꿈도 못 꿀 테고…."

나는 그동안 주워들은 정보들을 열거해 나가는 방식으로 대답했다.

"2010년부터 광역학군제가 시행될 거래. 만일 그렇게 되면, 강남 자체로 이사 갈 필요는 준다고 봐야 해. 왜냐면 강남구에 가까운 이웃 지역에서도 아이들을 강남 학군으로 보낼 수 있게 되니까 말이야. 그런 가정 하에서 우리는 강남 인근지역의 빌라나 저가 아파트로 이사를 가면 되겠지. 아마 아파트를 사는 건 좀 어렵지 않을까 싶은데."

아내가 피식 웃으며 물었다.

"강남 근처에 집값 안 오른 곳이 어딨어? 봉천동 같은 데라면 모를까?"

"그건 찾아보면 알 테고…. 공 민경 선생이 그러는데 한양동이 좋다는데…."

"공 선생님? 그분 거기 사시지 않나?"

"맞아! 그러니까 믿을 만한 얘기지. 또 몇 가지 중요한 정보도 주셨는데, 그 근처로 꽤 괜찮은 고등학교가 이전해 들어온대요. 영어마을도 한양구 어딘가로 유치될 가능성이 높대. 구청장이 한양구 전체를 교육특구로 육성 발전시키겠다는 비전을 제시했다는 거야. 거긴 대학도 하나 있으니까 이미지는 잘 맞아떨어지는 것 같아. 만일 그렇게만 된다면 우리 애들 교육은 한 시름 더는 셈이지."

아내의 얼굴이 약간 상기되었다. '오~' 소리를 계속 내뱉으며 연신 고개를 끄덕였다. 하지만 얼굴 표정이 굳어지며 물었다.

"하지만 문제는 돈 아냐? 거기 집값도 장난이 아닐 텐데. 만일 이사를 간다면, 지금보다는 평수를 늘려서 가야 하는데, 그게 가능하겠어?"

"오 카이! 가능한지 안 한지를 한번 알아보자고! 우선 자기는 인터넷으로 그 동네 시세를 알아봐. 나는 민경 씨를 만나서 보다 자세한 얘기를 들어볼게."

우리는 모든 일을 일사천리로 진행했다. 시간이 다급했기 때문이었다. 우리가 계획했던 대로만 된다면 이사 자체가 불가능해 보이지는 않았다. 한양동에는 2억 원대 빌라들이 남아 있었다. 2006년 12월 초, 아내와 나는 고민에 고민을 거듭한 끝에 남북빌라를 1억 5천에 팔겠다고 내놓았다. 불과 몇 시간 만에 작자가 나왔다. 대기 중인 투기 세력임이 분명했다. 우리는 깜짝 놀랐다. 아내는 의심부터 했다.

"자기야, 우리가 잘못 내놨나 봐? 너무 싸게 내놓은 거 아냐? 팔지 말자!"

집을 내놓자마자 팔린다는 것은 그 집값이 싸다는 것을 뜻한다. 이때 팔려는 사람은 내놓았던 집을 거둬들인다. 즉 값을 올린다. 이런 일이 되풀이되면 집값이 금세 오른다. 하지만 우리는 올해 안에 이 집을 판 뒤 올해 안에 새집을 사야 했기 때문에 집값 올리기 장난을 할 새가 없었다. 나는 아내에게 마음을 비우자고 요구했다. 현재 우리에게 중요한 것은 막차를 놓치지 않는 것이었다. 아내도 내 판단에 모든 것을 맡겼다. 나는 매매계약서에 도장을 찍었다. 집을 사는 사람도 나와 비슷한 또래였다. 서로 간단한 악수만 하고 끝을 맺었다. 집이 좋으니 어떠니 등에 관한 이야기는 전혀 오고 가지 않았다. 우리는 대평이에게 빌린돈 3천, 전세금 5천을 제하고 5천을 번 셈이었다. 이로써 우리는 현금 7천만원을 손에 쥐었다.

발품 팔기

"오늘 아침에 전화 드렸었는데…."

"얼마 대를 찾으시죠?"

"2억 정도에서 전용면적 25평 정도의 빌라요."

"우선 자리에 좀 앉으시죠."

성심골든빌

코리아 부동산 중개사는 살이 오동통 오른 몸집에 동그란 안경을 낀 중년 여자였다. 말소리에서 힝힝거리는 탑탑한 콧소리가 배어났다. 부동산 사무실이 에부수수하게 비좁아 답답함은 더 컸다. 중개사가 검은 표지의 장부를 팔락팔락 넘기기 시작했다. 그 모습은 찾는 물건을 찾아놓겠다던 전화 약속에 대한 떨떠름한 배반 행위였다. 나는 슬멋슬멋 부아가 돋아 중개사의 손등을 째리듯 쏘아보았다. 장부는 갈피를 함부로 넘기는 바람에 손닿는 부분들이 너덜너덜 구겨져 있었고, 군데군데 붉은색 가새표들이 쳐 있었다. 중개사가 손놀림을 딱 멈추더니 나를 빤히 쳐다보면서 물었다.

"뭐 커피라도 한 잔 드릴까요? 제가 깜빡했네요. 뭐로 하실래요?"

중개사는 내가 대답하기도 전에 삐걱거리는 회전의자에서 덜컹 일어나 커피와 녹차를 달랑달랑 흔들어 보였다. 나는 중개사의 어그숫은 행동에 싱거운 웃음을 웃으며 답했다.

"커피로 주세요. 안 주셔도 되는데….."

중개사는 내게 커피를 타 준 뒤 도로 자리에 앉아 선심을 쓰듯 말했다.

"제가 선생님께서 오신다고 하기에 찾아놓은 물건이 한두 개 있습니다. 2억 정도에서 25평 대 빌라를 구입하시는 건 조금 힘드신데, 어쨌든 집을 한번 보시죠."

나는 대답 대신 커피를 후룩후룩 마셨고, 중개사는 그 사이 두 곳에 전화를 걸어 방문하겠다는 의사를 밝혔다. 중개사가 가벼운 손짓으로 열쇠를 한 손에 철렁 챙겨 쥐고 밖으로 나와 문 자물쇠를 딸가닥 잠근 뒤 앞장을 섰다. 나는 뒷짐을 진 채 중개사 뒤꽁무니를 따랐다. 한양산 밑자락을 성채처럼 둘러치듯 막아선 아파트들이 우뚝우뚝 눈에 들어왔다.

중개사는 갈림길에서 아파트와는 다른 쪽으로 비슥이 길을 잡아들었다. 얼마 걷지 않아 두두룩이 오르막이 시작되었다. 중개사는 지나치는 집들을 싹싹하게 설명하기 시작했고, 어떤 집은 거기에 사는 사람들의 속속들이 이야기까지 야살스럽게 곁들여 속살거렸지만, 그 말들이 내게는 시답잖게만 여겨졌다. 나는 집보다는 길의 너비와 언덕바지의 가파름에 더욱 눈길을 쏟았다. 언덕길이 끝나자 등판길처럼 편편한 길이 이어졌다. 중개사의 발걸음이 빨라졌다. 중개사가 희뜩 뒤를 돌아보더니 어기뚱한 말을 이어갔다.

"이 동네가…, 사람들이 오래 살아요. 한번 들어오면 잘 나가질 않아요. 동네가 좋아서 그런 거 같아요. 공기도 좋고…. 인근 지역에 비해 저평가되어 있고….”

나는 고개만 주억거릴 뿐 아무 대꾸를 하지 않았다. 중개사는 제 흥에 겨운 사람처럼 아직 보지도 못한 집에 대한 자랑을 주절주절 늘어놓기 시작했다.

"이 집은 지은 지 좀 됐지만, 할머니가 집을 아주 깨끗하게 써서 새집 같아요. 방도 크고, 거실도 넓고, 화장실도 두 개고, 보통 1층보다는 조금 높아 거의 2층인 셈이죠.”

중개사 말을 한 귀로 듣고 한 귀로 흘리던 내 귀에 '화장실이 두 개'라는 말이 쏙 들어왔다. 가끔 아침에 아이 둘이 화장실을 서로 먼저 쓰겠다면서 자그락거리던 모습들이 떠올랐다. 내 얼굴에 반달 웃음이 동실 떠올랐다. 큰길에서 비탈길로 한 골목 올라 오른쪽 모퉁이를 돌자 왼편으로 성심빌라가 높게 눈에 들어왔다. 골목 너비는 자동차 두 대가 마주 지나가기 힘들 것 같았다. 집 자체는 우람하고 튼실해 보였다. 우리가 1층을 올라 초인종을 누르자 억실억실해 보이는 할머니가 문을 열어 주었다. 중개사는 할머니와 가까운 사이인 듯 흉허물 없이 더펄대고 인사말을 건넸다.

"안녕하세요? 집 좀 보러 왔어요.”

이 말과 동시에 집 보는 일이 간단히 시작되었다. 나는 곧장 베란다를 살피러 갔다. 베란다는 거실 마루에 덧대 이은 쪽마루로서 가정의 사랑방이자 살림의 여유 공간일 뿐 아니라 먼 바라기에도 매우 중요했다. 베란다를 살피는 시간은 10초도 채 걸리지 않았다. 베란다를 쓱 보고 난 뒤 나는 혼잣말처럼 중얼거렸다.

"베란다가 생각보다 좁네요? 조망도 좀 답답하고…."

대꾸는 없었다. 거실은 네모로 환했다. 안쪽 벽에 평면 TV가 액자처럼 설치되어 있었고, 그 반대쪽에는 소파, 소파 옆과 뒤쪽으로는 에어컨과 장식장이 간동히 놓여 있었다. 거실을 살피는 시간은 부엌으로 옮겨가는 동안이 다였다. 할머니가 거실 자랑을 슬쩍 내비쳤다.

"거실이 참 밝고 크죠?"

"그러네요."

나는 좀 무뚝뚝하지만 사실을 인정하는 말투로 대답했다. 내 눈길이 부엌 쪽으로 돌아가자 할머니가 기다렸다는 듯 주방 자랑을 주섬주섬 늘어놓았다.

"주방 공간이 참 잘 되어 있어요. 여기 미닫이가 있어서 거실하고 '탁~' 분리된 게 장점이에요. 이 빌라의 다른 집에는 이런 문이 없어요. 우리 집에만 있지요. 이 집이 분양할 때 모델 하우스 했던 집이라, 요런 문 하나까지 신경을 썼어요."

나는 고개를 거푸 끄덕였지만 화장실로 발걸음을 옮기는 순간 한마디 아픈 곳을 찔렀다.

"김치 냉장고 놀 자리가 마땅찮네요?"

나는 화장실 불을 켠 뒤 안으로 들어가 이리저리 살펴본 뒤 수돗물을 틀어 보았다.

"물은 아무 이상 없습니다."

할머니가 내 등 뒤에 붙어서 설명했다. 나는 화장실 천장을 휘살폈다.

혹시 물이 샌 흔적이 없는지를 눈여겨보았다. 드디어 안방을 보러 갔다. 할머니가 먼저 앞장을 섰다.

"우리 집 안방만큼 넓은 데는 드물 겁니다. 열두 자, 아니 열넉 자 장이 너끈히 들어가고, 옆으로도 굉장히 넓어요. 또 욕실이 따로 있어서 편리하죠. 비데로 바꿨어요."

나는 할머니 자랑이 이끄는 대로 눈길을 주면서 다른 곳을 힐끗거렸다. 안방에 딸린 욕실 문이 약간 뒤틀려 있었다. 나는 그 문이 닫히지 않을 성싶어 일부러 닫아보았다. 삐거덕거리는 소리가 났다. 나는 살핀 결과를 혼잣말처럼 무심히 내뱉었다.

"문이 잘 안 닫히네요."

"아, 그거요. 문 밑쪽이 살짝 들떠서 그래요. 거기만 조금 깎아내면 아무 이상이 없습니다."

할머니는 날래게 응수한 뒤 안방 창문을 활짝 열어젖혔다. 그 힘찬 열림과 달리 드러난 풍경은 창문턱까지 흙이 꽉 차오른 답답한 모습이었다. 나는 갑자기 숨쉬기마저 먹먹해지고 말았다. 나는 창문으로부터 눈길을 얼른 돌리면서 부동산 중개사에게 살짝 물었다.

"등기부등본상 이 집이 몇 층으로 나와 있나요? 저기 창문을 보니까 지층 형태인데…"

부동산 중개사의 낯빛이 옴찔 어두워졌다.

"아직 확인해 보지는 못했지만…, 1층이지 않겠어요?"

중개사는 확답을 피했다. 나는 이미 마음속으로 이 집을 깨끗이 접었다. 할머니는 옆방에 들여놓은 붙박이장 자랑이 한창이었지만, 내 귀에

는 아무 울림도 주지 못했다. 나는 예의상 물을만한 것 한두 가지를 찾아 묻고 대답은 건성건성 들은 뒤 중개사에게 다 봤다는 눈짓을 보냈다. 중개사가 할머니께 인사를 건넸다.

"집 잘 봤습니다. 나중에 연락드리겠습니다."

집 밖으로 나오자마자 중개사는 숨 돌릴 겨를도 없이 내 셈속을 물었다.

"마음에 드세요?"

"뒤쪽이 반지하라서 문제네요."

중개사는 내 반응이 나쁘지 않다고 생각했는지 이 집을 다부지게 추천하고 나섰다.

"저 정도면 좋아요. 방도 셋 다 크고, 화장실도 두 개고, 부엌도 별도로 나눠져 있고, 거실도 좋고…. 다만 뒤쪽이 좀 그렇긴 하지만, 백 퍼센트 만족하는 집은 없어요. 어느 정도 맞으면 구입하는 게 좋아요."

나는 처음 집을 볼 때부터 다짜고짜 거래만 성사시키려는 중개사의 태도가 마음에 들지 않았다. 나도 모르게 비꼬는 말이 입에서 나왔다.

"2억 3천에 저 집을 사면 사장님께서 나중에 책임지고 팔아줄 자신이 있으세요?"

중개사가 입을 다물었다. 우리는 그 뒤로 몇 집을 더 봤다. 그때마다 중개사는 물건의 장점을 들어 자랑은 했지만, 그 단점을 짚어주거나 종합적으로 판단하여 이 집은 이렇고 저 집은 저렇다는 결론은 내려 주질 못했다. 중개사는 모든 걸 불투명하게 말했다. 학교까지의 거리가 얼마나 되는지를 물으면 '얼마 멀지 않아요.'라는 대답이 주어졌고, 소아과가 있는지를 물으면 '소아과 없는 데가 어디 있나요?'라는 식이었다. 이 여자 중개사는 투자 가치가 높은 제대로 된 집은 하나도 소개하지 못하면서 계속 계약하기만을 종용하고 있었다. 나는 짜증이 났다.

평화주택

노무연 부동산 중개사는 키가 150센티미터로 모착했고, 깍두기 머리에 단단한 몸매를 가졌는데, 나를 만나자마자 나부시 인사를 건넨 뒤 아무 겉치레 없이 본론으로 들어갔다.

"우선 두 군데 먼저 보시고, 마음에 드는 게 없으시면, 다른 걸 또 보시죠?"

먼저 본 빌라는 한양동 끝자락에 벼랑 바위처럼 떡하니 지어진 4층 빌라 가운데 4층 집이었다. 그 집은 한쪽 벽면 전체가 일조권 때문에 안으로 잦바듬히 욱어 들어 작은 방 2개와 거실이 창문 쪽으로 난쟁이처럼 주저앉은 모양을 하고 있었다. 거실 크기도 소파를 마주 놓을 수 없을 만큼 작았다. 내가 집을 살피는 동안 안주인이 계속 따라다니기는 했지만 우리는 서로 아무 말도 하지 않았다. 나는 집을 어정버정 형식적으로 살핀 뒤 의례적 인사를 하고 나왔다.

"4층 치고는 좀 작네요?"

중개사가 걸음을 옮기며 먼저 자신의 평가를 밝혔다. 나는 중개사가 솔직한 듯 보여 기분이 좋았다.

"저런 집은 사면 손해 아닌가요?"

중개사가 가볍게 고갯짓을 했다. 우리는 4층의 좋고 나쁨에 대한 이야

기를 서로 자분자분 주고받으며 걸었다. 길이 가팔라지자 중개사가 뜬금없는 내용을 물어왔다.

"산 좋아하세요?"

"저요? 네! 좋아하고 말구요."

"이쪽으로 이사 오시려는 분들 가운데 산이 좋아서 오시는 분들도 꽤 많지요. 이제 보여 드릴 빌라는 바로 한양산 밑에 있습니다. 공기 하나는 끝내주는 곳이지요. 좀 올라가는 게 흠이지만…. 거기도 4층인데 똑바로 올라갔기 때문에 각이 지지는 않았습니다. 가격도 얼추 맞으실 겁니다. 호가는 2억 천이지만, 좀 깎을 수는 있겠지요. 마음에 드시면 한번 깎아 봅시다. 집이 좀 오래되긴 했지만 가격에 비해 괜찮아요."

나는 산 밑에 있다는 말에 그 집이 왠지 마음에 들었다. 오르막길은 발끝에 힘을 주어 도드밟지 않으면 안 될 만큼 비탈졌다. 오르내리기 자체가 뼈진 일이 될 것만 같아 걱정이었다. 나는 중개사를 따라 숨차게 '평화주택'에 다다랐다. 이 집은 다른 집들과 달리 계단이 건물 한가운데 갈지자 꼴로 달려 있었다. 계단을 뱅글뱅글 오르자니 왠지 좀 어지러운 느낌이 들었다. 4층에 올라 초인종을 누르자 아담한 여주인이 아무 말 없이 문만 살포시 열어 주었다.

"안녕하십니까?"

중개사의 호들갑을 떠는 듯한 인사에 여주인은 고개만 까닥했다. 내가 신발을 벗고 집안으로 들어서자 사장님이 집 소개를 대신 하기 시작했다. 그것은 소개라기보다 마룻바닥이 돌로 되어 있어서 겨울에는 따뜻하고 여름에는 시원하다는 둥, 전망이 빼어나다는 둥, 집 자랑에 가까웠다. 방의 창문들이 잘 열리지 않고 뻑뻑했다. 사장님이 따라 들어와 창문을 힘차게 열어젖히면서 변명 어린 답변을 늘어놓았다.

"지은 지가 좀 오래돼서…. 하지만 열고 닫는 데는 아무 문제가 없습니다. 방도 이 정도면 큼직하고…."

나는 대꾸하는 대신 집안 구석구석을 살폈다. 바닥 한쪽이 조금 꺼진 것을 발견했다. 나는 모른 척하며 발로 바닥을 쓱쓱 밀어보았다. 사장님이 얼른 해명을 했다.

"이게 바닥 밑이 조금 꺼진 거라, 아무 문제는 없습니다. 이사 오시기 전에 요 부분에 시멘트를 조금 개어서 보수공사를 하시면 괜찮습니다. 벽지도 고급이고…."

나는 가만가만 집만 봤다. 부엌은 너무 낡았고, 싱크대는 손바닥 만했다. 거기서 어떻게 살림을 할 수 있는지가 궁금했다. 건물 자체가 오래된 탓도 있었겠지만, 설계 자체가 낡았다. 우리가 이 집에 들어온다면 대대적인 집수리가 필요했다. 집에 대한 부정적 판단이 이는 그 순간 내 눈에 안방 벽에 곰팡이가 슨 게 보였다. 나도 모르게 한마디 말을 톡 내뱉고 말았다.

"곰팡이가 슬었네요?"

맞바로 사장님의 해명이 들려왔다.

"곰팡이는 결로 때문에 생긴 거지, 물이 샌 건 아닙니다. 벽에 방습지를 붙이고 도배를 다시 하면 전혀 문제없습니다. 방도 넓고 좋지요. 커튼을 열면 전망도 좋습니다."

곰팡이는 우리에겐 씻을 수 없는 단점이었다. 나는 고개를 돌리고 방

을 나왔다. 방 셋 가운데 두 개가 작았다. 이 집의 장점은 가격이 우리와 맞았다는 점뿐이었다. 나는 주인에게 아무것도 묻지 않은 채 밖으로 나왔다. 중개사가 먼저 손을 비비며 소리 없이 이를 살짝 드러내는 웃음을 웃으며 말을 건넸다.

"사시고 싶은 마음이 있으시면, 제가 1억 9천5백까지 절충해 보겠습니다."

"글쎄요···. 1억 8천이면 생각은 해 보겠습니다."

나는 집 흥정을 깨기 위한 값을 내지른 뒤 입술을 굳게 다물었다. 중개사는 입만 한두 번 끌끌 찬 뒤 부동산 사무실로 돌아오자 방금 본 집 여주인에게 전화를 했다.

"네. 방금 집 보고 간 부동산인데요, 여기 집 보신 분이 좋다고 그러시는데, 가격이 좀 비싸다고 합니다. 꼭 받으실 금액을 말씀해 보세요? 여기서는 1억 8천을 말씀하시는데, 안 되겠습니까? 2억 천은 받아야겠다고요? 아, 네. 잘 알겠습니다. 그럼 남편분과 상의해 보시고 연락 주십시오."

나는 집을 잘 봤다는 말과 함께 부동산을 나왔다. 찾아가는 부동산마다 보여주는 물건들이 하나같이 변변찮았다. 한양산 위로 가족을 잃은 별님들만 깜박거렸다. 나는 집을 이 잡듯 뒤지고 다니던 발길을 돌려 집으로 돌아갔다.

인터넷 발품

내가 집에 돌아온 때는 밤이 한참 깊은 때였다. 나는 밥상머리에 앉아

때늦은 저녁을 먹으면서 아내에게 말문을 열었다.

"한양동은 마음에 드는 집이 없어. 볼 집이 많지가 않아."

"본 것 중에 괜찮은 거 있었어?"

"두 집 정도. 그렇다고 썩 마음에 들었던 건 아니고…. 가격은 우리 형편에 얼추 맞아. 하지만 투자 가치가 너무 낮아. 어디 다른 동네를 찾아봐야 할까 봐."

아내는 내 얘기가 끝나자마자 안방으로 쪼르르 달려가 자신이 인터넷에서 찾은 자료를 펄럭펄럭 들고 와 삐주름히 보여 주었다. 나는 밥술을 입으로 바삐 가져가느라 자료를 힐끔거릴 따름이었다. 아내가 나서서 토를 달기 시작했다.

"서울 가운데 우리에게 맞는 지역들을 골라 자세히 조사해 봤는데, 한양동이 괜찮은 동네더라고."

"이거 우리 마누라 인터넷 발품이 내 발품보다 나은걸! 난 아무 소득이 없었는데…. 그래, 한양동이 괜찮은 이유들을 한번 들어보자고."

아내는 우쭐거리듯 느물스럽게 헛기침까지 해 보이더니 자신이 정리한 자료들을 훑어보면서 또렷하게 이야기했다.

"무엇보다 자기가 직장을 다니기에 그 어떤 동네보다 수월하다는 것! 그리고 학군도 나쁘지 않다는 것! 다만 중학교, 고등학교가 좀 문젠데…. 위장전입을 하면 강남 쪽으로 학교를 보낼 수 있대. 거기서 마을버스로 한 번에 갈 수 있고, 또 2010년부터는 고등학교 배정방식이 바뀐다니까 어쩌면 위장 전입 같은 것은 할 필요가 없을지도 몰라. 초등학교는 한양 초교가 있으니 문제없고. 됐습니까?"

아내는 그밖에도 인터넷상으로 떠도는 다양한 정보들을 한달음에 알려주었다.

"한양동에는 교회도 여럿 있고, 성당도 있고…. 뒤에는 한양산이 있어 등산하기 좋고, 앞으로는 반포나 강남권이 가깝고, 사통팔달로 길이 뚫려 있고…. 또 아직 저평가되어 있고…. 거기가 실제 생활권은 강남권이래. 그래서 곧 집값이 따라 오를 거라고 하더라고."

"누가?"

"인터넷에 들어가면 다 나와. 강남이 왜 오르는지, 어디가 왜 안 올랐는지…."

"그걸 다 믿을 수 있나?"

"다 믿을 수야 없겠지만, 어느 정도는 정확한 것 같아. 우리 동네 얘기만 봐도 거의 맞더라고. 현재 우리가 살고 있는 번지수 일대만 따로 재건축할 수도 있다는 세부적인 내용까지 올라와 있던걸?"

"…"

"한양동은 앞으로 집값이 크게 오를 거래!"

우리는 이사 갈 동네를 한양동으로 확정했다. 나는 밥상을 물리기 무섭게 인터넷에 달라붙어 한양동 일대의 부동산 정보를 샅샅이 검색하기 시작했다. 검색된 부동산 가운데 두 곳이 두렷이 눈에 띄었다.

다음 날 나는 아이들이 학교에 가자마자 '대건 부동산'에 전화를 걸었다.

"전화로 그러지 말고, 일단 와 보세요. 물건은 많이 있어요. 와 보시면 금방 알 걸, 왜 거짓말을 해요. 걱정 붙들어 매시고 와 보세요."

내 전화에 짜랑짜랑한 목소리의 할머니가 대뜸 시원시원한 대답을 해왔다. 전화 받는 말투부터 이제까지의 중개사들과는 사뭇 달랐다. 나는 그 태도가 믿음직스러워 아내까지 구슬려 아내와 둘이서 본격적으로 집을 보러 다니기로 했다. 우리는 막내 범진이와 학교를 마치고 돌아올 두 딸까지 앞집 할아버지께 맡겼다.

황동빌라트와 금성쉐르빌

"아침에 집 보러 오겠다고 전화했던 사람인데요…"

"어서 오세요! 앉으세요."

우리가 대건 부동산 문을 열고 들어가며 인사를 건네자 할머니가 야무지고 달갑게 맞아주었다. 할머니는 우리가 자리에 앉자 쥐 이빨을 드러

내어 웃으며 돋보기 너머로 다정스레 우리 두 부부를 한동안 쳐다보더니 검은 표지를 입힌 장부의 맨 앞에서 달력을 잘라 만든 메모지 한 장을 꺼내 놓고는 거침없이 말을 내뱉었다.

"가진 돈은 2억 정도, 찾는 평수는 전용면적 25평 이상! 그렇죠?"

할머니는 내가 전화로 스쳐듯 얘기했던 내용을 정확히 기억하고 있었다. 아내가 먼저 대답 대신 질문을 먼저 던졌다.

"요 아래 부동산에서 저 위 '성심골든빌'을 2억 3천에 사라고 하는데, 그건 괜찮은 가격인가요?"

그때 뒤에서 할아버지 목소리가 들렸다.

"그건 도둑놈이지! 그 위층도 올 수리 싹 해가지고 2억에 팔아줬는데, 1층을 2억 3천 달라는 건 안 되지. 하기야 호가는 부르는 사람 마음이니까."

"우리 영감탱이! 요즘 감기 때문에 골골해!"

할머니의 할아버지 소개였다.

"그럼, 사면 안 되겠네요?"

아내가 확답을 받고 싶어 다시 물었다. 할머니가 또 돋보기 너머로 아내를 빤히 쳐다봤다. 하지만 대답은 할아버지가 했다.

"우리는 사면 손해 보는 물건은 소개 안 해! 사는 거야 자유지만…, 하하! 그런 건 사면 안 돼! 손해가 커! 그게 올 초에 나온 물건인데, 그때도 2억 3천에 내놓긴 했었지. 하지만 그 집 뒤쪽이 반 정도 묻혔어! 그래서 집 값이 없어. 또 지은 지가 좀 오래됐어. 그게 깨끗해 보일지는 몰라도, 오래된 건 가격이 안 올라."

"저희는 아이들이 셋인데…. 1층이면 아래층 걱정 없이 마음 놓고 아이들이 뛰놀 수 있지 않을까 싶어서….."

아내가 변명 아닌 변명을 했다. 할머니가 즉각 응수했다.

"아이가 셋이라, 그러면 그 집이 딱이네. 왜 저쪽 산 밑에 있는 거!"

"황동?"

할아버지가 족집게처럼 맞췄다. 하지만 우리에게 집을 보여주러 길을 나선 사람은 중년의 아저씨였다. 아저씨는 할머니의 집 위치 설명을 듣고 약도를 확인한 뒤 구무럭구무럭 밖으로 나가더니 아무 말 없이 산 밑 쪽으로 어정어정 걸어 올라가기 시작했다. 아저씨의 걷는 품이 여느 부동산 하시는 분과는 좀 달라 보였다. 아내가 삽삽하게 물었다.

"부동산 하신 지 오래되셨어요? 다른 일 하셨던 분 같은데?"

아저씨가 빙긋 웃어 보인 뒤 이야기를 천천히 풀었다. 말투는 배렸고, 목소리는 껄껄했지만, 두리두리한 눈만큼은 따뜻해 보였다.

"집 짓는 건축업자였지요. 그 일이 힘들어져서 그만두고, 부동산 해 가지고 입에 풀칠하며 살죠. 제 아내도 저쪽서 부동산을 하고 있습니다."

"건축을 하셨으면, 집 보는 데는 전문가시겠네요? 집 좀 잘 봐 주세요."

아내의 살가운 부탁에 아저씨 얼굴빛이 금세 환해졌다. 아저씨 성격은 털털스러워 보였다. 아저씨는 잘 지은 집이 어떤 집인지를 알려주겠다며 우리를 황동빌라트 가는 길목에 있는 '영진아트빌'로 데리고 갔다.

30대 초반의 젊은 남자 세입자가 문을 열어주었다. 식탁에 비슷한 또래의 여자가 아점을 먹고 있었다. 집안이 후끈 더웠다. 그 둘은 낯선 방문객들은 아랑곳하지 않은 채 둘 다 헐렁한 반바지 차림이었고, 여자는 다

팔다팔한 머릿결에 너풀너풀한 반팔 나시옷만 걸쳤고, 남자는 민소매로 불뚝거리는 근육질을 자랑하고 있었다. 여자 머리털은 잠자리 흔적을 미처 다 털어내지 못해 부스스했다. 나는 침실의 꼬리를 달고 있는 젊은 남녀를 마주보기가 좀 쑥스레 민둥했다. 나는 거실로 눈을 돌렸다. 아내가 안방으로 우적우적 걸어 들어가자 대건 아저씨는 아내의 눈길을 따라 설명을 시작했다.

“자재는 고급이지만, 방은 작습니다.”

“집 자체는 튼튼하게 잘 지었어요.”

“전망도 좋지요?”

“베란다 너비가 이 정도면 꽤 잘 나온 편입니다.”

“욕실은 욕조까지 있고….”

아내가 현관문을 나서다 말고 뜬금없이 젊은 남자에게 생급스럽게 엉뚱한 말을 물었다.

“월세 얼마에 사세요?”

“팔십이요!”

“네? 팔십이요?”

아내는 입이 쩍 벌어졌다. 그 모양이 재미있었는지, 아니면 사실관계를 똑바로 알리고 싶었던지 같이 있던 여자가 너스레를 떨듯 한마디 했다.

“둘이 같이 내면 큰 부담은 없어요.”

나는 월세 가격보다도 그 둘이 동거를 하고 있다는 사실에 더 놀라고 있었다. 나는 여자의 얼굴을 흘낏 훔쳐보았다. 갸름한 우윳빛 얼굴에 큼직한 딱부리 눈이 내 눈에 쏙 들어왔다. 거둬들이는 내 눈 끝자락에 식탁

의자에 양반다리를 꼬고 앉았던 여자의 허벅지살이 찐득하니 질질 끌려왔다. 내 짜근짜근한 눈빛이 성가셨는지 여자가 눈살을 신경질적으로 찡그리더니 치렁치렁 다팔대던 긴 머리를 쓱 쓸어 올리며 날 힐끔 쳐다보았다. 여자의 값 매기는 눈빛이 내 뒷모습을 코웃음 치는 것만 같았다. 나는 얼굴이 홧홧 달아올랐다.

"어머, 둘이 동거하나 봐?"

아내가 대문을 나서며 내게 귓속말을 시작했다. 아내가 말을 이었다.

"나중까지 마냥 좋기만 하겠어? 여자만 손해지!"

"월세를 반씩 낸다는 데 손해까지는 아니지."

"월세 얘기 말고, 나는 지금 인생 얘기하는 거야. 저러다 덜컥 애라도 들어서면 어쩌려고…. 지금은 둘만의 은밀하고 비밀스런 관계로 깨소금 맛이겠지만 권태기는 누구한테나 오는 거 아니야? 그때 단물 다 빨아먹은 남자가 '나 결혼해야겠어.' 하고 떠나면 여자는 뭐로 남자를 잡을 건데? 여자는 헤어지면 동거 사실 감추느라 평생 죄인으로 살아야 하지만, 영원한 비밀이 어디 있겠어? 이렇게 우리한테 들키고 말이야…."

우리 둘이 딴 얘기를 하고 있자 아저씨가 헛기침을 한 뒤 집이 어땠는지를 물었다. 아내가 화들짝 대답했다.

"저희 다섯 식구 살기에는 좁아요."

그러자 아저씨는 고개를 끄덕이며 집이 작아진 이유를 설명해 주었다.

"이 집이 작아진 이유는 건축주가 좋은 자재로 집을 짓기 위해 분양 평수를 줄였기 때문이지요. 대신 정원이 필요 이상으로 커졌지요."

아저씨의 전문적인 설명이 이어지는 사이 우리는 '황동빌라트'에 도착

했다. 입구는 납작한 돌들을 켜켜이 올려 쌓은 화단으로 아기자기 꾸며져 있었다.

"어서 오세요!"

아리잠직한 안주인이 우리를 반갑게 맞아주었다. 내 눈에는 집보다 상글방글거리는 아주머니의 티 하나 없이 고운 얼굴과 집안에서조차 정장 차림을 한 옷맵시가 해맑도록 깨끔스럽게 들어왔다. 밝은 거실, 그리고 모든 게 깔끔하게 정돈된 집안이 함초롬한 난초처럼 해사했다. 아내의 입심이 우쩍 세졌다. 그 집 아이가 방배로 학교를 다니는 모양이었다. 아내 목소리가 갑자기 높아졌다.

"그럼 그쪽으로 위장 전입을 하신 건가요?"

"아뇨! 방배동에 저희 아파트가 있어요. 그동안 전세를 줬었는데, 이참에 들어가 살려고요. 여기가 공기도 좋고, 또 조용하고, 분양할 때부터 지금까지 같이 살아오신 분들이 많기 때문에 이사 갈 생각을 하지 않고 있었는데, 아무래도 애 학교가 그쪽이다 보니…."

"여기서 학교 다니기는 괜찮나요?"

"마을버스 한 번 타면 되니까, 괜찮다고 해야겠죠? 그거야 사람마다 판단이 다를 수 있으니까, 뭐라 말할 수는 없겠네요. 여기는 애들 키우는 데는 딱 좋아요. 여기 사시다가 애들 좀 크면 강남으로 이사 가세요!"

"호호호!"

아내는 그 말을 덕담으로 들었는지 소리 내어 웃었다. 집은 오래됐지만 마룻바닥이며 창틀이며 어디 흠잡을 데 하나 없었다. 아내와 주인아주머니는 도란도란 이야기꽃을 피우며 마치 함께 집을 보러온 사람들인 양 움직였다. 나는 방들과 베란다를 둘러봤다. 구석구석 모든 것이 중산층의 안정성을 보여 주고 있었다. 삶은 두루두루 갖춰졌고, 포근포근 따뜻했고, 골싹골싹 가지런했고, 산뜻산뜻 깨끗했고, 푸르싱싱 밝고 맑았다. 어둠은 밤톨만큼도 들어설 자리가 없는 듯했다. 나는 벽에 걸린 한창 행복해 보이는 가족사진 앞에서 보살핌의 뜻을 깨닫고 있었다.

다음에 본 집은 '금성쉐르빌'이었다. 그 집은 비탈진 곳에 자리하고 있어서 자꾸 비슥해 보였고, 겉모습은 털털스레 수수했지만, 안으로 들어가자 이제까지 본 집들과는 딴판으로 빼어난 품격이 느껴졌다. 부동산 아저씨마저 놀라는 눈치였다. 검정 뿔테 안경을 쓴 주인 할아버지가 잠잖은 몸가짐과 차분한 말로 우리를 맞아들였다.

"어서 오십시오. 라운딩 약속이 잡혀 있긴 합니다만, 괘념치 마시고 찬찬히 잘 보십시오. 제 아들놈하고 같이 살다가 아파트로 분가를 시키고 나니까 저 혼자 살기에는 집이 좀 큰 듯해서 팔려고 내 났습니다. 집 자체는 다른 데하고 비교가 안 될 겁니다."

할아버지 손에는 자동차 열쇠가 들려 있었고, 마침 골프를 치러 가려 했는지 현관문 옆에는 검정색 닥스 풀세트 골프가방이 잦바듬히 세워져 있었다. 슬거운 거실에 장착된 스크린 텔레비전과 오디오 시스템은 미끈하니 번듯했고, 주방 싱크대에는 커피 메이커가 동그마니 빛났다. 탁자며 침대며 가구가 모두 번쩍번쩍 값비싸 보였고, 서재로 쓰이는 방의 네 벽은 모두 책으로 꽉 채워져 있었다.

길가 쪽 베란다는 그 크기가 작아도 다섯 평이 넘을 만큼 널따랗고, 아내가 절로 탄성을 지를만한 '옥외 가스렌지 시설'이 갖춰져 있었으며, 베란다를 따라 쪼르르 놓인 화분들은 거기에 심긴 화초들만큼이나 섬세한 분위기를 한껏 풍기고 있었다. 아내가 베란다 창문 블라인드를 드르륵 걷어 올리자 말간 햇살이 베란다에 한가득 쏟아져 들어왔다. 이와 달리 반대쪽 베란다는 앞집 옹벽에 꼭 막혀 어둑했고, 빛 한 줄기도 들어오지 않는 말뿐인 창문이 하나 달랑 달려 있었다. 방문들은 문턱 없이 세련된 마감을 자랑하고 있었고, 두 개의 화장실 모두 큼직이 화려했다. 지은 지 얼마 안 된 새집 같았다. 아내는 몰래몰래 내게 감탄의 신호를 보내왔지만 나는 아무 내색도 하지 않았다.

"집 잘 봤습니다."

우리는 중개사의 평가를 듣고 싶어 서둘러 밖으로 나왔다. 아내가 부리나케 중개사에게 질문을 해댔다.

"아저씨! 이 집은 어때요? 잘 지은 집인가요?"

아저씨는 막힘없이 전문가다운 대답을 쏟아냈다.

"단독 세대로 올라갔기 때문에 평수가 넓어졌습니다. 아마 실 평수로 치면 27평은 될 것 같고, 베란다까지 합치면 30평은 족히 되는 집입니다. 등기부상으로는 1층이지만, 1층이 주차장이니까 실제로는 2층인 셈이고, 주차장도 백 퍼센트로 마련되었고…. 기둥 보셨죠? 나무 기둥을 쓴 곳은 흔치 않은데…."

"아까 황동하고 비교하면 어떤 게 더 좋은 건가요?"

아저씨가 픽 하고 웃었다.

"집 자체로만 보자면 금성이 더 좋지요. 하지만 집이야 위치며, 여러 가지를 복합적으로 봐야지요. 잘 판단해서 결정하세요."

미끄러지는 흥정

우리는 대건 부동산으로 돌아왔다. 할머니가 집을 보여 주고 온 아저씨께 부탁했다.

"황동, 금성! 거기 등본 좀 떼 주세요!"

아저씨는 컴퓨터로 두 곳의 등본을 뗀 뒤 계산기로 전용면적 평수와 지분 평수를 소수점 이하까지 계산해 등본 위에 적은 뒤 할머니께 넘겨 주었다. 할머니는 헛기침을 한 번 하더니 달변을 토해 냈다.

"지금 보고 오신 두 개가 그 금액에는 가장 좋은 것들이니까, 맘에 드는 게 있으시면 흥정을 해 보고, 없으시면, 좀 더 좋은 것들을 봬 줄 테니까…."

아내는 할머니처럼 일처리를 깔끔하게 맺고 끊는 스타일을 선호했다. 내가 먼저 마음에 드는 집을 선택했다.

"저는 황동이 맘에 듭니다. 그게 얼마였죠?"

내 말에 할아버지가 고개를 끄덕이며 거들었다.

"황동? 그래, 거기가 좋아. 요지야 요지. 절대 손해 안 보지. 집은 절대 손해 보는 거 사면 안 돼. 다시 물릴 수가 없거든. 거기는 자리도 잘 앉았고, 현재 사시는 분들도 잘 돼서 나가는 거구. 집터도 좋아. 그 밑에 있는 집처럼 축대 낀 집은 절대 사면 안 돼."

할아버지가 집 자체에 대해 길게 말하려 하자 할머니가 말을 끊었다.

"2억 3천 달라고 했는데, 그거 다 주고 사면 사는 맛이 없으니까…. 조금은 깎아 볼 건데, 이 집은 2억 3천에라도 사는 게 좋아. 절대 밑지고 사는 게 아냐! 잘 사는 거야."

아내는 얼른 아저씨를 쳐다봤다. 아저씨의 판단을 구하는 눈빛이었다. 아저씨가 흐뭇한 표정으로 고개를 끄덕였다. 나는 아내가 금성을 더 마음에 들어 한다는 것을 잘 알고 있었다. 나는 금성에 대해서도 물었다.

"제 아내는 황동보다 금성을 더 마음에 들어 합니다. 저도 아내가 좋아하는 집을 샀으면 하니까 먼저 금성부터 흥정해 주시고, 금성이 안 되면 그때 가서 황동을 흥정해 주시죠!"

"그럽시다!"

할머니는 벌써 전화기를 들고 있었다.

"여기 대건 부동산인데요, 조금 전에 집 보고 가신 분들이…, 집이 마음에 든다고 하시는데…, 값이 좀 비싸다고 해서…. 네, 2억 3천에 내놓으신 거는 압니다. 하지만 빌라라는 게 잘 팔리는 게 아니라서. 작자가 나타났을 때 파시는 게 좋습니다. 더 받고 싶은 거야 파시는 분의 바람이고, 사는 사람이 없으면 아무 소용이 없지 않습니까? 그렇죠. 네네. 그래서 딱 얼마 받으시면 파시겠습니까? 아~, 네, 그러세요. 그럼 저녁에 다시 전화 드리겠습니다."

할머니는 전화기를 내려놓으며 통화 내용을 짧게 전했다.

"여기 할아버지가 오늘 중으로 아들하고 상의해서 연락 준대."

말을 마치자마자 할머니는 다시 전화기를 들고는 황동에 전화를 걸었다.

"여보세요. 네, 여기 대건입니다. 흥정 좀 붙여 보려고요. 옆집이 2억 3천에 나간 거요? 알죠. 저희가 팔아준 건데. 하지만 집이란 건 주인이 따로 있는 겁니다. 사겠다는 사람이 있을 때 호가도 의미가 있는 거지, 사려는 사람이 없으면 집값이야 당연히 떨어지는 거 아니겠어요? 어디 그 집 보러 오는 사람 있어요? 요즘 집 보러 오는 사람이 없잖아요? 급하지 않으시면 더 기다리시던지? 아니면 천만 원만 빼 주고 파시던지? 네? 얼마요? 5천이요? 얘기는 해 보겠지만 그렇게 해서야 팔리겠습니까? 아무튼 알겠습니다. 어디서요? 네, 그럼 그 부동산에다 파시죠? 잘 알았습니다. 안녕히 계세요.”

할머니는 전화기를 퉁명스레 탁 하고 끊으며 불평을 늘어놓았다.

“이 지랄들을 하니까 집값이 자꾸 뛰는 거야. 왜 가만있는 집값을 들쑤셔 놓는지 모르겠네. 어떤 미친놈의 부동산에서 2억 5천을 받아줄 테니 팔지 말라고 했대. 꼭 2억 5천을 받아 달래. 그 금으로야 살 수 없지. 안 그래요? 그래도 사시겠습니까?”

우리가 집을 본 뒤 집주인들이 교양 있는 핑계를 대면서 집값 올리기를 했다. 그들은 마치 뜀틀 위에 올라앉은 사람들처럼 자신들이 원하는 때에 자리를 털고 일어나 자신들이 원하는 곳으로 자리를 옮겨갈 수가 있었다. 그들은 급할 게 없었다. 우리는 그들이 그 자리를 내주지 않는 한 그 위로 올라갈 수 없었다. 뜀틀 위 사람들은 안정된 삶의 터전 위에서 주어진 삶을 즐기면 되었지만, 우리는 그들 주변을 빙빙 돌며 비집고 올라갈 빈자리를 노려야 했다. 집은 마음에 들었지만 가격은 우리에게는 무리였다. 날이 벌써 어둑어둑해지기 시작했다. 아내가 초조한 듯 입을 열었다.

“그럼, 금성에 다시 한 번 전화를 걸어봐 주시겠어요? 2억 2천에 안 되겠냐고?”

할머니가 웃음 띤 얼굴로 고개를 저으며 충고 한마디를 해 주었다.

“이건 시간 싸움이야! 자꾸 전화하면 집값만 오르니까, 저쪽에서 전화

할 때까지 기다리세요! 전화 오면 즉시 전화 줄 테니까.”

운명이 정해 준 집

집값은 마치 출발선에 선 경주용 자동차처럼 들썩거리고 있었다. 팔 사람들의 집값 올림세는 이미 불이 붙었다. 우리는 속이 까맣게 타들어 갔다. 대건 할아버지 말씀이 또박또박 떠올랐다.

"돈은 적고, 집값은 자꾸 오르기만 하고, 집 구하는 게 쉬운 게 아니지. 애들은 눈 뜰 때마다 부쩍부쩍 크고, 돈 쓸 데는 많고…. 사는 게 점점 더 힘들어져. 그래도 발품을 열심히 팔면 언젠가는 좋은 물건을 만나게 되는 법이니까, 아무거나 덜컥 살 생각은 하지 말라고."

나는 대건 부동산을 흘끔흘끔 뒤돌아보았다. 아내가 내 어깨를 툭 치며 손가락으로 부동산 하나를 가리켰다. '주몽 부동산'이었다. 나는 저녁에 망년회 약속이 잡혀 있었기 때문에 집을 보러 가는 게 어정쩡했다. 아내가 '주몽 부동산'에 가보자고 내 팔을 잡아끌었다.

주몽 부동산

"어서 오십시오~!"

우리 또래의 아줌마가 싹싹하지만 어딘가 무뚝뚝한 목소리로 인사했

다. 아줌마는 길둥근 고구마 꼴 얼굴에 똥그스름한 토끼눈을 하고 있었다. 매부리코는 똥그란 무테안경 때문에 더 길어 보였고, 광대 부분만 도도록이 튀어나와 얼굴만의 인상은 엄한 여자 사감 같기도 했지만, 머리를 뒤로 틀어 올린 꼴로는 좀 투박스러운 촌색시 같기도 했다. 말씨는 찬찬하면서도 깐깐했지만, 태도만큼은 깍듯했다. 아내는 나긋나긋 웃는 낯으로 먼저 말을 건넸다.

"집을 구하는 게 하늘에 별 따기네요"

아줌마가 데설궂은 웃음을 지어 보이며 긴장이 덜 풀린 말투로 대꾸해 왔다.

"날씨도 추운데 고생이 많으십니다. 차나 한 잔 드릴까요?"

아줌마는 대답할 겨를도 없이 종이컵을 콕 빼들고 커피를 텀벙 타려 했다. 아내는 재빨리 손사래를 치며 커피를 사양했다. 내가 커피를 호르르 한 모금 마시자 아내는 우리가 찾는 집을 설명했다. 아줌마는 아내 말을 노트에 쓱쓱 적어나간 뒤 이 집 저 집을 소개했다. 우리가 소개 받은 집을 다 보자면 나는 교수님과의 망년회를 취소해야 했다. 내가 아내에게 선약 눈짓을 주었지만, 아내는 모른 체했다. 나는 하는 수없이 아줌마에게 직접 사정을 내비쳤다.

"사장님! 제가 약속시간이 잡혀 있어서…."

아줌마는 내 말귀를 재빨리 알아채고는 추려 놓은 물건들 가운데 하나를 딱 집어 고르며 말했다.

"아~, 네! 알겠습니다. 그러시다면, 잠시만요…. 전화부터 하고요."

우리는 썰렁썰렁 추워진 골목을 잰걸음으로 목적지에 도착했다. 볼

집은 5층이었다. 좀 말랐다 싶게 날씬한 아주머니가 귀한 손님 맞듯 맞이해 주었다. 아내가 말이 많아졌다.

"이 집은 사방이 베란다네요? 집 앞쪽에도, 양옆에도, 혹시 뒤에도 있는 거 아녜요?"

"뒤에 있는 거는 피아노 한 대 놓을 정도예요."

"네? 뒤에도 있어요? 도깨비 같은 집이네."

아내가 호드기처럼 호들갑을 떨었다. 앞쪽 베란다에서는 마을 뒤를 병풍처럼 둘러싼 한양산이 한눈에 시원스레 들어왔다. 아내가 중개사에게 들떠 말했다.

"이 집은 방마다 전용 베란다가 있는 셈이네요?"

우리는 집을 본 뒤 입가는 헤벌쭉 웃음을 싣고 옷깃은 꼭꼭 여미면서 부동산으로 바들바들 떨면서 돌아왔다. 아내가 찔러보는 협상카드를 먼저 내밀었다.

"2억 5천이면 살만 하겠는데요?"

아줌마 얼굴에 꺼리는 빛이 감돌더니 부정적 답변이 나왔다.

"2억 8천에 내놨는데…. 5천까지는 절충이 어렵겠는데요?"

나는 아내의 성급함을 눈으로 째려 누르며 기초 사항부터 확인할 셈 속으로 실 평수를 물었다. 아줌마가 등본을 뽑아 계산기로 평수를 계산해 본 뒤 뜻밖이라는 말투로 되물었다.

"전용면적이 23평밖에 안 나오는데요?"

아내는 마치 속았다는 듯 비아냥거리는 표정으로 집주인에 대한 감정적 표현을 내뱉었다.

346

"착각이 좀 심하신 거 아닌가? 23평에 2억 8천이면, 베란다 값도 포함시키겠다는 뜻이네? 그렇게 살 사람이 어디 있어? 그렇게는 못 사지."

아내 얼굴이 마른 풀처럼 딱딱 굳어졌다. 나는 이 사이에 낀 찌꺼기를 빼낼 때처럼 입술을 씰룩거린 뒤 두 손으로 앉은 무릎을 탁 치며 떡하니 일어섰다. 나는 모두가 들으라는 듯 아내를 재촉했다.

"지금 출발해야 안 늦어! 어서 일어나."

아줌마가 내게 볼펜을 건네며 연락처를 적어 달라고 했다. 나는 내 손전화기 번호를 적어 주면서 다짐을 받듯 요구했다.

"좋은 물건 나오면 꼭 연락 주세요."

밖은 을씨년스레 칼바람까지 윙윙 불어댔다. 으스스 끄무레했던 날씨는 우리가 부동산에 들어앉은 잠깐 동안 꽝꽝 추워지고 말았다. 길을 잃은 찬바람이 불어와 우리의 발아래를 마구 어지럽혀 놓았다. 아내가 몸을 부르르 떨며 내 팔에 찰싸닥 매달렸다. 눈발까지 푸설푸설 휘날리기 시작했다. 그런데 큰길로 나서자 바람은 잠잠했고, 인도는 사람들로 북새통을 이루었다. 바쁜 걸음들 사이로 우리는 느릿느릿 지하철역으로 걸었다. 하루 동안의 피곤이 걸음마다 달라붙었다. 아내가 내 외투주머니에 손을 쑥 집어넣었다. 하늘에서는 드디어 함박눈이 펄펄 쏟아졌다. 나는 아내의 손을 꼭 쥐었다. 포장마차에서 더운 김이 모락모락 솟아올랐다. 우리는 어묵 한 꼬치씩을 입에 물고 서로에게 잔웃음을 쳤다. 저 멀리 구세군 자선냄비 종소리가 뎅그렁뎅그렁 들려왔다. 그때 전화벨 소리가 울렸다. '주몽'이었다.

"지하철 타셨나요?"

"아니요! 아직 안 탔는데…, 무슨 일이시죠?"

아줌마 목소리가 두둥둥 밝아졌다.

"잘 됐네요. 벌써 가셨으면 어쩌나 하는 걱정이었는데~. 방금 놓치기 아까운 물건이 하나 급매로 들어왔는데, 괜찮으시면 보고 가시는 게 좋을 거 같아서 연락 드렸습니다."

나는 뭔가 좋은 예감이 들어 망년회 약속도 잊고 즉시 대답했다.

"네~에! 알겠습니다. 5분 내로 갈 테니 준비해 주세요."

아내는 이미 먹은 값을 치르고 걸음을 뗄 참이었다. 아줌마도 사무실 밖에서 우리를 기다리고 있었다. 우리가 가까이 다가가자 아줌마는 사과의 말부터 했다.

"가시는 분들을 다시 붙잡아 죄송합니다. 꼭 보시는 게 좋을 듯해 전화 드렸습니다."

"별 말씀을요. 이렇게 신경 써 주시니 저희가 고맙죠."

아줌마는 등기부등본 한 장을 내게 팔랑 건넨 뒤 앞장서 걸으면서 물건에 대해 간략한 설명을 했다.

"두 분이 나가시는 것과 거의 동시에 아저씨라고 해야 하나, 할아버지라고 해야 하나, 아무튼 육십은 넘기셨을 어르신 한 분이 저희 사무실을 찾아와 물건을 내놓고 가셨습니다. 산 밑에 있는 '나 홀로 아파트'인데, 급매로 나온 거라 상당히 저렴합니다. 자세한 사항은 등본을 확인해 보시면 아실 테지만, 일단은 물건부터 확인해 두는 게 좋을 듯합니다."

나는 아파트라는 말에 아내의 손을 불끈 쥐었다. 아내도 손에 힘이 야무지게 딱 들어가 있었다. 우리는 아파트를 보게 된다는 것만으로도 흥분이 됐다. 우리에게 소개할 정도의 아파트라면 분명 비싸지는 않을 테고, 가는 사람을 붙잡을 정도라면 물건도 나쁘지는 않을 것이었다. 나는 가격부터 묻는 게 좀 쑥스러워 에둘러 물었다.

"얼마나 저렴하게 나온 건가요?"

"글쎄요. 저도 조사한 바가 없어 정확한 평가는 해 드릴 수가 없습니다. 다만 빌라가 아니라 아파트 1층이고요, 실 평수 33평! 3억에 나왔습니다."

"3억이요?"

아내가 가던 걸음을 착 멈췄다. 나는 아내에게 일단 보기나 하자는 귀엣말을 속삭였다. 아내가 내친걸음을 내박차자 내 머릿속에서는 집값 따짐이 일었다. 이곳 한양동 빌라가 전용면적 기준으로 평당 천만 원 정도였으니까 33평 아파트가 3억에 나왔다면 집값 자체가 싸다는 사실은 틀림이 없었다. 나는 다짜고짜로 뜬금을 물었다.

"현재 시가가 얼마죠?"

아줌마가 조금 자신 없는 대답을 내놨다.

"정확한 시세는 말씀드리기 어려운데, 제 판단으로는 최하 3억 6천은 될 듯싶은데요?"

카이저 아파트

나는 교수님께 전화를 걸어 약속에 늦게 될 사정을 곰상스레 밝혔다. 카이저 아파트는 우리가 그 앞을 수도 없이 지나다녔던 곳이었다. 아줌마가 초인종을 누르자 안에서 사람이 문을 열어 주었다.

"계셨네요?"

아줌마가 먼저 인사를 건네자 좀 늙수그레한 아저씨가 대답했다.

"저도 이 건물 6층에 살아유."

집주인 아저씨는 얼굴빛이 유난히 붉은데다 눈마저 퉁방울눈이어서 나는 마치 점잖은 황소가 대답을 하는 듯한 착각이 일었다. 아줌마가 곰 살갑게 말을 되받았다.

"그러셨어요? 저는 다른 곳에 사시는 줄 알았네요. 어르신 가시고 바 로 손님이 오셔서 이렇게 모시고 왔습니다."

아저씨는 우리가 들어갈 수 있게 자리를 비켜 주었다. 거실은 천장에 달린 네 개의 등이 반질거리는 원목 마룻바닥 위로 모두 켜져 대낮처럼 환했다. 우리 부부는 휑뎅그렁하니 너렁청한 거실 앞에서 입이 쩍 벌어졌 다. 아내는 벌어진 입을 다물 새도 없이 베란다 너머로 보이는 마당에 마 음을 쏙 빼앗긴 듯 보였다. 아내가 아저씨에게 엉뚱한 것을 물었다.

"베란다에서 마당으로 나갈 수 있나요?"

"네~? 그럼유!"

아저씨는 아내의 물음이 미처 생각지 못했던 것이었는지 얼떨떨하게 우두커니 섰다가 어줍살스레 간신히 대답하고는 얼른 마당으로 나가는 쪽문을 삐걱삐걱 열어 주었다. 뒷마당은 진한 녹색 우레탄 방수제가 매 끈하게 발라져 있었다. 뒷마당 너머에는 좁다랗게 긴 정원까지 꾸며져 있 었다. 마당은 아이들이 뛰어놀기에 알맞춤한 곳이었다. 아내의 물음이 계속되었다.

“이 마당은 1층만 쓰게끔 되어 있나요? 아니면 다른 층도 쓸 수 있나요?”

아저씨는 별걸 다 묻는다는 듯 머리를 벅벅 긁으며 말을 조금 더듬듯 대답했다.

“여기야 1층만 쓸 수 있지유. 저쪽은 다 막혀 있어유.”

아내가 마당을 뚫어져라 바라보며 물었다.

“여기에 데크 마당을 만들면 옆집이 가만히 있을까요?”

아저씨는 아내의 말이 무슨 말인지 잘 못 알아들었는지 거듭 반문하면서 대답했다.

“뭐라구유? 데크 마당을 만든다구유? 그러니께 마당을 베란다처럼 만들어 쓰시겠다 이 말씀이시지유? 뭐랄 사람은 없지유. 옆집도 지금은 비어 있으니까 마음대로 하셔도 됩니다. 마당 가지고 말할 사람은 아무도 없어유. 그거야 1층 거니까, 1층 마음대로지유.”

아줌마까지 마당으로 나가 그곳을 아이들 놀이터로 꾸미면 좋겠다는 얘기들을 아내와 주고받았다. 아저씨는 마당만 보고 있는 아내가 좀 답답하게 느껴졌는지 내게로 와서는 중얼거리듯 말했다.

“내가 이놈 붙잡아 두고는 매우 복잡한 문제로 많은 고통을 받았어유. 그 복잡한 문제야 다 말씀드릴 필요가 없겠지만, 제 앞으로 23일자로 등기가 넘어 왔으니께, 이제 문제는 좀 간단해졌어유. 내가 사시는 분께 손해 끼칠 마음은 손톱만큼도 없으니께, 진지하게 잘 생각하시고 판단하세유.”

나는 어름더듬하는 아저씨 말이 뭔가 꺼림칙해 불안한 마음이 들었다. 내가 '등기가 넘어 왔다'라는 말을 생각하려는 사이 아저씨가 아내의 집 보는 것에 대한 불만을 토로했다.

"집을 보러 와서는 마당만 보고 집은 안 보신대유?"

나는 웃음을 터뜨리곤 아내 편을 들어주었다.

"사람마다 집 보는 방식도 다 제각각인 것 같더라고요. 저희 집사람은 애들이 뛰놀 공간을 가장 먼저 보더라고요. 그런 공간 가운데 마당이 최고지요."

"…"

아내는 마당에서 베란다로 껑충 뛰어들어와 구석구석을 살펴보기 시작했다. 거실 베란다는 넓기도 했지만 큼직한 네모 타일에 통유리로 되어 있어 시원해 보였다. 나는 아내가 창문이랑 창틀까지 꼼꼼히 살피는 모습을 보며 집을 비워 놓은 것에 대해 물었다.

"왜 전세라도 놓지 그러셨어요?"

아저씨는 이마에 손을 가져다 대어 문지르면서 방금 전에 했던 말과 비슷한 말을 토했다.

"이 집이 좀 복잡~합니다! 거기까지야 내 말씀드릴 필요 없겠고. 이 집은 아무도 안 산 집이지유. 분양할 때 그대로지유. 문이고, 창이고, 마루고, 그 무엇 하나 변질된 거 하나도 없어유. 완전히 그대로지유. 이 집은 아파트이기 때문에 빌라하고는 달라유."

아저씨는 말끝마다 복잡하다는 말을 버릇처럼 달았다. 나는 이 집에 얽힌 복잡한 사정이 뭔지 궁금했다. 아저씨는 말과 행동을 주춤거려 좀 갑갑했고, 신경쇠약에 걸린 사람처럼 초조한 기색을 연신 내보이기도 했다. 아저씨는 겉보기로 시골 우시장의 소장수 같기도 하고, 그냥 평범한 농사꾼 같기도 했지만, 뭔가에 잔뜩 시달린 듯 얼굴을 씰룩거리는 증상으로 보아 정말 복잡한 채무관계로 고생한 듯도 보였다. 나는 아저씨가 이 아파트 6층에 산다는 말이 기억나 물었다.

"여기에는 누구랑 같이 사세요?"

아저씨는 말끝을 안으로 되먹어 삼키듯 대답했다.

"여기만 내가 집을 세 채 갖고 있었는데…, 아들놈 집에 살아유. 이 집을 돈 대신 받아가지고, 내가 골치유 골치…."

아내가 거실로 들어오자 아저씨는 예의 우습다는 표정을 지어 보이며 불퉁스레 대뜸 집 보는 참견을 하고 나섰다.

"집을 보러 오셨으면 중요한 데부터 보셔야쥬~!"

부동산 아줌마가 웃었다.

"우리 집주인께서 집 보는 게 좀 마음에 안 드셨나 보다! 하하!"

"아니! 마음에 안 들었다는 게 아니라, 그런 건 나중에 봐도 된다 이 말이지유. 거실이나 부엌, 안방, 화장실 이런 데를 먼저 보는 게 좋다는 말씀을 드리는 겁니다. 제 말은 신경 쓰지 마시고 천천히 보세유."

집은 전체가 텅 비어 있었기 때문에 꼼꼼히 살필 필요가 없었다. 집에 대한 판단은 이미 한눈에 끝나 있었다. 주인아저씨의 핀잔 때문에 아내는 짐짓 거실을 살피는 시늉을 한 뒤 곧장 안방으로 갔다. 모두 아내를 뒤따랐다. 안방에는 화장실이 하나 딸려 있었다. 아내는 귀여운 웃음을 앙글방글 터트리며 감탄의 말을 톡톡 던졌다.

"화장실을 고급으로 했네. 비데까지…. 하긴 요즘은 다 비데를 설치하긴 하던데….”

아저씨는 아내가 화장실 옆 공간의 용도를 모를까 봐 얼른 설명을 덧
붙였다.

“그 옆은 드레스 룸인데유, 화장대 같은 걸 놓고 쓰시면 되구유, 아니
면 옷장으로 쓰셔도 돼유.”

아내가 고개를 끄덕였다. 아내의 눈길은 이미 안방의 장롱 놓을 자리
에 맞춰져 있었다. 아내는 그 자리를 이리저리 살핀 뒤 내 곁을 지나가며
또 슬쩍 말을 던졌다.

“붙박이장을 주문해야 될 거 같아.”

나도 고개를 끄덕였다. 다음은 거실 화장실이었다. 거기에는 우리가
모르는 이상한 장치가 달려 있었다. 아내가 물었다.

“저 샤워기처럼 생긴 거는 뭐예요?”

“아~, 저거유? 안마 샤워기인가 바디 샤워기인가 하는 건데, 저걸 하면
시원해유. 뜨신 물 찬 물, 번갈아 가며 나오게 할 수도 있구…. 저는 별루
안 쓰는데, 그래두 한두 번 써 보니께 샤워도 하고, 물로 안마도 받고….
나쁠 거야 없지유.”

아내는 아저씨의 설명이 다 끝나기도 전에 부엌으로 가고 있었다. 부엌
은 미닫이로 된 중문이 가로놓여 있어 딴판 다른 느낌의 공간처럼 보였다.
부엌은 지나치게 넓어 보였다. 문을 열고 들어가자마자 왼쪽 옆으로 김치
냉장고 자리가 쑥 들여앉혀져 있었고, 고급스런 흰색 싱크대가 긴 벽 한
쪽에 위아래로 가지런히 붙박여 있었다. 별도의 찬장은 더 이상 필요가
없어 보였다. 그 한가운데 식기세척기와 개수대 위에 작은 텔레비전까지

갖춰져 있었고, 대형 냉장고 자리도 자랑스럽게 우뚝하니 놓여 있었다. 아내가 수도꼭지를 들어 올리자 물도 잘 나오고 잘 빠졌다. 사람이 살지 않고 있었기 때문에 주방 가스관은 연결이 안 돼 있었다. 부엌 유리문을 열고 거실 반대쪽 베란다로 나가자 문 가까운 쪽 끝에 세탁기 놓을 자리가 마련되어 있었고, 다른 쪽 끝에는 작은 수납공간이 한 짝 농처럼 짜여 있었다.

우리는 부엌 쪽 베란다를 살펴본 뒤 나머지 방 두 개를 살피러 들어갔다. 방안에는 포장된 짐들이 좀 너저분히 놓여 있었다. 아내가 아저씨께 물었다.

"이 짐들은 아저씨네 건가요?"

"네! 이 집이 좀 복잡해서 물건을 좀 갖다 놨어유. 계약을 하시면 이 짐은 곧바로 시골로 다 가져갈 거예유. 걱정하지 마세유."

아내는 알았다는 듯 고개를 주억이며 방 크기를 들먹거렸다.

"이 방은 좀 작네요?"

"큰 방을 본 뒤 이 방을 보면, 작아 보이지만, 이 방들도 작은 방들이 아닙니다. 열두 자 장롱이 들어가는 방인 걸유."

아저씨 설명이 끝나자마자 우리는 우르르 현관문 쪽으로 나갔다.

"집 잘 봤습니다. 연락드리겠습니다. 안녕히 계십시오."

아줌마의 예의 바른 인사를 끝으로 우리는 집 밖으로 나왔고, 아저씨는 불을 꺼야겠다는 말과 함께 집 안으로 부리나케 사라졌다. 아줌마가 아내에게 집 본 소감을 물었다.

"집 괜찮죠?"

"아유, 집이야 좋죠! 돈이 문제죠."

아내는 이 집이 마음에 쏙 든 눈치였다. 집 자체는 나무랄 데 없어 보였다. 나는 뭔가 마음에 찜찜한 바가 있었다. 아저씨가 입버릇처럼 내뱉었던 '복잡하다'는 말이 시간이 흐를수록 자꾸 커지는 메아리처럼 머릿속을 맴돌았다. 급매 물건에는 다 그만한 사연이 달리게 마련이었다. 비록 우리가 이 복잡한 속사연을 속속들이 알 필요는 없을지라도 이 집을 덜컥 사는 것은 내키지 않는 일이었다. 나는 내치락들이치락 집에 대한 결정을 통 내릴 수가 없었다. 나는 생각할 시간이 필요해 아줌마에게 어려운 부탁 하나를 했다.

"저희로서는 생각할 시간이 필요한데, 내일까지만 이 집을 저희한테 붙들어 매 주시면 안 될까요? 자금조달이 가능한지 여부를 확실히 점검해 봐야 해서요."

부동산 아줌마는 고개를 크게 끄덕인 뒤 흔쾌히 대답했다.

"잘 알겠습니다. 내일까지 연락 주십시오!"

"고맙습니다! 또 한 가지 더 부탁을 드려야 할 듯합니다."

"네! 말씀하십시오."

"가격인데요… 2억 9천까지만 합의해 주십시오."

"2억 9천이요? 말씀은 드려 보겠지만, 워낙 가격이 다운되어 나온 거라, 쉽지는 않을 듯합니다. 큰 기대는 하지 않으시는 게 좋을 듯합니다."

아내는 입을 굳게 다문 채 앞만 보고 또박또박 걸었다. 우리는 부동산 아줌마와 갈림길에서 헤어졌고, 나도 약속 때문에 지하철역에서 아내와 총총 헤어졌다.

"그거 경매 물건이야!"

"뭐라고?"

경매 물건

내가 밤 12시가 넘어서 집에 들어가자 그때까지 컴퓨터 앞에 앉아 있던 아내가 '거 보란 듯한' 말투로 말을 뱉었다. 나는 맥이 탁 풀렸다. 나는 '부동산 숨바꼭질'에서 늘 한 발이 늦어 내처 술래만 해야 하는 처지가 된 것만 같아 부아가 치밀었다.

"나오는 물건마다 왜 족족 문제야!"

나는 분통을 터뜨리며 술 냄새 담배 냄새를 씻어버리러 화장실로 들어갔다. 나는 물뿌리개로 머리에 더운물을 뿜으며 내내 집주인 아저씨를 생각했다. 나는 씻고 나오면서 아내에게 물었다.

"그게 경매 물건인 줄 어떻게 알았어?"

"어딘지 모르게 자꾸 의심이 가기에 경매 전문 법무사한테 번지수를 알려주고 물어봤더니 다 알려 주더라고."

나는 아내의 돌다리 두드리는 솜씨에 놀라움을 막을 길이 없었다.

"우와, 우리 마누라가 이젠 경매까지 손을 대게 생겼군! 대단해요!"

아내는 내 칭찬에도 즐거워하기커녕 속마음이 부걱부걱 끓는 듯 보였다. 내 마음도 어수선하기는 마찬가지였다. 나는 먼저 이 뒤숭숭하게 뒤엉킨 들뜬 상황을 차분하게 가라앉혀 두고 싶었다. 나는 두 팔을 걷어붙이고 다리틀기를 하며 입찬말을 내질렀다.

"한번 따져 보자고! 경매로 나온 거라고 못 사는 법은 없으니까!"

내가 들입다 '카이저 아파트'의 권리분석을 시도하려 하자, 아내는 마지못해 맥 빠진 태도로 자신이 모아놓은 정보들을 죽 펼쳐놓으며 내게 설명을 시작했다.

"올 6월 초에 경매에 넘어갔고, 유찰이 됐는데, 최초 경매가는 3억 3천으로 나와 있네."

"3억 3천?"

나는 경매에 붙여진 집값에 놀랐다. 아내가 두 눈을 동그랗게 뜨고 물었다.

"왜 그래? 뭐가 문제야?"

나는 아내가 들고 있던 볼펜을 낚아채듯 가져와 종이 위에 '감정가'라고 휘갈겨 쓴 뒤 놀란 이유를 설명해 줬다.

"경매가는 감정평가서에 따라 매겨지는데, 대개는 시세보다 10퍼센트 이상 낮게 매겨져. 최초 경매가가 3억 3천이었으니까, 카이저 아파트 시세가 올 6월 초 이전에 적어도 3억 3천이었다는 거고, 거기에 10퍼센트를 더하면 적게 잡아 3억 6천이 되고, 그곳 한양동 집값이 오르기 시작한 건

올 9월부터 11월까지였으니까 현재 시가는 3억 6천 이상은 족히 넘는다는 거겠지…. 혹시 거기 한양동에 비슷한 평수대의 '나 홀로 아파트' 시세 좀 찾아본 거 있어?"

우리는 그동안 빌라만 보고 다녔기 때문에 아파트 시세는 꼭 바르게는 몰랐다. 아내는 내 말의 꽁지가 떨어지기 무섭게 공부방으로 쪼르륵 달려가더니 생기 넘치는 목소리로 나를 불렀다.

"자기야! 이리 와 봐! 3억 8천 이상이다! 여기 30세대가 채 안 되는 아파트 40평형대가 4억 천에 나왔어! 다른 아파트들도 비슷한 가격에 나왔네…. 그런데 이 아파트들은 전용면적이 31평밖에 안 돼! '카이저'는 33평이나 되는데! 3억이면 거저네, 거저!"

아내는 가격 비교를 해 보고는 좀 흥분한 듯했다. 나는 아내와 나란히 컴퓨터 스크린을 주시하다 아내의 어깨를 툭툭 치며 말했다.

"대건 할머니 말씀 못 들으셨나요? 가격은 팔려야 가격이라고…. 그건 다 호가에 불과해! 진정하라고."

우리는 한양동 일대의 아파트 시세를 자르르 찾아 살핀 뒤 거실로 자리를 옮겼다. 소파에 앉으며 내가 아내에게 물었다.

"다음 경매 날짜가 언제야?"

아내가 다시 적어 놓은 자료들을 뒤적거려 답변했다.

"내년 1월 25일로 잡혀 있대."

나는 볼펜으로 계산을 써 나가며 아내가 들을 수 있을 만큼의 소리로 혼잣말을 했다.

"그렇다면 최저입찰가가…, 20퍼센트가 저감되니까…2억 6천4백이 될 테지만 중간에 경매가 취하될 수도 있고, 다른 사람이 낙찰을 받을 수도 있고…. 다른 정보는 뭐 없어?"

아내는 입술을 쫑긋거리더니 자기가 통화했던 법무사 얘기를 들려주었다.

"전화로 상담한 법무사 말로는 경매로 넘어온 물건들은 대개 끝까지 경매로 흘러간대. 그러니까 자기가 그걸 경매로 사 주겠다는 거야. 경매로 사면 2억 8천 정도에 살 수 있을 거래. 경매 수수료 1.5프로만 내면, 법적인 모든 부분까지 완전히 정리해서 넘겨주니까, 그 물건을 경매로 구입하는 게 편리하다고 그러더라고. 나는 경매에 대해 전혀 모르니까 뭐가 좋은지 잘 모르겠지만."

나는 아내 말에 손을 비비며 간추려 결론을 내리며 혼잣물음을 물었다.

"2억 8천이 경매 예상가라면, 우리도 그 정도 금액에 카이저를 사면 돼! 그런데 그 집이 경매로 넘어간 게 좀 이상하네?"

"뭐가 이상한데?"

"응, 집주인이 분명 6층에 살고 있다면, 채무를 해결하지 못할 정도로 돈이 없는 것은 아닌 듯싶은데, 이걸 경매로까지 넘어가게 했다는 게 이해가 안 돼. 정말 돈이 없는 거 아닐까? 돈이 없으니까 경매에 넘겼겠지? 돈이 있다면 그렇게 앉아서 손해 볼 짓을 할 리가 없지?"

나는 부동산 아줌마가 아내에게 등본을 건네주었던 기억이 났다.

"여보, 아까 아줌마한테 등본 받았지? 가져와 봐!"

아내가 재빨리 등본을 찾아왔다. 나는 등본을 들여다보며 고개를 갸웃갸웃 흔들어댔다. 아내가 몸이 달아 캐물었다.

"또 뭐야?"

나는 등본 상에 '가처분'이라고 되어 있는 부분에 동그라미를 치며 설명했다.

"이게 무서운 거야!"

"가처분! 그게 뭐가 무서운데? 경매 법무사도 그 집을 사려면 '가처분'부터 풀어야 한다고 했던가, 아무튼 가처분이 뭔지 모르고 샀다가는 큰일 난다고 그러더라고."

"큰일 나고 말고!"

"가처분이 도대체 뭔데?"

"말 그대로야! 임시로 처분한다는 거지. 왜 친일파 후손들의 재산 환수를 위한 특별법을 제정할 때 먼저 그 후손들이 상속받은 재산들을 팔아먹지 못하도록 법원에 '가처분 신청'을 했잖아?"

아내는 말뺨을 할 때처럼 슬며시 대답했다.

"그랬는데?"

"이제 그 재산은 팔지도 상속하지도 그 어떤 거래도 할 수 없게 되는 거지. 그게 가처분이라는 거야!"

아내는 좀 무섭다는 듯 몸을 움츠리며 살물었다.

"만일 우리가 그걸 사면 어떻게 되는 거야?"

"어떻게 되냐고? 우리가 그 집을 '가처분 상태'에서 샀다면, 우리는 그 집에 대한 소유권을 전혀 주장할 수 없게 돼! 가처분 신청자의 허락 없이는 팔 수도, 대출을 받을 수도 없게 되지. 아니 거래 자체가 성사가 안 되는 거야. 말하자면 사기를 당하는 셈이지!"

아내의 의심이 부풀기 시작했다.

"그래? 그러면 안 되지! 부동산에서는 왜 그런 걸 소개해! 혹시 같이 짜고 우리를 속여 먹으려 하는 거 아냐?"

나는 대답 대신 물 두 잔을 따라와 아내에게 건네며 말을 이었다.

"등기부상으로는 가처분자가 소유자와 동일인이야. 이런 경우는 '가처분말소'에 아무런 문제가 없을 거야."

"그럼, 말소가 되면 사도 되는 거야?"

"그렇지! 그걸 조건으로 계약을 하면 괜찮아. '가처분말소'를 전제로 계약을 하지만, 계약금은 집주인이 갖는 게 아니라 부동산에서 임시로 보관하고, 말소가 완료되면 그때 집주인에게 계약금을 전달하면 되는 거지."

아내는 그래도 마음이 놓이질 않는 눈치였다.

"그러다 일이 잘못되면 어떡해?"

나는 딱 자르는 말투로 또랑또랑 말했다.

"계약금 부분은 부동산에서 책임을 지니까 우리는 손해 볼 게 없고, 나머지 모든 과정은 법무사 입회하에 하면 돼! 우리 앞으로 등기 이전만 된다면 우리로서는 큰 이익이니까, 차질 없이 신경 써서 계속 진행해 보자고. 이런 걸 기회라고 하는 거야! 좀 살얼음 같은 기회이긴 하지만."

아내는 힘없이 되물었다.

"진행한다고?"

정면돌파

다음 날 나는 아내가 통화했던 경매 전문 법무사에게 전화를 걸었다.

"그렇게만 하면 문제는 없단 말씀이시죠? 네, 잘 알겠습니다. 감사합니다!"

내가 전화를 끊자 아내가 내가 말하기만을 기다렸다.

"어제 우리 둘이 얘기했던 '가처분말소'는 신청한 뒤 사오일에서 늦으면 보름까지 걸릴 수도 있대. 계약할 때 말소를 조건으로 하면 된대. 어제 내가 말했던 대로 하면 될 거 같아."

아내는 한고비를 넘긴 사람처럼 한숨을 쉬었다. 나는 상담하며 받아 적어 놓았던 내용들을 다시 이리저리 훑어보면서 말을 이었다.

"또 다른 문제는 '경매취하'인데, 이것도 그리 어려운 문제는 아니네…."

아내는 얼굴빛이 밝아지며 호기심으로 물었다.

"경매취하는 어떻게 하는 거래?"

나도 뻣뻣해진 몸을 우두둑 풀며 강의식으로 대답했다.

"근저당을 설정한 은행 본점에 가서, 이 경우에는 중소기업은행 본점이 되겠네…, 법무사 입회하에 중도금을 집주인이 아닌 은행에 넘기면 된대. 그러면 은행에서는 즉시 '경매취하신청'을 하게 되고, 하루에서 삼일 정도면 경매가 취하된대."

경매 물건에 대한 상황 파악은 시시콜콜한 데까지 끝이 났다. 아내는 자기 할 일을 하러 갔다. 나는 머릿속이 어제 마신 술기운까지 올라 왱왱거렸지만 기분은 거뿐했다. 경매 사이트에는 경매 물건이 철철 넘쳐났다.

이 복잡한 사연의 강물들이 다 어떻게 생겨나는 걸까? 그들의 머릿속은 또 얼마나 부레끓고 있을까? 그 터질 듯 벌겋게 달아오른 심장은 막힌 돈줄을 뚫고, 끊긴 돈줄을 잇느라 애간장을 녹였을 것이다. 그들은 터질 듯한 울화통 때문에 핏줄이 녹고, 간이 녹고, 얼굴이 헐고, 신경이 허술해져 중풍을 맞고, 경련이 일고, 위궤양에 심혈관 질환에 걸려 넘어질 것이다.

우리 또한 경매라는 혼돈의 흙탕물에 빠져 헤어 나오지 못한 채 허우적거리는 삶을 살지도 모를 일이었다. 싼 집값에 대한 탐욕은 자칫 우리가 이제껏 닦아온 삶의 밑바탕을 한순간에 무수고 으스러뜨릴 수도 있었다. 부동산 욕망이라는 이름의 사회적 좀이 우리의 마음속을 좀먹기 시작하면 우리 몸은 구석구석 퍼렇게 녹슬게 된다. 그 녹은 욕망이 충족되지 않는 한 지울 수도 없어지지도 않는다. 나는 혼돈을 잠재우기 위해 우리가 처한 현재의 상황을 또렷하게 확인할 필요가 있었다. 나는 위아래 입술을 갈마로 빨아들여 침을 촉촉이 묻힌 뒤 주몽 부동산에 전화를 걸었다. 남자가 받았다.

"카이저 건으로 전화를 드렸습니다."

상대방은 금방 알아챘다.

"아 네! 그렇지 않아도 전화를 드리려 하고 있었습니다. 저희 집사람이 어제 물건을 받아 소개해 드린 게, 오늘 제가 확인해 보니까, 경매 물건이네요. 아마 저희 집사람이 거기까지는 말씀을 못 드린 것 같습니다. 저희 불찰입니다. 원하시면 제가 카이저에 대해 자세한 말씀을 드리겠습니다."

상대방이 짧고 알아듣기 쉽게 설명한 내용은 법무사 이야기와 내용이 같았다. 나는 막혔던 게 뻥 뚫리는 기분이었다. 우리가 카이저 아파트를

현재의 흥정 값 그대로 산다 해도 그 값은 억매흥정에 가까운 헐값은 아
닐지라도 사기가 미안할 만큼 싼값임은 틀림없었다. 경매 이야기를 마친
중개사가 가슴이 털컥 내려앉는 말을 했다.

"한 가지 알려 드릴 말씀은, 저희가 9시쯤 문을 열자마자 집주인께서
친구분과 함께 찾아오셔서 그 집을 경매를 취하한 뒤 정상가격으로 내
놓겠다고 하시더라고요. 그 친구분이 돈을 빌려 주시기로 하셨답니다. 제
가 그 부분을 뭐라 말할 수 있는 입장은 아니었지만, 어제 집 보고 가신
분들이 하루의 말미를 달라고 하고 가셨는데 하룻밤 만에 말을 바꾸시
는 건 좀 그렇다고 말씀을 드렸더니, 주인께서 굉장히 곤혹스러워하시더
라고요."

"그래서 어떻게 됐습니까?"

"주인께서 '내 입으로 내놓겠다고 했으니 그럼 어제 집 보고 가신 분들
한테만 그대로 진행하고, 그분들이 안 한다고 하면 다시 내놓는 걸로 합
시다.' 하시기에 저도 그게 좋겠다고 그랬죠. 옆에 계시던 친구가 왜 그런
손해 보는 짓을 하냐고 만류했지만, 그 집주인도 보통 분은 아니신 것 같
더라고요."

나는 집 사는 것을 더는 머뭇적거릴 까닭이 없었다. 집주인은 몇천만
원의 돈보다도 복잡하게 얽힌 집 문제에서 하루빨리 벗어나기를 더 바라
는 듯 보였다. 우리는 그 마음이 식기 전에 계약서를 쓰기만 하면 땡이었
다. 나는 복작복작 아리딸딸한 생각 먼지를 훌훌 털어버린 개운한 머리
로 간동하게 말했다.

"아무리 싼 물건이라도 에누리없는 장사 없는 법이고, 집을 사면서 파

는 분이 내놓은 가격에 단돈 백 원 한 장도 깎지 않고 산다면, 그건 사는 맛이 없는 거 아닙니까? 꼭 3억을 받아야겠다고 하셨으니 5백만 깎아달라고 부탁해 주세요. 그 정도는 설마 안 들어주시겠어요? 부탁드립니다."

"계약금 3천만 원!"

아내가 상장을 수여하듯 내게 빳빳한 수표 세 장을 건네며 우렁차게 외쳤다. 수표를 받아 쥔 내 손이 파르르 떨렸다. 이 계약금은 우리의 봉인된 미래를 딸가닥 여는 첫 열쇠였다. 그것을 부동산 자물통에 꽂는 순간 우리에게는 딴 세상이 걷잡을 길 없이 열리게 될 것이다. 이 새 세상은 그 이전으로 되돌리거나 무를 수가 없다. 우리 부부의 얼굴에는 함박웃음이 피어나 있었지만, 몸은 꼿꼿하게 굳어 있었다. 나는 수표의 일련번호를 수첩에 적은 뒤 지갑 속으로 넣었다. 나는 출강할 때처럼 쏙 빼입은 정장 차림으로, 아내는 평소와 다름없는 아줌마 복장으로 현관문에 나란히 섰다. 아이들 셋이 올망졸망 서서 인사를 했다. 나는 아이들을 하나씩 두 팔로 가슴에 꼭 끌어안은 뒤 '가슴 비비대기 인사'를 했다. 아이들은 저마다 '으으으' 소리로 만족감을 표했다.

집주인의 사연

우리가 '주몽 부동산'에 닿자 집주인이 시커먼 그림자처럼 먼저 와 있었다. 집주인은 우시장 소장수처럼 검정 목털이 달린 짙은 밤색 가죽옷을 걸치고, 짙은 잿빛에 꼬깃꼬깃 구겨진 양복바지를 입고, 두 팔꿈치를 무릎에 대고, 허리께를 구부정하게 앞으로 구부린 채 근심에 겨운 모습으로 긴 의자에 앉아 있었다. 머리에 둥그렇게 눌린 모자자국이 나 있었지만 모자는 눈에 띄지 않았다. 집주인은 우리를 보고도 짐짓 모른 체하면서 무슨 용서를 빌 듯 손을 거푸 비비댔다. 내가 먼저 알은 체를 했다.

"안녕하세요? 먼저 나오셨네요?"

집주인은 내 인사를 무뚝뚝이 받아넘긴 채 '가처분말소신청서'를 제출하고 받았던 영수증을 중개사에게 내밀어 보였다. 집주인과 중개사 사이에는 어떤 말들이 오고 간 듯했다. 중개사가 인터넷으로 말소신청 사실을 확인하는 사이 집주인이 내 옷차림새를 힐끗 쳐다보았다. 중개사가 관련 내용을 간단히 정리해 주었다.

"저희가 확인해 본 결과 말소 신청은 된 상태이지만, 등기부등본상에는 아직 말소가 안 된 상태입니다."

집주인은 까치 꼬리처럼 머리를 까딱거리더니 곧이어 고양이처럼 고개를 갸웃거리면서 우리를 슬쩍슬쩍 쳐다보았다. 집주인은 두 손을 새끼를 꼬듯 세차게 비비적대다 자리에서 일어설 듯 스모선수 모양으로 두 손으로 무릎을 내리짚은 채 혼잣말을 했다.

"돈은 다 냈는데, 아직 말소가 안 됐어유? 거기 돈 낸 영수증도 있는데…. 그러면 내가 미안한데…."

집주인 얼굴은 조마조마하기 짝이 없어 보였다. 중개사가 집주인의 걱정을 덜어주기 위해 말소신청에서부터 해제까지의 과정을 친절히 알려

주자 집주인은 연거푸 '아~ 아~' 소리를 내며 머리를 깊이 숙였다 들면서 중개사에게 그늘지다 못해 안쓰러운 얼굴로 물었다.

"그럼 계약 자체를 나중에 한다는 겁니까?"

나는 중개사가 건넨 따뜻한 종이 커피 한 잔을 호르르 마시다 말고 두 눈을 뚱그렇게 뜨고 집주인을 빤히 쳐다봤다. 중개사가 말소리에 힘을 주어 단단히 말했다.

"아니요! 이분들은 오늘 계약을 하러 오신 겁니다."

"아휴~, 그래유!"

그제야 집주인 얼굴이 구름 틈새로 갓 벗어난 보름달처럼 불그스름히 밝아졌다. 그것은 집주인의 착한 마음빛깔이었다. 집주인은 티끌만큼의 거짓말조차 할 수 없는 멀쩡한 바보 같았다. 그 마음씨는 자신의 작은 실수 하나 때문에 상대방의 인사조차 받지 못할 정도로 착했다. 가끔 집주인 왼쪽 눈 밑이 씰룩거렸고, 곧바로 거기에 가락 맞추듯 입술 왼쪽 끄트머리도 덩달아 씰쭉했다. 집주인 스스로는 자기 얼굴의 실룩거림을 아무것도 느끼지 못하는 모양이었다.

집주인이 이맛살을 찌푸리자 숨어 있던 주름살들이 짜그르르 잡혔다. 그 주름살 사이사이에 맺혔을 시달림의 기억들이 눈에 선했다. 이맛살이 펴진 뒤에도 밭고랑 같은 주름살 자국들은 남았다. 네모나게 넓적한 얼굴은 붉은빛에서 구릿빛으로 맑아졌지만 얼굴에는 근심이 한가득 깃들어 있었다. 집주인은 가끔 입을 '쩍 쩍' 벌린 뒤 손으로 입가를 쓱쓱 닦는 버릇이 있었다. 손은 마디마디 거칠었고, 특히 손바닥은 버짐이 핀 듯 희쓱희쓱했다. 나는 집주인의 속앓이가 궁금해 사연을 물었다.

“집이 어쩌다 이렇게 복잡하게 되셨어요?”

집주인은 입가를 문지르며 말을 하려다 말고를 거듭하더니 힘겹게 말꼬를 텄다.

“거 왜 신용불량자라는 게 무섭습디다, 정말 무서운 거여! 내가 머리를 좀 다쳐서 계산도 잘 안 되고, 골치를 썩이면 안 되기 때문에 시골로 내려가 놀 양으로 농사 좀 조금 지으려 했어유. 농사를 지으려니 농기계가 있어야겠지유. 그래 기계를 대출로 사기로 했는데, 다 되는 줄로 알고 농협에 갔더니, 이 집이 딱 묶여 있어서 안 된다는 거야!”

집주인은 그 대목에서 얼굴이 굳어졌다. 중개사까지 아저씨 이야기에 귀를 기울이고 있었다. 집주인이 다시 입을 쩍쩍 벌리고 닦기를 한참 한 뒤 이야기를 이어갔다.

“이 집을 풀어야만 대출이 된대! 그래서 내 차라리 이 집을 팔겠다고 마음을 먹은 거지유. 이 집을 팔면 내 손에 얼마가 떨어지는 건지도 나는 잘 몰라유. 그래도 트랙터 한 대 값이야 나오겠지유. 내가 이 집 지을 때 시골 땅 팔아 돈을 투자를 했는데…. 집 지은 사람이 친한 친구여서 내 땅 판 돈 모두를 맡겼는데, 그 사람이 돈을 떼먹는 바람에…. 내가 돈도 잃고 사람도 잃고 건강도 잃은 생 바보유. 그래도 내 아들놈이 대학을 나온 덕에 돈을 몽땅 잃지는 않고 집 다섯 채를 건지기는 했지유. 한 채는 아들놈 주고, 나머지 둘은 팔고, 또 하나는 누가 돈 좀 해달라고 해서 그 놈을 담보로 돈을 해 줬는데, 그게 그만 또 잘못돼서… 경매에 넘어가 있고…. 일이 이렇게 어렵게 됐지 뭐예유. 참~.”

집주인은 본디 농사꾼이었다가 친구 꾐에 넘어가 땅 팔고 농기계 팔아

서 집 짓는 데 돈을 댔지만, 그 친구가 집주인의 돈으로 아파트를 지은 뒤 모두 자기 앞으로 등기를 하는 바람에 집주인이 본래 자기 집이어야 할 아파트에 대해 가처분 신청을 한 듯했다. 집주인은 집과 친구 문제로 3년 이상 시달린 듯 보였다. 그러고 보니 집주인은 겉과 속이 모두 까막까막 타들어가는 숯덩이만 같았다. 집주인은 자기 코가 석자인 상황에서도 또 누군가의 급박한 청을 거절하지 못해 담보 대출을 해 주었고, 그 물건마저 경매로 넘어가고 말았는데, 그 집이 바로 우리가 사려는 이 집인 듯했다. 집주인은 하루빨리 상처뿐인 서울을 떠나 자기 삶의 본거지로 되돌아가 살고 싶은 마음뿐인 듯 보였다. 집주인은 다시 입가를 쓱 닦은 뒤 집을 파는 소감을 밝혔다.

"이 집 사면 잘 사시는 거예유. 최소한 5천은 싸게 사는 겁니다. 내가 풍 때문에 머리를 좀 다쳐서 이제는 복잡한 거 아주 싫어해! 잘하지도 못하고. 여기 부동산 젊은 양반들이 잘한다고 해서, 여기다 다 맡겨 버린 거유. 여기 한 군데만 내 놨어유! 저 위로 늙은 양반들은 계약서도 제대로 못 써! 그냥 전세나 놔먹고 그래야 할 양반들이지유. 조금만 복잡해도 받지를 못하고, 받아도 제대로 하질 못해! 그래서 내가 여기다가만 내 논 거유!"

계약서 쓰기

중개사가 계약서를 쓰기 위해 모두에게 먼저 지번을 소리 내어 읽었고, 다음으로 등기 관련 사항을 하나하나 짚어가며 서로에게 다 확인시킨 뒤 계약서를 조심조심 적어 내려갔다.

"매매 금액은 2억 9천5백입니다."

중개사의 말에 아무도 대꾸하지 않았다. 중개사가 알아서 그대로 썼다. 계약서 쓰는 일은 중개사의 익숙한 솜씨로 일사천리로 이루어졌다.

"계약금은 3천, 중도금은 1억 2천입니다."

나는 중개사에게 3천만 원 수표를 넘겼다. 그 돈은 우리가 1년 동안 한 푼도 쓰지 않고 개미처럼 모아야 겨우 마련할 수 있는 돈이었다. 중도금은 매매 금액의 절반을 주는 게 원칙이었다. 잔금은 은행 대출과 전세금의 도움을 받아 지급할 길이 있었지만, 중도금은 자기 자본으로 치러야 했기 때문에 중도금 액수는 우리에게 매우 민감한 문제일 수밖에 없었다. 나는 다부진 얼굴로 입술을 꽉 다물었다. 중개사가 계약금을 받은 뒤 집주인에게 다시 설명했다.

"이 돈은 저희가 보관하고 있겠습니다. 여기 매수자께는 저희가 보관증을 써 드리고, 등기부등본상에 가처분말소가 기재되면 매도인께 전화를 드려 이 돈을 건네 드리겠습니다. 계약금 수령 사인은 지금 하시고, 나중에 보관증은 찢어버리면 됩니다."

그것으로 모든 사항이 합의되었다. 중개사가 마지막 절차라며 인감도장을 요구했다. 아내가 먼저 자기 도장을 건넸다. 중개사가 아내의 이름을 확인했다. 집주인은 이름을 듣고는 피식 웃으며 한마디 던졌다.

"안주인 이름으로 사는 거예유? 그 집 참 금슬 좋네."

그 말에 모두 웃었다. 중개사가 도장을 막 찍기 직전 나는 계약서에 한 가지 더 보완해 줄 것을 요구했다.

"이건 노파심인데, 혹시 몰라 매매 당사자 이름을 나중에 변경할 수 있다는 문구를 하나 더 넣어 주세요."

중개사는 알았다는 듯 고개를 끄덕이며 집주인에게 동의를 구했다. 집주인이 나를 빤히 쳐다보며 대수롭지 않다는 듯 물었다.

"이 집을 되팔 생각이신가?"

"아닙니다! 되팔다니요. 저희가 들어와 살 겁니다."

"그럼 왜 명의를 바꾸려고 하시유?"

"바꾸겠다는 게 아니라, 혹 대출관계가 복잡해지면 제 명의로 해야 될 경우도 있을까 봐 그럽니다. 대출이율에 큰 차이가 날 수도 있고 하니까…."

집주인이 고개를 끄덕이며 조언했다.

"뭐 큰 차이는 없겠지만, 개인마다 신용등급이 있으니까, 액수가 커지면 이자 낼 돈이 많이 달라지지유. 잘 알아보고 하시유. 이름 바꾸는 건 마음대로 하슈."

나는 대답 대신 목례를 했다. 중개사가 우리 모두를 향해 선언하듯 말했다.

"그럼 이제 모든 부분에 서로 동의한 걸로 여기겠습니다. 자 이제 인감을 찍겠습니다."

중개사는 먼저 자신의 도장부터 부지런히 찍어나갔다. 계약서는 모두 세 부가 작성되었고, 각 장마다 세 군데 도장 찍는 난이 있었다. 중개사는 계약서를 넘길 때마다 앞장을 반으로 접어 그 접힌 곳 위에 자기 도장을 찍었다. 그다음 중개사는 아내의 노란 인감도장을 들고 같은 방식으로 도장을 찍어 나갔다. 계약서에 뻘건 자국이 늘어났다. 마지막으로 집주인의 도장을 찍을 차례가 왔다. 중개사가 주인께 도장을 달라고 하자 집주인은 그제야 자리에서 일어나 주머니마다 뒤져가며 도장을 찾았다. 도장이 안 나오자 집주인은 당황해 하면서 혼잣말을 내뱉었다.

"어? 내 분명 다 챙겨 넣었는데? 안경이랑 다 넣었는데…. 내가 다시 집에 가서 도장을 가져올까?"

중개사는 인주를 집주인 쪽으로 내밀며 말했다.

"아니요! 지장을 찍으셔도 되니까, 지장으로 하세요."

"지장으로? 그러면 내가 실례가 되는데…."

집주인은 중개사가 가리키는 곳마다 어설프게 지장을 찍은 뒤 손에 묻은 인주를 화장지로 싹싹 닦으며 부동산을 칭찬했다.

"내가 요즘 더 정신이 왔다 갔다 하는 것 같아. 여기 부동산이 확실하다고 해서 여기다 맡겼는데, 여기다 하길 잘한 것 같아. 젊은 양반이 찬찬하게 잘하는구만유!"

중개인은 의외로 수줍음을 많이 타는 성격인지 그 작은 칭찬 한마디에 얼굴이 벌겋게 달아올라 몸을 조아렸다.

"별 과찬의 말씀을…. 다 저희 일인 걸요. 이제 계약은 다 끝났습니다. 중도금 치를 때 연락을 드릴 테니, 두 분 다 은행으로 나오시면 되겠습니다. 저도 나가겠습니다. 은행에 법무사가 별도로 있지만, 그래도 저희 부동산 고객이시니까…."

새벽 4시.

헛방질

나는 밤새 뒤척뒤척 잠을 이루지 못했다. 옆구리가 여기저기 마치고, 허리가 뻑적지근히 저려왔다. 잠이 맨송맨송 새나간 잠자리는 딱딱한 돌무덤 같았다. 나는 잠의 끈에 묶이길 거부하는 몸을 먼지를 털듯 부스스 일으켜 뱀이 허물 벗듯 이불에서 스르르 빠져나와 더듬더듬 책상머리를 찾았다. 어두컴컴한 책상 위에는 대출 관련 자료들이 뒤숭숭 어지럽게 흩어져 있는 게 만져졌다. 눈이 차츰 어둠에 익어가자 중도금에서 모자라는 5천만 원이 더럭 생각났다. 가슴이 따끔거렸다. 범진이가 잠꼬대하는 소리가 앙증맞았다. 나는 슬그머니 거실로 나가 불을 켰다. 다섯 개의 전등이 이사 온 첫날밤처럼 거실을 환하게 비추었다. 나는 커피 물을 끓였다. 딸그락 딸그랑. 찻숟가락 소리에 아내가 안방 문을 배시시 열고 나왔다.

"왜 안 자고 일어났어?"

아내는 비척비척 걸어 나오며 걱정스레 물었다. 아내 눈도 딩딩 부어 있었다. 나는 한숨 같은 코웃음으로 아내를 돌아보며 다정하게 대답했다.

"내 걱정 말고, 자기나 얼른 가서 자!"

아내는 고개를 끄덕이며 비틀비틀 내게로 와 가스 불에만 초점을 맞추고 있던 나를 등에서 한번 꼭 안아주고는 돌아갔다. 뜨거운 커피 한 모금이 목구멍으로 넘어가자 잠들지 못해 숨죽여 있던 잠의 바이러스들이 짜르르 달아나 버렸다. 넋이 옹골차게 또렷해지자 걱정거리도 덩달아 뚜렷해졌다. 경매 취하를 위해 중도금 날짜를 앞당긴 것이 너무 큰 짐이 됐다. 중도금 1억2천 가운데 4천은 이미 마련되어 있었고, 3천은 현재 살고 있는 빌라를 담보로 은행에서 빌렸지만, 5천만 원은 구할 길이 막막했다. 중도금을 치러야 할 날짜는 열흘밖에 남지 않았다. 입술이 바싹바싹 말랐다. 입술을 다시자 혀끝에 마른 커피 냄새가 묻어났다. 먼동이 발그무레 터오자 마음속은 새로운 다짐으로 붉게 타올랐다.

나는 아내 앞으로 '연구실로 간다'는 한 줄 글만 남긴 채 아침 등산을 가듯 집을 나섰다. 시간강사 공동 연구실은 썰렁하니 텅 비어 있었다. 그곳은 연구실이라기보다 사무실이었다. 창문 쪽 벽과 조교 책상이 놓인 자리와 꼬마 커피 자판기 자리를 뺀 모든 벽이 강사들의 텅 빈 사물함으로 꼭 메워져 있었다. 조교 책상에 놓인 컴퓨터 한 대와 전화기 한 대 그리고 분필통과 시험답안지 더미만이 그곳이 강사실임을 드러낼 뿐이었다. 거기에는 그 흔한 시계며 거울이며 연구용 책상조차 없었고, 싸구려 소파 한 쌍이 탁자를 사이에 두고 되똑 놓여 있을 뿐이었다.

나는 소파 탁자 위에 커피 한 잔을 내려놓은 뒤 수첩을 앞뒤로 뒤적거렸다. 나는 들었던 수화기를 거듭 내려놓았다. 발신음이 사람들의 왱왱 꾸짖는 소리처럼 들렸다. 돈을 빌린다는 것은 나 스스로를 사람들 앞에 발가벗겨 그들에게 굽실굽실 구걸을 시키는 것과 같다는 생각이 가슴을 파고들었다. 돈 빌리는 생각만으로도 창피해 얼굴은 화끈거렸다. 나는 사람들이 쌀쌀맞게 갖가지 말로 나를 타낼 장면들이 아니꼽고 부끄러웠고, 가까운 사람들에게 돈 애기를 꺼내 어쩌다 그들과 멀어질까 봐 겁이 나 몸이 쪼그라드는 듯했다.

갑자기 속이 쓰리고 머리가 찡찡 어지러웠다. 나는 검정색 소파에 길쭉이 몸을 뉘었다. 여닫이 손잡이가 달린 연구실 창문이 너무도 외롭게 보였다. 나는 외로움의 섬에 갇힌 듯 온몸이 오들오들 떨렸다. 외로움은 세상에 덩그러니 저 홀로 버려진 기분이었다. 나는 외로움이 사라질 때까지 생각 자체를 비웠다. 탕탕 딱딱 소리와 함께 공동 연구실에 스팀이 들어왔다. 언 몸이 풀리면서 외로움도 함께 녹았다. 몸이 따뜻해지자 차갑고 두려운 생각들도 저만치 스러져 갔다. 마음이 가뿐해지자 몸도 가벼워졌다. 나는 거뿐히 몸을 일으켜 식은 커피를 홀짝 마셨다. 내 속에서 불덩어리 기운이 샘솟는 듯 몸이 후끈 달아올랐다. 나는 자빡에 대한 불안감을 떨치고 어차피 걸어야 할 전화를 걸기 시작했다.

"아버지!"

"어 그래, 이렇게 일찍 무슨 일이냐?"

아버지는 늘 '무소식이 희소식'이라는 믿음을 갖고 살았다. 내가 가끔 안부전화라도 하면 아버지는 꼭 '무슨 일인지부터' 물었다. 나는 간단히 안부를 여쭌 뒤 곧바로 돈 애기를 꺼냈다.

"제가 조금 큰 집으로 이사 가려고 집을 하나 계약했는데 중도금 치를 현금이 좀 부족해서요. 돈 좀 융통해 주실 수 있나 해서 전화 드렸어요."

"큰 집으로 이사하려고 한다고? 왜, 그 집이 작아?"

"아이들도 크고, 또 책 놀 공간도 부족하고 해서…."

"웬만하면 그냥 살지 그래?"

"이미 계약을 했어요."

"계약했다고?"

"네!"

"얼마가 모자라는데?"

아버지의 이 물음 한 자락에서 희망의 불꽃이 화르르 타올랐다. 내 목소리에 힘이 실렸다.

"5천만 원이요!"

"5천만 원? 시골에 그렇게 큰돈이 어디 있냐? 5백만 원도 힘들어. 니 엄마랑 상의는 해 보겠지만 큰 기대는 하지 말고. 실수 없도록 해!"

"네, 아버지. 죄송해요. 안녕히 계세요."

전화가 끊긴 자리에서 마른 눈물 몇 방울이 솟았다 이내 말라 버렸다. 문득 정신이 아뜩해지더니 발밑이 어찔어찔 울렁거렸다. 사라진 아버지 목소리가 내 귓가에 찢어진 울림통처럼 따갑게 윙윙댔다. 가슴 한 언저리가 욱신욱신 저려왔다. 아버지의 평생 무능력이 내게로 전이된 느낌이었다. 버림받았다는 느낌이 거세지자 산다는 것이 갑자기 막막해졌다. 그때 그 무거운 느낌들을 뚫고 엄마 얼굴이 희끗 스쳤다. 엄마는 나를 등에 업고 있었다. 다음 순간 엄마는 나를 앞으로 안으며 근심에 가득한 얼굴로 내 얼굴을 말없이 바라보았다. 나의 첫 기억 속 엄마는 늘 안타까운 얼굴로 나타나지만, 내가 나이를 먹을수록 그 얼굴은 모진 바람과 추위를 속된 티 없이 이겨낸 꿋꿋한 난초 같은 모습으로 다가왔다. 지금의 나보다 더 앳된 엄마 얼굴이 시리고 아름답게 느껴졌다.

나이를 이기지 못한 엄마는 눈썹 사이에 11자 주름이 굵게 파였다. 엄마는 볼이 홀쭉 야윈 구릿빛 아버지 얼굴을 안타까워하곤 했다. 두 분은 한살이 동안 흙밖에 몰라 땅에 붙어 살아왔지만, 농부의 아들은 그 땅을 떠난 지 이미 오래였다. 부모님은 내가 농부의 아들로 돌아오기만을 노상 마음 졸이며 무던한 눈빛으로 기다렸지만, 나는 학생 때는 공부 핑계로 결혼 뒤에는 먹고살기 힘들다는 이유로 부모를 멀리멀리 떠나왔다. 부모님은 그때마다 자신들이 못 배우고 가난하여 아들만 고생시킨다며 아들에게 되레 죄스러워했다. 어느덧 나는 자신도 모르게 부모를 죄인처럼 여기는 못된 마음버릇이 들은 듯했다.

얼굴이 화끈거렸다. 평소 아쉬울 게 없을 때는 부모를 전혀 모른 척하다 자기 필요에 따라 마치 빚쟁이처럼 부모에게 돈을 해달라는 내 자신이 생각할수록 부끄러웠다. 부모님 사정을 번연히 알면서 어쩌자고 돈 얘길 꺼내 부모를 평생 돈 죄인으로 만들었는지 뉘우침이 들끓었다. '실수 없도록 하라'는 아버지의 마지막 말이 풀 죽은 내 정신 상태를 다지르듯 귓가를 맴돌았다.

아버지의 퉁명했던 목소리가 서툴고 투박한 사랑의 숨결이 되어 내 마음을 바짝바짝 추슬렀다. 나는 돌이킬 길도 되돌아갈 길도 없었기에 마음을 앞길로 다잡아먹었다. 나는 입술을 힘껏 오그려 물은 채 수첩을 다시 넘겼다. 나는 마음속으로 '마지막까지 최선을 다하자!'는 말을 되뇌었다. 나는 스스로에게 용기를 북돋웠다. 텅 비었던 마음 밑바닥에 용기의 샘물이 조금씩 고여 들었다. 저 멀리 눈앞에 한 줄기 빛이 비추었다. 오랫동안 형동생 하는 사이로 지내왔던 선배 이름이 눈에 딱 뜨였다. 나는 희망을 실어 형에게 전화를 걸었다.

"형! 아파트를 사려고 하는데 돈이 좀 모자라서…."

"잘 알아보고 하는 거냐?"

돈 얘기가 나오는 대목에서 형의 목소리가 좀 꾸들꾸들 메말라 버렸다. 돈 빌릴 일은 이미 틀어진 것만 같았다. 돈 얘기에 형이 말을 잇지 못했다. 말빚도 때론 큰 빚이 될 수 있었다. 우리는 말이 끊긴 자리에서 마음으로써 마음을 나눌 줄 아는 사이였다. 그쯤에서 나는 전화를 끊는 게 옳았다. 말짱 헛일이 될 줄 빤히 알면서 꼽실꼽실한 부탁의 말을 해대는 것은 말하는 사람이나 듣는 사람 모두에게 고역이었다. 하지만 나는 마음을 독하게 먹었다.

"우리 지금 살고 있는 집 전세를 빼야 유동성 자금이 생기는데…."

"중도금 낼 돈이 부족하다고?"

"응!"

"얼마나?"

"현재 5천!"

"야, 그거 큰일이다. 니 형편에 5천이면 절대 작은 돈이 아닌데…. 우리도 은행 돈 빌려다 사업하지 않냐. 나도 골치다!"

그것으로 우리는 서로의 말문뿐 아니라 마음 문마저 절로 껄끄럽게 닫아 버렸다. 나는 미안하다는 말로 전화를 끊은 뒤 차가운 한숨을 내뱉었다. 돈만 빌릴 수 있다면 누구나 부자가 되는 세상이니 저마다 앞 다투어 빚을 낼 수밖에 없고, 빚이 가득가득 늘어나니 남에게 빌려줄 돈이 있을 리 바이없었다. 사람들은 가난해서가 아니라 더 부자가 되기 위해 남을 도와줄 수 없었다. 서로 도울 수 없는 현실 앞에서 우리는 서로 몰강스레 매정스러움을 배워 나갈 수밖에 없었다. 그런 게 세상이었다!

이제 2006년도 뚜벅 이틀 남았다. 묵은해는 곧 새해로 거듭 태어날 것이다. 사람들은 무엇이든 새롭게 태어나는 일을 가장 큰 기쁨으로 기리고 싶어 한다. 사람들은 내 전화가 덕담인 양 반기다가 짐스러운 돈 애기가 나오면 세밑 흥취가 와장창 깨진 값으로 맵짜게 전화를 끊곤 했다. 그때마다 내 가슴은 덜컹 주저앉았지만, 나는 어느새 야무지고 딴딴하게 마음을 추켜잡았다. 나는 전화를 걸 때마다 대화를 돈 애기로 끌어가려 무진 애를 썼지만, 사람 마음과 달리 말은 중도금 애기를 피해 제 고집대로만 달리는 버릇이 있었다.

어떤 이는 부탁을 들어줄 것도 아니면서 통화만 질질 끌었고, 다른 이는 처음부터 깃털을 털어내듯 거볍게 부탁을 거절하면서 따듯한 핑계를 대기도 했다. 돈을 빌리는 일은 매번 허방을 치는 '부메랑 사냥'과 같았다. '돈 빌리기 부메랑'은 점점 더 멀리 고등학교 동창이나 대학 동창들에게까지 던져지기 시작했다. 오랜만에 전화를 거는 것인 만큼 주절주절 안부인사가 길어졌다.

"창국이? 너 교수 됐다며? 야~, 오랜만이다. 이게 얼마 만이냐?"

"교수는 무슨. 아직 시간강사야."

수다는 5분 10분… 다른 친구들 소식에, 세상 돌아가는 이야기에, 아이들 크는 이야기까지… 수다하게 피어올랐다. 쓸데없는 이야기가 길어지고, 상대가 내 할 얘기를 감 잡을 때쯤 기어이 내가 돈 얘기를 꺼냈고, 상대 또한 기다렸다는 듯, 한칼에 잘라매는 말을 입에 발린 듯 술술 털어냈다.

“돈? 이거 미안해서 어쩌지. 요즘 경기가 너무 안 좋아서. 나도 간신히 입에 풀칠하고 산다. 이놈의 정권이 빨리 바뀌든지 해야지. 진짜 힘들어. 돈만 있으면 팍팍 줬으면 좋겠는데, 나도 사정이 너무 나빠서 어렵겠는데…. 어렵게 부탁했는데, 못 도와줘서 정말 미안해.”

나도 아무 일 없었다는 듯 얼렁뚱땅 대꾸했다.

“미안하기는…. 내가 미안하지. 잘 알았어. 너도 힘내고! 다음에 또 통화하자고! 안녕!”

내가 전화를 끊으려고 하자 상대가 밑도 끝도 없이 뚜벙 다른 친구를 들먹거렸다.

“거 왜, 있잖아, 누구지, 이름이 생각이 잘 안 나네…. 너하고 친했던 놈 있잖아? 운동했던 놈, 중키에 좀 통통했지 왜.”

“그래~ 누군지 알겠다! 그런데 나도 갑자기 이름이 생각이 안 나네…. 학교 다닐 때는 그렇게 친한 사이였는데. …”

나는 그렇게 내가 잊고 살았던 인연의 띠를 거슬러 한 줄 한 줄 지난날의 사다리를 올랐다. 마음속 여기저기 따스한 기억의 공간들이 생겨났다. 추억의 말 꽃들이 빈 마음에 포실하게 피어나면, 흐무뭇해진 마음은 말과 모습들을 거슬러 더 먼 기억들을 되살려냈다. 시간의 무덤에서 되살아난 장면들마다 싱그러운 풋내가 묻어났지만, 현실은 어두침침하게 얼어붙기만 했다. 나는 그 매서운 추위 가운데 물먹은 솜이 얼듯이 뻣뻣해져 갔다.

돈의 마술

나는 그 맛까지 식어버린 커피를 쏟아버리고 뜨거운 깡통 커피를 빼 왔다. 빈속에 마신 커피는 위를 긁는 듯 까끌까끌 쓰라렸다. 우리는 모두 돈 앞에 내몰린 벌거숭이들만 같았다. 현실이 무섭게 오싹오싹 목을 조여 왔다. 돈은 보이지 않는 손으로 우리네 손발을 꽁꽁 묶어 자기 앞에 알몸뚱이로 무릎을 꿇리곤 했다. 우리가 돈 앞에서 한없이 작은 사람들이 되는 까닭은 우리가 '쪽팔이 삶'을 살기 때문이었다. 사람이 돈에 쪼들리면 그의 삶은 나날이 흐물흐물 주눅이 들고 오글쪼글 움츠러든다. 사람이 꼼짝달싹 못 할 정도로 옴나위없게 가난해지면 그는 쪽팔림을 무릅쓰고 돈 앞에 굽실거리지 않을 수 없게 된다.

돈이 없는 사람들에게 돈은 빵빵한 왕이다. 돈에게 넙죽넙죽 아첨하는 사람들은 모두 암팡진 얌생이꾼들이자 이악한 부라퀴들이다. 빈털터리가 된 사람도 마음은 부자일 수 있고, 가난뱅이도 삶에 보람을 느낄 수 있지만, 이 얌생이 부라퀴들은 남들 앞에서 황태자처럼 떵떵거리기 위해 스스로 돈의 노예가 된 천민들이다. 가난뱅이, 비렁뱅이, 애옥살이하는 이들은 과거를 갖지도, 진실을 말하지도, 솔직하거나 정직할 수도 없다. 사람들은 가난에게는 아첨하지 않는다.

가난뱅이가 비록 빈 부대처럼 똑바로 서기 힘들지라도 그 부대가 돈으로 가득 차면 그 또한 홀로 설 수 있다. 빈털터리도 돈만 생기면 거들먹댈수 있고, 비렁뱅이도 돈만 있으면 세상을 쥐락펴락할 수 있다. 돈은 보잘것없던 알라딘을 하루아침에 뚝딱 임금의 사위로 만들어준 거인과 같다. 이 황금 거인은 외눈박이 거인들처럼 좋고 나쁨을 가릴 줄을 모른다. 이거인의 지배자들은 검은 마법사처럼 시커먼 연기로 자신들의 정체를 숨긴 채 세상의 모든 돈을 틀어쥔 채 세상에 돈 가뭄도 들게 하고 돈 홍수도 불러들이면서 오직 자신들만의 이익을 챙길 뿐이다.

돈의 마법융단을 타고 날아다니는 '돈 부라퀴들'은 돈이 있는 곳이면 어디든 부리나케 달려가 돈을 낚아챈다. 그들은 돈 청소기로 세상의 돈을 청소하듯 빨아들인다. 세상에 여기저기 지저분히 널려 있던 돈들이 깨끗해진다. 돈의 씨가 마른다. 사람들은 모두 가난뱅이가 되어 다달이 월급을 타서 산다. 가난뱅이들은 언제나 돈 마름병에 시름시름 앓고, 티끌 모아 태산을 이루기 위해 하루벌이로 푼돈들을 청소기 앞에 바친다. 돈들은 눈뭉치처럼 양털뭉치처럼 잘 뭉쳐진다. 뭉칫돈은 밖으로 새 나오질 않는다. 돈줄이 막혀 돈이 돌지 않게 된다.

시계가 시간을 재기 위한 도구이듯 돈은 상품의 값을 재는 도구일 뿐이지만, 돈은 시계와 달리 우리가 그것을 가질수록 더 많은 값을 얻게 된다. 우리는 시계로는 시간을 살 수 없어도 돈으로는 시계뿐 아니라 시간마저도 살 수 있다. 돈은 단순히 사고팔기 위한 도구에 그치는 게 아니라그 자체로 모든 것의 값이 되었다. 돈은 모든 것이고, 모든 것은 돈이다. 돈은 모든 것과 맞바꿀 수 있다. 돈은 물이자 불이고, 숨이자 흙이며, 처음이자 끝이 되었다. 돈은 만물의 생명체로 새롭게 태어났다.

돈은 강물처럼 지하수처럼 빗물처럼 돌고 또 돌아야 한다. 돈의 흐름이 막힌다는 것은 삶이 황무지가 되고 사랑조차 불임에 빠지게 된다는 것을 뜻한다. 돈이 잘 돌게 하려면 돈의 심장을 튼튼하게 해야 한다. 사람은 돈 심장에서 피처럼 뿜어져 나오는 돈을 빨아먹고 사는 흡전귀이다. 사람들은 낮에는 고상한 척하면서 밤마다 돈의 굶주림을 채우기 위해 물불을 가리지 않는 돈 박쥐들이다. 평민 돈 박쥐들이 소리 없이 죽어가고 있다. 그들은 먹고살 돈이 없다고 아우성이다.

나는 어릴 때 쌀보다 금이 더 비싼 까닭이 궁금했던 적이 있었다. 쌀이 없으면 사람은 죽고, 죽으면 금은 아무 소용도 없을 텐데 어떻게 금이 쌀보다 더 비쌀 수 있을까? 나이를 먹고 보니 쌀이 없어 죽게 되는 사람은 돈 가진 사람이 아니라 농사꾼들이었다. 가난한 사람들은 돈이 없어 자신의 피를 뽑아 먹을 것을 사기도 한다. 그들에게는 피가 곧 돈이다. 돈은 쌀이며 석유며 집이며 필요한 모든 것을 만들어내는 마술도구였다. 돈은 재산의 마술피리이자 삶의 백신이다. 사람이 돈을 잃으면 삶은 갖가지 병마에 시달리고 만다. 게다가 하루벌이 사람들은 돈이 하루 안 돌면 하루를 굶어야 하고, 사흘 안 돌면 사흘을 굶어야 한다. 세상의 돈줄이 막히면, 결국 돈 심장에서 가장 멀리 떨어져 있는 팔다리인생들부터 싸늘히 죽어 들어갈 것이다.

요즘은 돈으로 안 되는 게 없을 지경이 곳곳에서 벌어지고 있다. 돈은 계명 없는 신이었고, 물주는 성스러움 없는 교주였다. 돈이 신이므로 돈을 모시는 자만이 부자가 됐다. 내가 언제나 열심히 일하고도 부자가 될 수 없었던 것은 내가 돈의 신자가 되지 못했던 까닭이 아닐까? 나는 개종해야 할 것인가? 아니 내가 돈을 빌리고 있다는 사실 자체가 이미 나의 개종을 증명하는 것이었다. 세상의 돈은 모두 빚이라는 말이 있다. 돈은 모든 사람을 빚쟁이로 만들고 말았다. 우리는 언젠가 그 빚을 갚아야 할 날이 올 것이다. 하지만 갚을 빚조차 낼 수 없는 사람들은 얼마나 불쌍한가? 그래서 세상은 자꾸만 돈을 늘려왔다.

그런데 세상에 돌아다니는 돈의 양이 늘어날수록 돈의 가치는 날마다 떨어지고, 대신 물건값이 껑충껑충 뛴다. 이때는 돈보다 물건이 장땡이 된다. 돈을 가진 놈은 하루하루 밑진다. 월급쟁이들은 어쩌자고 만날 돈만 받는 것일까? 그러니 어김없이 밑질 수밖에 없다. 돈의 양이 늘어나는 것은 술에다 자꾸 물만 부어 그 양을 늘리는 것과 같다. 한 잔만 마셔도 취하던 시절은 까마득한 옛날이 된다. 싱거워지지 않는 술이 발명되거나 사람들이 술을 아껴 먹는 습관을 기르지 않는 한 술맛이 약해지는 일은 피할 길이 없을 것이다. 정부가 돈을 새롭게 찍어내는 바람에 일어나는 돈 부풀리기는 국민의 빚을 늘려가는 일, 보다 정확히는 미래 세대의 부를 도둑질하는 일이다. 미래 세대는 아직 입이 없어 정부의 도둑질에 대해 반대나 신고를 못 할 뿐이다.

아파트는 내가 10년을 일해서 벌 수 있는 돈을 단 몇 개월 만에도 벌 수 있다. 아파트가 번 돈은 노동 없는 돈, 바꿔 말하자면, 훔친 돈이다. 그런데 돈을 잃어버렸다고 신고하는 사람이 없기 때문에 아파트는 계속 더 많은 돈을 벌 수 있다. 누가 아파트를 고발할 수 있겠는가? 이 간 큰 도둑은 심지어 떵떵거리며 잘 난 척까지 한다. 아파트가 지배하는 세상은 무법천지가 된다. 아파트가 훔친 돈은 아무 데로도 돌지 못한 채 그 자리에서 썩고, 따라서 그만큼 더 많은 돈이 생산되어야 하며, 결국 돈만 가진 사람들은 계속 손해를 본다.

물신은 도둑의 신이다. 모든 사람이 물신의 도둑질을 깨닫고 있지만 사람들은 물신을 싫어하기커녕 복수의 여신을 대하듯 언제나 만판 웃음으로 환대한다. 사람들은 노동 없는 가치를 부당하다고 믿지만 메피스토펠레스의 도둑질에 매료되었던 파우스트처럼 아파트를 통해 벌어들이는 공짜 돈에 열을 올린다. 사람들이 너도나도 앞 다투어 도둑질에 앞장서므로 이제 미래 세대의 가난뱅이들만 망하게 됐다. 집 부자, 돈 부자, 주식 부자들은 양심의 찔림도 없을 뿐 아니라, 자신들의 도둑질이 도둑질인 줄도 모르기 때문에 이미 맛 들린 공짜 돈을 당당하게 소유할 것이고, 오늘까지 가난한 사람들과 그 후손들은 부서질 때까지 몸 팔고 검정 털복숭이가 될 때까지 양심 팔며 비굴하기까지 정신을 팔아야만 할 것이다.

솟아날 구멍

나는 꼬리에 꼬리를 문 돈 생각의 맴돌이에서 빠져나오기 위해 아점을 먹으러 나서며 정치 선배에게 전화를 걸었다.

"선배! 점심에 낮술 한 잔 어때?"

"무슨 일이야? 니가 낮술을 다 하자고 하고."

학교 밖 돌솥 밥집은 밑반찬이 한 상 거방지게 잘 차려 나왔다. 그 밥집은 막걸리를 곁들인 점심을 먹기에 안성맞춤이었다. 누르뻑뻑하게 걸

쭉한 막걸리가 나오자 정치 선배가 먼저 누렁 올챙이 표주박을 빼앗아 들고 내게 사발막걸리를 한 잔 크렁크렁 넘치도록 따라주었다. 단맛에 신맛, 떫은맛에 누룩 냄새가 시원한 맛과 뒤엉킨 막걸리는 돈에 대낀 아침나절의 대근함을 송두리째 날려버렸다. 나도 모르게 절로 '캬' 소리가 터져 나왔다. 상을 차리던 아주머니께서 성질도 급하다며 우리에게 살가운 웃음을 던졌다. 절인 배추에 간장 양념장으로 버무린 도토리묵 무침, 조갯살에 갖은 양념간장을 살살 얹은 고막 무침, 끓는 물에 데삶아 소금만으로 깔끔하게 간을 한 시금치 무침, 빨간빛이 자르르 감도는 고들빼기 무침이 한 줄로 죽 놓인 다음에 식초에 절인 마늘, 파릇하게 싱싱한 물미역과 새콤달콤한 초장, 깎은 속살 고구마와 길쭉 썬 빨간 당근, 대추 알 굵기의 감자조림, 쪽쪽 찢은 김장김치, 숭숭 썰어 넣은 파 동동 뜨는 물김치, 반찬은 끊임없이 나왔다.

드디어 나무뚜껑을 해 입은 돌솥이 지글거리며 밥상에 올랐다. 우리는 뚜껑을 열어 한가운데 강낭콩이 오종종 박힌 돌솥 밥을 빈 밥그릇에 옮겨 담고, 주전자 속 뜨거운 물을 숭늉이 되도록 돌솥에 줄줄 부었다. 정치 선배가 먼저 숟가락을 후후 떴다. 된장찌개를 떠먹던 선배가 매운맛에 입을 호호 불며 아줌마에게 찬물 좀 달라고 소리를 질렀다. 아줌마 한 분이 정수기가 고장 나 생수를 사러 갔으니 조금만 기다려 달라고 사정을 알려왔다. 그 순간 내 머릿속에 물장수 태우가 떠올랐다.

태우는 고향친구로 그야말로 억척으로 살아온 놈이었다. 중학생 때는 새벽마다 신문을 돌리며 생계를 떠맡았고, 고등학교를 졸업한 뒤에는 우유 대리점에서 탑차로 우유 배달을 했다. 태우는 거기서 1년 남짓 번 돈을 밑천으로 서울로 올라와 단칸방을 얻어 막일을 하기도 했고, 금정의 신발공장에 취직한 적도 있었으며, 그곳을 나와 빵공장에서 재고 조사하는 일을 하기도 했다. 태우는 그렇게 닥치는 대로 일을 해 모은 돈으로 종로 뒷골목에 부모님과 자기 남동생이 간신히 함께 살 수 있는 방 두 칸짜리 허름한 달개집을 샀다.

태우가 마지막으로 뛰어든 곳은 생수 시장이었다. 태우는 그 바닥에서 10년을 굴러먹은 뒤 이제는 어엿한 대리점 사장을 하고 있었다. 나는 태우네가 서울로 이사하기 전에는 명절마다 고향에서 태우를 만났었지만 그 뒤로는 결혼식장이나 장례식장에서나 가끔 만났을 뿐이었다. 내 입가에 절로 웃음이 번졌다. 태우는 힘들 때나 어려울 때나 늘 웃고 있는 사나이였다. 나는 정치 선배를 앞에 두고 태우에게 전화를 걸었다.

"누구? 창국이? 오랜만이다! 연락 좀 하고 살아라! 그런데 무슨 일로 전화했어?"

"지금 통화 가능해?"

"길게는 안 되고…, 지금 물 배달하고 있는 중이거든. 얘기 해!"

나는 간단히 집을 사게 된 경위와 돈을 빌리고 있다는 얘기를 시작했다. 정치 선배도 내 통화에 쫑긋 귀를 기울였다. 태우는 다른 사람에게 말을 건네 가면서 내 얘기를 듣고 있는 듯했는데 내 얘기를 알아듣자마자 먼저 빌려 줄 수 있는 액수부터 얘기했다.

"현재는 2천5백밖에 못 빌려주는데, 어쩌지? 내가 카드 결제가 어렵게 돼서 현금이 좀 필요하거든. 급하게 막아야 할 현금 결제는 다 끝났으니까 그 정도는 빌려 줄 수 있어. 필요할 때 전화해! 나 일해야 하니까 나중에 통화하자! 미안!"

태우는 번갯불에 콩 구워 먹듯 본론만 얘기하고 전화를 끊으려 했다. 나는 얼른 말끝을 잡았다.

"태우야, 잠깐만!"

"왜?"

"대평이가 요즘 사정이 안 좋다고 들었는데, 어떠냐?"

"대평이한테는 전화하지 않는 게 좋겠는데."

"알았어! 고마워!"

나는 끊긴 신호음을 한참을 듣고 있었다. 나는 나도 몰래 눈물을 찔끔 흘릴 뻔했다. 정치 선배가 내 표정을 읽고 함께 기뻐해 주었다. 점심상이 막걸리 건배로 푸짐해졌다. 나는 점심 뒤 막걸리 냄새 때문에 연구실 대신 학교 안에 자리한 숲 속 정원으로 갔다. 숲은 착한 눈으로 고요히 잠들어 있었다. 바람마저 한 점 불지 않아 겨울 볕이 졸렸다. 숲 속은 참새들의 짹짹거림이 없었다면 모든 게 정지 마술에 걸려 멈춰버린 듯 괴괴했을 것이다. 나는 키 큰 나무 아래 벤치에 쌓인 눈을 털고 불고 앉았다. 햇살이 아름답게 반짝였다. 나는 먼저 아내에게 돈 빌린 과정을 전화로 얘기했다. 아내가 기쁜 소식에 뛸 듯이 기뻐했다. 행복에 겨운 눈송이들이 하늘하늘 춤을 추듯 날았다.

나는 두터운 눈 덮개를 후드득 털어버린 겨울나무처럼 한껏 기지개를 켠 뒤 한결 가벼워진 마음으로 전화할 곳을 생각했다. 나는 속으로 자존심 따위는 접어버리겠다고, 또 앞으로는 전화하기 마음 편한 사람이 아니라 돈을 가진 사람에게 전화를 해야겠다고 다짐했다. 나는 돈을 빌릴 사이는 아니었지만 빌려 줄 돈은 갖고 있을 하 선배에게 전화를 했다.

"선배님! 어려운 부탁 좀 드리려고 전화했습니다."

"예, 창국 씨! 말씀하세요."

나무에서 푸슬푸슬 떨어진 눈가루가 목덜미에 차갑게 내려앉았다. 하 선배는 유학하고 돌아온 지 얼마 안 돼 전임강사가 됐다. 그때 하 선배 집 안에 돈이 많다는 둥 뒷배가 든든하다는 둥 온갖 소문이 넘실넘실 떠다녔었다. 대학원 선배란 게 가깝다면 가깝지만, 또 멀다면 멀다고도 할 수 있는 묘한 관계였지만 지금은 그런 걸 따질 때가 아니었다. 나는 다짜고짜 집 얘기를 꺼내면서 내가 처한 사정을 설명한 뒤 2천5백을 빌려달라고 했다. 하 선배는 내 부탁을 덤덤히 거절했다.

"내 동생도 창국 씨하고 거의 비슷한 사정으로 5천을 해달라고 해서 어제 가지고 있던 현금을 탈탈 다 털어 줘서 더는 현금이 없는데…."

"다들 집 때문에 난리네요. 돈 문제로 성가시게 해 드려 죄송합니다. 안녕히 계세요."

나는 전화를 끊으면서 만일 내가 어제 전화를 했더라면 하 선배가 내게 돈을 빌려 줬을지 궁금했다. 하 선배는 무슨 능력으로 5천만 원을 현금으로 갖고 있었을까? 나는 고갯짓으로 하 선배 생각을 떨쳤다. 어쨌든 여기저기 남늦기 전에 부지런히 전화하면 나머지 돈을 꼭 빌릴 수 있을 거라는 자신감이 솟았다. 나는 돈을 빌릴 수 있을 법한 교수님들 가운데 가장 먼저 정 교수께 전화를 드렸다. 정 교수는 이미 퇴직하셨지만 금방 내 목소리를 알아봐 주셨다.

"한 선생? 그래 요즘 어떻게 지내? 잘 지내지?"

정 교수의 다정스런 목소리가 들리자 얼었던 마음이 포근히 풀렸다. 나는 정 교수의 근황을 묻는 것으로부터 퇴임한 뒤 겪었던 일들을 듣는 데까지 오랜 이야기를 나누었다. 이야기 끝에 집 얘기며 돈 얘기가 자연스레 흘러나왔다. 정 교수가 먼저 필요한 돈 액수를 물었다. 나는 농담하듯 마치 맡겨놓은 돈을 달라는 식으로 부탁 말씀을 드렸다. 정 교수는 한 치의 머뭇거림도 없이 부탁을 들어줬다.

"2천5백? 그 정도면 내 해 줄 수 있슈! 다른 사람도 아니고 우리 한 선생이 집을 산다는 데 그 정도는 해 줘야지. 아무튼 집 사는 건 잘하는 거야. 계좌번호를 좀 알려줘. 내가 송금해 줄게."

정 교수는 돈 얘기 뒤에도 집사람 얘기며 아이들 얘기까지 우리 집 사는 얘기를 시시콜콜 물었다. 나는 저 밑으로부터 터져 오르는 활화산 같은 기쁨 덩어리를 감출 길 없어 혼자 벙싯벙싯 웃으며 우렁우렁 대답했다. 전화를 끊자 평화가 날아들었다. 한편으로는 팽팽하게 긴장돼 있던 핏줄이 툭 터져 힘없는 모습으로 널브러지는 듯 싱거운 느낌이 일었지만, 다른 한편으로는 어둡고 깊은 곳으로부터 머릿속을 욱죄어 왔던 돈의 쇠사슬이 한칼에 끊겨 나가는 시원함의 바람이 불어왔다. 내 휘파람 소리가 온 숲을 뒤흔들었고, 나뭇가지마다에 수북이 얹혀 있던 눈 더미가 내 발걸음 뒤로 훌훌 떨어져 내렸다.

"자기야! DTI 때문에 대출이 막힌대!"

대출 불안과 부동산 투기

나는 연구소에서 모처럼 강독 모임을 갖고 있었다. 그때 아내가 놀란 목소리로 전화를 걸어와서는 첫마디로 대출이 막힌다는 얘기를 덜컥 꺼냈다. 뒷골이 욱신욱신 당기듯 쑤셨고, 온 신경이 찌릿찌릿 곤두섰다. 나는 강독 모임을 앞당겨 끝냈다. 후배들이 왁자지껄 연구소를 떠나가자마자 나는 아내에게 전화를 걸었다.

"그 DTI인가 뭔가가 도대체 뭐야?"

"DTI? 나도 잘 모르는데, 총부채상환비율이라고 하더라고…."

"총부채상환비율? 그건 또 무슨 뜻이야? 채무를 갚을 수 있는 비율이란 뜻인가? 그렇다면…. 빚을 갚을 수 있는 능력을 말하는 거 아냐?"

"글쎄 자세한 건 나도 잘 모르겠지만, 연봉 얘기를 하는 것 같아."

아내도 DTI를 잘 모르고 있었다. 연구소는 운영비가 모자라 인터넷을 끊은 지 오래였다. 마음은 답답했고 걱정은 커져만 갔다. 만일 이율이 높거나 낮거나 간에 대출 자체가 막혀 버린다면 그건 우리가 카이저 아파트로 집을 옮길 수 없다는 것을 뜻했다. 그동안 정부가 부동산 투기를 뿌리 뽑겠다는 강력한 의지를 시장에 끊임없이 펴 온 만큼, 대출 차단이 딸까닥 현실화될 수도 있었다. 나는 아내에게 가장 중요한 사항을 물었다.

"언제부터 막힌대?"

"자세한 건 모르겠지만, 벌써 시행하는 곳도 있대! 나도 딴 일하며 지나가는 결에 들어 가지고 정확한 것은 모르겠지만, 아무튼 대출이 점점 힘들어지려나 봐! 대출 못 받으면 우리 어떡해?"

아내는 울먹일 듯 목소리가 떨렸다. 우리는 중도금을 치르고 나서 남은 돈이 딸랑 하나도 없었다. 갚아야 할 잔금은 모두 빚을 내어 치러야 했다. 늘어가는 빚더미를 생각할 때마다 가슴이 턱턱 막혀 숨 쉬는 것조차 힘겨웠다. 아무리 숨을 크게 쉬어도 가슴은 체한 듯 노상 갑갑했다. 나와 아내는 둘 다 한숨만 늘어갔다. 어떤 날에는 웃음조차 나오질 않았다. 아내는 손에 땀이 나도록 손을 꼭 쥐고 다니거나, 하루 내내 어깨에 잔뜩 힘이 들어가는 바람에 밤마다 나한테 어깨를 주물러 달라기 일쑤였다. 나도 요즘 들어 잠을 푹 자지 못해 아무 때나 하품을 찍찍 해댔다. 나는 마음을 차분히 가라앉힌 다음 며칠 전 은행에서 상담했던 내용을 토대로 아내의 들썽거리는 마음을 살살 달랬다.

"대출 걱정은 안 해도 돼! 은행에서 대출이 가능하다는 확답을 이미 받아 놓은 상태니까. 만일 대출이 안 된다면, 그때는 카이저를 전세로 돌리는 마지막 방법도 있으니까…. 어쨌든 대출 문제는 내가 다 알아서 해결할 테니까, 너무 걱정하지는 말고, 알았지?"

아내는 대출이 가능하다는 내 말을 듣자 목소리가 반히 풀어졌다. 요즘 아내는 점점 걱정꾸러기가 되어 기분이 죽 끓듯 했고, 그 걱정의 회오리는 으레 나까지 그 안으로 빨아들이곤 했다. 아내는 가장 나쁜 경우부터 상상한 뒤 그 경우가 해소될 때까지 고민을 멈추질 않았다. 최악의 상황에 대한 아내의 의심은 쉽게 가라앉질 않았고, 나는 그러한 의심이 쓸데없다며 짜증을 부렸다. 내 짜증은 아내의 화를 부르고, 아내의 화는 싸움을 불렀다. 아내 입에서 나오는 얘기는 모두 돈 얘기였고, 우리의 대화는 돈 얘기로 도배가 되다시피 했다.

돈 얘기는 욕설처럼 사람의 자존심을 건드렸다. 우리는 돈 얘기를 주고받다가 서로 감정이 상하는 날이 잦았다. 나는 서로 감정을 상하지 않으려고 아예 말을 삼가거나 아내 얘기를 그냥 들어 넘기곤 했지만 말투나 몸짓만큼은 제대로 다스리지 못해 자신도 모르게 통명스러워지고 말았다. 무뚝뚝이 땍땍거리는 내 말투는 명령조나 비난조가 되기 쉬웠고, 아내 말투도 거기에 맞춰져 덩달아 날카로워졌다. 그렇게 우리는 나날의 말들로 서로의 성을 돋웠다.

가끔 나는 부르돋는 부아를 참지 못해 아내에게 성깔을 부리곤 했다. 그때마다 아내는 화를 끓인 채 토라져 침묵했다. 그 침묵 속으로 미처 삭이지 못한 답답함과 뒤틀림 그리고 말로는 표현할 수 없는 수많은 복받침과 부대낌의 찌꺼기들이 가라앉았다. 나는 울화 김에 그 침묵마저 마구 휘젓곤 했다. 그 순간 우리의 삶 전체가 부연 흙탕물로 바뀌었다. 슬기의 고삐가 풀린 채 마구잡이로 휘몰아치는 감정의 소용돌이는 모든 것을 날탕을 쳤고, 그 안으로 우당탕탕 휩쓸려 들어간 정신은 서로에게 비난의 칼을 휘둘러댔다.

상처뿐인 전투가 끝난 뒤 우리가 화해할 마음으로 대화를 시작할지라도 우리는 결국 아무것도 아닌 것을 콩팥칠팔 따지고 들거나 작은 말실수를 옥식각신 물고 늘어졌다. 우리는 끝내 화해하지 못한 채 서로 배쓱토라져 울불한 얼굴로 되록거렸다. 사무침이 엷어진 마음은 서로의 사이를 먹통으로 만들었고, 한동안 깜깜한 불통 상태에서 우리는 벌레 먹은 외톨밤처럼, 성난 고슴도치처럼, 날개 돋친 독수리처럼 자신의 마음을 몰라주는 상대가 서운해 속으로 외로움의 눈물을 흘렸다.

나는 바삐 집으로 들어갔다. 아내는 생글생글한 모습으로 생태찌개를 끓여 놓았다. 나는 TV부터 틀었다. 뉴스마다 DTI가 40퍼센트로 규제될 거라는 보도가 왕왕 쏟아져 나왔다. 국민은행을 필두로 2007년 2월이면 시중은행 전반이 개인의 부채 상환 능력에 따라 대출 규모를 제한한다는 것이었다. TV가 온통 한목소리로 DTI 관련 뉴스를 내보내는 바람에 대출 제한이 이미 현실화된 듯한 착각이 들 정도였다. 아내의 불안했을 심정이 함씬 이해가 됐다. 나는 밥을 먹는 둥 마는 둥 숟가락을 내려놓고 소파에 호졸근히 몸을 맡겼다.

"휴~~. 이놈의 정부가 사람을 잡는구만! 눈만 뜨면 제도를 바꿔대니 도대체 어느 장단에 춤을 추라는 거야! 부동산 광풍을 잡겠다고 실수요자까지 잡으려 들면 어떡해!"

나는 혼잣말처럼 뇌까렸다. 아내도 한마디 말받이를 했다.

"법이 자꾸 바뀌니까 불안해서 살 수가 없네!"

"아니 도대체 세금으로 규제하고, 대출로 규제하고, 분양원가 공개로 규제하고, 반값아파트 공세로 으름장이고, 금리가 올라 저절로 대출이 줄어 부동산 시장을 위축시키고…. 나 이거야 원 재수가 없는 건지, 우리가 바보라서 때를 못 맞춘 건지? 도대체 집 하나 사는 게 왜 이리 힘든 거야?”

자기들끼리 시끌벅적 떠들며 밥을 먹던 아이들이 아빠의 볼멘 목소리에 뜨끔히 조용해졌다. 내가 채널을 YTN으로 돌리자 다시 DTI 얘기와 향후 부동산 시장 폭락 가능성에 관한 얘기가 나왔다. 나는 자신도 모르게 치미는 분통에 부글부글 들끓는 열통을 터뜨렸다.

“제기랄! 아무리 좋은 정책이라도 저렇게 한꺼번에 쏟아내는 법이 어디 있어? 정책 입안자들이 도대체 정신이 있는 놈들이야?! 시장이 받을 충격을 예상해야지! 좀 시간 간격을 두고 시행들을 해야지, 저렇게 동시에 터뜨려 버리면, 어떻게 숨을 쉬라는 거야!”

나는 TV를 텅 꺼버렸다. 인터넷은 DTI 기사를 비롯한 부동산 기사들로 북새통 난리굿을 떨었다. 나는 다음과 네이버에 올라온 분석 기사 가운데 자세한 기사 몇을 꼼꼼히 읽었다. 대출규제는 아직 현실화된 것이 아니었고, 외국계 은행들의 경우는 대출이 여전히 자유로웠다. 나는 마음이 놓여 아내를 불렀다.

“대출 규제 때문에 크게 걱정할 단계는 아니네.”

“그래?”

아내의 얼굴이 환해졌다. 나는 누그러진 마음으로 아내에게 자세한 설명을 했다.

“응! DTI를 적용한다 해도 우리의 경우에는 필요한 자금을 다 받을 수 있어. 만일 대출 계산이 복잡해지면, 외국계 은행에서 대출을 받으면 돼! 그쪽은 부동산 대출을 정상적으로 해 주고 있대. 어처구니없게도 외국계 은행만 돈을 벌게 만드는 꼴이 됐구만! 정책자들이 아무래도 아마추어들 같아!"

나는 찾아본 인터넷 뉴스 몇 개를 아내에게 훌떡훌떡 보여 주었다. 아내는 신경의 날을 곤두세워 내 설명을 듣고 나자 현재의 대출 상황을 훤하게 이해한 듯 고개를 끄덕거렸다. 아내가 주먹으로 손바닥을 짝 치면서 TV 뉴스를 되씹었다.

"언론이 더 문제네! 뉴스를 좀 정확하게 내보내야지, 그냥 앞뒤 다 자르고 '대출이 어렵게 됐다'라고만 하면 우리 같은 사람들은 다 심장이 떨려 살 수가 없잖아! 아무튼 정부도 언론도 문제야 문제!"

내가 아내의 말을 되받아치듯 일침을 놓았다.

"부동산 투기에 편승한 우리도 문제지!"

아내는 정색으로 내 말에 토를 달았다.

"우리가 집을 사는 게 왜 부동산 투기야? 집이 좁아 넓혀 가려는 게 부동산 투기면, 도대체 집을 사는 모든 사람이 다 투기꾼이 되게? 투기꾼은 거주와는 상관없이 집을 사고팔고 하면서 돈을 남기려고 하는 사람들을 말하는 거지…. 우리처럼 집을 늘려가려는 게 어떻게 투기야?"

나는 팔짱을 끼며 지그시 눈을 감아 아내를 말막음했다. 아내도 하려던 말을 삼키며 말허리를 꺾고 잠자코 있었다. 쓴 침묵이 어물어물 흘렀다. 아내가 아무 말끝도 달지 않은 채 거실로 나갔다. 나는 한숨을 힘없이 푹 내쉬었다. 아내의 평가는 틀리지는 않았지만 그렇다고 딱 부러지게 옳지도 않았다. 만일 우리가 투기를 한 것이라면 우리도 비난을 받아 마땅한 셈이었고, 그 사실은 아무리 좋게 생각하려 해도 수업시간에 학생들 앞에서 투기를 비난했던 내 자신의 양심에 비추어 너무도 뻔뻔히 찔리는 일이었다.

나는 우리가 밟아온 내 집 마련의 길을 생각 도마 위에 착 올려놓았다. 우리가 아파트를 사게 된 까닭은 일차적으로는 보다 나은 주거 환경을 갖춘 집을 장만하는 데 있었지만, 아울러 우리에게 주어진 기회비용을 가장 크게 키우는 데도 있었다. 강북보다 강남이, 빌라보다 아파트가 집값이 더 비쌌고 더 크게 올랐다. 일반적으로 말하자면 집값이 비싼 곳일수록 살기도 더 좋았다. 어떻게든 비싼 집을 산다는 것은 꿩 먹고 알 먹고 둥지 털어 불 때는 격이었다. 우리가 더 나은 삶의 자리를 얻고자 할수록 투자와 투기는 떼려야 뗄 수가 없게 된 형국이었다.

투자와 투기의 목적은 돈벌이이다. 만일 투기꾼이 비난을 받아야 한다면, 그것은 그가 돈을 벌기 위한 목적으로 돈을 댄다는 사실에 놓일 수는 없고, 오직 그가 돈을 버는 수단이나 방법이 올바르지 않다는 데 놓여야 한다. 투자자가 건전한 노동을 통한 돈벌이에 돈을 대려 한다면, 투기꾼은 마치 안전한 도박과 같은 한탕 기회를 틈탄 돈벌이에 돈을 대려 하는 셈이다. 투자는 노동의 정당한 대가를 통해 이익을 만들려는 일이고, 투기는 정당한 노동 없이 큰돈을 벌고자 하는 일을 말한다. 투기꾼은 자신이 노동한 값의 몇 배에 달하는 이윤을 얻고자 한다. 투기는 정직한 노동을 어리석은 일로 간주하게 만들고, 투자 의욕을 꺾는다.

사람들이 엄청난 빚더미를 떠안으면서까지 아파트를 사는 것이 반드시 투기는 아니다. 만일 우리가 그 빚을 자신의 노동을 통해 평생 갚아나 간다면, 그것은 거주를 위한 투자가 된다. 하지만 우리가 아파트 사고팔기를 통해 짧은 기간 내에 그 빚을 갚고도 남는 돈을 남겼다면, 그것은 투기가 된다. 만일 이러한 투기가 일반화된다면, 그것은 투자로 오인될 수도 있다. 오늘날 한국사회에서 투기꾼이 영웅이 되는 까닭이 여기에 있다. 이제 아파트는 단순히 삶을 살아가야 할 집에 그치는 게 아니라 '노동 없는 돈'을 벌어주는 중요한 돈벌이 수단이 되었다. 갈수록 커지는 아파트 시세차익은 국민을 투기꾼과 바보로 이원화시켰고, 우리는 사회적 바보가 되지 않기 위해 시류에 편승하여 투기꾼으로 변신한 셈이었다. 컴컴한 창밖에서 희멀건 하현달이 허둥허둥 몰려온 구름 사이로 부끄러운 듯 숨고 있었다.

호랑이 이자

"우리집 전세가 빨리 나가야 하니까 전세금은 낮추고 대신 은행 대출은 조금 늘리는 게 좋을 것 같은데."

늦은 밤 며칠 동안 아내의 눈치만 살피던 내가 집 얘기를 다시 꺼냈다. 우리가 잔금을 마련할 수 있는 방법은 우리가 살던 집을 먼저 전셋집으로 돌려 전세금을 받고, 모자란 나머지 돈은 은행에서 대출을 받는 것이었다. 그런데 아내는 전세 얘기만 나오면 스리슬쩍 이자 얘기로 딴청을 떨었다.

"은행 대출에는 이자가 따르니까, 가능한 한 대출을 줄일 수 있는 방도를 찾아야 해!"

나는 아내의 소극적 태도에 우꾼우꾼 골이 나 아내를 핀잔했다.

"말이야 쉽지. 누가 그런 돈을 빌려 준대? 어디 우리한테 이자 없이 돈 빌려 줄 사람을 한 사람이라도 데려와 봐!"

아내는 내 핀잔에도 아랑곳없이 또 이자 타령이었다.

"비싼 이자를 물면서 이사 갈 수는 없잖아?"

나는 답답함이 일어 어기뚱하게 반문했다.

"왜 못 가?"

아내는 떼쟁이를 야단치듯 말꼬리를 화르르 불태웠다.

"이자가 너무 아깝지! 이미 대출 받은 3천하고, 잔금 치를 돈 7천5백에, 세금 내고 이사 비용까지 마련하려면, 총 대출금이 1억이 넘을 텐데…. 다달이 60만원 정도씩을 이자로 내야 하는데 …, 아까워서 어떻게 살아?"

아내는 또 돈의 논리를 펼쳤다. 아내의 말끝마다 끈끈이처럼 달라붙은 돈 생각은 모든 대화를 꼼짝달싹 못하게 정지시켜 버렸다. 멎어버린 대화는 말의 소통을 끊을 뿐 아니라 마음의 문마저 닫히게 만들었다. 우리는 서로 말과 생각의 굶주림에 시달렸다. 그럼에도 아내의 돈 생각은 판옵티콘처럼 우리의 삶 전체를 더욱 강력히 통제하기 시작했다. 나는 아내의 생각과 말 자체가 차츰 감시와 구속으로 다가와 갑갑했다. 아내의 굳은 눈에 대한 반발심이 속으로 일었다. 나는 짐짓 사내다운 통 큰 태도로써 아내의 의견을 물었다.

"자, 이자 내는 걸 월세 산다고 생각하면 되지 않을까? 대신 우리 애들이 좋은 환경에서 마음껏 뛰놀 수 있으니, 그걸 아깝다고 생각할 필요는 없을 것 같은데?"

"…"

아이들 환경 얘기가 나오자 아내가 말문을 닫았다. 그것으로 대화가 다시 멈추었다. 나는 책상 위에 너저분히 널린 책과 자료들을 깐동그렸고, 아내는 잠든 아이들을 살피러 갔다. 나는 컴퓨터를 끄면서 대출이자와 생활비를 곰곰 생각해 보았다. 돈머리는 얼추 맞아떨어질 것 같았다. 내가 리모컨을 손에 쥐고 소파에 앉아 텔레비전을 켜자 아내가 시들한 몸놀림으로 대추차를 타왔다. 나는 차를 후후 불며 홀홀 마셨다. 아내가 차 마시는 내 모양을 보고 싱겁게 웃는 사이 나는 이자 오름세에 대한 대비책을 내놓았다.

"금리는 앞으로 계속 오를 전망이래. 만일 이자를 감당할 수 없게 되면 마지막 수단으로 그 집을 팔면 돼!"

"판다고?"

내가 아차 할 사이도 없이 아내의 얼굴에는 깊은 무력감이 씁쓰레 새겨졌다. 나는 내 말의 강도를 얼른 낮췄다.

"파는 건 최악의 경우이고! 부동산도 일종의 시장이잖아. 집을 파는 게 이익이면 팔아야 하고, 보유하는 게 이익이면 무슨 수단을 써서라도 보유해야 하는 거야!"

아내가 얼른 내 말허리를 끊으며 천천히 또박또박 말대꾸를 했다.

"자기 마음은 나도 충분히 이해해. 나도 우리 아파트에 들어가 사는 게 좋지, 왜 안 좋겠어? 하지만 이자 부담이 너무 커. 그리고 아이들 학교 문제도 아직 급한 게 아니고. 조금 편하게 살려고 감당할 수 없는 이자를 낼 수는 없잖아? 한 달에 60만 원씩을 이자로 내면, 애들 학원비는 어떻게 내며, 생활은 또 무슨 돈으로 하겠어? 게다가 원금은 어떻게 갚고?"

아내의 이 말 한마디로 우리의 든거지난부자 수가난 쪼들림 늦이 한여름 뙤약볕처럼 내 얼굴을 홧홧 달구었다. 사실 현재의 내 연봉은 기본 생활비를 대기에도 바듯했다. 전기세, 수도세, 가스세, 전화세를 비롯해서 연금보험이나 건강보험료 또는 기타 보험료 등 기초적으로 들어가는 한 달 생활비만 해도 얼추 백만 원에 달했고, 아이들 학원비와 생활비 그리고 내 용돈에 들어가는 돈이 적어도 120만 원 정도는 됐다. 아내는 나머지는 모두 저축했다. 그동안 짜친 애옥살림을 달갑게 꾸려온 아내였지만 60만 원의 이자 앞에서는 오금이 저리는 듯 보였다. 나는 아내에게 미안했다.

하지만 아내의 반문들이 메아리처럼 멀리 사라지기커녕 동굴 속 울림처럼 내 마음속을 윙윙거리며 귀청을 따갑게 맴돌기 시작했다. 그 소리들은 단단해진 내 마음 벽에 탕탕 튕기어 나오면서 나를 더 크게 비웃는 듯 골속에 메아리쳤다. 나는 마치 많은 사람들 앞에서 지청구를 당한 것처럼 낯이 화끈거렸다. 나는 서로의 공동 책임에 대해 내게만 애꿎은 볼멘 투정을 퍼붓는 아내가 괘씸하기까지 했다. 마음속이 분통으로 오그라들어 똘똘 뭉치자 내게는 우리가 처한 현실 전체가 못마땅하게 비쳤다. 나는 언짢아진 마음 때문에 아내의 걱정과 핀잔을 에둘러 비꼰 말을 내뱉었다.

"학원비가 없으면 집에서 가르치면 되지 뭐! 책이나 잔뜩 사다 주면 되는 거고, 자기가 애들 책 읽는 거 지도하면 되잖아? 그리고 원금은 없으면 안 갚으면 되고! 우리라고 만날 요 모양 요 꼴로만 살겠어? 우리한테도 좋은 날이 오겠지! 새집으로 이사 가면 행운이 펑펑 샘솟을지도 모르잖아?”

아내의 혜움

아내는 내 말하는 꼬락서니가 언짢았는지 내게 버럭 화를 냈다.

“사람이 왜 신중치를 못해! 애들 교육이 무슨 소꿉장난인 줄 알아? 그리고 우리 형편에 한 달에 어떻게 60만 원씩 이자를 물으며 살 수가 있겠어? 그런 건 우리한테는 사치야, 사치!”

나는 아내가 토해 낸 ‘사치’라는 말에 머리를 한 대 얻어맞은 듯 띵했다. 그 말은 ‘네 분수를 알라.’는 울림으로 들려왔다. 아내의 눈에 나는 겉치레 삶에 들뜬 철모르쟁이로 어리비친 셈이었다. 이자 무서운 줄 모르고 설치는 하룻강아지 남편의 말이 얼마나 못 미덥고 엉성해 보였으면 아내가 대놓고 신중하라는 말을 다 했을까? 내 입에서 어설픈 앓는 소리가 숭굴숭굴 새어나오면서 아내가 내게서 저만치 쟁그랍게 떨어져 나갔다. 우리 부부 사이에 허우룩하게 싸한 바람이 들이쳤다. 심장까지 싸늘히 식어가는 듯 온몸에서 찬바람이 독살스럽게 파르르 돌아나갔다. 나는 자신도 모르게 두 눈을 시퍼렇게 부릅뜬 채 아내에게 날 선 말을 날렸다.

“그럼 나보고 어쩌라는 거야? 누가 돈 빌려 주겠다고 선뜻 나서는 것도 아니고…, 나보고 어디 가서 돈을 빌려 오라고 자꾸 그래?”

아내가 오도카니 먼산바라기로 있다가 내 짜증 섞인 훌닦는 푸념에 와짝 놀라 두 눈을 똥그랗게 떴다. 아내의 엷게 젖은 눈빛과 내 성난 눈길이 바지직 맞부딪쳤다. 내 눈에 아내의 글썽거리는 눈물이 들어왔다. 내 가슴은 밑에서부터 뜨거운 덩어리 불길이 확 치밀어 올랐다. 내 눈시울이 불끈 달아올랐다. 나는 아내 눈을 어물쩍 피하고 말았다. 내 속에서는 제 아내에게 화풀이나 하는 못난 사내라는 자책이 일었다. 내 마음이 사과하는 분위기로 흘러가는 것과는 반대로 아내 딴에는 내 말이 서운했던지 목소리가 커졌다.

"내가 언제 자기 보고 돈 빌려 오라고 했어? 왜 하지도 않은 말을 한 것처럼 그래? 내 말은 그렇게 비싼 이자를 물 바에는 입주를 나중으로 미루자는 거였지, 자기한테 돈을 빌려 오라고 한 게 아니야! 우리 형편을 생각해야지!"

아내의 목소리가 한 청 한 청 내 귀를 딱딱 때렸다. 무엇보다 '우리 형편'을 들먹인 아내의 말이 생급스레 괘씸했다. 거기에는 남편의 무능력에 대한 꾸지람이 들어 있는 것만 같았다. 달가워지던 내 마음이 아내의 딱딱거림에서 흘러나온 냉기류에 꽁꽁 얼어붙었다. 내 목청이 땡고함을 지를 때처럼 우악스러워졌다.

"우리 형편이 뭘 어째서? 이자 내면 굶어 죽기라도 하냐? 돈은 더 벌면 되는 거고, 또 열심히 노력하면 더 벌 수도 있는 게 돈인데, 왜 못한다는 생각부터 하고 그래! 사람이 좀 긍정적으로 생각할 필요가 있는 거 아냐? 내가 그렇게 무능력한 남편으로 보이냐?"

내가 핏대를 세우자 아내가 옴팡지게 입을 다물며 내게서 고개를 홱 돌린 채 눈길을 아래로 깔았다. 나도 소파 깊숙이 몸을 우묵 파묻었다. 분통이 터진 곳에 남는 것은 후회뿐이었지만 돌이킬 수는 없었다. 그래도 마음만은 후련했다. 북받쳐 오르던 분이 사그라지자 침묵의 두께가 흐물흐물 엷어졌다. 둘 사이에 버성긴 침묵이 화해의 강물처럼 흘렀고, 아내가 먼저 다정스레 말문을 열었다.

"난 자기를 무능력한 남편이라고 생각해 본 적이 한 번도 없어. 자기도 그건 잘 알잖아? 내 말뜻은 이자 부담이 커지면, 자기만 더 고생하게 될 게 뻔한데, 그건 내가 원하는 게 아니야! 차라리 우리가 집 욕심을 조금 줄이면, 자기도 마음고생 덜하고, 또 열심히 저축해서 원금을 줄이면 나중에는 큰 부담 없이 이사를 갈 수 있을 테니까, 당장 이사 갈 생각을 하는 것보다 이삼 년 뒤에 가는 게 좋겠다는 거지. 내가 왜 자기를 무시하겠어? 내가 자기를… 잘 알면서…."

구멍이 숭숭 뚫린 아내의 말에서 스루어진 감정 뭉치가 쏟아져 내려 내 눈시울을 뜨겁게 적셨다. 서로 뻗대던 두 마음을 한마음으로 녹녹히 녹여낼 마음 가마에 불이 활활 타올랐다. 나는 새들이 서로 정답게 지저귀듯 아내의 말에 단 마음으로 화답했다.

"하지만 아이들이 그 집에 가서 마음껏 뛰놀 수만 있다면, 나는 아무 불만이 없어. 또 자기도 그 집을 무척 마음에 들어 했잖아? 온 가족이 그 집에서 행복하게 살 수만 있다면…, 그런 건 돈하고 비교할 수 있는 게 아니잖아?"

아내의 눈에서 끝내 눈물이 주르륵 흘러내려 내 콧날이 시큰거렸다. 나는 짐짓 콧숨을 킁킁 들이키며 속울음을 씹었다. 아내가 두 눈에 그렁

그렁 눈물을 매단 채 울음에 들썽대는 목소리로 말했다.

"자기 맘은 나도 잘 알아. 하지만 그렇게 부담이 커서는 안 돼! 우리 나중에 들어가자! 이삼 년이 될지, 사오 년이 될지는 모르지만, 조금만 더 벌어도 이자 부담을 절반 가까이 줄일 수 있잖아? 응!"

아내의 눈물 어린 호소는 봄비가 겨우내 언 땅을 부슬부슬 깨우듯 들레던 내 맘을 숙부드럽게 풀어놓았다. 나는 대꾸할 힘조차 풀려 아무 대답도 줄 수 없었다. 생각은 마음과 달리 더욱 어두워졌다. 나는 내가 너무 못난 것만 같아 속절없이 애가 탔다. 은행 대출로 이사를 가는 일이야 그냥저냥 어렵지 않았지만 대출 이자를 갚는 일은 결코 이만저만 큰 걱정거리가 아니었을 뿐 아니라 우리가 3년 뒤부터 원금까지 갚아나가야 할 때면 나는 갖은 발버둥 끝에 가난한 대학 강사를 접고 돈벌이를 위해 휘딱 학원 강사로 변신해야 할지도 모를 일이었다. 그러면 교수가 되어 자신만의 고유한 학문 세계를 세워 보겠다는 내 필생의 꿈은 푸드덕 날아가 버릴 것이다. 아내가 내 손을 꼭 쥐었다. 나는 멀거니 앉은 채 열없이 히죽 웃었다.

만일 내가 교수가 되거나 적어도 연구비를 다시 타게 된다면, 아니면 운이 좋아 내 책이 베스트셀러가 된다면, 은행 이자는 쉽사리 풀어갈 수 있을 것이다. 나는 내 가능성에 비싼 값을 매겨놓았지만 아내는 그 값을 뒤돌렸다. 가능성은 그저 가능성에 그칠 뿐 현실 앞에서는 고양이 앞의 쥐처럼 찍소리도 못한 채 침묵해야만 했다. 가능성으로 사는 사람들은 현실의 저울추에 달리는 순간 뿌리 뽑히는 신세가 된다. 가능성은 거꾸로 선 나무처럼 놀림거리가 되거나 퍼런 겉잎만 빽빽이 우거지다 아무 열

매도 맺지 못해 메마른 장작개비로 불태워질 위험하기 짝이 없는 것이었다. 아내가 내 손등을 쓰적쓰적 쓰다듬었다. 나는 괜한 너털웃음만 쳤다.

돈 앞에서 어쭙잖게 가능성을 내세우지 말라! 가능성에는 까불 아무 값이 없다. 비싸서가 아니라 사람들이 그것을 돈으로 쳐주지 않기 때문이다. 그러니 자신의 가능성에 모짝 매달리지 말고 현실부터 돌아보라! 현실은 언제나 진실을 말하지만, 가능성은 싹수 노랗게 이미 반쯤은 우리를 속이고 있다. 가능성의 아기집인 미래는 현재의 밥을 얻어먹는 주제에 아니꼽도록 현재를 얕잡는 나쁜 버릇이 있으니 참으로 신들신들 시건방지다. 젊은 날 깝작대고 건방을 부리던 자는 꿈을 핑계 삼은 현실에서 다 늙도록 가난뱅이로 남게 될 것이다. 꿈꾸는 사람이여 어정잡이처럼 빈손 털고 올 날을 덥덥스럽게 기다리지 말고 오붓한 알짬을 뻔뻔할 만큼 톡톡히 챙기는 법을 이제는 배우라!

나는 무덤 속 죽은 이의 생생한 삶을 지키는 청동 뿔소처럼 소파에 엉덩이만 우두커니 붙인 채 침묵의 맷돌에 묶여 달이 뜨는 아득한 바다 속으로 철렁히 가라앉고 있었다. 아내가 사뿐히 일어나 긴 머리카락을 차랑차랑 나부끼며 싱크대로 걸어갔다. 아내의 머리카락이 메두사의 머리처럼 꿈틀거리는 듯싶더니 거기로부터 희멀건 낚싯줄 같은 것들이 다팔다팔 뻗쳐 나와 그 끝에 달린 낚싯바늘들이 내 몸에 타다닥 박혀 버렸다. 아내가 멀어지자 낚싯줄은 팽팽해지고, 끝내 내 살에 박혔던 낚싯바늘이 투두둑 떨어져 나갔다. 내 몸에서 벌건 살점들이 우수수 떨어졌다. 내 몸은 으아 악 비명을 질러댔지만 성대는 이미 싹둑 잘려나간 뒤였다.

　우리는 새로 산 아파트 전세금 2억을 아내의 계획대로 빚을 갚는 데 모두 썼다. 그러고도 빌라 담보 대출금 3천만 원은 못 갚은 채 그대로 남았다.

　"애들 좀 부탁해!"

　아이들 개학을 코앞에 두고 아내가 훌쩍 공판장에 일하러 나가며 내 앞에 떡 던진 부탁의 말이었다. 나는 지난밤에야 그 사실을 멍청히 처음 알았다. 아내는 오전 10시부터 저녁 9시까지 계산대에서 물건값을 계산해 주고 월 100만 원을 받는 임시직 일을 하게 됐다.

장승병

　작년 말 나는 학술진흥재단의 연구비 신청에서 똑 떨어졌다. 그동안의 연구 성과를 땅땅거리며 지나치게 고유한 연구주제와 연구방법을 도입한 게 심사자들의 비위를 배리게 건드린 듯싶었다. 아내는 내게 새롭거나 우리 현실을 독창적으로 탐구하는 연구 주제보다 실제로 연구과제로 뽑힐 수 있는 주제를 선택하는 게 좋겠다고 조언해 왔었다. 아내는 더럭 걱

정부터 늘어놓았다. 내 강사료 연봉 천오백은 탈탈 털어 우리 집 기초생
활비와 아이들 학원비나 가까스로 댈 만큼의 빠듯한 돈이었다. 그렇다고
보험을 해약하거나 아이들 학원비를 줄일 수도 없었고, 게다가 이사를
위해 어떻게든 저축까지 해야 했다. 하지만 돈 뿌리마저 시들시들 말라버
린 우리에겐 아무런 여력이 없었다.

나는 죄인 된 기분으로 멀뚱멀뚱 먼산바라기가 되어 갔다. 연구비가
끊기고 버는 돈 하나 없이 쓰기만 해야 하는 방학 동안 통장 잔액은 텅
비었다. 아내는 시들마른 얼굴로 하루하루 성말라갔다. 아이들조차 왠지
시들먹해 보였다. 아내는 한동안 시름에 젖은 눈으로 언짢게 지내다 속
절없이 돈벌이에 나섰고, 나는 모든 걸 벙어리 냉가슴 앓듯 지켜볼 따름
이었다. 아내는 내게 공판장에 나간다는 말을 건네며 데설궂은 웃음을
보였다. 아내의 선웃음은 내 마음을 저미도록 아리게 만들었다. 나는 장
승처럼 꺼벙한 얼굴로 희끗희끗한 머리카락만 쓸어 넘겼다.

나는 생활비조차 벌지 못하는 처량한 신세를 이길 길이 없었다. 날마
다 돈에 쪼들리는 나날들은 내 삶 자체를 구질구질하게 만들었다. 내가
아내와 아이들이 없는 빈집에 혼자 남게 될 때면 나는 울먹울먹 눈시울
을 적시기도 했다. 나는 도둑이 제 발 저리듯 설탕과 크림을 뺀 검정 커피
를 마시는 궁상을 떨기도 했고, 수염도 깎지 않은 꾀죄죄한 몰골로 청승
을 떨기도 했으며, 비운의 주인공이 되는 공상 속으로 후줄근히 빠져드
는 초라함을 즐기기도 했다. 며칠 새 내 얼굴은 바싹 마른 대추씨처럼 홀
쭉히 여위었고, 몸은 앙상한 겨울나무처럼 푸석푸석했다. 서러움과 외로
움에 북받치는 마음은 서리 내린 뒤뜰의 귀뚜라미 울음처럼 구슬픈 속

울음을 울어댔다. 마음이 쉼 없이 오그라들며 생긴 가슴 쓸림은 갈수록 온 삶에 쓰라렸고, 아내를 애옥살이로 몰아넣은 주제에 학자인 체하는 내 자신이 구차스럽고 애달프게 느껴졌다.

내가 사람다운 삶을 살려면 나는 어떻게든 교수가 되어야 했다. 나는 그동안 공채에서 떨어진 이유들을 살피살피 다급스레 되살폈다. 어느 대학이든 교수 공채는 '명문대 대 본교'라는 판세로 치러졌지만 최근에는 미국 유학파들이 부쩍 늘어나면서 공채 판도가 그들에게 유리한 쪽으로 짜이고 있었다. 미국파는 대개 명문대 졸업장과 탄탄한 경제력 그리고 빵빵한 집안 내력을 갖추고 있었다. 비명문대 출신의 국내파인 내가 그들과 공채 경합을 벌인다는 것은 뱁새가 황새를 뒤쫓는 격이었다. 한국의 학문 세계는 이미 제국주의 학문과 부자 학문 그리고 인맥을 갖춘 미국파에 의해 싹쓸이되고 있었다. 연구업적이 많다거나 독창적 연구 성과를 냈다는 것만으로 교수가 되는 경우는 인문학의 경우 극히 드물었다. 현재 국내로 되돌아온 미국파는 대부분 내 또래였다. 부동산 영역의 부익부빈익빈 현상이 학계에도 그대로 재현되고 있었다. 아무리 생각해도 내가 교수가 될 길은 막막했다.

작년에만 대학 강사 두 명이 자존감 추락을 이기지 못해 자살을 선택했다. 그들은 견딜 수 없는 한의 무게에 짓눌렸는지 모두 목을 맸다. 그들의 죽음은 제대로 이해 받지도 못한 채 푸른 강물의 슬픔처럼 밑으로 묻혀 버렸다. 시간에 덜미 잡힌 시간강사들은 시한부 인생을 사는 것처럼 숨겨진 공포에 떨어야 했고, 자신들이 학문성과 순수성을 지키는 학자이기보다 그 어디에도 머물 곳 없는 '보따리 장사'라는 사실에 부끄러워하고 괴로워하며, 여럿이 함께 있어도 늘 혼자일 수밖에 없는 신분 불안에 시달려야만 했다. 고등교육법 14조와 17조는 대학의 교육과 연구를 담당하는 절반의 교원을 '대학 교원'으로 허하지 않는 신분제를 강요했다. 시간강사는 근로기준법에서도 교원이 아니고, 분명 비정규직이면서도 비정규직보호법에서조차 사각지대로 쫓겨나 있었다. 시간강사 집단은 이토록 철저히 법으로부터 소외를 당하고 있었다. 나는 이러한 비참한 시간강사로 계속 살아갈 자신이 없었다.

내 모습은 고통과 무력감과 분노로 일그러진 도깨비 얼굴을 차마 그대로 표현하지 못해 짐짓 익살맞게 꾸며댄 장승과 같았다. 나는 언젠가 내 아이들이 아빠의 진짜 신분을 알게 될까 두려웠다. 그때도 우리 아이들이 아빠를 훌륭한 학자로 인정해 줄까? 나는 미래에 대한 우울 때문에 발끝에 아무것도 닿지 않는 모래더미 아래로 자꾸 꺼져들었다. 나는 그 섬뜩한 함몰감에 사로잡혀 허우적대며 빠져나오려 발버둥치지만 그때마다 절망의 안개 속에서 길을 잃고 쓴웃음으로 자살을 동경할 뿐이었다. 미래가 무겁게 푹 꺼진 곤두박질 삶의 길을 걸어야 할 사람들에게 지하철역은 두렵다. 나는 선로 쪽을 피해 의식적으로 벽 쪽 가까이 자리하곤 했다. 전차가 지하철역으로 들어올 때 나는 내 몸을 서 있던 그 자리에 붙잡아두기 위해 아이들 얼굴을 또렷이 떠올려야 했고, 만일 눈앞이 하얗게 변하는 순간이 찾아오기라도 하면 나는 얼른 지갑에서 아이들 사진을 재빨리 꺼낼 수 있어야 했다. 지나가는 사람들이 내 모습을 흐뭇하게 바라보았다.

나는 정신의 고귀함을 탐구할 때 자족을 배우지만 육신의 비천함을 인정해야 할 때 하루하루 닳아버린 배터리 신세가 되는 오도 가도 못하는 이중생활자와 같았다. 그렇다고 내가 그 이중의 땅에 뿌리를 내린 것도 아니었다. 내 삶에는 아직 뿌리내릴 고향이 없었다. 나는 탈을 뒤집어쓴 해학과 풍자의 얼굴로 삶의 갈림 길목에 이정표처럼 세워진 하나의 못생긴 나무토막일 뿐 하늘과 땅, 들판과 그늘 쉼터 그리고 삶을 아름답게 보살피는 한 그루 아름드리나무가 아니었다. 내가 삶을 살아가는 곳은 집이 아니라 비바람 피할 길 없는 길가였다. 누군가에 의해 조각된 장승 얼굴을 달고 서 있는 나는 뿌리 끊기고 가지 부러진 몸으로 시름시름 앓으며 새들새들 시들어갈 뿐이었다. 해와 달과 별 그리고 꽃과 나무와 모든 생명체가 태어나면 끝내 이울고 말지만 나는 조잡든 삶에 메말라 온몸이 쩍쩍 갈라지고 배배 뒤틀렸다.

억척병

"나 먼저 잔다."

아내가 공판장 일을 끝내고 터덕터덕 집으로 돌아오기 바쁘게 탈싹 쓰러져 자면서 미안한 목소리로 내게 하는 말이었다. 나는 엄마에게 달라붙으려는 아이들을 엄하게 떼어놓았다. 첫 일주일 내내 아내는 집에 오자마자 정신없이 잠만 잤다. 잠든 아내의 손에 손톱 때가 꺼뭇꺼뭇 끼고 손톱눈이 테석테석 터 있었다. 아내는 아줌마답게 스스로 살길을 선택했다. 내가 현실적으로 교수가 되기 어렵다는 것은 사실이었지만, 나는 아직 그 사실을 인정할 수 없었고, 아내는 이미 인정하고는 있었지만 남편의 자존심을 위해 비밀에 부칠 따름이었다. 집에는 당장 쓸 돈이 필요했지만 나는 돈보다 시간이 더 필요했고, 결국 아내는 자신의 시간을 돈으로 맞바꿀 말없는 결단을 홀로 내린 것이었다.

돈을 버는 데 쓰이는 아내의 시간은 우리 가족 모두가 더불어 누릴 수 있는 삶의 시간이었다. 그 시간은 웃음이 피어나야 할 시간이었고, 깊은 애정이 담긴 부둥켜안음의 시간이었으며, 봄여름가을겨울의 새로움을 따라 함께 어울려 살아나가야 할 축제의 시간이었고, 모두가 하나 되는 기쁜 행복을 맛보는 시간이었다. 아내의 돈 버는 시간은 자르는 칼처럼 우리에게 가족적 삶의 방식들을 하나하나 가지치기 해 나갔다. 아내와 엄마를 빼앗긴 가족은 행복의 절반을 잃은 것과 같았다. 노동자 아내는 남편의 일상 전체를 고단한 노동에로 잡도리하는 악덕업주와도 같았다. 아내의 돈벌이 시간은 우리의 현실을 잔인한 황무지로 만들어버렸다. 그 동정심 없는 시간 동안 우리는 차라리 서로에게 귀먹고 눈먼 채 살아가는 게 편했다.

엄마가 저녁 늦게야 집으로 돌아온다는 사실은 집이 반쯤은 엄마 없는 가정이 된다는 것을 의미했다. 가장 먼저 아이들 생활이 엉망이 되어갔다. 큰딸은 아빠가 못다 채우는 엄마의 빈자리를 대신 메우느라 날마다 힘겨워 보였다. 동생들 옷 챙겨 입히기, 밥 먹이기, 숙제나 공부 봐주기, 청소하기 등을 도맡아 하느라 큰놈은 제 일을 못했다. 작은 두 놈은 서로 아무것도 아닌 일들로 고양이처럼 다퉜다. 그때마다 나까지 합세하여 셋이서 싸우는 일이 잦아졌다. 하루도 싸움이 없는 날이 없었다. 아이들 싸움일지라도 싸움 끝에는 뒤끝이 남는 법이었다. 집안 분위기는 날로 험악해져 갔다. 게다가 가끔은 범진이가 엄마가 보고 싶다며 떼를 쓰며 울었고, 나는 범진이를 달랠 길 없어 아이를 엄마가 일하는 공판장에로 데려가야 했다. 그렇게 한두 시간씩을 허비하고 나면 나는 허무감에 사로잡혀 공부에는 손도 댈 수 없었다. 공부할 시간을 빼앗기고 있다는 사실이 점점 나를 힘들게 했다.

"자기야 아침 시간만이라도 시간을 내 줘!"

나는 개강을 하면서 모자란 시간을 도저히 채울 수 없어 결국 아내에게 진지한 부탁을 했다. 아내도 직장 생활에 조금씩 적응해 가면서 아침 시간만큼은 집안일을 위해 쓰기 시작했다. 나는 새벽 4시에 일어나 강의 준비를 해야 했다. 일어나는 시간을 바꾸는 바람에 처음에는 집중이 안 됐다. 나는 아이들 저녁 시간을 돌봐줘야 했기 때문에 오후 6시까지는 집으로 돌아와야 했다. 당연히 사람 만나는 일 자체가 불가능해졌고, 연구실에서 해야 할 연구의 흐름도 늘 끊길 수밖에 없었다. 나는 과 행사에도 참석할 수가 없어서 고립감도 커졌다. 하루 종일 아이들에게 시달려야 하는 주말은 나에게 더욱 끔찍했다. 아내는 쉬는 월요일마다 집안 대청소를 하느라 또 몸살이 날 정도였다.

하지만 몇 주가 지나자 삶은 새로운 형식으로 자리를 잡아갔다. 모두가 저마다의 자리에서 시간의 흐름을 잘 다스려 나갔다. 나는 아내와 시간을 잘 맞춰 나눔으로써 최소한의 필요한 시간을 벌 수 있었고, 아이들은 엄마아빠의 서로 다른 성격이 빚어내는 이질적 삶의 공간을 잘 소화해 나갔으며, 아내는 잠자리에 일찍 드는 방법을 통해 아이들에게 아침 엄마의 모습으로 되돌아올 수 있었다. 게다가 부모의 간섭이 줄자 아이들은 어른스럽게 자신들의 일을 스스로 해결해 나갔을 뿐 아니라 서로 돕고 거래하는 공동체 질서를 마련해 갔다. 비록 내가 아직도 저녁의 가사 노동에 피곤함을 많이 느끼고, 새벽 공부에 몰입하기 힘들며, 출석부를 바꿔 들고 나가거나 엉뚱한 곳을 예습해 가는 등 적응의 속도에서 느렸지만 처음에 우려했던 바에 비하자면 아내의 취업은 비교적 성공적이었다.

취업한 지 한 달이 채 안 되어 아내는 집으로 돌아올 때마다 손에 무엇인가를 잔뜩 들고 왔다. 그것들은 대개 유통기한이 넘어 버려야 할 것들이었다. 두부와 콩나물 같은 나물뿐 아니라 손질하느라 떼어낸 배춧잎이나 무청 등이 단골 메뉴였지만 빵 종류도 빠지지 않았다. 일주일에 두세 번은 과일과 생선이 아내 손에 들려왔고, 가끔은 아이들이 좋아하는 간식이나 과자가 엄마 손에 들려오기도 했다. 아내는 반찬값을 크게 줄일 수 있어 좋아했고, 아이들은 넉넉해진 밥상과 먹거리에 즐거워했다. 아내가 첫 월급을 받던 날, 우리는 그날만큼은 부자가 된 기분이었다. 아내의 얼굴과 몸짓에서는 사회적 인정 욕구가 충족된 듯한 자신감 넘치는 태도가 엿보였다.

"와~! 우리 엄마 예쁘다!"

아이들이 얼굴 화장을 하고 들어온 아내를 맞이한 탄성이었다. 아내는 내 눈길을 마주보길 피했지만 공판장 내에 화장품 가게 언니가 샘플 화장품을 이것저것 주는 바람에 하게 됐다는 변명을 얼른 늘어놓았다. 그것은 변명이기보다는 오해 방지를 위한 해명이었다. 눈썹에 마스카라까지 한 아내의 모습은 결혼식 때 이후로 처음이었다. 내 마음 한구석이 알

록달록 복잡해졌다. 아내의 입술에는 내가 좋아하는 분홍색이 아닌 빨강 립스틱이 발라져 있었고, 미시족과 같은 섹시한 옷차림을 하고 있었다. 옷은 공판장 내에서 파는 물건이 아니었다. 아내는 옷에 대해서는 변명하지 않았다. 나는 묻는 대신 쭉쭉 탄탄한 몸매와 탱글탱글한 엉덩이를 노려봤다. 내 눈길을 의식한 듯 아내가 지나가는 말을 농담처럼 던졌다.

"사장한테 잘 보여야 안 잘리고 봉급도 더 많이 받는대."

나는 그만 피식 웃고 말았다. 아내가 드디어 평생 처음으로 파마를 하고 들어왔다. 미용실 사장과 친해져 공짜로 했다는 변명이 달라붙었다. 나는 아내의 긴 생머리를 너무도 아껴왔지만 아무 말도 할 수 없었다. 나는 속으로 '저 머리도 공판장 사장에게 잘 보이기 위한 것이겠지' 하며 자조했다.

"와~! 멋있다!"

갑자기 아이들의 탄성이 쏟아졌다. 아내가 공짜 핸드폰을 장만한 것이었다. 아이들은 엄마에게 언제든 전화할 수 있게 되어 좋아했고, 엄마는 아이들에게 필요한 때 지시를 내릴 수 있게 되어 편리했다. 아내가 슬슬 공판장에서 있었던 일들을 이야기하기 시작했다. 아내의 관심은 주로 다양한 사장들에게 쏠려 있었다. 아내는 언젠가 장사를 하고 싶은 모양인지 그들에게서 일종의 경영기법을 캐내고 있는 듯 보였다. 나는 아내와 다정스런 대화를 나눌 수 있는 유일한 저녁 시간마저 돈 얘기에 빼앗기는 것에 대해 불만이 많았지만 그 불만을 아내에게 토로할 수는 없었다. 아내는 내게 나긋나긋 아양을 떨거나 사부랑사부랑 따리를 붙이거나 알랑알랑 피새를 피우거나 주거니 받거니 말장단을 맞추는 일이 없었고,

나도 아내에게 학문적 이야기나 농담을 건네지 않았다. 아내가 돈벌이에 억척을 부릴수록 나는 아내에게서 무쩍무쩍 멀어지는 것만 같았다.

나는 차츰 차라리 별이 쏟아져 들어오는 집일지라도 옛날이 그리웠다. 아내와 모든 이야기를 주고받을 수 있었던 그 시절이 너무도 행복했다. 사실 그때는 가난하긴 했지만 가난은 없었다. 우리는 가난을 몰랐다. 모든 것이 만족스러웠고, 부족한 것들은 없어도 되는 것들로 치면 그만이었다. 따뜻한 물이 안 나올 때면 가스레인지에 물을 데워 세수를 하면 되었고, 찬바람이 들어올 때면 서로를 더욱 보듬고 자면 그만이었다. 모자랐기 때문에 더욱 넘쳤던 나날들이었다. 지금은 모든 것이 명령이나 요구로써 이루어졌다. 억척은 당위의 산물이었다.

"잊지 말고 저녁까지는 꼭 해 놔!"

억척 어멈이 된 아내는 아침이면 어김없이 아이들에게 이런 것은 하지 말고, 저런 것은 반드시 하고 하는 일장 훈시를 했지만 저녁에 그것을 확인하는 따스한 엄마는 없었다. 아내는 자신의 명령이 제대로 이루어지지 않았을 때 나를 구박했고, 나는 그 구박이 싫어 아이들의 저녁을 감시했지만, 아이들은 내 눈을 헐렁헐렁 피했다. 우리 가족은 아내가 들어올 때 선물 보따리 같은 것을 확인하는 잠깐의 시끄러운 시간을 끝으로 모두들 제 할 일로 뿔뿔이 흩어졌다. 가족의 시간은 없었다. 막내 범진이가 아내에게 안아 달라고 조를 뿐 우리는 서로에 대한 애정을 요구하지 않았다. 모두들 억척스럽게 그날그날 해야 할 일들에 쫓기고 있었다.

바닥치기

"자기야 발표가 언제야?"

새벽 공부를 위해 이불 위에 고양이처럼 웅크린 채 잠 거머리를 뚝뚝 떼어내고 있던 내 귀에 아내의 또랑또랑한 목소리가 들렸다. 나는 화드득 잠이 달아났지만 도둑질하다 들킨 사람처럼 쥐죽은 듯 꼼짝도 할 수 없었다. 나는 멈칫멈칫 망설인 끝에 엎드린 모양 그대로 입을 열었다.

"8월 말!"

아내는 먹먹히 아무 말이 없었다. 어둠 속에서 얼핏 찡그려진 아내 얼굴이 환영처럼 스쳐 지나갔다. 우리가 꿈꾸었던 미래는 내 연구비 탈락이라는 암초에 걸려 알밋알밋 뒷걸음질치다가 아내의 취업으로 바닥을 짚고 있었다. 우리에게 미래는 삶의 한 차원이 아니라 삶의 목표이자 초점이었기 때문에 미래가 어두워지거나 불투명해진다는 것은 어렵사리 피어난 '삶-살이-꽃'이 제풀에 꺼져버리는 것과 같았다. 밑으로 가라앉는 미래를 온몸으로 진땀나도록 끌어올리려는 아내가 일차로 버틸 수 있는 시간의 끝은 내가 연구비를 다시 받게 되는 때였다. 아내가 몸이 아픈 듯 발깍 앓는 숨소리를 냈다. 나는 짓눌린 가슴으로 아내가 안쓰러워 도사린 말투로 말했다.

"힘들면 하루 월차를 내지 그래."

아내는 하루하루 깡으로 버티는 떠돌이 막일꾼처럼 거칠고 들썽거리는 말투로 핀잔 같은 대답을 했다.

"월차 내서 잘리면 자기가 책임질 거야? 책임 못 질 말은 하지를 말아! 누구는 월차 낼 줄 모르나."

나는 감고 있던 눈을 더욱 질끈 감아버렸다. 미래의 얼굴은 현재가 비쩍 마르고 바짝 야위었기 때문인지 더욱 아뜩히 치치고 쭈글쭈글 늙어버린 듯 보였다. 우리의 삶은 미래로 곧장 뚫린 터널을 달려가고 있었지만, 터널이 질질 길어지는 바람에 미래는 소실점처럼 사라질 듯 바늘구멍처럼 막힐 듯 쭈그러졌다. 미래로부터의 빛은 저무는 햇빛처럼 거뭇거뭇 흐려지고 동굴 속 어둠의 빛깔은 빡빡 무서워졌다. 자연 속의 아침과 한낮은 터널의 두꺼운 덮개에 묵직하게 가려졌고, 우리의 세상은 온통 인공 불빛으로 환한 저녁과 밤뿐이었다. 바늘 끝 같은 미래로 달려가는 사람들은 밤하늘의 별처럼 눈에는 보이지만 가 닿을 수 없는 꿈결 같은 환상에 번뜩번뜩 사로잡혀 있다. 나는 바로 누우며 한 가닥 희망을 붙잡으려는 듯 천장을 향해 살며시 눈을 뜨며 아내에게 연구비 관련 내용을 알려주었다.

"이번에는 자기 말대로 선정될만한 주제로 신청했어. 관련 업적도 다 갖추었고, 참고문헌도 새로 확보했으니 잘 될 거야. 너무 무리하지 마, 돈보다 건강이 더 중요한 거야."

아내 쪽에서 눈동자가 굴러가는 듯한 또르르 소리가 들렸다. 아내의 작고 따뜻한 손이 내 가슴을 찾더니 아내가 꾸물꾸물 옮겨와 내 옆구리에 폭 안겨 들어 온몸을 내게로 얄깃얄깃했다. 나는 가슴이 벌떡벌떡 뛰며 숨이 막힐 듯 아찔했다. 나는 깨질까 고이고이 두 팔로 아내를 꼭 끌어안은 뒤 아내의 머리칼을 다소곳이 쓸었다. 아내가 몸을 꼬물거리더니 작은 입을 열어 귀염성 있게 내 귀에 속삭였다.

"아까는 미안했어! 몸이 마음대로 안 따라 주니까 자꾸 짜증만 느는 것 같아. 생각해 보니까 나 때문에 자기만 힘들어지는 것 같아. 돌이킬 수는 없지만 그래도 이제부터는 좀 나아지겠지."

나는 아내를 안으며 아침 공부를 사랑에 겹도록 접었다. 아내는 내 품 안에서 아기처럼 새근새근 다시 잠이 들었다. 새벽 찬 기운을 막아선 창문 쪽이 아슴푸레 밝아오고 있었다. 저 멀리 아내의 꿈이 아스라이 가물거렸다. 아내는 순박한 주부에서 돈을 쫓는 부나방이 된 순간부터 행복한 동시에 불행한 아내족일 수밖에 없었다. 아내족은 불운 불안과 불운 공포에 쫓겨 행복의 나라를 찾지만 정작 아내족이 헐레벌떡 뛰어드는 곳은 행복이 있는 곳이 아니라 많은 사람들이 무리지어 꾸역꾸역 모여드는 곳이었다. 아내족의 꿈이 이루어지려면 남편족의 머슴살이가 뒤따라야만 했다. 부부 사이에도 꿈을 둘러싼 주인과 노예의 변증법이 작동하는 셈이었다. 부부의 변증법은 정신의 통일로 나아가는 게 아니라 아내족의 꿈이 모두의 꿈이 되는 쪽으로 나아가는 길이었다.

나는 아내의 꿈에 토를 달지도 못했지만 그렇다고 머슴살이를 제대로 살지도 않았다. 내가 아내의 꿈으로 편입될 수 없었던 까닭은 내게도 나대로의 꿈이 있었기 때문이었고, 내가 아내의 꿈으로부터 독립하지 못했던 까닭은 아내의 꿈은 충분히 현실적이었지만 내 꿈은 그 현실에 혹처럼 달라붙은 낭만에 불과해 보였기 때문이었다. 아내족의 꿈은 가난뱅이 종족에서 탈출하여 빛나는 귀족으로 거듭난 뒤 공작처럼 화려한 날개를 뽐내며 우아하게 사는 데 있었던 반면 낭만의 꿈은 사회적 강제에서 완전히 벗어난 완벽한 자유세계 속에서 학처럼 고고하게 밤하늘의 별자리를 온몸에 새기듯 노래하는 자기 창조에 있었다. 아내는 나무꾼에게 깃

옷을 빼앗겨 어울리지도 않는 결혼을 했던 불행한 선녀처럼 잃어버린 날개옷을 되찾아 끝내 하늘로 돌아가겠지만, 나는 착하긴 했지만 남의 불행에 눈 멀 정도로 충분히 모질었던 나무꾼처럼 결국 스스로의 어리석은 꾀에 넘어가 모든 것을 잃게 될 것만 같았다. 나는 나무꾼과 선녀 이야기의 끝을 떠올리며 오지도 않은 미래를 앞당겨 와들와들 무서워했다.

"자기 팔베개를 하니까 단잠이 쏟아져 일어나기 싫네."

아침노을이 창문을 환히 물들이자 아내가 실눈을 뜨며 내 가슴을 어루만지며 아양을 떨었다. 아내의 몸짓 말짓 하나에 켜켜이 쌓였던 불안감이 눈석임하듯 녹아 없어지고 나는 우쭐 아내 등을 토닥거리며 포실히 대답했다.

"난 괜찮으니까 더 자. 7시 되면 내가 깨워줄게."

아내 몸이 내게 더 달싹 달라붙었다. 아내의 잠 냄새가 싱그럽게 풍겨왔다. 잠의 평화가 오늘 아침 한 고치 속 두 마리 번데기가 된 우리를 둥그렇게 감싸고돌았다. 나는 아내의 꿈을 더 깊숙이 끌어안았다. 나는 하늘을 날던 날갯짓을 멈추고 땅 위를 달리는 타조처럼 눈앞에 또렷한 목표를 향해 두 눈을 부릅떴다. 미래는 멀었지만 아름다웠던 과거 추억이 마음 굴뚝에서 쿨렁쿨렁 아름차게 울렸고, 현재는 무르익지 못하는 풋감처럼 마냥 떫기만 했지만 내 마음만큼은 가난의 곡창지대에서 새봄을 기다릴 줄 아는 단 마음으로 달아올랐다. 가난뱅이의 기다림은 끝없는 배고픔의 사다리를 그 굶주림의 끝이 어떤 곳일지도 모른 채 꾸벅꾸벅 오르는 것과 같지만, 가난 탈출의 사다리를 끝까지 오르려는 마음이 있는 한 기다림은 우리들에게 멋진 삶의 한 방식이 될 것이다. 나는 아침햇살로 고와진 아내의 이마에 뜨겁게 입맞춤했다. 아내가 잠에서 깨어나 내 볼에 쪽쪽 뽀뽀하곤 벌떡 일어나 방문을 열고 나가다 말고 쌩쌩한 얼굴에 두 주먹을 불끈 바로 세우며 외쳤다.

"아자아자, 우리 남편! 아리아리~ 꽝!"

『부동산 아리랑』에 붙여

정현기(문학평론가)

자기가 지닌 것으로 남을 부리거나 무릎 꿇게 할 수 있는 자유가 보장된 사회! 많이 지닌 사람들이 누리는 그런 그들의 자유란 얼마나 신 나는 일일까? 그러나 그런 이들에게 부림당하면서 일생을 굽실대는 삶밖에 허여되지 못한 사람들에게 자유란 그저 설움을 참고 견딜 굴욕의 몫일뿐이다. 더러운 모여살이 꼴 새이다. 인류는 이런 자유질서를 동서양 역사 속에서 아주 오랫동안 유지해왔다. 그래서 작가는 늘 반역의 길 위에서 말로 그들 부라퀴의 뒤통수를 까뭉개는 곡괭이질을 할 수밖에 없다.

집짓기 공리로 읽는 버력도시 서울

금광도시, 금 캐는 이들의 버력도시

출세와 돈벌이, 질 좋은 교육과 삶의 질 또는 환상

1930년대 작가 김유정은 「금 따는 콩밭」, 「따라지」, 「노다지」 등의 단편작품들을 써서 당대 사회가 일확천금을 노리는 거지 패들의 삶임을 밝혀 보여주었었다. 거지란 누구인가? 하루하루 입에 넣을 음식을 구할 수 없는데다가 잠잘 자리조차 없어 다리 밑이나 산비탈에 움을 파고 거적때기로 비바람을 막은 곳에 옹기종기, 얻어온 깡통의 밥과 반찬을 먹으면서, 나날을 버티는 인생을 우리는 그렇게 거지라고 불러왔다. 하지만, 실은 남의 것을 빼앗아 뒤에 감추면서 눈알을 뒤룩거리는 너무 많이 가진 자들, 그들이 진짜 거지임을 우리들은 눈치채지 못하고 있다. 왜국이 그 당시에는 그런 거지 나라였다. 남을 수단으로 삼아 제 나라 경제를 일으키겠다는 것은 거지들에게나 맞는 행티이다. 세계역사가 제국주의 갓길을 내면서 나라를 일으켰던 로마 제국으로부터 대영제국, 몽골제국, 일본제국, 미제국 따위 남을 먹이로 삼는 나라 패들이 툭하면 지껄이던 말은 자유였다. 대영제국 시절에 소설을 썼던 영국작가 조지 오웰이 꿰뚫어

읽었던 것은 이렇게 힘을 가진 자들의 횡포였다. 그가 미처 표면적으로
출판하지는 못하였다던 말 가운데 자유에 대한 시큰둥한 이야기 하나가
늘 내 눈을 찌른다.

　　모름지기 자유라는 것에 그 어떤 뜻이 있다고 한다면, 그것은 상대가 듣기
　　싫어하는 것을 억지로 귀에 쑤셔 넣는 권리일 것이다.

　영국 식민지였던 미얀마에서 영국인 경찰 노릇을 하면서도 그는 세상
살이의 고약한 불균형과 부조리, 더러운 폭력조직의 폐해를 제대로 읽었
다. 이른바 자본주의라는 말은 제국주의라는 말이나 식민주의라는 말과
같은 말이다. 이것은 신자유주의라는 말로 몸을 바꾸면서, 너무 많이 가
진 자들의 고약한 탐욕을 부채질하는 세계로 재편되어 왔다. 그런 고약
한 삶 판에 묶여 살면서, 당대 삶에 대하여, 작가란 정말 어떻게 무엇을
말해야 할 것인가?
　구연상의 장편소설『부동산 아리랑』을 읽었다. 이 소설은 독특한 빛
을 내며 사람을 이끄는 힘을 지닌 작품이다. 이 작품은 대학교 시간강사
로 입에 풀칠하는 주인공 한창국과 그의 부인, 그리고 예진이라는 큰딸
과 둘째 딸 그리고 셋째 아들을 낳고 사는 그야말로 아주 평범한 한 가족
의 살림살이 얘기이다. 가족이 살려면 집이 필요하다. 그는 대학교 시간
강사이므로 고정된 월급은 없다. 강의하는 시간 수만큼만 정해진 급여를
받는다. 강의가 없는 방학 때면 들어올 돈이 없다. 노동시장에서 말하는
막일 품팔이꾼의, 한국 대학교 지식사회의 현주소에다, 그는 이야기의

닻을 내렸다. 이 주인공에게는 학교에 갈 딸아이가 있기 때문에 한국 사회 초등학교의 교육실태 또한 이 이야기의 한 틀로 살아난다. 초등학교 담임교사 이야기가 칙칙하게 끼어든다. 촌지를 받아 챙기려고 아이들을 따돌리거나 학부모를 걸터듬는 교사 이야기가 참 꾀죄죄하다. 작품 이야기의 핵심은 짐짓, 내 집 장만하기라는 서울의 떠돌이 이야기이지만, 그들의 떠돎 속에는 그들이 그렇게 떠돌 수밖에 없는 어떤 거대한 훼방꾼 안개가 어딘가 도처에 도사리고 있다는 진술을 목표로 하고 있다.

이상하게 읽기에 재미있는 이 이야기를 어떻게 풀어 보여야 할까? 1930년대 박태원의 『천변풍경』에 빗대볼 수나 있을까? 제목부터 우리 시대가 가고 있는 미심쩍고 어딘가 수상한 삶의 틀을 상징하고 있다. 사람이 지니는 재산 가운데 가장 든든하고 튼튼한 것은 무엇인가? 금이나 돈 또는 채권, 은행잔고 따위를 가장 믿을만한 재산의 몫으로 치지만 어느 때였나? 아파트라는 이름의 집은 그런 재산 모으기의 가장 큰 쓸모로 들썩거리기 시작하였다. 미국과 영국 등지에 둥지를 튼 거대 돈놀이 패들의 돈놀이로 세계인을 노예로 삼아 온 사채꾼들의 무자비한 어둠은, 이 작품에는 어렴풋한 땅거미쯤으로만 깔려 있다. 골드만 삭스, 모건 스탠리, AT&T, 리먼 브러더스, 메릴린치, 뱅크 오브 아메리카, 제너럴 모터스, AIG(American International Group), 시티 뱅크, 월가 따위 무수한 돈놀이 재벌들은 많은 사람들의 희생으로 몇몇 사람들 배만 불리는 탐욕에 젖은 악당들로 이루어져 있다. 이 경우는 한국의 경우도 모두 이어(연동되어)져 있어서, 재벌들은 끊임없이 돈놀이로 돈을 불린다. 이런 재난자본주의(나오미 클라인의 『쇼크 독트린』 참조)치하에서 떠돌이 노동자들의 삶은 고달프고 힘겹기 짝이 없다. 철학자 구연상은 이 사회의 그런 어둠을 읽었다.

『공포와 두려움 그리고 불안』이라는 방대한 철학논문을 책으로 묶어 낸 중견 철학자 구연상 박사는 지금 숙명여자대학교 교수로 강의와 연구에 애쓰는 학자이다. 그가 처음 대학원에서 학문 글쓰기의 출발 길잡이로 삼은 사람은 독일의 철학자 하이데거의 생각하기였다. 그래서 그가 쓴 위의 논문집은, 바로 하이데거를 길잡이로 하여 그가 잡은 한국인들 삶의 문제를 풀어내려는 이들의 사람됨 꼴 새에 대한 생각 틀로부터, 슬기를 맑힌 글쓰기였다. 한때 그렇게 전 세계에 이름을 흩뿌린 하이데거도 따지고 보면, 히틀러가 미친 부라퀴 짓으로 세계를 온통 어둡게 하였던 그런 시절에, 독일의 어떤 대학교 총장질을 하였고 나치당원으로 광기 어린 히틀러의 독재를 옹호하였으니, 비교적 떳떳한 철학자는 못된다. 하지만 그는 그가 살던 시절에 미친 히틀러가 흩뿌리던 광기가 얼마나 무섭고 두려우며 불안을 부채질하였는지는 실존적 물음으로 제대로 적바림하였다. 그것을 잘 읽고 나서 구연상은 우리가 사는 이 시대의 모습은 정말 그런 따위 히틀러 시절과는 어떻게 다른지 또는 같은지를 철학 이야기로 물었었다. 그것은 일종의 우리들 삶 판의 옳고 그름을 묻는 슬기 지표이자 슬기 맑힘이었다. 그런데 그가 이제 소설을 썼다. 삶의 옳고 그름을 따지는 말길을 바꾼 것이다. 말로 삶을 이야기하려는 생각길 넓히기의 한 말투 바꾸기인 셈이다. 변신이다. 그의 작품 『부동산 아리랑』은, 대체로 아래에서 보여줄 다음과 같은 세 낱의 말 틀을 세우면서, 이야기를 이끌어 나가는 소설이다.

소설 글쓰기는 슬기맑힘 글쓰기와는 좀 다르다. 말 속에 든 삶의 버력과 금을 바르거나 바르지 않다고 따지는 것이 슬기맑힘 꾼들이 흔히 쓰는 말투라면, 삶의 금이란 정말 무엇인지를 이야기로 풀어 보이는 말길은, 소설 글쓰기에 속한다. 그가 소설을 쓰기로 마음먹으면서 찍어낸 자기 현실은 대체로 다음과 같다.

첫째, 그는 버력으로 가득 찬 도시에 대한 물음을 던지고 있다. 도시에 정말 금은 있는가? 그리고 금이란 정말 가져 볼 만한 값을 지닌 어떤 것인가? 버력이란 금광에서 캐어내는, 땅속에 수북하게 쌓인, 금이 섞이지 않은 자갈들을 이르는 말이다. 삶의 금광을 찾아 사람들은 금 캐는 금광이나 휘황한 도시로 모인다. 금은 휘황한 빛을 내뿜으니까 도시도 일종의 금광과 같은 곳이다. 도시란 어느 때나 금광과도 같이 사람들을 불러 모으는 곳이다. 그 도시 가운데서 서울은 가히 하나의 공화국이라 이를 만큼 두텁게 커버렸다. 그래 그곳에서는 누가 진짜 삶의 금붙이를 지녔는지? 서울은 이미 번쩍이는 건물들과 흙을 덮은 시멘트 콘크리트와 콜타르 따위로 생명을 숨 막히게 하는 괴물로 몸 바꾼 지 오래되었다. 그곳은 낮이나 밤이나 번쩍거린다. 그렇게 서울은 금빛으로 반짝이는 금광이다. 번쩍이는 도시 금광에서 정말 '삶의 둥지'로 값하는 금이란 있는 것인지? 우리는 그걸 자주 묻곤 하였다. 그런데 이 작품 속의 한 인물이 서울로 올라와 삶의 보금자리를 찾아 여기저기로 떠돌면서 지쳐간다. 작가는 이 인물의 지쳐가는 모습을 치밀하게 추적한다. 삶은 집짓기로부터 시작된다. 이 작품 인물은 집짓기에 공력을 들이는 한 순진한 젊은이이다. 그런 젊은이의 입을 통해 작가는 자꾸 묻는다. 현대 도시 사람들에게 집이란 정말 무엇인가?

조지 오웰이 20세기 초에 이미 꿰뚫어 읽었고, 그것을 비유로 써 보였듯이, 도시조직 속의 삶이란 무턱댄 복종의 한 어두운 노역일 뿐이다. 그것은 누군가에게 복종을 일상화하는 종살이일 뿐이다. 파리와 런던의 뒷골목, 인간 시궁창들의 꿈틀댐을 드러내어 가진 자들의 무심함을 비웃었던 조지 오웰은 그래서 조국 영국에서 그의 책들 출판이 거절되곤 하였었다. 집이란 무엇일까? 그것은 현대로 들어서면서 점점 더 흉악한 상품으로 금광 진열창에 즐비하게 내놓아졌다. 그런 집들 속에 사는 사람들은 돈이라는 주인의 종이 되어, 도시라는 금광에서 너도나도, 헛 곡괭이질만 해댈 뿐이다. 그러니 그 속에 사는 이들이 누리는 자유란 정말 어떤 것인가? 자유? 오웰이 이미 오래전에 씁쓸하게 던진 이 '자유'라는 것이 실은 남에게 굽힐 자유, 억압에 눌리고도 참고 견딜 자유, 정권 폭력배들의 폭력에 순종할 그런 자유뿐임을 구연상은 묵묵히 예시하여 보여주고 있다. 구연상의 소설에서 자유의 몸짓이란 끊임없이 뭔가를 꿈꾸면서 이 집 저 집을 내 것으로 하려는 젊은 부부의 애타는 계산과 부지런한 발걸음으로만 치환되어 보인다. 그러나 돈이 없는 사람에게 그럴듯해 보이는 남의 집은 그림의 떡일 뿐이다. 이 소설에서 아파트는 가장 빛나는 집이다. 지닌 돈이 없는 가난한 이들에게는 가진 자들에게 굽실대거나, 아니면 도시 변두리에 뾰족뾰족 솟아난 낭떠러지에 굴러 떨어져, 영영 사라지는 자유도 있다. 힘겨운 노역과 빚더미로 가득 차 있는 금광도시 서울!

둘째로 그가 읽은 것은 대학사회라는 커다란 공룡들의 움직임에 대해

서다. 구연상은 대학교의 박사학위를 가진 한 신진 학자가 견뎌야 할 수
모에 대해서 깊은 시름을 내보였다. 그는 오늘날 한국 대학교의 지식 노
동자들이, 배운 앎을 펼칠 기회를 찾지 못한 채, 자기 시간을 어떻게 허
방 치며 보내야 하는지, 그 의미를 묻고 있다. 이 소설『부동산 아리랑』이
내세워 보이고 싶어 한 것은 가난한 사람의 집짓기라는 힘겨운 노역이지
만 그와 나란히 대학사회가 안고 있는 또 다른 자본주의 폐해이기도 하
다. 공룡들의 몸통은 크게 눈에 띄지도 않고 겉에 드러난 행악 또한 뚜렷
하게 보이지는 않는다. 용이란 원래 눈에 띄는 존재가 아니다. 그러나 대
학사회를 움직이는 것은 어딘가 웅크리고 앉은 이 공룡들에 의해서이다.
오늘날 수많은 재화는 어느 한 곳으로만 흘러간다. 어디로부터 들어온 것
인지도 모르게 슬그머니 기어들어온 신자유주의라는 이름의 자본가 위
주의 경제 구조가 이 나라를 온통 휩쓸어 버리자, 어느새 각 대학교는 이
상한 이름의 비정규직 학자들로 채워져, 실력을 쌓은 신진 학자들이 언
제 대학교수가 되어 안정된 학문을 할 수 있게 될지, 아무도 감을 잡을 수
없는 시대로 바뀌어버렸다. 학문에 대한 열정과 꿈이 있는 인재들이 대
학원에 들어와 근 십여 년에 걸쳐 비싼 등록금을 내고 박사학위를 마치
고 나면, 시간강의를 받아 전임교수나 수강학생들의 눈치나 살피면서, 쥐
꼬리 만한 강사료로 책 사 읽으랴 생활하랴 각종 학술발표모임에 나가랴
돈 쓸 데는 점점 많아지는데, 강사료는 제자리걸음인 채 방학이면 그것
조차 뚝 끊어진다. 학부를 졸업하고 나서는 대학원 수업을 들어야 하고,
또 논문을 써서 통과해야 하는 그런 나이에 들면, 대체로 혼인하여 아이
들도 낳고 아내에게 살림할 돈도 줘야 하는 짐을 지게 된다. 신진 학자들

은 박사라는 이름만 어깨에 달고 자존심 하나를 달랑 멘 채, 대학교라는 허영의 시장에서 눈 똑바로 뜨고 또 힘차게 발걸음을 내걷기에 영 힘이 빠지는, 그런 삶을 겪어야 한다. 앞날에 대한 보장을 도무지 짐작할 수가 없기 때문이다.

신자유주의 얘기가 겉으로 떠오르기 전에는, 그래도 박사학위를 받으면 으레히 시간강사를 좀 하다가 교육경력을 쌓고 논문이나 저서를 써서 연구 실적이 쌓이면, 전임강사로 임용이 되기도 했다. 그러면 월급을 정식으로 받는 학자로 설 수가 있었다. 그렇게 열심히 가르치고 연구 실적이 오르면 당연히 조교수가 되었다가 다시 부교수가 되고 결국은 정교수가 된다. 그러면 일단 한 학자로서 일생을 먹고 살면서 생활하는 데 큰 걱정 없이 살아갈 수 있다. 그나마 체면이 선 것이다. 그러나 언제부터인가, 바로 그 신자유주의 물결로 재산가들이 각 대학교에 슬그머니 발을 딛기 시작한 뒤로부터 학자들은 그냥 피고용인으로 전락하고 말았다. 이 가운데서 시간강사들의 나날이란 어느 때부터였는지 앞날이 안 보이는 그런 비정규직 노동자로 굴러 떨어졌다. 비정규직 노동자는 고용주가 주는 대로 돈을 받을 수밖에 없다. 그런 일터는 고용주들의 마음이나 그 사정에 따라 다시 나오게 되거나 못 나오거나 한다. 그러니 그들의 삶이란 하루 벌어 하루 살고 또 하루 벌어 하루 사는 삶을 연명할 수밖에 없다. 오늘날 우리 시대가 안고 있는 가장 심각한 사회 문제들 가운데 하나이다.

둥지치기 또는 땅의 집짓기

사람들은 일생을 살면서 몇 낱의 집을 짓는다. 남자든 여자든 나이가 들면 자기의 짝을 찾는 일에 눈뜬다. 시절을 따라 짝을 찾는 방식도 다르고 오랜 풍습이나 믿음, 생활환경에 따라, 이 두 남녀가 만나 하나의 집을 짓는 절차도 다르다. 하지만 젊은 남녀가 만나 서로 살을 붙이며 사는 〈하늘의 집짓기〉는 예나 지금이나 변함이 없다. 〈하늘의 집〉은 두 남녀가 그들의 부모 친지는 물론 이웃의 눈빛 아래에서 만나 자식을 낳아 기르면서 자기들 삶의 방식을 이어갈 터전이다. 하늘 남녀는 먹이 구하는 법, 잠자는 법, 그리고 둥지를 트는 법 따위를 배워 익히며, 그 만남을 안온하고 따뜻한 햇볕 아래, 이어가려고 마음 쓴다. 다음은 〈땅의 집짓기〉이다. 하늘의 집으로 가정을 이룬 이들은 마땅히 그들이 먹고 마시며 잠자며 쉴 집을 짓는다. 이 집짓기가 사람들에게는 반드시 거쳐야 하는 집짓기 행보이다. (민족의 집짓기나 우주의 집짓기 또한 사람들에게는 한 몫으로 남아 있지만 여기서는 줄인다.) 땅의 집짓기와 관련한 빼어난 시조가 우리 앞에 놓여 있다. 한국 사람들이 자주 외는 빼어난 시이다. 16세기 조선조에서 한성부윤 등의 벼슬살이를 했던 송순(1493~1583)은 우리가 알기에 「면앙정가」로 유명한 문인인데 그가 쓴 시조에 이런 마음이 있다.

십년을 경영하여 초가삼간 지어내어
나 한간 달 한간에 청풍 한간 맡겨두고
강산은 들일 데 없으니 둘러두고 보리라

머릿속에 그림으로 그려져 보이는 이 집짓기는 참 아름답고 여유로운 풍경의 하나이다. 이 시절에 집이란 어떤 뜻이었을까? 섣불리 속단할 일은 아니다. 4백여 년 전 사람인데다 일흔일곱 살에 한성부윤(지금 서울시장 격)을 지내다가, 벼슬을 사양하고, 경관 빼어난 지역인 전남 담양에 내려가 유유자적하였을 터이니, 이런 집이야말로, 정말 시조 속에 살아 펄펄 나는 아름다운 땅의 집짓기로 읽힐 수밖에 없다. 그때엔들 왜 큰 집에다 번쩍이는 가마, 굽실대는 종들이 없었겠는가? 대대로 내려오는 양반 가문에서 벼슬살이를 50여 년이나 하였다 하니 그가 산 집이 정말 어떠했는지 잘 가늠이 가지 않는 형편이지만 그가 그린 집은 저랬다. 큰 집, 큰 자동차, 번쩍이는 기물이야말로 여유가 통 없는 인생에게는 눈요깃감으로도 시큰둥한 장식물이나 아닐 것인가?

그런데 이 소설 『부동산 아리랑』의 주인공 한창국은 대학교의 한 시간강사, 말하자면 가장 심란한 비정규직 지식 노동자이다. 시골에 살았던 이 젊은 학자는, 부모님의 정성으로 서울에 유학 와서, 대학원까지 마치고 박사학위를 받아 이제 겉보기에는 어엿한 대학교 시간강사이다. 비록 시간강사일지언정, 실정을 잘 모르는 학생들은 그를 가끔씩 교수님이라 불러주기도 한다. 하지만 그의 마음이나 주머니는 늘 텅 비어 있다. 그러나, 그래도 그를 믿고, 사랑한 여인과 혼인하여 두 딸과 막내아들까지 자식을 셋이나 둔 가장이니 마음의 무게는 엄청나다. 하늘의 집짓기에 성공한 사람이므로 이제는 땅의 집 한 간을 온전히 지어야 한다. 그러나 이 〈땅의 집짓기〉를 성공하지 못하면 삶은 나날이 어둡고 괴로울 수밖에 없다. 〈땅의 집짓기〉는 '돈'으로만 결판이 나게 되어 있다. 돈은 금광에서

금을 캐야 나온다. 서울은 금광도시인데다가 사방을 둘러보아도 책상물림에게는 버력들만 우툴두툴 널려 보이는 곳일 뿐이다. 비정규직 지식 노동자인 시간강사가 집을 구하려고 다니는 나날! 그 괴로운 이야기를 그는 이렇게 표현하였다.

재건축에 관한 뭉글대는 생각들이 머릿속을 뒤죽박죽 들락거렸지만, 나는 더욱 늘어난 강의 시간에 쫓기는 바람에 부동산 문제는 거들떠볼 겨를조차 없었다. 아내는 아내대로 초등학교 다니는 큰애와 유치원에 다니는 둘째 그리고 갓난아기의 뒷바라지에 눈코 뜰 새가 없었다. 우리들의 어제와 오늘 그리고 내일은 마치 그 끝이 보이지 않는 흰 종이 위에 그려지는 밑줄처럼 하루하루 막막하게 이어질 뿐이었다. 우리가 하루를 아무리 새벽부터 늦은 밤까지 꼬박 꽉꽉 채울지라도 아침이면 우리 앞엔 또 다른 텅 빈 하루가 뎅그러니 펼쳐져 있었다. 하루와 또 하루는 땡볕 아래 늘어진 엿가락처럼 서로 찍찍 달라붙곤 했다. 어느 날은 새지도 않은 채 흘렀다. 시간의 끈 적대는 더듬이 손에 붙잡힌 우리는 똑같이 되풀이되는 아침이 차라리 오지 않기를 바라곤 했다. (본문, 272~273쪽)

이 장면은 작품의 뒷부분에 해당하는 곳이다. 이미 그들은 여남은 군데 이·저 부동산을 거쳐 손에 쥔 돈에 맞는 집을 고르려고 이리저리 바쁘게 돌아다녔다. 그러나 그들에게 잘 맞는 집이 버력도시 서울에는 없다. 그곳은 이미 모두가 자갈들로만 쌓인 곳이자 곧 금광이기 때문이다. 금광의 주인은 언제나 다른 사람이다. 돈을 구하는 방법은 빚이다. 빚! 금

광도시 서울은 사람과 사람들 사이에 이루어진 '빚'으로 쌓인 허허벌판
이다. 이 작품 첫머리는 이렇게 시작한다.

"야 이 개새끼들아!"
아내가 후다닥 안방으로 뛰어들어가는 소리가 들렸다. 나도 엉겁결에 자리
에서 벌떡 일어났다. 내가 문을 삐죽 열고 들어서자 아내는 손을 휘휘 내저
으며 짜증 섞인 목소리로 외쳤다.
"얼른 나가서 좀 말리고 와!" (본문, 13쪽)

이 작품 첫 장면은 다세대 주택이라고 하는 물건을 서울 어떤 지역에
지어 팔곤 하는 집짓기 이야기로부터 시작된다. 전세 들어 사는 사람은
늘 주눅이 들어 살 수밖에 없다. 언제 집세를 올려달라고 요구할지 모르
는 나날의 삶! 그러나 문제는 집주인에게도 닥친다. 빚내어 지은 집이 잘
팔리지 않거나 빚 감당이 되지 않으면 그도 또한 길바닥에 나앉게 되어
있다. 그런 입장에 처한 집주인은 밤낮을 가리지 않고 소리소리 지른다.
금광도시에서 살아남기 위한 어이없는 꿈틀댐! 그것이 이 소설 첫 장면
부터 우리에게 다가서는 긴장이다. 술을 퍼마시고 밤낮 가리지 않고 전세
돈을 올려달라고 을러대는 행패 이야기는 도시 서울이 그야말로 삭막한
사막임을 암시한다. 너도나도 그냥 떠돌이인 채 금을 캐겠다고 서성대는
도시인들의 안타까운 삶, 그것이 이 이야기의 핵심이다. 전셋집 주인과
전세 든 손님! 이 주인공 한창국에게 돈은 딱 그곳 전세 집 주인에게 낸 5
천만 원뿐이다. 그런데 주인이 거기서 집세를 더 올려달라고 한다면 그것

은 한창국에게는 집을 나가라는 것과 같다. 집이 그냥 재산불리는 물건으로 굴러 떨어진 도시 서울의 썰렁한 풍경이 이야기 마디마다 풀린다.

1970년대 들어 이악스런 사람들은 아파트나 빌라를 지어 전세를 놓거나 푸짐한 값으로 팔아 엄청난 떼부자가 되곤 하였다. 한국의 재벌들이라는 패들이 실은 모두 다 이런 집짓기 공사로 돈을 벌었다. 돈이 늘어난 재벌들은 다시 나중에 돈놀이로 돈의 부피를 불려 나간다. 박정희를 필두로 한 총잡이 패(군벌)들이 정권을 통째로 빼앗자 '잘살아 보자!'는 근대화 구호로 떠들썩하게 사람들을 혼란시켰다. 그들이 키운 것은 조용히 있던 산야를 까뭉개면서 '개발! 개발!' 뭔가가 달라진다는 느낌을 주면서 땅과 갯벌을 파헤쳐 시멘트 구조물을 세운 일이었다. 휘황한 건물들이 세워지면서 이른바 근대화가 이루어진 것처럼 키운 것이 실은 돈놀이꾼들의 주머니를 배불리게 한 강도질 놀이었다. 농촌의 도시화는 곧 근대화였고 근대화는 농민과 노동자를 하층계급으로 편입시키는 정치 경제 사기였다. 돈은 늘 새끼를 친다. 그것도 곱에서 곱으로 눈덩이처럼 늘어나는 게 돈의 새끼치기이다. 가난은 그렇게 대물림으로 늘어나고 부자는 또 대물림으로 쉽고도 편하게 돈을 늘린다. 그게 이 시대 돈벌이의 공식이다. 은행 뒤에 숨어 사람들을 종으로 만드는 부라퀴 거지들! 그렇게 그런 돈 늘리는 공식 속에 섞여 사는 돈 없는 사람들은 그들 돈놀이 패들의 종살이로 떨어질 수밖에 없다. 이런 장면은 70년대라고 불리는 작가들의 눈에 뚜렷하게 뜨인 풍경이었고 그들의 소설들은 바로 그런 것들을 그려 보인 내용이었다. 지금은 고인이 된 이문구나 황석영, 윤흥길 등 원로급 작가들이 즐겨 잡아내어 쏘아 댄 말 총질들은 바로 이 개발 금점꾼들에 대한 고발이자 역사적 증언이었다. 「해벽」, 「삼포 가는 길」, 「아홉켤레 구두로 남은 사내」 등의 작품으로 1970년대를 달구었던 그런 개발투기꾼 장면은 이 작품 속에서도 어렴풋한 내림으로 드러나 보인다. 아파트는 하늘로 치솟게 집을 지어 파는 방식의 집이다. 이 작품의 주인공이 본 것은 사고팔 집들을 지어 큰돈을 벌려고 하는 사람이 망가져 가고 있는 여러 금점꾼들의 모습이었다. 금점꾼! 일확천금을 노리는 사람들은 금광으로 몰려든다. 그들을 일러 금점꾼이라 부른다. 거기 말려드는 노동자들이란, 말이야 일확천금이지만, 실은 살아남기 위한 가난병 환자들이 땅속에 묻힌 금을 찾아 나섰던 내용이다. 그러나 그들 또한 금광의 주인, 자본가, 재벌, 돈 댄 사람들이 부리는 그냥 막노동꾼, 종에 지나지 않는다. 1930년대에 날쳤던 금 캐기 산업은 1970년대로부터 서울이라는 집 짓기 금광으로 바뀌었다. 「서울찬가」가 울려 퍼지는 가운데 군부독재 시절에 한국은 떠들썩한 개발독재의 열기에 휩싸였다. 서울로, 서울로 사람들은 몰려들었다. 도시 계획 지점을 아는 사람들은 이리저리 개발될 땅을 싸게 사서 집을 짓기만 하면 비싸게 팔아 떼 부자가 되는 판이었다. 알토란같은 금광이 곧 집 장사였다. 재난자본주의의 정확한 한 모습이었다. 농촌의 도시화! 그것이 곧 자본주의였다. 순식간에 가진 자와 못 가진 이로 바꾸는 일을 근대화는 저질러 놓았다. 박정희가 빌어다 밀어붙인 미·왜식 개발 근대화, 자본주의식 농촌의 도시화 추진이었다. 그를 부추긴 것은 누구일까? 분명 눈에 띄지 않는 자본일 터이다.

어떤 지역에 사느냐 어떤 아파트에 사느냐, 빌라냐 단독이냐? 몇 평짜리 아파트냐? 사람됨의 값은 이것으로 순식간에 결판나도록 꾸며져 왔다. 금광도시 서울은 점점 몸을 부풀려 넓어지며 늘어나곤 하였다. 이 작품 주인공이 발품 팔아 떠돌며, 여러 동네 복덕방(이 이름은 부동산이라는 이름으로 바뀌어 일종의 학문으로까지 승격되었다.)을 이리저리 찾아다니면서 익히고 알게 된 것은, 서울이 돈의 종살이로 전락한 삭막하고도 쓸쓸한 동네라는 것이었다. 그는 이런 삭막한 금광도시에 버력질만 하면서 지쳐가는 스스로를 이렇게 규정하고 있다.

나는 정신의 고귀함을 탐구할 때 자족을 배우지만 육신의 비천함을 인정해야 할 때 하루하루 닳아버린 배터리 신세가 되는 오도 가도 못하는 이중생활자와 같았다. 그렇다고 내가 그 이중의 땅에 뿌리를 내린 것도 아니었다. 내 삶에는 아직 뿌리내릴 고향이 없었다. 나는 탈을 뒤집어쓴 해학과 풍자의 얼굴로 삶의 갈림 길목에 이정표처럼 세워진 못생긴 나무토막일 뿐 하늘과 땅, 들판과 그늘 쉼터 그리고 삶을 아름답게 보살피는 아름드리나무가 아니었다. 내가 삶을 살아가는 곳은 집이 아니라 비바람 피할 길 없는 길가였다. 누군가에 의해 조각된 얼굴을 달고 서 있는 나는 뿌리가 끊기고 가지 부러진 몸으로 시름시름 앓으며 새들새들 시들어갈 뿐이었다. 해와 달과 별 그리고 꽃과 나무와 모든 생명체가 태어나면 끝내 이울고 말지만 나는 조잡든 삶에 메말라 온몸이 쩍쩍 갈라지고 배배 뒤틀렸다. (본문, 412~413쪽)

도스토예프스키 작품 『어느 지하생활자의 수기』가 그려낸 금광도시 페테르부르크에서 겪는 춥고 삭막한 한살이 분위기를 이 작품 주인공은 빼닮았다. 그러나 이 작품 주인공 한창국 옆에 그래도 진짜 금은 반짝이며 늘어서 있었다. 그것은 사람 몸속 어딘가에 자리잡혀 있는 사랑을 담고 있는 우정이고 사람 사이에 아직도 사라지지 않은 믿음이 그것이다. 그것이 바로 이 작품을 읽게 하는 감동이며, 반짝이는 금물결이고, 사람이 찾아 나서는 금 캐기의 중요한 몫이다.

버력 어딘가에 숨은 금 찾기─맺음말

　금광을 개발하던 패들이, 가난한 사람들을 감질나게 하면서, 한국의 온 산을 파헤치던 시절이 있었다. 바로 왜정시대였다. 위에서 밝힌 대로 김유정의 「금따는 콩밭」이나 「노다지」, 「만무방」 속에서, 일확천금의 지름길인 금 캐기에 중독이 들었던 떠돌이들은, 집에 가만히 있을 수가 없었다. 아니 그들은 나날을 굶을 수밖에 없는 극빈의 처지 속에 놓여 있었다. 기름진 농토나 재산이 될 만한 산이나 강, 갯가나 바다의 물산들은 모두 다 왜정 부라퀴들에 의해 완전히 갈취를 당했었다. 그래서 한국에 몇 남은 젊은이들은 고된 노역으로 하루하루를 겨우 버티는 삶을 꾸려나갔다. 게다가 싼 임금의 떠돌이 일꾼들을 일터에 놓고 부려 큰돈을 움켜쥐는 데 맛을 들인 부자들은 좀처럼 그 욕망의 덫을 풀 생각을 하지 않았다. 인간의 덫, 그것은 욕망의 끝없는 확장이었기에 노역에 시달릴 대로 시달리는 일꾼들도, 실은 다 같이 똑같은 사람이라는 생각에 아예 눈을 돌리지 않았다. 왕권 이념에 젖어 있던 시절에 쓰레기 같은 인간은 양반이라는 텃세로 거들먹거리면서 스스로 짐승만도 못한 부도덕성을 눈감았었다. 그러나 재난자본주의의 세력이 커지면서 돈의 위력이 그런 양반 이상의 고자세를 누릴 수 있게 되자, 돈을 지닌 패들은 더욱 고약한 이기심과 탐욕으로 스스로 사람됨의 값을 더럽혀 왔다.

그러나 이런 싸구려 삶 판에도 진짜 반짝이는 삶의 금은 있었다. 이 작품에서 가장 반짝이는 금빛은 그의 친구 평수였다. 그는 주인공 한창국이 돈을 늘려 빌라의 평수를 넓히려는 그에게 조건 없이 돈 3천만 원을 꾸어 주었다. 이 돈 빌리기 길목에서 우리는 주인공 창국의 사람됨을 만나게 된다. 이 작품 이야기 진행 길에 나선 주인공은 우욱 성도 잘 내고, 파르르 하는 말투조차 평범하고 요령 없는 인물이지만, 그 사람됨의 깊이는 바로 이 장면에서 튀어 오른다. 조그만 삽화 하나는 친구 평수에게 돈을 준 사건이야기이다. 학생 시절 친구 평수는 자기 아버지가 병들어 수술을 해야 하는 데 비용이 없었다. 그때 주인공 창국이는 조건 없이 선뜻 돈을 빌려주었다. 나중에 안 사실은 그 돈이 창국이의 대학 등록금이었다. 학교에 낼 등록금을 친구에게 빌려준 것은 바로 평수의 기억 속에 살아있는 금이었다. 그 금은 곧바로 한창국이 어려울 때 선뜻 3천만 원으로 되돌아섰다. 우리들 삶의 금이란 결국 무엇인가? 그것은 사람다움일 터인데, 사람다움이란 마음의 따뜻함이고 그것을 남에게 전하는 불지핌이다. 금광도시 서울에는 겉보기에 불을 지피는 마음의 따뜻함이 메말라버린 곳이 되었다. 그러나 그에게는 또 다른 숨겨진 서울의 금이 있었다. 태우라는 옛 친구가 그 금이다. 이 장면은 직접 이야기를 옮겨 보이겠다.

"누구? 창국이? 오랜만이다! 연락 좀 하고 살아라! 그런데 무슨 일로 전화했
어?"

"지금 통화 가능해?"

"길게는 안 되고…. 지금 물 배달하고 있는 중이거든. 얘기해!"

나는 간단히 집을 사게 된 경위와 돈을 빌리고 있다는 얘기를 시작했다. 정
치 선배도 통화에 쫑긋 귀를 기울였다. 태우는 다른 사람에게 말을 건네 가
면서 내 얘기를 듣고 있는 듯했는데 내 얘기를 알아듣자마자 먼저 빌려줄
수 있는 액수부터 얘기했다.

"현재는 2천5백밖에 못 빌려주는데, 어쩌지? 내가 카드 결제가 어렵게 돼서
현금이 좀 필요하거든. 급하게 막아야 할 현금 결제는 끝났으니까 그 정도
는 빌려줄 수 있어. 필요할 때 전화해! 나 일해야 하니까 나중에 통화하자!
미안!" (본문, 389~390쪽)

이렇게 각박한 도시 삶 속에도 이런 금빛은 늘 살아 있다. 그것이 이
작가가 돈으로 온통 뒤발라진 인간 사막 속에 박아두려고 작정한 금맥
이라고 나는 읽는다. 그렇게 이 주인공은 2천5백만 원을 손에 넣게 되었
다. 그리고 이 버력도시 서울 한복판에 또 다른 금맥이 있었다. 그 하나는
전에 자기 집엘 들러 가난 얘기를 그렇게 맛깔스럽게 들려주었다고 나오
는 정 교수다. 계용묵의 「별을 헨다」를 맛깔스럽게 이야기해 주었다고 소
개한 이 정 교수는 이 작중 인물과는 퍽 관계가 깊은 사이이다. 그에게서
주인공 창국이는 집 이야기를 하였고 그 또한 선뜻 2천5백만 원을 빌려
준다. 돈을 빌린다는 뜻은 무엇인가? 그것은 곧 믿음과 이어진 관계맺음

이다. 빌린 돈은 언젠가는 반드시 갚아야 하는 빚이다. 빚을 주고받는다는 것은 사람살이의 품앗이에 속한다. 시골 삶은 일품을 서로 빌려주고받는다. 농경사회에서 농촌은 그래서 살아있는 인정의 숲이었다. 도시는 그런 온기나 습기가 없다. 「별을 헨다」는 작품 이야기조차 이 작품에서는 아주 맛깔스럽다. 이 이야기에는 분단 조국의 아픈 상처도 따뜻한 마음으로 깃들이고, 사람됨을 돋보이게 하는 양보의 아름다움도 있다. 하늘의 별이 보이는 움집에 몸을 굽히고 살던 주인공에게 그럴듯한 적산가옥 한 채를 물려주겠다는 친구의 호의에, 이미 거기 들어 사는 이들이 살고 있는 것을 보고 돌아서는, 그런 따뜻한 이야기다. 계용묵이 그려 보인 1945년 안팎 삶의 이야기를 가지고 이 작가 구연상은 우리들 삶의 밑바탕에 깔린 온기를 꿈꿔 보인다. 그리고 마지막으로 내 보인 금맥은 그 주인공 아내와의 입맞춤이다. 이 장면 또한 옮겨 내 보일만한 아름다운 장면이다.

가난뱅이의 기다림은 끝없는 배고픔의 사다리를 그 굶주림의 끝이 어떤 곳일지도 모른 채 꾸벅꾸벅 오르는 것과 같지만, 가난 탈출의 사다리를 끝까지 오르려는 마음이 있는 한 기다림은 우리들에게 멋진 삶의 한 방식이 될 것이다. 나는 아침 햇살로 고와진 아내의 이마에 뜨겁게 입맞춤했다. (본문, 422~423쪽)

이 작품 『부동산 아리랑』은 오늘 우리들 삶의 중대한 방식 변환을 꿈꾸게 하는 이야기 꾸러미임이 틀림없다. 버력들만 늘비하고 겉보기에 찬

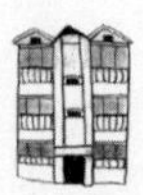

444

란한 빛으로 치장한 금광도시 서울을 셋방살이 이야기로 꾸민 이 철학
자의 첫 장편 소설집에 많은 눈빛들이 모여 더욱 풍성한 이야기꾼으로
굵어지기를 빈다.

부동산 아리랑

1판 1쇄 인쇄 2011년 06월 01일
1판 1쇄 발행 2011년 06월 10일

지은이 구연상
펴낸이 서채윤
펴낸곳 채륜
표지·본문디자인 Design窓 (66605700@hanmail.net)
일러스트 성민주

등록 2007년 6월 25일(제25100-2007-000025호)
주소 서울 광진구 군자동 229
대표전화 02-6080-8778 | **팩스** 02-6080-0707
E-mail chaeryunbook@naver.com
Homepage www.chaeryun.com

책값은 뒤표지에 있습니다.
ISBN 978-89-93799-39-2 03810